D0383360

La belle vie

Du même auteur

Ransom
Éditions Payot, 1988
LGF, 1992

Toute ma vie
Éditions Payot, 1989
Éditions Rivages, 1997

Trente Ans et des poussières
Éditions de l'Olivier, 1993
Points n° P149

Bright Lights, Big City
Petite bibliothèque de l'Olivier, 1997

Le Dernier des Savage
Éditions de l'Olivier, 1997
Points n° P610

Glamour Attitude
Éditions de l'Olivier, 1999
Points n° P752

La Fin de tout
Éditions de l'Olivier, 2003
Points n° P1262

JAY McINERNEY

La belle vie

traduit de l'anglais (États-Unis)
par Agnès Desarthe

Polyvalente Saint-Henri
4115 - Ouest rue Saint-Jacques
BIBLIOTHÈQUE   25628

ÉDITIONS DE L'OLIVIER

L'édition originale de cet ouvrage est parue
chez Alfred A. Knopf en 2006,
sous le titre : *The Good Life.*

ISBN 978.2.87929.533.6

© Jay McInerney, 2006.

© Éditions de l'Olivier
pour l'édition en langue française, 2007.

Le Code de la propriété intellectuelle interdit les copies ou reproductions destinées à une utilisation collective. Toute représentation ou reproduction intégrale ou partielle faite par quelque procédé que ce soit, sans le consentement de l'auteur ou de ses ayants cause, est illicite et constitue une contrefaçon sanctionnée par les articles L. 335-2 et suivants du Code de la propriété intellectuelle.

Pour Jeanine
qui m'a sauvé ce jour-là
et bien d'autres jours par la suite

.

Au Moyen Âge il y a le mystère, il y a la mystification. Tout ce que je vois à cette heure est un genre de solitude. Même la beauté du monde physique semble tomber en miettes, oui, même quand on est amoureux.

John Cheever

Les événements cataclysmiques, quelle que soit leur issue, sont aussi rares et exaltants qu'un grand amour. Bombardements, révolutions, tremblements de terre, ouragans – quiconque a traversé l'une de ces épreuves et s'en est sorti, s'il est honnête, vous dira que même au fin fond de la peur, il a ressenti une euphorie qu'il n'a plus jamais éprouvée par la suite et qui lui manque depuis lors.

Ana Menendez

PREMIÈRE PARTIE

L'été indien

1

L'été semblait aussi infini que l'océan quand elle était petite et que sa famille louait le cottage gris au toit bardé de bois sur l'île de Nantucket. Aujourd'hui elle avait du mal à croire qu'elle était déjà de retour à Manhattan, que les enfants avaient repris l'école et qu'elle se dépêchait de rentrer, en retard comme toujours, se sentant coupable d'avoir traîné autour d'un verre avec Casey Reynes. Les enfants étaient à la maison depuis plusieurs heures après leur premier jour de CP, et il faudrait qu'ils lui racontent tout.

Les femmes s'en veulent ; les hommes en veulent.

C'était ainsi que Corrine interprétait le sentiment de culpabilité qui mordillait ses hauts talons tandis qu'elle galopait le long d'Hudson Street depuis la sortie du métro, lisant au passage la pancarte peinte à la main dans la vitrine de leur traiteur chinois : CAFÉ FRAÎCHEMENT MOULU. La culpabilité d'avoir laissé les enfants si longtemps, de n'avoir pas aidé Russell à préparer le dîner, d'avoir tenté de relancer sa vie professionnelle jusqu'alors en sommeil. Oh, et puis d'être moulue elle aussi. Dix-neuf heures quinze à sa montre. Encore au diapason du langoureux rythme estival – ils n'avaient quitté la maison de Sagaponack que quatre jours plus tôt – elle avait à peine eu le temps de faire un bisou aux petits ce matin et, à présent, les invités allaient arriver d'une minute à l'autre, tandis que Russell serait pris dans la ronde frénétique de la cuisine et des enfants.

Mauvaise mère, mauvaise épouse, mauvaise hôtesse. Mauvaise.

À l'époque où elle aurait tout donné pour être mère, s'imaginant ce que cela devait représenter de devenir parent, elle n'avait eu aucun mal à se figurer la joie… les scènes de tendresse, les instants de pietà. Ce que l'on ne se représente pas, ce sont ces moments de culpabilité et de peur qui prennent leurs quartiers à l'avant du cerveau, comme deux jumeaux qu'on n'a jamais réclamés. La peur parce qu'on s'inquiète toujours de ce qui pourrait mal tourner, surtout quand les enfants sont nés, comme c'était le cas des siens, avec trois mois d'avance. On ne peut jamais oublier cette vision que l'on a eue d'eux, les premiers jours, intubés et sous verre, leurs crânes semblables à des coquilles d'œuf parcourues de veinules, et leurs membres roses gigotant en tous sens – cette image reste gravée, même lorsqu'ils grandissent, vous rappelant sans cesse qu'ils sont des créatures fragiles et que vos propres défenses ne valent pas mieux. Et la culpabilité car, quoi qu'on fasse, ce n'est jamais assez. On n'a jamais assez de temps. Peu importe combien d'amour et d'attention on leur prodigue, on redoute toujours que cela ne soit pas assez.

Corrine était passée experte en culpabilité ; rien à voir avec la pointe lancinante d'un remords après une mauvaise action – plutôt l'élancement morne et régulier de la culpabilité chronique. Elle avait pourtant fait de son mieux pour réorganiser sa vie en fonction des enfants, abandonnant son travail pour s'occuper d'eux et, durant les deux dernières années, se consacrant, selon des horaires éminemment flexibles, à un scénario et à un projet qui était la contrepartie de sa « déformation maternelle » – une start-up baptisée Mamantamtam.com, qui avait été sur le point de connaître un lancement grandiose au printemps dernier, juste au moment où la bulle Internet avait commencé à se dégonfler, asséchant irrémédiablement les capitaux nécessaires à l'entreprise. Cet après-midi même, pendant quatre heures, elle avait présenté son idée à un financier éventuel, pour lui arracher la mise de fonds initiale nécessaire au site Web. Tandis que ces perspectives s'assombrissaient, elle avait tenté d'organiser des rendez-vous concernant le scénario, une adaptation du roman de Graham Greene *Le Fond du problème*. Ainsi se trouvaient concentrés l'alpha et l'oméga de son existence, la maternité et le sentiment amoureux – ce dernier presque entièrement submergé et en voie d'extinction. En réalité telle avait été l'intention secrète qui l'avait poussée à écrire ce scénario : s'efforcer de ranimer le sentiment amoureux et de souffler sur les braises pour lui redonner vie.

Corrine n'avait pas voulu être le genre de mère qui paie quelqu'un d'autre pour s'occuper de ses enfants. Pendant les cinq premières années, à la surprise de ses amis et de ses anciens collègues, elle avait été mère au foyer. Manhattan était une ville existentielle, dans laquelle l'identité était fonction de la réussite professionnelle ; seuls les très jeunes et les très riches pouvaient se permettre d'être oisifs. Ces derniers, comme son amie Casey Reynes, s'occupaient d'œuvres charitables et gouvernaient une armée d'assistants personnels laissant croire inévitablement à une activité incessante et épuisante. Russell, au début, avait soutenu cet idéal de la maternité, bien que, les années passant et voyant tous leurs amis se payer des résidences secondaires dans les Hamptons, il ne pût sérieusement dissimuler un certain ressentiment lié à leur budget trop serré, ni l'impression que sa femme-au-foyer était devenue transparente, pour ne pas dire invisible, entre les quatre murs de leur loft – un genre de nounou sans salaire.

Écrire un scénario correspondait, dans leur cercle, à un code signifiant « sans emploi » ; à la fin de la première mouture, elle n'éprouva pas la si souhaitable sensation du devoir accompli. Un scénario, après tout, n'était qu'un objet théorique, une recette plutôt qu'un repas en soi. Et pour l'instant, elle n'avait pas rencontré beaucoup de succès dans l'assemblage des ingrédients. Du coup, lorsque les enfants étaient entrés en maternelle l'année précédente, elle avait entrepris de transformer son obsession de l'éducation des petits en une profession : mettre en ligne son savoir de mère à plein temps en milieu urbain, afin de constituer une base de données solide. Si ce plan-là ne fonctionnait pas, elle devrait retourner sur le marché du travail, autant pour regagner son estime de soi que pour financer les trente-quatre mille dollars de frais de scolarité des enfants.

Un SDF avait établi son bivouac dans l'ombre d'un échafaudage sur le trottoir en face de son immeuble – vision plus surprenante qu'elle ne l'aurait été dix ans auparavant. Un jeune flemmard, couvert de crasse, portant un bouc miteux, accompagné d'un bull-terrier tenu en laisse, avec un gobelet à café à ses pieds. Au moment où Corrine passa, il dit : « Eh, beauté. J'ai besoin d'une pipe, là. J'ai besoin d'une baraque dans les Hamptons. J'ai besoin d'un rôle dans un film. »

Elle s'arrêta, appréciant l'humour – son mari aurait adoré, conservant précieusement cette anecdote dans le réservoir d'histoires qui lui servaient à illustrer la singularité tordante de sa femme –, mais au lieu de rire, elle s'interrogea sur la notion de besoin. Ce dont nous avons besoin pour rendre la vie supportable.

Revenant soudain à elle, alors que le mendiant la regardait bouche bée, elle dit : « J'ai besoin de sentiments. » Corrine jeta une pièce dans le puits à vœux du gobelet. « Qu'est-il donc arrivé aux sentiments ? »

Elle débeula dans son appartement, tiraillée par l'urgence de voir ses enfants, qui, au cours de cet interminable après-midi, avaient eu mille fois le temps de mourir, de se fracasser la tête contre le rebord de la table basse qu'elle disait sans cesse vouloir remplacer, de se faire enlever ou d'oublier complètement l'existence de leur mère. Corrine aurait été moins étonnée par n'importe lequel de ces scénarios qu'elle ne le fut par la présence d'Hilary sur le canapé, en train de jouer avec les petits.

– Maman, tu sais quoi ? Tu vas pas me croire ! Tante Hilary est là.

Sa fille, Storey, adorait annoncer des nouvelles et faire de grandes déclarations.

C'était vrai – elle n'y croyait pas. D'après ce qu'elle savait, sa petite sœur vivait à L.A. Elle avait essayé de l'appeler pas plus tard que la semaine précédente pour s'entendre dire qu'il n'y avait plus d'abonné au numéro demandé. Et voilà qu'elle réapparaissait, ici, à TriBeCa, affalée sur le sofa de Corrine avec Jeremy sur les genoux. Que Corrine ait vu sa sœur des douzaines de fois depuis n'y changeait rien : dans son esprit, Hilary restait figée, dans un état de semi-cryogénisation, à l'âge de quinze ans. Elles avaient habité ensemble pour la dernière fois à cette époque, c'était donc toujours une surprise de la voir en femme. Surtout que, dans le genre, elle était assez convaincante. Seules quelques rides évanescentes aux coins des yeux indiquaient qu'elle avait passé la trentaine.

Le premier geste de Corrine, pur réflexe, fut de prendre Jeremy dans ses bras et de le serrer, mais, au lieu de l'étreindre, il se débattit.

– Salut, sœurette.

Hilary se leva du canapé, souple comme un chat dans son top impression léopard. Comme pour mieux préserver l'illusion de jeunesse qu'elle produisait sur sa sœur, elle continuait à se mouvoir et à se vêtir comme une adolescente, et elle avait d'ailleurs le corps qu'il fallait pour ça.

– J'ai pensé que je te ferais une surprise.

– C'en est... c'en est une.

Corrine finit par embrasser sa sœur, la serrant contre elle avec le bras qui ne portait pas Jeremy, un sandwich de sœurs, avec son fils – leur fils ? – au milieu. Pour une surprise, pensa Corrine, c'était une surprise... bien qu'au bout d'un moment l'imprévisibilité se changeât immanquablement en routine.

– Tu es... superbe, dit Corrine.

– Merci.

– Tante Hilary a été à Paris, dit Storey.

– Paris ?

Jeremy se tortilla pour se libérer de l'étreinte de sa mère et se jeta sur le canapé.

– En fait, j'arrive de Londres, mais j'ai passé les deux dernières semaines à Paris.

– Elle a rencontré Madeline, dit Storey, en brandissant son album préféré. Tu le crois, maman ? Tante Hilary connaît Madeline. Pourquoi tu nous as pas dit qu'elle la connaissait ?

– Je n'étais pas au courant, dit Corrine en jetant un regard désapprobateur à sa sœur. Mais maintenant que j'y pense, ça ne m'étonne pas du tout. Votre tante Hilary connaît tout le monde.

– Tout le monde?

– Votre maman blague.

C'était pourtant la vérité. Il était impossible d'ouvrir un magazine ou de regarder un film sans qu'Hilary lâche des remarques intimes sur les icônes bidimensionnelles qui s'y trouvaient. Pourquoi Madeline échapperait-elle à la règle?

– Tante Hilary l'a vue à la tour Eiffel, avec Miss Clavel et toutes les autres petites filles.

C'était typique d'Hilary d'aller raconter à Storey qu'elle était amie avec un personnage de fiction, la fiction étant sa grande spécialité. Corrine n'avait pas envie que Storey se fasse ridiculiser à l'école en racontant ce triomphe à ses camarades. Sa fille ressentait déjà assez d'ambivalence comme ça avec les Choudoux – des créatures féeriques qu'elle avait inventées pour les enfants lorsqu'ils avaient trois ans, et qui possédaient leur propre biographie et leurs propres appartements dans la chambre des petits. Elles avaient déjà débattu de ce thème auparavant, à l'époque où Hilary avait prétendu être très liée à Barbie – à laquelle elle ressemblait, d'ailleurs, comme deux gouttes d'eau.

– Corrine, dit Hilary, pourquoi tu me regardes comme ça?

– Comment, comme ça? demanda Storey. Comment elle te regarde? Maman, qu'est-ce qu'elle veut dire?

Jeremy sautait comme une grenouille sur le sofa.

– Tu as un endroit où dormir?

– Collin a un loft quelque part à SoHo, mais il faut que j'appelle ses voisins pour les clés. Je crois que j'ai un mauvais numéro, j'arrive pas à les joindre.

Comme si, pensa Corrine, elle était censée savoir qui était Collin. Un dealer de drogue merdique, un aristocrate anglais de bas étage, un bassiste, si toutefois on pouvait se fier à l'expérience. Elle désigna le canapé.

– Tu es la bienvenue dans la suite royale.

Leur loft était un de ces vieux appartements en tunnel typique de TriBeCa, de la même forme que l'île de Manhattan elle-même, tout en longueur et en étroitesse, autant d'espace qu'ils avaient pu en acquérir pour leur argent dans les années quatre-vingt-dix, à l'époque où le quartier était encore considéré comme périphérique – un rectangle de cinq mètres sur vingt-cinq avec une seule salle de bains, dans d'anciens locaux industriels désaffectés durant les années soixante-dix. Ils avaient d'abord monté un mur pour créer une chambre tout au fond, puis un autre à la naissance des enfants, sans cesser de se dire, les années filant, qu'ils finiraient sûrement par déménager lorsque les petits auraient besoin d'avoir des chambres séparées. Ce qui commençait à être le cas. Selon les experts, la limite se situait à six ans, mais d'une manière ou d'une autre, toutes les solutions possibles semblaient requérir plus d'argent que ce dont ils pouvaient disposer.

Russell l'appelait depuis la cuisine ouverte. Elle se demanda comment il prenait tout ça.

– Est-ce que Tante Hilary peut nous donner notre bain? demanda Storey. S'il te plaît, s'il te plaît, s'il te plaît.

– Pourquoi pas? dit Corrine.

– On fait la course jusqu'à la salle de bains, dit Storey à son frère.

– On va *marcher* jusqu'à la salle de bains, rectifia Corrine, en rattrapant Jeremy par le dos de sa chemise.

La semaine passée, il avait glissé et s'était cogné le front, se rappela Corrine en s'efforçant de justifier à ses propres yeux le soupçon d'irritation qu'elle avait perçu dans sa voix.

Pendant ce temps, Russell était tout à sa frénésie culinaire dans ce qu'il était convenu d'appeler la cuisine – en souvenir d'une nomenclature propre aux résidences à l'ancienne composées de pièces distinctes –, battant l'air avec son couteau allemand dont la lame mesurait vingt centimètres de long, jonglant avec ses chères casseroles en cuivre et ses poêles en acier françaises, qui pesaient à peu près aussi lourd que les haltères remisés dans le placard de la chambre, et dont le poids avait autant à voir, selon elle, avec l'esthétique macho propre au chef amateur qu'avec la répartition de la chaleur. La cuisine était devenue une sphère nouvelle de la rivalité masculine ; Russell, Washington et son ami cuisinier, Carlo, s'étaient mis récemment à comparer les différents bouchers et les ustensiles avec le même intérêt qu'ils avaient manifesté autrefois pour le démontage des chaînes stéréo, le rock garage, ou les jeunes romanciers. Durant quinze ans, Russell avait semblé parfaitement satisfait de leurs casseroles Calphalon, un cadeau de mariage de chez Macy's, jusqu'au jour où Washington lui avait confié que le sous-chef du Jojo avait déclaré qu'elles étaient bonnes pour les tapettes.

Elle l'embrassa sur la joue.

– Je te jure que je ne savais pas, murmura-t-elle. Ça fait des semaines que je ne lui ai pas parlé – des mois, même. Tu n'es pas en colère, dis ?

– Ne t'en fais pas, elle t'a disculpée.

Elle posa un doigt sur ses lèvres. Russell semblait incapable de parler autrement que très fort, une caractéristique mal adaptée à la vie en loft.

– On peut s'estimer heureux qu'elle ne se soit pas ramenée avec un métalleux ou un criminel quelconque, dit-elle en passant son bras autour du torse de son mari. Est-ce qu'elle va gâcher ton parfait plan de table ? Je vois mal comment...

– Pas d'importance, dit Russell en détaillant un poireau.

Corrine n'en croyait pas ses oreilles. Russell était un vrai maniaque quand il s'agissait d'organiser un dîner. Il était capable de faire une crise de nerfs si Corrine ajoutait, au dernier moment, un invité à sa liste. C'était un des rares secteurs de la vie dans lequel il se montrait excessivement pointilleux. Lorsqu'il coiffait sa casquette de cuisinier / hôte, tout devait être comme ci et pas comme ça. Sans parler du fait qu'il commençait à se lasser de la saga de la belle-sœur prodigue, sans pour autant l'admettre.

Elle secoua la tête.

– Tu veux dire que tu ne vas pas faire une attaque si on est un nombre impair à table ?

20

– Salman a annulé cet après-midi. Ensuite Jim a appelé pour dire que Cody Erhardt était en ville et me demander si ça me dérangeait qu'il se joigne à nous.

À présent, tout était clair.

– Salman t'a donné une excuse?

– Il a un délai à respecter et il part en tournée pour son livre demain.

Corrine sentait qu'il était déçu, bien qu'il aimât faire comme si la présence de Salman Rushdie à un dîner n'avait rien d'exceptionnel. C'était l'une des choses qu'elle détestait à New York: on était censé rester imperturbable et considérer comme évidents des gens impressionnants et des événements sur lesquels on avait follement fantasmé à l'époque où l'on habitait encore Altona ou Amherst. Au moment où l'on se retrouvait enfin du bon côté du cordon de velours, ou assis à la meilleure table du restaurant, on était probablement trop blasé pour admettre combien on s'en réjouissait ou pour apprécier ce privilège comme on l'avait imaginé.

Corrine était authentiquement soulagée. En l'absence de leur illustre convive, la soirée serait sans doute plus décontractée. Ce n'était pas seulement Salman et son aura grisante de célébrité; sa nouvelle fiancée était d'une beauté extravagante, au point d'en devenir une source de dissension sociale. La dernière fois qu'ils avaient dîné ensemble, Russell s'était ridiculisé à force de vouloir l'amuser; de plus, ils avaient autrefois tissé des liens d'amitié avec l'épouse de Salman, la mère de son plus jeune enfant. Corrine ne croyait pas tout ce qu'elle lisait dans les feuilles à scandale et elle refusait de choisir un camp dans les querelles conjugales, mais cette fois, elle se sentait plus concernée que d'habitude. Et elle ne pouvait s'empêcher de redouter qu'une bombe explose dans le voisinage du grand homme, bien que, théoriquement, la fatwa ait été levée. Les gens qui voulaient sa mort n'étaient pas du genre à pardonner et à oublier. Elle s'était toujours sentie angoissée quand Russell se promenait bras dessus, bras dessous avec lui à Londres, et, à présent qu'ils le voyaient à New York, elle ne parvenait jamais à être complètement détendue en sa présence. Au début de l'affaire, à l'époque où il vivait planqué à Londres, entouré de gardes du corps, Russell avait disposé d'un numéro de fax pour le joindre qui transitait par Scotland Yard ou MI5. C'était très james-bondien, ce qui, bien entendu, excitait Russell et son goût pour l'aventure ; cependant au bout d'une semaine passée en sa compagnie à Londres, à faire la tournée des cocktails littéraires où ils croisaient Salman presque tous les soirs, elle avait commencé à trouver cette situation complètement absurde. Si la police secrète iranienne ou Dieu sait qui avait eu un tant soit peu de jugeote, elle n'aurait eu qu'à mettre ces sauteries sous surveillance pendant quelque temps pour finir par le coincer. La fête pour le lancement du nouveau Martin Amis ? Ça vous dit quelque chose ? C'était une chance, bien entendu, sans parler du fait que c'était rassurant, un peu comme si ces fanatiques n'avaient pas été si dangereux que ça en dehors de leur pays. Salman s'était énormément montré à New York durant l'année écoulée et rien de méchant n'avait encore eu lieu.

– Je suis désolée, mon chéri. Tu es très déçu ?

Elle l'embrassa sur la joue tandis qu'il jetait un œil à un livre de cuisine ouvert.

– Ce sera sympa de voir Cody, dit-il.

Au moins le dernier film d'Erhardt n'avait-il déchaîné les fureurs d'aucun fondamentaliste musulman, pour autant qu'elle sût, bien qu'elle se souvînt que des fondamentalistes chrétiens avaient autrefois organisé des manifestations contre l'une de ses œuvres. Russell avait publié trois de ses scénarios regroupés en recueil quelques années auparavant. Cody était un héros aux yeux de ceux qui considéraient que ses pairs de la promotion 1969, ces légendes responsables de la brève renaissance entre *Easy Rider* et *Voyage au bout de l'enfer*, avaient vendu leur âme et succombé aux sirènes du marché pour affronter les crédits conjugués de leur maison et de leur vignoble. Ou encore ils étaient morts, si ce n'est dans la fleur de l'âge, en tout cas dans la fleur de l'excès. Parmi les cinéastes capables de citer trois réalisateurs japonais en dehors de Kurosawa, ceux pour qui l'ère nouvelle du cinéma indépendant s'était ouverte avec *Sexe, mensonges et vidéo*, Erhardt était respecté autant pour son intransigeance et ses nobles échecs que pour les films qu'il avait réellement écrits et mis en scène, bien qu'au moins l'un d'entre eux fût à ce jour reconnu comme un classique.

Elle songea soudain qu'il serait le réalisateur parfait pour son scénario adapté du roman de Graham Greene. Dans ce qui sembla être un de ces moments de communion maritale semi-télépathique, Russell dit :

– Je crois que Jim lui a envoyé un exemplaire de ton scénario.

– Ce serait – il serait génial, dit Corrine.

Non qu'elle eût l'intention d'en parler à table... sauf, bien sûr, au cas où Russell lancerait le sujet. Elle détestait paraître arriviste ou intéressée, une malheureuse séquelle de son éducation wasp – une vision du monde dans laquelle affaires et plaisirs étaient très clairement séparés. Elle avait conscience que c'était une esthétique désuète et parfaitement contradictoire avec l'essence même de la vie sociale à Manhattan.

Ces dîners étaient toujours précédés par un genre de *Sturm und Drang*, comme une poussée de stress – et Corrine se demandait s'ils en valaient vraiment la peine. Le suspense de la soirée avait commencé à monter lorsque Washington avait appelé pour dire que sa femme, Veronica, était malade. À la suite de quoi, Russell avait invité Carlo, qui, en plus d'être chef, un détail qui ne pouvait qu'augmenter le taux d'angoisse et d'adrénaline, appartenait à cette classe de New-Yorkais fêtards pourvus d'épouses fantômes. «Les célibataires mariés», comme les appelait Corrine.

– Puisqu'on sait que Carlo viendra sans sa femme, dit Corrine, pourquoi on n'inviterait pas Martha Stewart, histoire d'achever de te rendre dingue?

– Carlo va adorer Hilary, dit Russell. Difficile de dire qui des deux pelotera l'autre en premier. Quoique en fait, elle a l'air plutôt calme et équilibré pour une fois. En plus, elle s'occupe des enfants. Et tu aurais dû voir comme ils étaient contents qu'elle soit là.

– Elle ne leur a pas parlé depuis trois mois.

Il interrompit son découpage et leva les yeux.

— Un peu d'irritabilité, je me trompe?

— Juste une remarque.

Le thème de sa sœur était lourd de… lourd de lourdeur, en fait.

— Peut-être qu'elle a perçu une certaine, je ne sais pas, une certaine ambivalence chez toi.

— Qu'est-ce que tu sous-entends par là?

— Je ne sais pas. C'est juste que… Je crois que nous n'avons pas fini de faire le tour de la dynamique de cette… famille élargie, disons.

Elle regardait ses mains, tressaillant à chaque coup de la lame étincelante. Russell était tellement maladroit; le maniement de cet impitoyable ustensile allemand aurait dû lui être interdit – pour preuve, les cicatrices récoltées au cours de ses diverses expériences culinaires.

— Tu veux dire que je suis angoissée?

Russell posa son couteau et l'enlaça, maintenant ses mains mouillées à distance de son dos.

— Pour tout dire, c'est un cas d'école en matière de névrose familiale. Tu adores ta petite sœur, mais il se trouve qu'elle te rend dingo.

Corrine se laissa apaiser, tout en essayant de se rappeler la dernière fois que Russell l'avait tenue dans ses bras. Elle aurait dû marquer chaque étreinte d'une pierre blanche, de la même manière qu'elle notait l'arrivée irrégulière et peu fréquente de ses règles.

— Est-ce qu'il nous reste du thym?

Elle regarda sa montre.

— Il est presque sept heures et demie.

— Non, pas du temps, dit-il. Du thym.

— Tu veux dire quoi, là?

— L'herbe? Le *thym*?

Elle lui jeta un regard sombre. Bon Dieu, ce qu'elle pouvait détester l'état de tension et de mauvaise humeur dans lequel il était avant un dîner. Pourquoi s'inquiétait-il? Pourquoi ne se contentait-il pas de commander du chinois comme tout le monde ou de faire livrer un truc tout prêt de Dean and DeLuca qu'il compterait en frais de représentation ?

— Putain, comment tu veux que...

Elle baissa la voix :

— Comment tu veux que je sache ? Du *thym* ? Je ne suis même pas sûre de savoir à quoi ça ressemble. La cuisine, c'est ton domaine, pas le mien. Les bons petits plats font partie de ta recette pour mener la belle vie, pas de la mienne. Ce n'est pas moi qui ai invité ton ami chef de je ne sais quel grand restaurant et dont la présence t'angoisse tellement que tu ne tiens pas en place.

Le thym ? Tout ce qu'elle savait du thym était qu'il entrait dans la composition du titre de la chanson de Simon et Garfunkel, « Rosemary and Thyme ».

— Pardon, dit-il.

— En d'autres termes, ce n'est pas une question que tu me poses. Tu me signales que nous n'avons pas de thym en espérant que je vais courir en chercher.

— Tu crois que tu pourrais aller faire un tour à l'épicerie du coin ?

Corrine poussa un soupir. Elle estimait qu'il valait mieux accomplir cette mission que d'être le témoin de la panique montante du chef maison, mais en même temps elle avait envie d'explorer le cas Hilary un peu plus en profondeur. Et puis non, elle n'en avait pas envie.

— Alors qui vient, au juste ?

— Carlo...

— Je ne comprends toujours pas pourquoi tu l'as invité. À part si tu es incapable de recevoir du monde quand tu n'es pas sous pression.

— Carlo ne s'attend pas à un dîner quatre étoiles. Il est simplement reconnaissant d'être invité chez des gens. Tout le monde a la frousse de cuisiner pour lui.

— Eh bien je suis ravie que toi, au contraire, tu sois tellement relax.

– Tout va bien.

– Qui d'autre?

– Nancy Tanner...

– J'aime bien Nancy.

Nancy était l'éternelle célibataire de leur lot d'amis. Cinq ans plus tôt, Russell avait publié son premier roman, l'histoire d'une éternelle célibataire, et c'était devenu le best-seller surprise. Corrine éprouvait une certaine nostalgie en pensant à l'époque où les anecdotes de Nancy sur ses rendez-vous galants catastrophiques ne ressemblaient pas encore à des brouillons qu'elle testait en société pour son prochain bouquin ou sa prochaine émission de télé, mais elle disait toujours, lorsqu'il lui fallait la défendre, qu'elle l'avait bien mérité. Elle avait galéré pendant des années, à l'étroit dans des studios sans ascenseur, subsistant sur la base d'un régime d'amuse-gueules et de cigarettes, investissant de malheureux espoirs intermittents dans des prétendants inadéquats. Elle mentait même sur son âge, qui était devenu le clou des échos mondains – mais comment l'en blâmer? Des femmes comme Casey détestaient Nancy parce qu'elle était jolie, mince et refusait de se plier à leurs règles, et aussi parce qu'elles se l'imaginaient courant après leur mari. Trouvant sa propre vie de plus en plus circonscrite aux rituels de l'âge moyen et de la maternité, Corrine appréciait de fréquenter quelqu'un qui buvait trop et couchait avec des inconnus. Il arrivait que certains d'entre eux soient mariés, mais Nancy ne piétinait jamais les plates-bandes de ses amies. Et on pouvait toujours compter sur elle pour mettre les pieds dans le plat en plein dîner – un art pour ainsi dire perdu à l'aube de ce nouveau siècle – surtout depuis que Washington Lee avait arrêté de boire. Quelques mois plus tôt, lors de leur dernière réception, elle avait déclaré à Paul Auster qu'il ferait bien de lire du John Grisham «pour muscler ses intrigues».

En fait, Nancy avait beaucoup en commun avec la petite sœur de Corrine, sauf qu'Hilary n'avait pas encore écrit de livre, ni effectué la transition vers l'acte deux – toujours fêtarde à l'âge de trente ans et des poussières: la petite amie, la compagne de voyage, l'actrice de troisième plan menant une vie de star. Si Corrine ne se trompait pas, Hilary aurait trente-cinq ans à son prochain anniversaire – l'âge le plus terrifiant pour une citadine célibataire, ce que Nancy avait appelé dans un article récent «l'équivalent femelle des deux dernières minutes de match». Il restait du temps, mais pas tant que ça. L'horloge biologique poursuivait son tic-tac.

– Et, bien sûr, celui dont nous fêtons l'anniversaire, et sa dragonnesse – Jim et Judy. Et puis Washington, et maintenant, ta sœur.

– Ne les mets pas à côté – Washington et Hilary, je veux dire. Ils seraient capables de rouler ensemble sous la table avant qu'on ait fini les entrées.

– Où est le téléphone ? demanda Russell, tournant la tête comme un périscope, affolé par le désastre de la cuisine. Il faut que je demande un tuyau à Carlo pour la viande.

Parfois elle se demandait comment il ne se rompait pas le cou à force de faire pivoter ainsi sa tête à la manière d'un merle hystérisé par un nid d'asticots.

– Qu'est-ce que tu prépares ?

– *Poitrine de veau farcie**.

– Ce que tu peux faire tapette, parfois. C'est quoi en américain ?

– Un genre de plat rétro.

– Ça m'a l'air un peu lourd. Il doit faire vingt degrés dehors.

– Eh, je te signale qu'on n'est plus en été.

– Alors comment ça se fait que tu es en polo ?

Lorsque Corrine passa la tête par la porte de la salle de bains, elle vit qu'Hilary était dans la baignoire avec les enfants. Elle ouvrit la bouche mais se trouva à court de mots, incapable de trouver la réplique adéquate. Si sa conversation avec Russell l'avait rendue plus douloureusement consciente de ses sentiments pour sa

* Les expressions en italique suivies d'un astérisque sont en français dans le texte *(N.d.l.T.)*.

sœur, elle était néanmoins traversée par la terrifiante prémonition qu'Hilary était venue lui arracher ses enfants ; et elle avait envie, avait besoin, à l'instant, de sortir Jeremy de l'eau, loin de sa... tante était le mot qui s'était formé dans son esprit. Mais, bien entendu, Hilary était plus que sa tante – et c'était le cœur même du problème.

Elle tenta de concentrer son indignation sur l'indécence du corps nu d'Hilary, un corps qui n'était ni celui d'une tante ni celui d'une mère, mais celui d'une starlette, un objet de fantasme tout droit tiré d'un magazine. La scène aurait-elle été moins choquante si son fils de six ans s'était trouvé dans le bain aux côtés d'une silhouette plus garçonne ? Jeremy, cependant, paraissait indifférent, tournant le dos aux nichons de sa tante, une figurine Pokémon dans chaque main. Et Russell, qui pouvait d'un moment à l'autre débarquer pour voir si tout allait bien ? Pour tout voir. Voir ces choses. Car soudain, elle les voyait – les seins de sa sœur – à travers les yeux de Russell, comme des objets possédant une existence autonome. Elle eut soudain l'impression d'avoir un aperçu très net de l'âme masculine, du pouvoir objectivant du désir masculin.

Elle essaya de se rappeler la dernière fois qu'elle avait vu sa sœur nue. Sa poitrine était-elle si prononcée ? Tellement là ? Elle se surprit à chercher des cicatrices. Ayant vécu toutes ces années à L.A., il était évident qu'Hilary avait dû se les faire arranger. C'était bien son style de toute manière. Comme si elle avait lu dans les pensées de sa sœur, Hilary se mit à se savonner les seins en regardant Corrine, innocente et sans gêne, ou encore, provocante.

– J'ai pensé que je ferais mieux de me faire toute propre pour tes invités.

Est-ce qu'ils auront droit à un aperçu de ta poitrine ? se demanda Corrine.

Storey, qui s'était contentée jusque-là de chantonner, gazouilla une chanson à pleins poumons :

Quand tu dis adieu
Ce n'est pas que tu vas mourir

Alors sèche tes yeux
Tu vas bientôt revenir.

– C'est une très jolie chanson, dit Corrine.
– Je viens de l'inventer.
Où allait-elle chercher tout ça ?
– Ça, c'est Pikachu, dit Jeremy, en brandissant un Pokémon, une obsession qui avait achevé les dinosaures.
– Enchanté, Pikachu.
– Maman ? dit Storey. Tante Hilary connaît les Backstreet Boys.
– Ça ne m'étonne pas, chérie, dit Corrine. Ça ne m'étonne pas.
Corrine était en train de s'habiller quand Russell, portant son tablier de Chez Panisse, déboula pour annoncer l'arrivée de Washington Lee.
Après toutes ces années, elle s'étonnait encore de la brutalité des entrées de Russell, comme dans une comédie bouffonne. Boum Calloway. Le plus souvent, toutefois, elle le trouvait attendrissant, les embardées de Russell compensant des prétentions plus décadentes. Elle regarda sa montre.
– Tu te souviens de l'époque où Washington arrivait systématiquement avec deux heures de retard ?
– C'était avant qu'il arrête de boire. Maintenant il veut dîner à six heures et demie pour pouvoir aller au lit à dix heures.
C'était triste, en un sens, la disparition de ce génie brillant qui jaillissait dès que Washington avait bu un verre de trop. Corrine n'était pas particulièrement attirée par les Noirs en général, mais l'éclair dans ses yeux lorsqu'il atteignait sa vitesse de croisière, les vilaines confidences dans lesquelles il vous entraînait, les commentaires outrageants et obscènes qu'il prononçait toujours avec une sécheresse et un aplomb parfaits, la manière dont il jouait avec la crainte qu'on avait d'être un Blanc pas cool du tout jusqu'au moment où il vous absolvait, à la dernière minute, vous laissant rire d'eux avec lui... Le méchant vieux Washington lui manquait, celui qui se levait en chancelant au moment du dessert pour réciter

des échantillons de poésie en plusieurs langues avant d'aller se faire l'une des invitées dans la salle de bains. Tout cela était infiniment drôle, jusqu'au moment où ça devenait simplement vulgaire, un moment qui arrivait de plus en plus tôt dans la soirée avec le temps et qui avait perdu beaucoup de son charme depuis son mariage avec Veronica et l'arrivée du bébé. Et puis un jour, il avait tout arrêté, sevrage brutal et total, et, à présent qu'il était devenu un élément beaucoup moins imprévisible, elle se languissait de cette étincelle, de sa lueur démoniaque perdue... Les lumières baissaient à mesure qu'ils atteignaient la quarantaine, et pour certaines, s'étaient complètement éteintes.

Russell se débarrassa de son tablier et le fourra dans son placard.

— Tu as une idée de combien de temps Hilary compte rester ?

— Pas eu le temps de demander.

Elle le regarda fixement.

— Ça ne te dérange vraiment pas, j'espère ? Dieu sait que nous lui devons énormément.

— J'aime beaucoup Hilary, dit Russell. J'adore Hilary.

Il sortit de la penderie une de ses chemises anglaises habillées à rayures.

— Qu'est-ce que t'en penses ? Ça avec un blazer et un jean ?

— Très « une soirée à la maison dans l'Upper East Side », dit Corrine en souriant de la fierté que Russell tirait du style légèrement vieux jeu et volontairement à contre-courant de la mode qu'il avait adopté, surtout depuis qu'ils avaient déménagé dans le centre-ville. Il était l'un des rares humains au sud de la Quatorzième Rue à ne pas posséder un jean noir.

— Peut-être qu'elle pourra faire du baby-sitting, dit-il. Je veux dire, ce n'est pas que je la trouve particulièrement qualifiée dans ce domaine. Mais, d'un autre côté...

— Laissons tomber l'autre côté, dit Corrine, désignant d'un mouvement de tête Jeremy qui était soudain apparu à la porte.

— Eh, Papa, dit-il. C'est quoi qui va plus vite, une Ferrari ou une Porsche ?

– Ça dépend, dit Russell.

– Le père de Jimmy Clifford, il a une Ferrari, mais le père d'Asher Gold, il a une Porsche.

– Ferrari, dit Russell.

– C'est bien ce que je pensais. Merci, Papa.

C'était l'un des dangers qu'on encourait en élevant ses enfants à New York, pensa-t-elle, du moins lorsqu'on essayait de subsister avec moins de deux cent cinquante mille dollars par an. Les Ferrari et les Porsche. Lorsqu'ils étaient venus s'installer à TriBeCa, c'était un genre de ville frontière, peuplée d'artistes, de musiciens et de familles qui ne pouvaient pas se permettre d'habiter plus au nord, dans les quartiers chics, et qui se fichaient d'avoir à remonter dix pâtés de maisons pour pouvoir faire leurs courses, mais, durant les dernières années, le quartier avait été envahi par les jeunes loups de Wall Street, les célébrités et la famille princière Kennedy. S'ils avaient été propriétaires de leur loft, au moins auraient-ils profité de l'embourgeoisement du secteur, mais, étant locataires, ils n'avaient rien retiré du boum. Bien que leur loyer fût, pour le moment, stabilisé, ils vivaient dans la crainte d'avoir un jour à le payer au prix du marché. Elle avait essayé de convaincre Russell de visiter des maisons à Brooklyn ou même à Pelham, un refuge pas trop lointain pour l'intelligentsia entre deux âges qui comptait encore quelques maisons non rénovées et de bonnes écoles publiques, mais il était déterminé à tenir son rang au cœur de Manhattan, prétendant qu'il était trop vieux pour Brooklyn et trop jeune pour Pelham – une remarque typiquement russellienne.

– Comment tu me trouves ? demanda Corrine en lissant ses cheveux vers l'arrière, face à lui.

– Super, répondit-il sans regarder.

– Comment tu sais ?

Il se détourna du miroir dans lequel il s'observait pour ajuster son col.

– Je n'adore pas cette robe.

– Qu'est-ce qu'elle a, cette robe ?

– Trop serrée à la poitrine. Ça te donne l'air plate.

– Je suis plate.

Elle revit en pensée les seins d'Hilary, leur volume, leur élan.

– Mais non.

Il semblait prendre la chose très à cœur, comme si elle s'était permis de dévaluer un bien marital. Pour sa part, Corrine était plutôt satisfaite de ce que la nature lui avait attribué et considérait secrètement que la taille des bonnets était inversement proportionnelle à celle du QI.

– Enfin, bon, 85 B, voire A, c'est pas ce que j'appelle une grosse poitrine.

– Tu m'as demandé mon avis, ma chérie, je te le donne.

– Va voir si Storey est en pyjama. Puisque moi, je dois me changer.

Bien qu'elle ne partageât pas forcément l'opinion de Russell concernant la robe, elle ne pouvait plus la porter, elle se sentait gênée – une mauvaise façon de commencer la soirée. Pourquoi tout semblait, soudainement, tourner autour des nichons?

– Eh, Maman, dit Jeremy. Est-ce que les humains peuvent se transformer?

– Comment ça, mon doudou?

– Je veux dire, est-ce qu'ils peuvent se changer en autre chose?

Surprise, elle détourna les yeux de sa trousse de maquillage et vit qu'il était en train de jouer avec l'un de ces robots Transformer qui peuvent se changer en camion, en tank ou en avion.

– C'est une excellente question, mon chéri.

– Et alors, y peuvent?

– Tu ferais mieux de demander ça à ton père.

2

Où qu'il regardât, il voyait un 4 × 4 noir aux vitres fumées, longeant le trottoir ou parqué en double file, comme un crocodile embusqué aux abords d'une rivière. La veille, le même véhicule, ou une voiture identique, était garé à la sortie de son gymnase, mais lorsque Luke s'était approché, il avait disparu dans le flot du trafic en direction des quartiers chics avant qu'il ait eu le temps de noter le numéro d'immatriculation. Alors qu'il n'avait rien remarqué au moment de héler un taxi devant la New School, le mastodonte noir les avait suivis depuis leur sortie du tunnel vers la gare de Grand Central, les filant sur Park Avenue, tournant à l'angle de la Quatre-Vingtième puis dans Lexington, les dépassant lentement alors que son taxi le déposait devant l'immeuble où sa fille voyait son psychiatre.

Lorsque, quelques minutes plus tard, il confia ses soupçons à Ashley – qui fut étonnée, si ce n'est forcément enthousiasmée de le voir sur le trottoir – elle roula des yeux, avec cette exaspération très particulière qu'elle semblait réserver exclusivement à son père.

– Tu sais combien il y a de 4 × 4 noirs dans cette ville? La moitié des filles à l'école se font raccompagner dans ce genre de voitures.

Elle avait raison, bien sûr. Durant la dernière décennie, elles étaient devenues aussi omniprésentes que les Lincoln, véhicules furtifs hypertrophiés de la richesse urbaine.

– Tu es au courant que j'ai mon cours de soutien chez Bethany dans quelques minutes? ajouta-t-elle excédée.

– En fait, je m'étais dit que tu pourrais la planter là pour aller boire un café avec moi.

Elle sembla peser le pour et le contre l'espace d'un instant.

– C'est notre première session de l'année. Après les grandes vacances et tout.

– Bon, ben alors, laisse-moi t'accompagner à pied, dit-il en essayant de masquer sa déception.

– Je crois que Maman a raison, finalement, dit-elle, alors qu'ils empruntaient la Quatre-Vingtième vers l'ouest. Tu as trop de temps libre.

Il décida d'ignorer cette remarque.

– Comment c'était à l'école?

– Normal.

– Tu es contente de tes profs?

– Mouais.

– Alors tu penses que j'ai fait un don suffisamment important l'année dernière?

Il n'en revenait toujours pas d'avoir appris ce que la mère d'une élève avait expliqué à Sasha, au cours d'un déjeuner l'année passée: que pour être sûr d'obtenir les meilleurs profs pour leur fille, les parents étaient censés donner dix mille dollars en plus des frais ordinaires de scolarité, qui s'élevaient déjà à trente mille. Il n'en revenait pas davantage d'avoir cédé. Dans les quartiers chics de l'Upper East Side, la charité tendait à entraîner ce genre d'analyse coûts-bénéfices.

– Sûrement.

Tandis qu'ils s'acheminaient vers la Cinquième Avenue, leur conversation se déroulait, claudiquant, comme un marcheur pourvu d'une jambe rachitique.

Il la laissa devant la porte d'une maison de ville en pierre blanche Art déco.

– Ta mère et moi nous sortons ce soir.

– Je sais, dit-elle en se retournant au moment de passer la porte. Au gala dans le zoo. Maman ne t'a pas dit que je venais aussi? Elle avait une table en plus, alors j'ai invité des amies.

En arrivant dans son appartement, Luke alla voir sa femme, qui était en pleine séance de mise en beauté avec son équipe de maquilleurs et de coiffeurs, et demeura sur le seuil de la chambre, réticent à pénétrer dans cette enclave embaumée et survoltée. Au fil des années, il se sentait de toute façon de moins en moins chez lui dans leur chambre à coucher. Ses prétendus ronflements, ses trajets nocturnes aux toilettes pour cause de prostate enflammée, leurs différences d'emploi du temps – tout cela s'ajoutait pour justifier de nombreuses nuits passées sur la méridienne de la bibliothèque. Lorsqu'il avait quitté son emploi, il avait pensé que cela changerait, que la ferveur sexuelle de leurs jeunes années – ou du moins la convivialité complice de leurs années plus récentes – s'en trouverait ravivée; mais c'était le contraire; il passait encore moins d'heures dans le lit conjugal qu'à l'époque où il travaillait encore, et les rapports sexuels n'avaient lieu que sur rendez-vous. Malheureusement pour lui, il la convoitait encore. Être libéré de ce désir précis aurait été une bénédiction, comme cela l'avait apparemment été pour nombre de maris de sa connaissance en couple depuis longtemps.

Debout dans l'encadrement de la porte, l'observant au milieu de son régiment d'avant soirée, il se souvint d'une remarque de Bismarck qui s'appliquait aussi bien aux lois qu'aux saucisses : l'éclat de la féminité résultait de préparatifs auxquels il était préférable de ne pas assister. Autrefois, Sasha s'était montrée aussi stricte qu'une jeune promise le jour de son mariage sur la nécessité de faire toilettes à part, le bannissant de la chambre, du temps où elle se coiffait et se maquillait encore elle-même; mais elle avait renoncé depuis longtemps à se soucier de préserver des regards mâles cette part de sa mystique.

C'était l'une de ces grandes beautés reconnues, de ces femmes pour qui le tombé d'un vêtement et la forme d'un sourcil constituent des sujets d'études approfondies, qui se soumettent non seulement aux profs de gym, aux coiffeurs et aux stylistes, mais aussi aux scalpels des chirurgiens dans la quête de l'idéal féminin, qu'elles-mêmes, à leur tour, contribuent modestement à forger après que leurs photos sont parues dans les pages people de *Town & Country* et de *W*. En un sens, c'était son métier d'être belle. D'ailleurs, Luke était encore fier d'elle de ce point de vue très superficiel, il aimait entrer quelque part avec Sasha à son bras.

La coiffeuse braquait un sèche-cheveux énorme en direction du crâne de son épouse, exposant bizarrement son cuir chevelu rose – memento mori – sous le jet d'air chaud, tandis que sa collègue tamponnait les paupières de Sasha à l'aide d'un petit pinceau. Au bout d'un moment, la coiffeuse remarqua Luke, debout dans l'encadrement de la porte, et éteignit le séchoir.

Ouvrant les yeux, Sasha le regarda dans le miroir.

– Oh, Luke, tu es là. Tu ne trouves pas que cette ombre à paupières est trop lourde ?

C'était sa voix qui était lourde d'ombres, voilée et écorchée par des années de cigarettes, mais d'autant plus séduisante. Les gens commençaient à dire qu'elle avait le même timbre que sa copine, Betty Bacall. Même à cette étape intermédiaire de ses préparatifs, elle pouvait attiser son désir, et en cet instant, il lui en voulait presque de le provoquer ainsi.

– Ça dépend. Tu veux avoir l'air mystérieux ou tu veux faire un peu pute ?

– C'est bien ce que je pensais, dit Sasha. Allégeons un peu les paupières, Yvonne.

Bien que renommée pour son sens de la mode, courtisée par les créateurs et adorée par leurs assistants, toujours en bonne place dans le palmarès des femmes les mieux habillées – elle serait assise au premier rang de tous les défilés durant la Fashion Week qui devait commencer d'un jour à l'autre –, Sasha continuait de s'en remettre au jugement de Luke pour les questions de goût basiques et de proportions, peut-être une sorte d'instinct, vestige de l'époque où elle ne s'habillait et ne se faisait belle que pour lui, ou, du moins, spécialement pour lui.

– Qu'est-ce que tu vas porter ? demanda-t-elle tandis que le séchoir reprenait son hurlement.

– Un fourreau en tulle Dolce & Gabbana sur un soutien-gorge sans bretelles effet push-up.

– Quoi?

– Mon smoking.

C'était pour ainsi dire une tautologie – les organisateurs du gala exigeaient qu'on porte l'habit.

– Sans blague. Je veux dire lequel?

– L'Anderson & Sheppard.

– Luke, ça fait dix ans que tu portes ce truc. Le tissu commence à lustrer.

– Et j'espère bien le porter les dix prochaines années.

– Sans parler du fait qu'il pend littéralement sur toi.

Elle se tourna vers les filles.

– Luke a perdu sept kilos depuis qu'il a quitté son emploi, ce qui, de mon point de vue, est la seule bonne chose qu'ait apportée cette lubie du trouve-toi-toi-même – s'être débarrassé de sa brioche de repas d'affaires –, bien que je commence à me demander si ce n'est pas parce qu'il a une aventure, dit-elle. Pourquoi tu ne mettrais pas l'Ozwald Boateng que je t'ai acheté à Londres?

– Quand je serai jeune.

Le vêtement en question était coupé comme un étui à cigare et le faisait ressembler à un nominé pour les oscars conseillé par une équipe de stylistes trop zélés.

– Maintenant qu'il est au chômage, dit Sasha aux filles, Luke a décidé de travailler son humour.

Il s'assit sur le lit et coula lentement dans les profondeurs duveteuses de la couette.

– Et toi, que comptes-tu porter pour nous mettre tous au tapis?

– Ne t'en fais pas. Oscar m'a prêté une des robes du showroom.

– Je ne m'en faisais pas.

– Non, c'est juste pour que tu saches que tu as une petite *hausfrau* très économe.

Il apprécia le verbe dans toute sa connotation possessive.

— Elle est *démente*, cette robe, dit Sasha.

— Tu ne vas pas en croire tes yeux, dit Clarice.

— Elle est mortelle, dit l'autre.

— Mortelle grave.

Le séchoir reprit.

Il regarda autour de lui comme pour se familiariser à nouveau avec la chambre. Tandis que les pièces de réception étaient décorées dans un esprit néoclassique plutôt austère, selon le style à la mode dans leur petit monde à la fin des années quatre-vingt-dix, la chambre était un nid d'amour pastel, les appartements de la reine des abeilles, toute capitonnée et tendue de tentures à motifs et de tissus matelassés Fortuny, Scalamandre et Brunschwig.

— Est-ce que tu aurais une idée, demanda-t-il lorsque le séchoir se tut, de pourquoi on me ferait suivre ?

— Qu'est-ce que tu racontes ?

— Je te raconte que je n'arrête pas de voir le même 4 × 4 noir partout où je vais.

— Il travaille aussi sa paranoïa, annonça Sasha à son équipe, à présent qu'il a tout son temps sur les bras.

Elle se tourna vers Luke :

— Peut-être que tu ferais mieux d'écrire un thriller plutôt que ton bouquin sur les films de samouraïs.

Puis, de nouveau, aux filles :

— Il a passé un an à Tokyo quand il travaillait pour Morgan et a investi dans tout l'attirail bushido. Bien sûr, tous les banquiers d'affaires aiment se voir comme Toshiro Mifune dans *Yojimbo*, taillant allègrement dans la concurrence. Tout ce fatras de l'art de la guerre. Il s'est loué un petit bureau sur la Soixante-Seizième soi-disant pour écrire, mais j'imagine qu'il s'en sert davantage pour inviter des créatures exotiques. Ou peut-être pour mater du porno sur Internet.

— J'essaie simplement de ne pas être dans tes pattes, ma chérie, dit Luke.

Elle ne redoutait pas sincèrement des infidélités de la part de son mari ; c'était surtout son oisiveté choisie qui la tourmentait.

Bien qu'il eût calculé six mois plus tôt qu'ils pourraient maintenir leur train opulent durant plusieurs années, sans pour cela qu'il ait besoin de recommencer à travailler, elle s'inquiétait du possible déclin de leur niveau de vie, et même de sa stagnation. Si on lui avait demandé son avis, Sasha aurait, sans hésiter, troqué les sept kilos qu'il avait perdus contre les sept zéros de son ancien revenu annuel, et, d'ailleurs, la chute vertigineuse du marché au printemps dernier avait soudain ravivé ses craintes. Il ne lui avait pourtant pas confié l'ampleur de leurs pertes, car il était l'actionnaire principal d'une société de production de films indépendants qui était, il le redoutait, sur le point de sombrer à la suite d'une malencontreuse diversification dans la communication à haut débit; orientation qu'il avait lui-même encouragée, à l'époque où il n'était encore que le banquier d'affaires de la boîte, en ces temps pas si lointains où on faisait pleuvoir de l'argent sur le premier petit jeunot de vingt-cinq ans venu, pourvu qu'il ait un ordinateur portable et un business plan.

En dehors de ses inquiétudes concernant son argent de poche mensuel, Sasha semblait légèrement embarrassée d'avoir un mari dont la position au sein de la communauté n'était plus clairement définie. Il se considérait comme un rōnin, un samouraï sans maître, et, d'une certaine manière, il avait espéré qu'elle partagerait son exaltation face à cette liberté, qu'elle trouverait ça romantique, voire sexy, d'avoir un mari qui était autre chose qu'un costume sur pattes.

Dans le cadre de son programme d'exploration et d'amélioration de soi, il avait prévu de passer l'été à voyager à travers l'Europe en famille, mais Sasha avait répugné à manquer la saison à Southampton, tout comme leur fille, qui paraissait penser qu'une heure loin de ses amies était un gâchis épouvantable; à la fin, il avait transigé sur deux semaines tristounettes en Italie.

– Il y a un terme pour désigner les gens comme Luke, annonça Sasha. Ces hommes qui encaissent leurs gains précocement et quittent la table de jeu. Il y en a des dizaines dans cette ville. Les fantômes ambulants. C'est comme ça qu'on les appelle. C'est bien trouvé, non?

— La vache, j'adorerais pouvoir prendre ma retraite, moi, dit Clarice, en pointant son séchoir vers le plafond. Je veux dire, c'est ce dont tout le monde rêve, non ?

— Luke, je crois que nous avons trouvé ta future femme.

À sa décharge, Clarice rougit.

— Au fait, qu'est-ce que c'est que cette histoire d'Ashley qui va au gala ?

Il aurait préféré avoir cette discussion en privé, mais son irritation le poussa à poursuivre :

— J'aurais vraiment aimé que tu me consultes là-dessus. Je ne vois pas l'intérêt pour elle d'assister à ce genre d'événements, vu son âge. Surtout qu'elle a cours le lendemain.

— Nous avions une table en plus et j'ai pensé que ça lui ferait plaisir de pouvoir inviter ses amies. Ne joue pas les vieux croûtons.

— Elle a treize ans, Sasha.

— Quatorze. Il me semble que je te revois en train de t'ennuyer à mourir à sa fête d'anniversaire le mois dernier.

— Si on t'avait laissé faire, cela aurait davantage ressemblé à un « Bienvenue dans l'âge adulte ». Tu ne crois pas qu'elle est assez précoce comme ça, bon sang ?

— Quel mal y a-t-il ? C'est important de lui faire connaître du monde.

— De la préparer pour une vie de galas de charité ?

— Elle sera avec ses copines. Elle va directement chez Bethany pour se changer là-bas, comme ça on se retrouve au zoo.

— Tout ça parce que la mère de Bethany autorise sa fille à s'habiller comme une pute et à traîner dehors jusqu'aux aurores.

Luke avait fini par mesurer trois ans plus tôt l'écart qui séparait ses ambitions de celles de sa femme concernant leur fille lorsque, en feuilletant le magazine du *Sunday Times* un matin, il était tombé sur une photo couleurs pleine page d'Ashley, debout devant leur immeuble dans un trench-coat Gucci, sous le titre : MANHATTAN, LES ENFANTS DE LA MODE. Il aurait dû aussitôt afficher sa position de principe. Marquer le coup, cette fois-là, ou n'importe quand depuis. Au lieu de ça, il avait laissé faire, passant chaque heure du jour à construire une carrière qui finançait un mode de vie pour lequel, personnellement, il s'en apercevait soudain, il n'avait aucun goût.

L'autre raison pour laquelle la présence d'Ashley au gala l'agaçait était que cette fameuse « table en plus » devait coûter au moins dix mille dollars.

Après avoir enfilé son smoking, il dériva jusqu'au salon cathédrale rarement utilisé – et qui semblait retenir son souffle dans l'attente d'une hypothétique séance photos pour le magazine *Architectural Digest* ou *House & Garden* –, remarquant au passage la présence de ce qui semblait être un nouveau divan Christian Liagre qu'il était presque certain de n'avoir jamais vu auparavant, puis se rappelant que Sasha avait menacé de réactualiser la déco avec quelques belles pièces contemporaines, s'il était vraiment impossible de tout refaire à neuf cette année. « Cette ambiance néoclassique à la Biedermeier est tellement datée milieu des années 1990 », avait-elle conclu. D'ailleurs il se demandait maintenant s'il reconnaissait le tapis – était-ce le même Tabriz ou Chiraz qu'ils avaient foulé durant des années, ou avait-il été remplacé récemment? Pour une raison mystérieuse, il avait l'air différent.

La lumière diminuait rapidement, les jours raccourcissaient, bien que la chaleur de l'été s'attardât dans l'air. Par la fenêtre, Luke admirait les réservoirs d'eau de la Cinquième Avenue vers le Parc, étudiant la sénescence de la lumière diurne, qui semblait presque gluante, prête à coaguler, s'efforçant d'enregistrer ce moment parfait de transition entre le jour et le soir, cet instant où la lumière, en mourant, était au plus proche de son essence.

C'était l'heure de l'expectative et des préparatifs, le pivot immobile entre les activités de la journée et les promesses de la nuit. Il avait l'impression d'attendre que quelque chose arrive. Un miracle. Quelque chose d'autre que le gala marquant officiellement l'ouverture d'une nouvelle saison d'automne. N'était-ce pas cela la promesse de la ville – que tout pouvait arriver – l'éventualité d'une émeute, d'une réinvention? Mais peut-être avait-on abandonné ce genre d'espoir en route... alors qu'il passait son été dans les Hamptons, ou tandis qu'il travaillait encore au centre-ville? Quand il avait fêté ses quarante ans?

Finalement, Sasha apparut sur le seuil, vibrante, lui sembla-t-il, de la conscience de sa propre beauté onctueuse, avec ses cheveux comme un casque d'or, vêtue de ce qui ressemblait à une cascade d'or retenue par un lien unique à son épaule. Diane chasseresse.

Bon Dieu, pensa-t-il. On en mangerait.

– Alors? Elle est *démente*, non?

– Absolument.

– Tu ne trouves pas qu'elle est mortelle?

– Ben, fit-il, n'étant jamais parvenu à se familiariser avec cette expression qu'elle employait pourtant à longueur de temps et qu'il entendait dix fois par jour.

Il l'attira vers lui et leva la main pour lui caresser le front.

– Luke, dit-elle, en se tortillant pour échapper à son étreinte. Mes cheveux.

À leur étage, les portes de l'ascenseur s'ouvrirent sur Tupper Carlson en smoking; Tupper Carlson, directeur d'une boîte de finance et, accessoirement, président de leur copropriété. Il était descendu depuis son penthouse, accompagné de son grand héron bleu de femme, dont les jambes en baguettes et le bec proéminent étaient tout à fait remarquables. (Cinq ans auparavant, alors que sa candidature était en passe d'être soumise au comité chargé d'étudier les demandes, Luke avait effectué un don de cinq mille dollars à l'Audubon Society, où elle siégeait, parfaitement à propos, vu son physique.) Ses bras tendineux et fins comme des crayons, ainsi que ses mains noueuses, étaient mal assortis à son visage ferme de porcelaine glacée. Ses bras et ses mains avaient soixante ans, alors que son visage n'en avait que quarante. L'œuvre du Dr Baker, son Praxitèle, comme l'avait un jour noté Sasha.

– Quelle robe somptueuse, dit Sasha.

– Oh, ça ? Je l'ai trouvée dans mon placard. Je ne me rappelle même plus où je l'ai achetée.

– Elle est *démente*, dit Luke, en souriant bêtement.

Ce couple royal manifestait toujours une certaine irritation lorsqu'il se voyait contraint de partager l'ascenseur, s'étant méthodiquement isolé des contacts inattendus avec la gent humaine, au moyen de leur voiture avec chauffeur, de leur jet privé et de leurs clubs fermés. En tant que président de la copropriété, Carlson avait choisi de remplacer le garçon d'ascenseur par une console de contrôle reliée à un système de surveillance vidéo, qui permettait au gardien de réguler la destination de la cabine – sans doute afin d'épargner à Carlson l'inconfort de partager ce moyen de transport exigu avec un représentant des castes inférieures, bien qu'il eût justifié ce changement en termes d'économies sur le budget. C'était aussi Carlson qui, pour empêcher les moins riches d'infester l'immeuble, avait augmenté l'apport en cash de soixante-quinze à cent pour cent, et fait passer du double au triple du prix de l'appartement le montant des garanties financières nécessaires à l'acquisition. Luke avait toutefois réussi à contourner ces obligations en empruntant un demi-million à sa société pour ensuite, une fois que sa candidature avait été acceptée, les rembourser grâce à une hypothèque secrète. Tout le monde faisait ça, bien entendu, sauf ceux qui, comme Carlson, étaient si riches qu'ils méprisaient la déduction d'impôt que cela entraînait.

Il sembla à Luke à cet instant, tandis qu'ils descendaient en silence, que l'attitude de Tupper était encore plus critique que d'habitude, comme s'il avait été mis au courant de quelques-unes des récentes pertes en Bourse de son voisin, ce qui n'était pas impossible, vu sa position dans la sphère financière ; le seul être, pour quelqu'un de son standing, qui fût encore plus déplaisant qu'un homme dont le train de vie diminue était ce même homme possédant des parts dans la même copropriété que lui.

– Après vous, dit Luke lorsque les portes finirent par s'ouvrir.

La Cinquième Avenue était embouteillée par des limousines et des voitures avec chauffeur, mais au bout de dix minutes ils avaient presque atteint l'entrée du zoo de Central Park, où des barrières de police bleues canalisaient le flux des véhicules, les séparant de la mêlée des paparazzi et des badauds curieux. Alors que leur chauffeur tentait de se rapprocher du trottoir, sa trajectoire fut coupée par une Mercedes noire, suivie de près par un 4 × 4 noir.

– Le revoilà, dit Luke.

– Revoilà quoi ?

– Le 4 × 4 noir.

– Pour l'amour de Dieu, Luke.

– Et, si je ne me trompe, c'est la Mercedes de Melman, dit-il. D'après les rumeurs, ses hommes de main sont complètement lâchés. L'autre soir, un taxi a frôlé l'une de ses voitures et ils ont ouvert le feu sur lui en pleine Soixante-Treizième Rue. Il a dû passer des coups de fil et distribuer un certain nombre de bakchichs pour que les journaux n'en fassent pas leurs choux gras.

– Je ne comprends rien à ce que tu racontes.

Les deux voitures les doublèrent. Trois malabars en costume bondirent hors du 4 × 4 alors qu'il roulait encore. Les deux véhicules se garèrent en face de l'entrée. Un quatrième garde du corps jaillit du siège avant de la Mercedes, discuta avec les autres et inspecta la foule avant de retourner à la voiture pour toquer doucement et ouvrir la portière.

Derrière sa vitre, Luke observa Bernard Melman et la personne qui l'accompagnait – pas son épouse, mais sa fille, Caroline, issue d'un premier mariage. Melman, plus petit d'une tête, n'était visible que par intermittence, ou, du moins, la bande blanche de son crâne dégarni qui le faisait ressembler à un sconse, émergeait-elle de temps à autre. Luke jeta un œil à sa femme, qui vérifiait son maquillage dans son miroir de poche, apparemment indifférente à la présence de Melman, dont la rumeur disait qu'il était sur le point de divorcer, son épouse ayant pris ses quartiers dans leur maison de Palm Beach.

Leur voiture arriva enfin à la hauteur de l'entrée. Sasha tira les coins du nœud papillon de Luke vers le bas, afin de lui donner un air moins rigide, plus insouciant. Il sauta hors de sa voiture et alla ouvrir la porte à Sasha, qui arracha une clameur et des cris aux photographes. Sasha prit le bras de Luke et avança, parmi les appels : « Sasha, par ici. » « Un sourire, Sasha. » « Elle est de qui, la robe ? »

Luke laissa Sasha décider de l'allure et marquer les pauses nécessaires devant ses photographes favoris, à quelques pas de lui, en profitant pour l'admirer lui-même : une figure de proue bravant les vagues noires des paparazzi qui montaient à l'assaut et se languissaient de part et d'autre d'elle, l'illuminant des feux de leurs flashs.

« S'il vous plaît Luke, un sourire. »

Extraordinaire, pensa-t-il, en s'efforçant de faire monter un semblant de sourire à ses lèvres, que l'un d'eux ait réussi à mémoriser le prénom du mari de Sasha. Les galas de charité étaient le domaine réservé des épouses, les maris n'étaient que les banquiers, les ombres en noir et blanc de leur partenaire au plumage brillant.

« Juste une en solo, Sasha. »

Luke fit un pas en arrière. Sasha roula des yeux et pinça ses lèvres d'un air contrit, comme pour dire : quelle barbe ! Mais elle répondait aux moindres demandes des photographes.

« Une dernière. Par ici. »

– Ça, c'est le troisième grand mensonge, dit Sasha en rejoignant Luke. Quand un photographe te dit « Juste une dernière ».

– Seulement si la femme est une beauté.

– Oh, tu sais, dit-elle en le récompensant d'un sourire destiné à lui seul. Ici, la concurrence est surtout gériatrique.

Enfin, ils parvinrent à fendre la foule et à se réfugier sous la marquise montée pour l'occasion qui menait dans la cour du zoo. Luke s'annonça à l'une des jeunes femmes armées d'une écritoire à pince qui flanquaient l'entrée – toutes vêtues de noir, aux aguets, prêtes à se montrer, sans préavis, soit serviles, soit légèrement impérieuses, selon ce qu'exigeait la situation. Elle répéta son nom sur un ton interrogatif, comme pour tester sa validité.

– Voici vos cartons de placements, Mr et Mrs McGavock, dit une autre hôtesse, avant de murmurer quelques mots à l'oreille de la première.

– Va me chercher quelque chose à boire, mon chéri, dit Sasha. Je vais dire bonjour aux filles.

Elle fit un geste en direction d'un groupe près du bassin des phoques.

Au bar, Luke se retrouva derrière une mondaine rousse connue pour son esprit. « J'ai été marié à Tom pendant six mois, disait-elle à son amie. Il y avait erreur sur la personne. Quelqu'un avait prétendu qu'il était le plus gros nœud de la Time Warner et j'avais mal entendu le verbe. »

Elle avait confié la même chose à Luke à un gala précédent, alors qu'elle était encore mariée au type en question, qui, à la suite de leur séparation, s'était installé au Carlyle. On disait partout que c'était lui qui l'avait quittée après l'avoir trouvée la tête enfouie entre les cuisses de l'épouse de son associé. Ce à quoi quelqu'un avait répondu : « Ouais, mais ça ne me dit toujours pas pourquoi il l'a quittée. »

Alors qu'il rapportait les deux verres, il chercha du regard Sasha et la surprit blottie contre Melman, le seul homme présent auquel même les stars de cinéma faisaient des courbettes. Il observa de loin Sasha qui murmurait quelque chose à l'oreille de Melman, tandis que le député-maire attendait patiemment son tour. Melman n'était peut-être pas aussi petit que Luke s'était plu à l'imaginer, mais ses gardes du corps bodybuildés qui l'accompagnaient partout – particularité que certains considéraient comme un moyen de souligner son importance – n'aidaient pas à le faire paraître plus grand. Bernie était l'un des rares raiders des années quatre-vingt à s'être épanoui durant la décennie suivante. Un voyageur dans le temps débarqué de cette époque aurait eu bien du mal à reconnaître l'éminent philanthrope célébré dans tous les cercles mondains, qui était, pour ainsi dire, l'invité d'honneur occulte de la soirée. Bien qu'il eût laissé dans son sillage une armée d'investisseurs déçus et d'entreprises ruinées, on disait de lui qu'il ne s'était jamais retrouvé du mauvais côté dans une affaire, et, contrairement à certains de ses pairs, il n'avait jamais été mis en examen. Très peu de gens avaient les connaissances suffisantes ou la curiosité d'évaluer ses obscures transactions financières, et ses victimes résidaient dans les provinces les plus reculées de la république, là où les biens étaient manufacturés, ou encore dans les régions arides de la finance d'entreprise, loin des potins mondains et des pages « Société » de Manhattan. Pendant ses premières années à New York, il avait été caricaturé en barbare et en parvenu. Le prestige et la bonne presse dont il jouissait à présent étaient autant les fruits d'une admiration réelle pour l'ampleur de sa fortune, que de la crainte qu'il inspirait grâce à son pouvoir et à son influence, qui s'étendaient aujourd'hui à certaines branches des médias. Les rumeurs concernant son divorce imminent semblaient justifiées – Melman et sa femme n'avaient pas été photographiés ensemble depuis des mois. Il y avait aussi, Luke le savait, certains cancans relatifs à son amitié avec Sasha. Ils avaient été vus ensemble lors d'un déjeuner, non pas au Four Seasons, ni à l'Aureole, ni dans un des nombreux endroits qui ponctuaient leur circuit commun, dans lesquels leur présence aurait été si voyante qu'elle n'aurait suscité aucun soupçon, mais dans un bouge italien de la Troisième Avenue au niveau de la Cinquantième Rue. Sasha avait fourni une explication relativement plausible à leur rendez-vous – elle devait le ferrer pour une importante donation en faveur du corps de ballet dont elle était bienfaitrice – sans toutefois expliquer le lieu incongru de cette rencontre, où ils avaient peut-être cru que personne de leur connaissance ne pourrait les repérer. Luke trouvait parfaitement saugrenu que sa femme, plus que quiconque, eût choisi de déjeuner incognito avec une personnalité aussi illustre, alors qu'elle aurait pu s'afficher en sa compagnie sur une banquette bien en vue du Grill Room ou à la terrasse de La Goulue. Finalement, une âme charitable avait jugé bon de rapporter la scène pour la « Page Six » du *Post*, qui s'était empressé d'en publier le récit dès le lendemain avec pour seul commentaire que le restaurant en question n'avait pas reçu les honneurs d'un couple aussi éclatant depuis l'ère Kennedy.

3

– Comment ça va, là-dedans ? demanda Russell, en passant la tête par la porte de la chambre des enfants.

– Papa, c'est réservé aux filles ici, compris ?

Storey, nue et rose, montrait sa garde-robe à Hilary – les différentes tenues étalées sur le lit. Hilary n'était vêtue que d'une serviette autour du corps et d'une autre, enroulée en turban, sur la tête. Dans ce refuge de féminité comme couvert de rosée, Russell se sentait un intrus, une bête mâle et encombrante.

– Maman veut que tu te mettes en pyjama, dit-il, comme s'il avait douté de sa propre autorité, avant de battre en retraite dans le salon – ou du moins était-ce ainsi qu'il appelait cela. Ayant grandi dans des maisons de banlieue de style dix-huitième, la vie en loft comportait certains problèmes de nomenclature.

Jeremy était en train de se bagarrer avec Washington, qui, malgré toutes ses dangereuses inclinations, était remarquablement doué avec les enfants. Contrairement à Russell, il avait une allure très Downtown, costume noir sur chemise noire avec un col sérieusement long et pointu – noir, sur noir, sur noir. Depuis que le sommet de son crâne avait commencé de se dégarnir, il se rasait la tête.

– Yo, Boum, tu ferais mieux de te changer avant l'arrivée de tes autres invités.

– Je me suis déjà changé, dit Russell.

– Désolé, mon frère, je croyais que tu venais de donner une conférence dans une pu…

48

Il s'arrêta net par égard pour Jeremy, qui était à présent perché sur son épaule.

– ... une de ces horribles prépas.

– Mon Transformer peut se changer en navire de guerre, dit Jeremy.

– Ça, c'est classe. Si seulement ton père pouvait être aussi branché que toi.

Corrine sortit au moment où l'invité d'honneur émergeait de l'ascenseur avec son épouse. Jim Crespi avait dans les quarante ans, bien qu'il en parût trente-cinq avec son costume vintage en peau d'ange et ses lunettes de disquaire. Il tendit une bouteille de champagne Cristal à son hôtesse.

– Ce n'était pas la peine d'apporter un cadeau, dit Corrine, déroutée par une telle prodigalité chez un homme qui frôlait la faillite.

– Selon Jim, les restrictions budgétaires doivent porter sur le nécessaire, pas sur le superflu, dit Judy. Il ne s'imagine pas buvant du Moët.

Sa coupe de cheveux récente façon Jean Seberg accentuait les saillances farouches de son visage, qui semblait trop tendu pour produire un sourire.

– Ouvrons-la, dit Jim, avant que la banque ne m'en dessaisisse.

Ce n'était pas une période très faste dans leur vie, la maison de production qu'il avait fondée et qui avait connu un succès considérable s'étant effondrée au printemps dernier sous la pression de poursuites judiciaires. Lorsqu'il devint clair que Judy n'allait pas organiser le sempiternel anniversaire surprise, à cause du climat de tension domestique frisant la violence et les lettres d'avocats, Russell était intervenu. Selon ses propres dires, Jim avait presque complètement interrompu les activités de sa société, et Judy, qui vendait des appartements de plusieurs milliers de mètres carrés à des clients richissimes, prenait fort mal le fait que son mari ait dilapidé sa fortune, bien que, comme la plupart des fortunes bâties à cette période, son existence eût été plus virtuelle que réelle. Le jour de leur première rencontre, Jim était l'homme le plus spirituel et le plus sexy de la pièce – dans presque n'importe quel milieu il aurait produit le même effet –, surfant sur le succès du petit film indien qui avait rapporté cinquante millions. Il était sorti avec une dizaine des femmes les plus recherchées de la ville, dont deux que Corrine aurait été ravie de voir élues compagnes à plein temps. Mais peut-être parce que Judy lui rappelait sa mère, il était, on ne sait comment, tombé amoureux de la seule femme que ses amis réprouvaient unanimement et qui, après lui avoir vendu un appartement, avait entrepris de le rendre malheureux jusqu'à ce qu'il l'épouse, pour, ensuite, le rendre plus malheureux encore. Il était difficile de dire si cette nouvelle crise allait être fatale ; leur union, vue de l'extérieur, avait fonctionné sous respiration artificielle, tout en produisant deux enfants charmants et en parfaite santé. Dans la mesure où Jim était l'ami de Russell et que Corrine n'entretenait aucun lien personnel avec Judy, elle ne pouvait pas vraiment savoir ; Russell renâclait à mettre son nez dans les affaires des autres, ou peut-être était-ce en vertu du fait que Jim et lui étaient des hommes, fidèles au code du stoïcisme mâle hétérosexuel. Chaque fois qu'elle demandait à Russell ou à Jim comment se portait l'un ou l'autre de leurs amis, ils répondaient, invariablement : « Bien. »

La réunion atteignit sa masse critique avec les arrivées simultanées de Carlo et Nancy, sortant de l'ascenseur ensemble comme un genre de plaisanterie visuelle en mode binaire, le un et le zéro ; le Bonhomme Michelin, Carlo, les bras chargés de sacs emplis de fromages, de légumes et d'huiles, flanqué de Nancy, maigre comme une baguette de tambour, en robe Pucci, et portant une autre bouteille de Cristal. Carlo rejoignit Russell dans la cuisine tandis que Nancy s'efforçait d'entrer en communication avec les enfants, lesquels sentaient qu'elle ne leur accordait aucun véritable intérêt et l'ignoraient donc en retour.

Corrine mit les enfants au lit lorsque Russell lui indiqua que le compte à rebours de quinze minutes avait commencé ; ils exigèrent que leur tante leur raconte une histoire.

– Tante Hilary est occupée avec les grandes personnes.

— Elle nous a promis une histoire, dit Jeremy.

— Elle promet toujours un tas de choses, mais c'est moi le chef ici.

— Tu es fâchée contre Tante Hilary ? demanda Storey.

— J'adore votre tante Hilary. C'est ma sœur.

— Mais des fois, on dirait que tu es fâchée contre elle.

— Je vais lui dire de venir vous faire un bisou, dit Corrine, heureuse, pour une fois, de pouvoir refermer la porte sur eux.

— Lorsque j'ai débarqué à Hollywood, les studios étaient morts, racontait Cody Erhardt à un public captivé. Mais ils ne le savaient pas. Ils ont continué à tourner des films avec Doris Day jusqu'à la moitié des années soixante. Et puis *Easy Rider* est arrivé et, tout à coup, ils se sont rendu compte qu'ils n'y comprenaient plus rien. Ils se sont mis à dérouler le tapis rouge pour le premier gus venu qui avait les cheveux longs et un diplôme de cinéma. Marty, Peter, moi, et les autres. C'est là que les gamins ont pris le pouvoir dans les bureaux de l'administration. *Chinatown, Cinq Pièces faciles, The Last Picture Show, Shampoo.*

Après qu'Hilary eut ajouté la contribution de Cody à la liste, Corrine attira son regard et lui fit un signe en direction de la chambre des enfants.

Erhardt haussa les épaules, mimant la modestie.

— Tu n'aurais pas connu Ashby ? demanda Hilary.

— Si je l'ai connu ? Il vivait pour ainsi dire dans mon salon. Si je pouvais me rappeler la moitié des conneries qu'on se disait à l'époque... Tout ça a dû durer, quoi, six ou sept ans. J'ai su que les jours de gloire étaient finis un après-midi en allant voir Frank Mancuso ; les gens du marketing avaient emménagé dans les bureaux mitoyens de ceux de la prod'. C'était écrit. Je pourrais vous donner la date exacte si j'avais mon journal. Ou peut-être que c'est le jour où *Les Dents de la mer* ont ouvert leur grande gueule. Mais en ce temps-là, Steven était une taupe qui faisait semblant de sortir la tête pour respirer, jouant pour l'ennemi.

— Hilary, dit Corrine, les enfants aimeraient te voir un moment.

— Laisse tomber les stéréotypes culturels, déclara Washington lorsque les sœurs revinrent de la chambre des petits. Les filles sont des garces, mec.

— Tu as dû attendre d'avoir des enfants pour te rendre compte de ça ? demanda Nancy.

— J'emmène Tamara à un anniversaire sur Park Avenue ; c'est un putain de bordel d'organisation merdique, baby-sitter en retard, bouchons au centre-ville, du coup j'arrive une heure en retard. Toutes les autres petites filles ont déjà formé des groupes. Et même ses copines la traitent comme une lépreuse, par défaut, tout connement, juste parce qu'il leur faut un bouc émissaire, quelqu'un sur qui déverser leur méchanceté. Le fiel, la bile et tout le tralala. Y a que ça chez les filles. Sauf chez Tam, bien sûr.

— C'est juste qu'ils ont vraiment l'esprit de clan à cet âge, dit Corrine, craignant vaguement de voir surgir la question du racisme.

Elle n'avait pas envie que le fait que Tamara fût le produit d'un père noir et d'une mère blanche eût été la véritable raison de son exclusion sociale, bien qu'elle-même décelât souvent ce genre de motif à l'origine des injustices.

— Si tu crois que c'est une caractéristique qu'on perd en grandissant, dit Nancy, essaie un jour d'être la seule célibataire à un grand dîner sur Park Avenue.

— Ou sur Brentwood, ajouta Hilary.

— Sa majesté le veau est servi, annonça Russell en apportant un plat fumant à table et en le présentant, ostensiblement incliné vers Carlo, d'un ample geste du bras. On fait passer, chacun se sert ?

— Ça m'a l'air bon, dit Carlo. Beau glaçage. C'est le signe d'un chef qui sait faire une sauce.

— Oh, mon Dieu, dit Nancy, mes yeux prennent des kilos rien qu'à regarder ça.

Corrine se leva pour aider à apporter les légumes.

— Russell a décidé que nous étions en automne, malgré le temps.

– Et là, c'est du sel rose du Pérou, dans le petit ravier noir, leur fit remarquer le maître de maison.

Washington prit un air outré.

– Qu'est-ce qui vient du Pérou?

– Et ici, c'est de la *fleur de sel** de Guérande.

– Est-ce qu'une ligne de l'un ou l'autre, demanda Nancy, est recommandée pour une fille comme moi?

– Quelle vue magnifique sur les tours, dit Judy en indiquant la skyline qui se découpait sur fond de ciel encadré par la fenêtre. Sans doute essayait-elle de réparer le fait que lors de sa dernière visite, elle avait remarqué qu'avec à peine cinquante mille dollars de travaux, ce lieu pourrait devenir «un très mignon petit loft». Sa clientèle considérerait un endroit pareil comme un plateau nu, avec ses fils électriques apparents, ses murs vaguement retapés et son plancher en bois inégal. Judy avait fait rénover leur propre loft gratuitement, en échange de bons procédés avec les décorateurs et les entrepreneurs qu'elle recommandait à ses clients.

– C'est joli la nuit, dit Corrine en parlant de la vue, mais le problème, c'est qu'on est à l'ombre la moitié de la journée.

– Qu'est-ce qu'on boit? demanda Jim en s'emparant de la bouteille.

Oh, bon sang, nous y voilà, pensa Corrine: le baratin œnologique.

– C'est un super-toscan, dit Russell. Mélange sangiovese et cabernet. On l'a découvert lors d'un voyage en été, il y a quelques années. Il est produit dans une magnifique propriété au sommet d'une colline dans les environs de Greve.

– Qu'est-ce qui le rend «super», comme tu dis? demanda Nancy.

– Jette-t'en six ou sept verres derrière la cravate et tu sauras voler, dit Jim. Tu pourras bondir d'un building à l'autre sans effort.

– Deux ou trois de plus et tu deviendras insensible à la douleur, ajouta Carlo.

– Trinquons aux super-pouvoirs, dit Hilary en levant son verre.

– C'est un terme technique, expliqua Russell avec une pointe de mauvaise humeur, qui désigne les nouveaux styles vins de la vieille région du Chianti.

Carlo empila des tranches de veau sur l'assiette de Nancy tout en saisissant l'occasion, avec sa main libre, de lui pincer la taille.

– Eh, ma douce, il va falloir mettre un peu de chair sur ces os.

Lorsque Corrine revint avec les asperges, elle trouva sa sœur en plein milieu d'un de ses récits de stars du ciné.

– Donc, on était au bord d'un loch, vous voyez, en Écosse. Et entre les prises, le voilà qui se désape et qui plonge pour faire deux trois brasses. Je vous rappelle que l'eau ne doit pas être à plus de quatre degrés. Bon, après ça, il ressort et il traverse leur putain de bruyère. Bruyère ou ajonc, je sais plus comment ils l'appellent. Le chef électro et son assistant sont assis là, et ils sont bouche bée. Ils n'en croient pas leurs yeux ; on dirait qu'il a un tronc d'arbre entre les jambes. Et lui, il voit qu'ils le regardent, alors il s'arrête et leur dit : « C'est quoi que vous regardez comme ça ? Me dites pas que le vôtre il rétrécit pas dans l'eau froide ? »

Corrine avait définitivement raté quelque chose.

– De qui vous parlez ?

– Ne me dites pas en plus qu'il danse comme un dieu, dit Washington.

– Justement si, dit Cody.

– Attends une minute, dit Corrine. Depuis quand tu as tourné un film en Écosse ?

– Et pourquoi n'opterions-nous pas pour le bénéfice du doute ? dit Jim.

– C'est vrai, dit Nancy.

– Qu'est-ce qui est vrai ?

– Quoi ? Tu as vu le, comment dire, l'organe en question ? demanda Russell.

– Pas personnellement, dit Nancy d'un ton d'excuse, regrettant de manquer d'arguments pour expliquer qu'elle n'avait pas réussi à entrer en relation directe avec ce pénis remarquable. Mais j'ai une amie, qui a, heu, testé pour nous. Elle a boité pendant trois jours après ça.

– Bon, ben, ça doit être vrai, alors, ricana Russell.

– Est-ce que j'entends là le doux gazouillis de l'insécurité masculine ? demanda Hilary.

Voyant Russell rougir, Corrine vint à son secours.

– Russell n'a pas la moindre raison de ressentir de l'insécurité de ce côté-là.

Il la récompensa d'un regard de gratitude penaude.

Elle faillit ajouter : « En tout cas pour autant que je m'en souvienne », dans la mesure où elle ne se rappelait plus quand, pour la dernière fois, elle avait établi un contact avec l'objet de cette allusion.

– C'est mignon, dit Nancy. En même temps, Corrine n'a pas dû avoir beaucoup d'occasions de se livrer à des essais comparatifs sur les vingt dernières années.

– En fait, dit Hilary, suivant le mouvement, nous ne sommes pas très confiants dans son expertise en la matière.

Les oiseaux de nuit s'en donnaient à cœur joie dans leur numéro de solidarité salace.

Corrine rit avec les autres, bien que le sous-entendu la blessât. Comment ses invités pouvaient-ils savoir ce qu'elle avait fabriqué ces derniers temps ? Elle en avait plus qu'assez de jouer le rôle de l'épouse modèle aux yeux de leurs amis, pour qui le nom de Calloway était synonyme de stabilité conjugale – ou devrait-on plutôt dire, de stagnation conjugale ? Tous avaient depuis longtemps oublié leur séparation, la crise qu'ils avaient traversée, dix ans auparavant ; elle avait envie de bondir pour leur rappeler, dites, eh, ho, vous vous souvenez, quand j'ai couché avec son meilleur ami ?

Elle avait envie de dire que les gens ont des secrets – et même des vies secrètes. Certes, son propre dossier était mince et jauni par les ans. Un long flirt avec Duane Peters qui avait pris fin juste avant d'être consommé. Et, très loin dans le passé, Jeff Pierce, le meilleur ami de Russell, son alter ego… L'aigre-doux de cet amour, scellé pour toujours par sa mort. Pas un jour ne passait… non, c'était faux. Le plus triste, c'est que de nombreux jours passaient sans qu'elle pense à Jeff, alors que durant des années, il l'avait hantée quotidiennement. Russell et elle avaient survécu à cette révélation, de justesse, en partie parce qu'elle l'avait minimisée, faisant passer ça pour la folie d'un instant, un délit accidentel lié à l'occasion. Elle avait repensé à Jeff ce soir, en écoutant Jim, qui partageait avec lui un peu de ce charme désinvolte, cet air dionysiaque d'excès passionné, bien que Jeff eût été, pour sa part, tourmenté par une haine de soi qui contrebalançait son égotisme... et, quoi qu'il en fût, tout cela commençait à paraître un peu ridicule – comme les cheveux longs – au-delà d'un certain âge. La célébrité, cependant, avait le pouvoir d'étendre cet horizon presque jusqu'à l'infini, surtout pour les hommes. Pour Cody Erhardt, par exemple, qui était un peu trop gros et, actuellement, un peu trop saoul.

– J'ai grandi à l'époque du héros existentiel, disait Erhardt, en tapant du poing sur la table. Nous avions hérité du modernisme et ça nous allait très bien. La quête du sens dans un univers insensé. *À bout de souffle, La Dolce Vita, Taxi Driver.* Nous avons relevé le défi au moment où les écrivains se retiraient dans leurs bastions universitaires et la masturbation métafictionnelle. C'était un jeu de chat opposant le rock'n'roll et, passez-moi l'expression, le cinéma – dans la recherche de l'authenticité. C'était dans les années soixante-dix, à l'époque où vous, les gars, vous regardiez *Rue Sésame.* Il y a sept ans de ça, j'ai vu *Pulp Fiction* et j'ai pensé, putain de merde, je me fais vieux. C'est ça. Ce film a plus ou moins marqué la naissance du héros ironique. Toute cette école de mise en scène basée sur la connivence et le second degré. La glorification de l'inauthentique et de l'ersatz. Tout ce en quoi je crois est complètement obsolète.

Était-ce un effet de son imagination, se demanda Corrine, ou y avait-il une réaction chimique en cours de part et d'autre de la table entre Hilary et Jim, vers qui elle semblait diriger tous ses souvenirs d'Hollywood?

— J'ai décroché un rôle dans ce film, disait-elle. Juste une figuration. Je faisais la fille qui sort du taxi avant la scène de poursuite en moto.

— Je m'en rappelle très bien, dit Jim. Mais tu peux me dire quelle était la justification dramatique au fait que tu étais seins nus?

Hilary lui jeta un morceau de pain à la figure.

— Je n'étais pas seins nus.

— Si seulement, dit Carlo. Doux Jésus.

Les yeux braqués sur la poitrine d'Hilary, il semblait authentiquement ému par sa vision hypothétique. Ses appétits débridés participaient à son charisme, sauf aux yeux de son épouse. Il était, pour Corrine, comme une pieuvre – tendant une main vers le pain et la viande, fumant d'une autre, buvant d'une troisième, tout en tripotant les femelles les plus proches du secteur, attirant tout cela vers sa bouche, qui ne pouvait raisonnablement pas être assez grande...

— Merci, Carlo.

Hilary inclina la tête, une mini-révérence.

— Je suis désolé, dit Jim. Je voulais dire, quelle était la justification dramatique au fait que tu n'étais pas seins nus?

Comment ai-je pu, se demanda Corrine, ne pas le remarquer plus tôt? Tout tourne autour des nichons. Depuis ses treize ans, Hilary avait été mieux pourvue que Corrine, mais depuis quand avait-elle atteint un bonnet C aussi prononcé?

— Vous êtes comédienne? demanda Judy, en jetant un regard aigre à Hilary.

— Pas vraiment. C'est juste que j'ai beaucoup d'amis dans le métier.

— Tu viens même de t'en faire un nouveau, ma belle, annonça Cody.

— Parce que si vous pensez que mon mari peut vous faire jouer dans un film, vous vous trompez. Sa branche, en ce moment, c'est plutôt faillite et banqueroute.

— Hilary travaille dans une galerie, dit Corrine, brisant le silence qui s'était installé à la suite de cette remarque. Dade-Grenfeld, sur Doheny. C'est, d'ailleurs, une des meilleures galeries de L.A.

Elle ressentait soudain le besoin de protéger sa petite sœur, l'urgence de la faire passer pour autre chose qu'une bimbo blonde, une chair à boîte de nuit, une starlette, une pute amateur...

– C'était ce que je faisais jusqu'à assez récemment, précisa Hilary d'un ton enjoué. Mais j'ai levé le pied, pour libérer du temps. Je travaille à un roman.

Russell roula des yeux, mais Corrine pensa, pourquoi pas ? Cela paraissait aussi plausible que n'importe quelle autre lubie d'Hilary. Elle se rendit compte que non contente de ne pas s'être tenue au courant des activités récentes de sa sœur, elle avait craint de le lui demander, de peur d'avoir à devenir son chaperon, sa garante ; soudain, une pensée, teintée de culpabilité, lui transperça l'esprit au moment où elle reconnut tout ce qu'elle devait à Hilary. Les enfants, tout simplement. Comment pourrait-elle jamais lui rendre la monnaie de cette pièce ?

– Je ne doute pas que tu trouveras facilement quelqu'un pour t'en donner un demi-million, dit Washington. Les premiers romans, surtout les premiers romans de gonzesses, sont l'équivalent en littérature des actions Internet, purs d'historique des ventes, les premiers romans pas encore écrits étant une des formes les plus achevées de l'édition spéculative, basée sur la foi. Si tu avais un passé dans le métier, alors là, ça pourrait jouer contre toi. Mais comme tu n'en as pas, les bras et les portes vont s'ouvrir tout grands pour toi. On vient juste d'offrir quatre cent mille dollars à une gonzesse qui vient à peine de publier sa première nouvelle dans le numéro d'été du *New Yorker* consacré à la fiction.

– C'est bien, dit Hilary, mais il faut d'abord que je le termine.

– Non, non, surtout pas. Une fois le bouquin terminé, les promesses illimitées du roman hypothétique auront été diminuées par ton exécution, avant de l'être par son historique des ventes.

– Vous savez, dit Russell, j'ai un de mes auteurs – un écrivain connu, célébré par la critique – qui joue au golf tous les week-ends avec un groupe de médecins. Un samedi, le neurochirurgien, sorti major de John Hopkins, se tourne vers lui entre deux trous et dit : « Eh, j'ai assez envie d'écrire un roman à mes moments perdus. Peut-être que tu pourrais me donner quelques tuyaux. » Mon auteur arrête la voiture et dit : « Tu sais quoi, c'est une putain de coïncidence. Parce que j'ai toujours eu envie de voir à quoi ça ressemblait la neurochirurgie. Peut-être que tu pourrais me mettre au jus, m'aider à me lancer. »

— Je ressens exactement la même chose, dit Carlo, quand un connard d'éditeur me demande la recette du pesto.

— Je ne compte pas écrire quelque chose du genre, je ne sais pas, *Anna Karamazov*, dit Hilary. Ce sera plus commercial… un truc du genre *La Vallée des poupées*, l'histoire d'une fille qui débarque à Hollywood.

— Tant que tu te cantonnes à la côte ouest, dit Nancy. Je ne cours pas après la concurrence.

— Et fais en sorte qu'elle ne couche pas avec l'écrivain, dit Jim. Sauf si elle est polonaise.

— Alors, comme ça vous êtes à New York pour un moment ? demanda Carlo, en louchant théâtralement sur le décolleté d'Hilary.

— Ça reste à voir, dit-elle.

Corrine échangea un regard soucieux avec son mari. Judy déclara :

— Ça doit être tellement dur de partir de zéro à votre âge.

— En fait, j'ai plein d'amis ici, dit Hilary, lançant un regard à Jim, qui eut soudain l'air nerveux et agité.

En aidant Russell à débarrasser les assiettes, Corrine se rendit compte qu'elle avait terriblement envie de faire pipi et, du même coup, qu'elle était probablement un peu pompette ; elle avait effectivement bu davantage que d'habitude. La porte de la salle de bains était verrouillée, elle en profita donc pour aller jeter un œil aux enfants, qui dormaient à poings fermés : Jeremy aussi raide qu'un gisant sous ses couvertures, Storey bras et jambes en croix en travers de son lit, ayant jeté les siennes par terre. La porte de la salle de bains était toujours fermée, et elle regarda à l'autre bout du couloir, afin de faire l'inventaire des invités présents à table ; elle venait juste de se rendre compte qu'Hilary et Cody manquaient, lorsqu'ils émergèrent de la salle de bains, radieux, innocents et légèrement amusés par quelque chose, très vraisemblablement par eux-mêmes.

Lorsqu'elle revint des toilettes, elle trouva Jim en train de lancer un nouveau thème : les enfants en tant qu'accessoires mondains.

— Donc on était assis là, à Gibson Beach, à discuter avec Davis, qui avait son môme, Dalton, pour le week-end. Et devinez qui déboule, comme une tornade, tout essoufflée ? Victoria.

— Victoria est l'ex de Davis, dit Corrine, comme en note de bas de page, à l'intention d'Hilary et Carlo.

— Qui a trompé une fois de trop son mari, reprit Jim, lequel mari a fini par jeter l'éponge et lui demander le divorce, à elle, la mère de son enfant. L'enfant qui ne voit ladite mère que rarement, quand elle rentre à la maison pour se changer entre deux fêtes, parce que le reste du temps, elle écume le bouillon mondain de Manhattan jusqu'à Palm Beach en passant par Southampton à la recherche d'un bon parti.

— C'est ça la morale de l'histoire ? dit Judy en bafouillant à moitié. La mauvaise mère ?

En regardant Judy, Corrine se rendit compte qu'elle était ivre ; le visage couleur homard bouilli.

— Non, dit Jim d'un ton las, la morale de l'histoire comporte une leçon sociologique plus large concernant la culture. Notre mode de vie actuel, si tu préfères. Donc, Davis est sur la plage, avec son fils, en train d'exercer son droit de garde hebdomadaire, et tout à coup, son ex débarque tout excitée, comme si elle venait d'être avertie, en avance sur tout le monde, de la venue du Messie, et qu'elle tenait à partager cette nouvelle avec tous les baigneurs.

— Oh, par pitié, dit Judy. C'est ce que j'appelle « en faire trop ». Jim est incapable de raconter une histoire tout simplement. Il faut toujours qu'il en rajoute.

Jim adopta une expression digne de Job et poursuivit :

– Je reprends – une plage, un enfant, un couple séparé. «Davis, vite, il me faut Dalton», elle fait, complètement hors d'haleine. «Comment ça, il te faut Dalton?» demande Davis. «Caroline Kennedy fait une fête», qu'elle dit. Ce à quoi Davis répond, sensément: «Et alors? Quel rapport avec Dalton?» «C'est un goûter pour enfants», répond Victoria.

– Je ne peux pas écouter ça, déclara Judy en se levant, titubante, manquant se casser la figure et s'agrippant au dossier de sa chaise.

– Chérie, c'est qu'une histoire. Une histoire drôle à propos de deux...

– Je crois que nous savons tous ici de quoi il s'agit.

– C'est typique de Victoria, dit Russell, volant au secours de Jim.

– Ne lève pas les yeux au ciel, par pitié, cria Judy, en s'appuyant sur le dossier de sa chaise. Je te signale que nos enfants ont adoré cette fête. Tu crois que je ne sais pas que tu racontes à tout le monde que je suis une mauvaise mère? Tu crois peut-être qu'Hilary s'en sortirait mieux? Même cette putain d'aveugle d'Helen Keller verrait ce qui se passe ici. Les œillades, le pied sous la table. C'est pas elle que tu t'es tapée l'année dernière à L.A.? Peut-être que c'est avec elle que tu devrais avoir des enfants. Au moins on sait qu'elle est fertile, même si elle a l'air de se foutre royalement de sa descendance biologique, pas vrai? Un genre de fantasme masculin, faire don de son patrimoine génétique et aller de l'avant? C'est ça le genre de mère que tu veux? Tu t'imagines que Russell et Corrine sont des parents parfaits, le couple en or, connerie de famille idéale, Corrine, la mère parfaite – eh ben moi, au moins je les ai faits, mes enfants. Je n'ai pas eu besoin d'emprunter des ovules à ma pute de sœur. Ce sont mes enfants – tu m'entends, mes enfants – et je ne te laisserai jamais me les enlever, ni maintenant ni dans un million de milliards d'années...

Ses paupières se baissèrent, ses épaules s'affaissèrent, elle donna l'impression d'être sur le point de s'évanouir, mais, au lieu de ça, elle bondit soudain en direction de l'ascenseur, aussi vive et agile qu'une gazelle, bousculant au passage le tricycle de Jeremy et disparaissant de la vue des convives.

– Je suis désolé, dit Jim d'une voix enrouée. Je vais voir si je peux...

Il hésita, jeta un œil vers le vestibule, d'où ils entendirent les portes de l'ascenseur s'ouvrir avec fracas.

– J'y vais, dit Russell.

Corrine était sidérée. Elle ne comprenait pas sa fonction dans l'équation du couple Crespi, ne voyait pas comment l'histoire complexe de sa maternité avait pu soudain devenir le clou de la tirade de Judy.

– Non, s'il te plaît.

Jim posa la main sur l'épaule de Russell, puis se tourna vers la tablée.

– Je vous prie de m'excuser. Ma femme n'est pas dans son assiette.

Ils demeurèrent assis en silence tandis qu'il imitait, mais sur un rythme beaucoup plus lent, la sortie de sa femme; personne ne pipa mot jusqu'au moment où ils entendirent les portes de l'ascenseur se refermer pour la seconde fois.

– J'ai raté quelque chose? demanda Carlo.

– Deux épisodes, dit Washington, une fausse couche, et dix ans de misère domestique de plus en plus profonde.

– Rien que de très banal, dit Cody.

– Eh ben, tout à coup, je trouve que mon couple va très bien, confia Carlo.

– Je me sens infiniment soulagée d'être célibataire, ajouta Nancy.

Russell dit:

– Au moins ça nous évitera de chanter joyeux putain d'anniversaire.

– Alors qui compte assister aux défilés, cette semaine? demanda Nancy.

Plus tard, depuis son poste d'observation sur le canapé où elle s'était effondrée, Corrine compta treize bouteilles de vin et trois bouteilles d'eau sur la table, se profilant parmi les verres ensanglantés, les cendriers débordants, les restes de panna cotta, et les décombres du plateau de fromages, avec son camembert coulant et son stilton vérolé. Nature morte au cœur brûlé.

Soudain, elle se demanda si Judy et Jim n'étaient pas en train de baiser comme des dingues à cet instant précis, si le conflit n'était pas le corollaire de toute passion torride, un genre très théâtral de mise en bouche, si la relative tranquillité de sa vie conjugale n'était pas une vaste plaisanterie.

Elle était encore stupéfiée, et quelque peu chagrinée, par la déclaration de Judy selon laquelle Russell et elle étaient un couple modèle aux yeux de leurs amis, même si Judy ne les avait portés au pinacle que pour mieux les descendre. Car il est vrai qu'autrefois ils avaient représenté un genre d'idéal, la fille en or et le garçon en or. Elle ne l'aurait pas formulé ainsi elle-même, mais elle l'avait souvent entendu de la bouche de leurs amis – le mythe des deux amoureux de la fac qui s'étaient embarqués ensemble pour découvrir le vaste monde. Durant plusieurs années, ils avaient été l'exemple que tout le monde pointait du doigt, un havre de domesticité pour leurs amis célibataires et, plus tard, un refuge où trouver consolation et inspiration lorsque les mêmes y revenaient une fois que leur premier mariage avait sombré.

– Les gars, il faut vraiment que vous revoyiez vos goûts musicaux, dit Hilary. Est-ce que Russell est au courant que Jimmy Carter n'est plus président? Je trouve qu'on devrait imprimer une date de péremption sur les CD. Je veux dire, OK, *Blood on the Tracks* est génial…

– C'est ce qu'on écoutait à la fac, dit Corrine, soudain indignée, c'est la bande-son de notre histoire d'amour.

À cet instant, ils écoutaient la version de Squeeze de «Black Coffee in Bed», qui était venue un peu plus tard, pendant les premières années à New York.

– Elvis Costello est toujours à la mode, non?

— Il faut absolument que vous entendiez les Strokes.

Hilary était affalée près de sa sœur, levant son verre de vin vers la lumière. Russell était dans la chambre, il passait un coup de fil en Australie, essayant d'obtenir des nouvelles d'un de ses auteurs.

— Simple curiosité, dit Corrine, tu as déjà couché avec Jim?

— Ça ne justifie en rien la façon dont elle s'est conduite ce soir.

Corrine éclata de rire.

— J'adore l'idée qu'un acte immoral puisse gagner en légitimité au vu des événements qui en ont résulté.

— J'ai toujours cru qu'en quittant la fac tu t'arrêterais de parler comme ça. Ça fait combien... vingt ans?

— Et moi, j'ai toujours cru...

Corrine était sur le point de faire un commentaire concernant les mœurs dissolues de sa sœur, mais elle décida de laisser couler.

— Que quoi?

Corrine se redressa pour sortir de son avachissement et faciliter ainsi une discussion plus sérieuse.

— Je ne sais pas. Je ne prétends pas tout comprendre.

— Je sais que tu trouves que je suis complètement barjo, et un peu pute sur les bords et...

— Non, ce n'est pas vrai.

— Bon, quoi qu'il en soit, j'ai beaucoup réfléchi à ce que je compte faire de ma vie. Et une chose est sûre, j'ai envie de me rapprocher des petits. Je voudrais davantage me responsabiliser, tu vois?

Cette déclaration fit frissonner Corrine jusqu'à l'os.

— Je veux dire, après tout, je suis quand même leur mère biologique. J'ai envie de les voir plus et je veux qu'ils apprennent à me connaître. Et, franchement, j'en ai par-dessus la tête de L.A. et de cet univers de faux-semblants. New York est tellement plus réel, tu vois?

— Je crois qu'il y a exactement la même proportion de faux-semblants ici, dit Corrine, incapable d'exprimer ses craintes et se concentrant donc sur une question périphérique.

C'était comme si, alors qu'elle se faisait attaquer par un chien sauvage écumant de bave, elle avait commencé à s'interroger sur les dangers possibles des piqûres de puce.

— Si on y réfléchit bien, poursuivit-elle. La différence, c'est que ce n'est pas aussi stéréotypé.

— Ils sont vraiment devenus des petites personnes à part entière, dit Hilary. Avec, tu vois, carrément une vraie personnalité et tout. Figure-toi que Jeremy m'a corrigé ma grammaire tout à l'heure. Et Storey, c'est tellement moi au même âge.

Corrine ne savait comment se retenir de hurler en entendant ça ; si tard qu'il fût, elle se trouva soulagée lorsque le téléphone sonna, et encore davantage lorsqu'elle comprit que c'était Jim au bout du fil, la pressant de sortir et de venir les retrouver, Cody et lui, parce qu'ils voulaient lui parler de son scénario.

4

En étudiant, au bord du bassin des phoques, les silhouettes qui semblaient avoir été découpées dans un magazine de mode, Luke se sentit exclu, tel un vieux lion exilé de la gloire à laquelle sa fille participait à présent; et il était sans doute trop tard pour y faire quoi que ce soit. Comment avait-il pu laisser cela arriver? Dans son souvenir, elle avait à peine sept ans. Ils avaient leur propre langage à cette époque, qui était plus ou moins la langue maternelle du Pays des Princesses – où elle prétendait avoir vécu avant de descendre sur terre, une nation entièrement peuplée de filles, toutes princesses.

Il repéra Guillermo Rezzori parmi un petit groupe de banquiers aux abords de la cabane des pingouins. Guillermo lui fit un signe, mais Luke attendit qu'il se fût éloigné de ses semblables pour venir à lui.

– Qu'est-ce qui t'arrive, demanda Guillermo en étreignant Luke, le gratifiant d'une bise sur la joue – un geste auquel Luke ne parvenait pas à s'habituer bien qu'il admirât le style et l'insouciance latine dont il témoignait. Tu as une sale tête.

– Merci.

– Il faut qu'on parle des hommes à abattre. On se fait un petit déjeuner ensemble?

– J'ai arrêté les petits déjeuners. C'est l'un des avantages de la retraite.

– Tu n'es pas obligé de manger. On prendra juste un café. Au Windows on the World à huit heures.

– Parfait.

Luke avait déjà prévu de voir son comptable, juste à côté au World Financial Center, à neuf heures.

– Dis-moi, où est Sasha?

– Par là-bas, elle flirte.

– Avec qui?

Luke haussa les épaules.

Guillermo hocha la tête d'un air grave.

– En fait, j'avais remarqué.

Il s'était toujours présenté comme un grand cynique, et se régalait des récits de la folie hétérosexuelle, en particulier quand ses amis les plus proches étaient concernés.

– Viens en ville avec moi après ça, tu me raconteras tout. On mettra au point une stratégie. Il y a une nouvelle boîte qu'il faut que je teste.

– Je vois mal comment le fait de te voir draguer des jeunes garçons va m'aider à me sentir mieux.

Guillermo fronça les sourcils, regarda alentour pour vérifier que personne ne risquait d'avoir entendu. Il posa un doigt en travers de ses lèvres.

– S'il te plaît, murmura-t-il. On est dans les beaux quartiers, là.

Guillermo menait une double vie, parce qu'il était convaincu que son orientation sexuelle ne pouvait qu'être un frein à sa carrière dans le monde de la finance. Il entretenait deux groupes d'amis bien distincts l'un de l'autre, Luke étant un des rares à être à cheval sur les deux. Luke avait été son mentor à la First Boston, lorsqu'il avait débarqué, frais émoulu de l'Harvard Business School, à la fois ambitieux, effarouché et parlant à peine l'anglais. Son accent et ses manières d'étranger l'avaient aidé à préserver le masque qu'il enfilait à Wall Street: son goût pour les beaux vêtements et son obsession du secret pouvaient parfaitement être attribués à ses origines colombiennes par ses collègues, qui voyaient le monde, en dehors de Manhattan, surtout en termes d'investissements et de lieux de villégiature. Pour ce qu'ils en savaient, il était arrivé à Harvard de nulle part – rien à voir avec le tamis serré des classes préparatoires, de la fac et des banlieues prospères qui leur était si familier. Il s'était brièvement essayé à la vie conjugale avec une condisciple d'Harvard parfaitement informée de son passé, et, bien que ce mariage n'eût pas pris, il demeurait un point de référence commode pour Guillermo, un McGuffin servant à détourner l'attention de la véritable histoire. Alors que Luke s'était mis à admirer son talent et son dynamisme, ce ne fut qu'après qu'il eut quitté la boîte qu'ils devinrent amis intimes, Guillermo entretenant cette relation avec la même ténacité que celle qu'il déployait pour conclure des affaires et rôder dans les bars, impatient de révéler sa vraie nature dans toute sa complexité torturée. Malgré toute l'énergie qu'il mettait à se dissimuler – ou à cause d'elle – il avait douloureusement besoin d'un spectateur, situé sur l'autre bord et à même d'apprécier l'ingéniosité ardue et rusée de sa performance, et, alors que la plupart des amitiés de Luke datant de la fac et de Wall Street étaient en voie de dissolution, Guillermo et lui étaient, semblait-il, devenus les meilleurs amis du monde.

– Il faut que je retrouve ma partenaire, dit-il.

– Qui est l'heureuse élue ?

– Très jolie fille. Cambiste. Figure-toi que je la trouve carrément séduisante.

– On se voit à table, dit Luke.

Il ressentit le pincement aigre-doux du désir de l'homme d'âge mûr en admirant un lot de jeunes femmes dégingandées – bosquet de membres hâlés et souples, dorés par un long été dans les Hamptons, avant de soudain reconnaître sa fille parmi elles. Maquillée, juchée sur des talons aiguilles, elle avait l'air presque assez âgée pour être là. Durant les six derniers mois, elle avait éclos d'un coup – c'était effrayant –, prenant en hauteur ce qu'elle avait perdu en kilos ; ces fameux kilos qui avaient rendu Sasha à moitié folle, obsédée par le spectre d'une fille rondelette, d'où les cours de yoga, le coach personnel, les suppléments régime. Il s'efforça de se composer une expression adéquate à mesure qu'il approchait. Sous le coup d'une impulsion soudaine, il s'arrêta net, à demi masqué aux yeux des filles par un autre groupe.

— Elles se croient tellement malignes, ces connes de Chapin.

— Vous vous rendez compte le mec qu'elle se tape ? Je veux dire, il va à Hewitt. Je veux dire, merde.

— Quelle idée de sortir avec un mec d'Hewitt ?

— Ils ont tous des pères genre super-nababs et ils sont complètement cons...

— Ouais, genre après le bac, ils deviennent concierges du ranch de papa-maman à Aspen.

— S'ils ont leur bac.

Luke finit par interrompre ce symposium.

— Salut, ma fifille.

— Eh, Paps, dit-elle, en regardant par terre.

Elle avait récemment atteint l'âge auquel avoir des parents est une source de gêne.

— Tu connais Bethany et Amber.

— Bien sûr.

En fait, il avait bien connu la mère de Bethany, Mitsy, juste avant de se fiancer à Sasha, et bien qu'il eût beaucoup aimé fréquenter la mère, il était horrifié de voir que sa propre fille s'était acoquinée avec celle de sa petite amie d'alors. Ce soir, Bethany avait l'air d'une pute de luxe, avec ses yeux de raton laveur et sa robe imprimée léopard. Et Amber, comme de l'ambre, un joyau contenant un insecte préhistorique. Il était au comble du morbide ce soir.

— Ça fait longtemps qu'on n'est pas venus ici ensemble, dit-il à sa fille. Tu te souviens, tu adorais les pandas rouges.

Ashley fut tétanisée par cette référence à son enfance trop récente ; Bethany et Amber gloussèrent.

— Et tes devoirs ? J'espère que tu les as faits cet après-midi ?

— Paps, s'il te plaît...

Ses amies, pleines de tact, détournèrent le regard.

— Les cours viennent de commencer. On n'a pas de travail encore, dit-elle en regardant au loin.

L'humiliation finale, pour elle comme pour lui, étant qu'il venait de l'obliger à mentir.

– Parfait, dit-il gaiement. Amusez-vous bien, les filles. Mais je te raccompagne à la maison à dix heures.

Sa fille leva les yeux au ciel en signe d'adieu.

Il était assis à table depuis vingt minutes lorsque Sasha apparut enfin, flanquée de Casey Reynes, toutes deux les yeux brillants, lançant des étincelles. Casey, la mère d'Amber, était l'une des copines camées de Sasha. Luke avait eu plus ou moins le sentiment que la coke avait en grande partie disparu de leur milieu une décennie plus tôt, et ne savait trop si le penchant de sa femme était le retour en force d'une vieille habitude de fête ou si cela lui avait échappé pendant toutes ces années, de la même manière que beaucoup d'autres choses lui avaient échappé tandis qu'il se consacrait si obtusément à sa carrière.

Sasha prit place à l'autre bout de la table entre le mari de Casey, un associé de chez Goldman Sachs, et un acteur invité pour pimenter le mélange, un jeune homme qui excitait visiblement l'intérêt de Guillermo. Luke, quant à lui, était assis entre Trinnie Johnson et la partenaire de Guillermo, Sloane Cafferty, une jeune trader aux dents longues sortie depuis quelques années de Radcliff et qui nourrissait une fascination morbide pour son statut de rōnin.

– Et vous faites quoi, toute la journée ? demanda-t-elle tandis que les serveurs servaient les salades.

– Je lis, dit-il. Aujourd'hui, je suis allé au Whitney pour voir les Hopper. Et ensuite je suis allé suivre un cours à la New School. Sur l'humanisme socratique.

– Ça parlait de quoi ?

– De quoi ? De ce que c'est qu'être humain, j'imagine.

– Et ça ne vous manque pas, vous savez, de faire partie du jeu ?

– Pas vraiment. Pour tout vous dire, vers la fin, je m'étais mis à haïr mon boulot.

– Guillermo dit que vous auriez fini par diriger la boîte dans les deux ans si vous étiez resté.

– Luke écrit un livre, dit Casey en se jetant dans la conversation. Tu sais, il faudrait vraiment que je te présente à mon ami, Russell Calloway; il est éditeur dans l'une des plus grosses maisons. Très intello. C'est le mari de ma meilleure amie, Corrine.

Une fois de plus, Luke regretta d'avoir annoncé son intention d'écrire. Ça faisait affreusement cliché, et n'avoir encore rien entrepris éveillait en lui un sentiment d'imposture de plus en plus aigu lorsque le sujet était évoqué. Certes, le cinéma japonais avait constitué, pour lui, un hobby passionné pendant des années, et il avait passé des centaines d'heures à visionner des vidéos de films de samouraïs en prenant des notes, mais l'idée d'écrire quelque chose à partir de ça devenait de plus en plus vague à mesure que les mois filaient. Au lieu de s'y mettre, il consultait des ouvrages de référence et traquait des vidéos rares sur Internet. L'ambition secrète qui avait animé ses vingt ans – celle dont il n'avait jamais parlé – avait été d'écrire un roman, mais elle paraissait encore moins réalisable. Il découvrait combien il était difficile de trouver sa place dans la solitude fluide et sans forme de ses jours après avoir passé la moitié de sa vie asservi aux rythmes du marché financier, broyé par les rituels sévèrement structurés du monde de l'entreprise. Ce jour-là, en plus de se rendre au Whitney, il était allé au gymnase, avait lu le *Times* et le *Journal* pratiquement en entier, il avait aussi boursicoté en ligne et tripatouillé son compte en banque durant une heure, pris rendez-vous pour voir son comptable, regardé le «Rosie O'Donnell Show», traîné dans une librairie de Madison Avenue, déjeuné au Serafina avec un exemplaire du *nouveau* roman de Salman Rushdie, s'était masturbé, avait fait la sieste, s'était rendu à un cours de philosophie à la New School, avait vu Ashley, avant de longer trois pâtés de maisons pour rejoindre son appartement, où il s'était habillé pour la soirée. Parfois il était surpris de constater combien il était facile de remplir une journée, d'autres fois, il en était horrifié.

– Quels sont vos objectifs? demanda-t-il à Sloane, en lui retournant la question. Où voudriez-vous être dans vingt ans?

– Je ne sais pas, j'imagine que j'aimerais ne plus m'occuper que de mon fonds propre.

71

En plongeant dans les yeux avides de la jeune femme, Luke essaya de se remémorer l'époque où tout cela avait cessé d'avoir le moindre sens pour lui.

Cela aurait sans doute constitué une trajectoire parfaitement acceptable, quitter la boîte pour gérer quinze ou vingt millions bien à lui.

Laissant son attention dériver de l'autre côté de la table, il entendit Web Reynes donner à l'acteur une définition du mot player. « En gros, pour être un player, il faut avoir une centaine de millions, disait-il. Je veux dire, c'est là que ça commence à être intéressant. »

L'acteur avait l'air effrayé, mais continuait à hocher la tête. Web vit que Luke les écoutait.

– Qu'est-ce que tu en penses, c'est la vérité ?

Luke haussa les épaules.

– Je crains de ne pas faire partie du club.

– Il faudrait inventer un mot pour ça. Je veux dire, millionnaire, ça ne veut plus rien dire, tout le monde est millionnaire.

– Que penses-tu de *centenaire* ? dit Luke. Le club des cent-millions.

– Pas mal, dit Web, en souriant. J'ai fait du latin à Exeter.

La conversation était agréablement fracturée par les discours et les remises de récompenses. « Celui qui a tant fait pour la ville. » « N'a plus besoin qu'on le présente. » « Cause chère à nos cœurs. » Luke regarda Sasha à l'autre bout de la table, juste au moment où elle échangeait une œillade avec Bernard Melman, qui était assis à la table derrière elle.

Au cours du dîner, Sasha fit, à plusieurs reprises, signe au serveur de remplir son verre de vin et se blottit dans une douce intimité avec l'acteur. À un moment, elle remarqua que Luke l'observait et elle lui tira la langue, brandissant son verre à nouveau pour se réapprovisionner en chardonnay. Son rire portait d'une extrémité à l'autre de la table, comme si elle avait décidé d'être le boute-en-train de la soirée. Il saisit quelques bribes de

conversation, sa voix métallique et stridente. «C'est pas mortel?»
Lorsque l'orchestre se mit à jouer, elle se leva de sa chaise.

– Je suis d'humeur à danser, dit-elle, en regardant Luke. Mais
mon mari me regarde sévèrement. Et il ne danse pas très bien.
Peut-être pourrais-tu me faire faire un tour de piste? dit-elle à
Guillermo, qui répondit qu'il en serait ravi.

Luke les regarda se diriger vers l'espace libre au centre du
pavillon.

Après avoir écouté Sloane discourir sur l'euro, il leva les yeux
pour voir Melman prendre la relève de Guillermo, avec l'air du
soupirant supérieurement certain de l'accueil qu'on va lui réserver.
Guillermo laissa la place et gratifia le billionnaire d'un salut glacé,
tandis que Sasha prenait la main de son nouveau partenaire pour
la poser sur ses hanches qui ondulaient sur le rythme d'une
approximation de «All I wanna Do» par l'orchestre de service.
Bien que légèrement ridicule, Melman – il fallait bien le reconnaître – semblait plus assuré que la plupart des autres hommes
d'âge moyen ventripotents que l'on avait attirés, contre leur gré,
sur la piste de danse.

Luke s'excusa et quitta la table pour aller chercher Ashley,
échangeant des salutations avec des amis et des relations avant de
la repérer enfin à la soi-disant «table des enfants», un peu surpris
de la trouver en grande conversation avec Anton Hohenlohe. Tous
les jeunes hommes à cette table avaient au moins dix ans de plus
qu'Ashley et ses amies, et Hohenlohe, un ami de Sasha, était plus
proche en âge de la mère que de la fille. Aux yeux de ses admira-
teurs, il passait pour un boulevardier de grand style, le chaînon
vivant qui les reliait au monde continental perdu des Ferrari, des
casinos de la Côte d'Azur et du polo. Son arrière-grand-père avait,
d'après la rumeur, entretenu des liens étroits avec le roi fou, Lud-
wig II de Bavière, le mécène de Wagner. Selon le point de vue que
l'on adoptait, la société new-yorkaise était soit de plus en plus
méritocratique, soit de plus en plus nouveau riche; mais Hohenlohe était considéré comme un représentant de la vénérable tradition de l'oisiveté aristocratique. Il était présent partout, aussi bien

à Paris qu'à Palm Beach et à New York, et les ragots concernant ses déviances sexuelles ne faisaient qu'accroître sa légende.

Il avait débarqué en ville après un séjour à Hollywood, où il était entré en possession de son héritage et s'était installé comme producteur. Le milieu du cinéma cultivait une longue tradition d'accueil réservée aux jeunes hommes riches qui souhaitaient partager leur fortune en échange de relations sexuelles avec des aspirantes actrices. Si la fille qui, après une nuit avec lui, avait échoué aux urgences de l'hôpital Cedars-Sinai, le sang gavé de doses presque mortelles de Rohypnol et de cocaïne, et le corps couvert de vilaines marques, n'avait pas eu de relations dans le métier, ou si Hohenlohe lui-même avait été plus établi au sein de la communauté, l'incident aurait sans doute été étouffé, ou rapidement oublié, mais, vu les circonstances, notre homme avait décidé que Los Angeles n'était pas en vérité si attirante.

Luke était épouvanté par l'idée que Sasha se faisait d'une compagnie convenable pour leur fille et ses amies – c'était elle, après tout, qui avait établi les plans de table, tandis que lui se contentait de payer l'addition. Il observa Ashley tandis qu'elle rejetait la tête en arrière en riant à une remarque d'Hohenlohe. Ses manières et sa gestuelle lui évoquaient trop douloureusement celles de sa mère – une ressemblance qui se trouva scellée lorsqu'elle leva une flûte de champagne et la pencha vers ses lèvres. Craignant, s'il s'approchait de la table, de perdre le contrôle de son humeur et de monter encore davantage contre lui sa fille qui s'était récemment montrée si revêche, il lui apparut soudain qu'il pouvait faire d'une pierre deux coups : interrompre la danse de Sasha avec Melman au prétexte d'un concile parental urgent, en lui annonçant qu'il raccompagnait Ashley à la maison immédiatement, et, si possible, lui demander d'aller avertir elle-même leur fille de son départ imminent. Il comptait sur son indignation justifiée et sur la culpabilité résiduelle de Sasha pour emporter le morceau, mais lorsqu'il l'aperçut parmi les danseurs, il commença à se demander si la culpabilité était un concept qu'elle était seulement capable de maîtriser.

Sur l'air de «Bootylicious», l'un des succès de la saison, Sasha s'ingéniait à frotter son pelvis contre celui de Melman, les mains sur ses épaules. Davantage encore que sa posture et les mouvements burlesques de ses hanches, c'était l'expression de son visage, un genre d'abandon liquide combiné à l'intensité étrange de ses yeux fixés sur son partenaire, qui rendait la scène si crue pour Luke, et – il s'en rendit compte en regardant autour de lui – pour un grand nombre de convives. N'importe quel autre couple aurait pu s'exhiber de la même manière sans attirer autant l'attention, mais l'éminence des deux partenaires leur assurait un public; c'était comme si un spot avait été dirigé sur eux, illuminant chacun de leurs gestes, jetant des ombres gigantesques qui magnifiaient la pantomime de leur désir.

Sans le contexte, cette danse aurait pu passer pour relativement innocente. Mais le contexte était clairement très riche. Il se lisait dans les yeux de la tribu clouée par le spectacle, la pitié avec laquelle on le considérait, les regards qui ne pouvaient se détacher de lui alors qu'on souhaitait à tout prix éviter de croiser le sien... On le sentait aussi dans la manière que certaines femmes avaient de murmurer à l'oreille de leurs voisines. La communauté savait comment interpréter cette représentation parce que ses membres avaient été préparés à quelque chose dans ce style – une confirmation des bruits et de la rumeur. Ce fut cela, tout au moins, que Luke apprit ce soir-là – que ses soupçons, loin d'être paranoïaques, étaient partagés sur l'ensemble du territoire couvert par le code postal 10021, où même les maris les plus largués semblaient être au courant.

Et ce n'était pas tant le rythme suggestif des hanches de Sasha que la fixité de son regard vitreux sur son partenaire qui était si accablante. Luke pouvait soit mettre fin à tout ça en interrompant la danse, soit s'éloigner pour remettre à plus tard le règlement de comptes. Mais il ne pouvait absolument pas continuer à se tenir là, immobile, pour assister à ce spectacle sous les yeux de tous, si bien qu'il se retira à l'autre bout de la tente pour retrouver une contenance. S'appuyant contre la grille de l'enclos des singes des neiges, il étudia la pancarte accrochée à la barrière.

MODES DE VIE DIFFÉRENTS

Les mâles possèdent une canine plus développée, une toison plus fournie et pèsent vingt pour cent de plus que les femelles. Les femelles demeurent toute leur vie dans le groupe au sein duquel elles sont nées. Les mâles le quittent au moment où ils atteignent la maturité sexuelle et il arrive qu'ils intègrent plusieurs autres groupes au cours de leur existence.

Nulle part il n'y avait trace de ces anthropomorphes, mâle ou femelle, et Luke se détourna, pris du besoin urgent de retrouver sa fille, de la sauver d'une manière ou d'une autre.

Elle était en train de rire à quelque chose qu'Hohenlohe lui murmurait à l'oreille, et, d'après une certaine mollesse dans sa posture, Luke comprit qu'elle était ivre. Il approcha, sans qu'elle le vît, et posa une main sur son épaule. Elle leva les yeux, le flou vertigineux de son expression se changeant en lassitude à la vue du visage de son père.

– On rentre, dit-il.

Le visage qu'elle lui offrit par-dessus son épaule blanc crème était un affreux mélange de celui d'une fillette pétulante de sept ans et du masque d'affectation le plus mondain de sa mère. Malgré sa propre indignation, il fut choqué par l'air de dégoût haineux – regard noir d'une gamine de quatorze ans bourrée – qui déformait ses traits admirables.

– Allons-y, dit-il, se cuirassant pour dévisager Hohenlohe.

Elle se détourna, but une gorgée de champagne, et se leva lentement, s'efforçant d'afficher un air de dignité outragée, tout en essayant de garder l'équilibre. Hohenlohe, se conformant aux usages, se leva derrière elle, serviette en main, tandis que ses amies détournaient les yeux, têtes baissées.

– Je vous assure que j'étais...

– On était en pleine conversation, dit Ashley.

– Tu la termineras quand tu auras dix-huit ans, dit Luke.

– C'est pas comme si genre c'était la première fois que je buvais un ferre de zampagne.

— Quelle élégance! Et combien de ferres de zampagne tu as bus, ce soir?

Amber et Bethany gloussèrent nerveusement.

— Tout ça parce que tu passes une soirée de merde, dit-elle.

— On terminera cette conversation à la maison, dit Luke, en la prenant par la main pour l'éloigner de la table.

— Je te déteste, marmonna-t-elle, une fois qu'ils se furent éloignés.

À cet instant, un phoque fusa du bassin, luisant dans la lumière artificielle sur fond d'arbres et se découpant, au-dessus d'eux, sur le village indien couleur crème de la Cinquième Avenue, avant de replonger sur le flanc en envoyant une vague luminescente qui s'écrasa contre le mur. L'air nocturne avait atteint le point d'équilibre parfait entre la chaleur de l'été et la fraîcheur de l'automne approchant lorsqu'ils quittèrent la fête, seuls ensemble, parmi le flot des invités. Les femmes étaient belles dans leurs robes longues, ou, du moins, attiraient l'œil dans leurs belles robes, accompagnées de leurs escortes, riches d'entre les riches de la plus fastueuse des cités, et Luke ne s'était jamais senti aussi différent d'eux, se rappelant soudain les silhouettes qu'il avait vues cet été à Pompéi et Herculanum, figées dans leurs postures d'agapes et de festivités.

5

Chez Evelyn avait toutes les apparences d'un bouge, si sinistre qu'il parvenait à éveiller chez certains visiteurs la nostalgie d'un Greenwich Village perdu. On aurait pu croire que ce genre d'endroits n'existait plus si, sous l'emprise d'une lubie, ou pour échapper à la pluie, on n'avait descendu les huit marches depuis le trottoir et poussé la porte, se frayant un chemin parmi les habitués, affalés contre le bar d'acajou grêlé et terne, pour atteindre enfin la salle qui était aussi longue qu'un wagon de métro et à peine plus large. À vingt et une heures, la moitié des tables se partageaient entre des touristes et des bohèmes sur le retour qui se souvenaient encore de la propriétaire, une ancienne diva du Off-Broadway. À l'époque, la plupart avaient été attirés là par la légende selon laquelle les Expressionnistes abstraits et les poètes de la Beat Generation étaient venus rôder dans ce rade durant une saison ou deux avant d'élire la Cedar Tavern. Aucune photo, ni aucun souvenir ne commémoraient cet âge d'or; les murs étaient nus, mis à part quelques paysages de campagne ou de mer, probablement italiens, achetés lors de vacances oubliées. Le nom seul, pour Corrine, suffisait à évoquer une ère évanouie d'errance nocturne et de joies de l'aube à moitié effacées de la mémoire, queues de comètes délirantes de soirées littéraires, de vernissages et d'avant-premières, préludes confus à des dizaines de gueules de bois de jeunesse. Bien que déjà très étonnée par le coup de fil de Jim, et par l'idée d'une discussion autour d'un scénario à plus de minuit, elle l'était presque autant par le lieu du rendez-vous.

Elle ne serait jamais sortie si Jim n'avait pas insisté, si Russell ne l'avait pas encouragée. C'était ridicule, vraiment, bien que, en un sens, typique des enjeux de pouvoir hollywoodiens, et si Corrine avait eu une plus haute opinion d'elle-même, elle aurait peut-être soupçonné qu'il s'agissait d'un traquenard, mais Cody disposait d'un choix inouï parmi les jeunes actrices renversantes, sans parler de la propre sœur de Corrine, dotée comme il fallait là où il fallait, qui pourtant n'avait pas été invitée à se joindre à eux. Pour finir, Russell avait dit «Ça ne mange pas de pain» et spéculé sur le fait qu'il ne serait pas tant question du scénario que du besoin qu'avait Jim d'une présence féminine, du réconfort et des conseils avisés que pourrait lui fournir Corrine.

À une heure et demie, les touristes et les dîneurs avaient depuis longtemps disparu, remplacés par les oiseaux de nuit, dont la plupart, s'imaginait-elle, n'avaient pas dû bouger de là depuis qu'elle y avait mis les pieds pour la dernière fois, sept ou huit ans plus tôt. Le personnel de restauration sortant du boulot, les chefs et les agents, les musiciens et les maffieux, ainsi que les acteurs de genre spécialisés dans les rôles de maffieux, et une certaine catégorie d'écrivains et de metteurs en scène qui n'avaient pas encore été en cure de désintox ou profitaient de l'intervalle entre deux visites à la clinique, et éprouvaient le besoin de s'encanailler, parfois en compagnie d'acteurs très en vue, sans craindre de lire le récit de leur soirée le lendemain dans les colonnes de potins. Tous attendaient l'arrivée du Duke, un type à l'air vaguement reptilien et aux cheveux gris plaqués en arrière. Elle ne se rappelait pas si c'était Russell le premier ou peut-être Washington qui avait découvert ses services, mais les paquets qu'il dealait, pas plus discrètement que ça, avaient étiré un nombre incalculable de soirées au-delà des limites naturelles et légales.

Certains échotiers étaient présents aussi, mais volontairement démis de leur fonction officielle – quoi qu'il arrivât chez Evelyn était off; c'était un peu comme ces points d'eau que l'on trouve dans la savane et dans lesquels les zèbres peuvent s'abreuver sans être inquiétés par les lions. Evelyn aurait banni sur-le-champ quiconque se serait permis de harceler un collègue de beuverie ou de relater une quelconque attitude fâcheuse dans la presse. Corrine se rappelait que les lundis soir étaient toujours particulièrement animés. Les habitués de Chez Evelyn se reposaient pendant le week-end, vendredi et samedi étant des soirées pour noctambules amateurs. Evelyn en personne – une grosse femme, débordante à tous points de vue, et pourvue de joues de hamster, qu'on ne voyait jamais bouger de son poste d'observation – était assise, masse informe à une table du fond, entourée de quelques amis à l'air hagard. Cody était à sa table, mais il n'y avait pas trace de Jim.

Il se leva et chancela vers Corrine.

– Enfin seuls, dit-il, en l'embrassant sur la joue.

– Où est Jim?

– Sa laisse s'est coincée. On se trouve une table?

Elle comprit confusément qu'elle venait de tomber dans un piège, mais elle se dit que s'il avait été question de sexe, il aurait fait appel à Hilary ou à Nancy, ou à n'importe quel membre de l'équipe de groupies, composée de femmes déjà conquises, qui se tenaient à sa disposition. Et puis, après tout, maintenant qu'elle était là.

– Pourquoi pas? dit-elle.

Choisissant une table dans la salle du fond, il tira galamment une chaise pour elle et s'assit à ses côtés. Elle connaissait la réputation de chasseur de minous dont jouissait Erhardt; il avait été marié deux fois, à deux actrices, ce qui ne l'avait pas empêché de se lancer dans des aventures parallèles plus ou moins médiatisées. Ils étaient donc là, ensemble dans un bouge après minuit, et Erhardt agitait la main pour commander un verre totalement superflu.

– J'ai toujours entendu dire que vous étiez le couple parfait. Toi et Russell. Le prince et la princesse des campus BCBG.

– Un couple parfait, ça n'existe pas, dit-elle.

– Exactement mon idée.

– Ah, c'était ça ton idée; je me demandais, justement.

– Le mariage est une chose difficile, dit-il.

L'arrivée de la serveuse sembla l'égayer ; il fit signe à la silhouette qui planait vers eux, comme ces types armés de lampes qui guident les 747 sur la piste d'atterrissage, ne quittant pas son verre des yeux lors de sa lente descente vers la table, comme pour s'assurer qu'il ne s'envolerait pas ailleurs.

– C'est une pro, dit-il lorsqu'elle s'en retourna.

– Qui ça, la serveuse ?

– Partie fine en heures sup' pour cinq cents dollars de l'heure.

– Elle est comment ?

– C'est pas trop mon truc. J'en ai fait quelques-unes, mais bon.

– J'ai cru comprendre que tu te spécialisais plutôt dans les premiers rôles, dit Corrine.

– Pour diriger une actrice, il faut la mettre sur un piédestal, en faire une déesse. On doit tomber un tout petit peu amoureux d'elle pour que le public en tombe complètement amoureux. C'est ce qu'on appelle les risques du métier.

– Au moins tu reçois un beau dédommagement.

– Certaines de ces petites putes sont à moitié dingues, tu parles d'un dédommagement.

Erhardt possédait un vaste répertoire de moues renfrognées et de tics faciaux grâce auxquels il exécutait sa propre partition de la conversation dans les moments où il était forcé d'endiguer le torrent de son discours pour passer en mode écoute ; contrairement à la plupart des réalisateurs de sa génération, qui semblaient convaincus que la barbe leur conférait un certain air de profondeur intellectuelle, il s'était toujours rasé de près, et se trouvait, du coup, dans l'impossibilité de masquer son impatience face aux opinions souvent erronées et imprécises de ses interlocuteurs.

– Donc, Jim m'a dit que tu aimerais qu'on discute de l'adaptation du *Fond du problème*.

– On parle directement affaires ?

– De quoi veux-tu qu'on parle, en dehors de ça ?

Il poussa un soupir, jeta son bras derrière le dossier de son fauteuil, adoptant la posture du conférencier, et lui fit la leçon :

– Comme tu le sais, Greene a divisé son œuvre de fiction en

deux catégories, dont l'une qu'il a baptisée lui-même « divertissement ». L'histoire qui a finalement donné *Le Fond du problème* avait été conçue à l'origine pour faire partie de ce courant spécifique, comme une sorte de puzzle à suspense, un procédé inversé dans lequel le crime et le criminel sont connus au départ, tout le mystère consistant, pour l'assassin comme pour le lecteur, à identifier le détective chargé d'enquêter sur le crime. Et, bien sûr, on trouve le squelette de cette structure dans le roman tel qu'il est écrit, avec Wilson, l'agent pas-si-secret-que-ça enquêtant pour le compte du ministère de l'Intérieur sur ce pauvre Scobie, homme à tout faire de la vieille Afrique. Mais, finalement, notre bon vieux Graham décide de suivre une autre piste et d'écrire un roman en bonne et due forme, avec toute la complexité et l'ambiguïté morale que ce genre implique pour lui. Ce qui signifie, pour faire court, que *Le Fond du problème* ne correspond pas à la définition du type de divertissement qu'on passe à Peoria. Pas la trame à la noix du style un mec rencontre une fille, perd la fille, retrouve la fille.

Corrine s'efforçait de plaquer sur son visage l'expression de l'élève studieuse qui ingurgite les informations, bien qu'elle fût parfaitement au fait du contenu de ce discours.

– Cette trame à la noix, comme tu dis, n'est présente dans aucun de tes films, dit-elle.

– Qui a décrit la structure classique en trois actes comme : un mec rencontre une fille, le mec et la fille se retrouvent dans de beaux draps, pour finir par régler ça sur l'oreiller ?

– Toi ?

Elle commençait à se poser des questions sur l'ordre du jour. Qu'est-ce qu'ils fabriquaient là, au juste ?

– Bon, dit-il après une gorgée revigorante. Ça fait des années que je pense à ce bouquin. J'adore l'idée, mais j'ai un tas de questions à poser avant même de commencer. Mettons de côté tout le fatras catholique dans un premier temps. On a Scobie, le policier honnête perdu dans l'enfer d'une Afrique coloniale corrompue. Trop honnête pour se voir accorder la confiance de ses pairs carriéristes et fainéants. Sa femme, Louise, une asticoteuse et une casse-pieds de première, dont il ne se protège pas assez parce qu'il est trop gentil ou trop passif. Tu crois qu'il l'aime?

– Il l'aime, d'une certaine façon.

– C'est une réponse équivoque, dit-il, en adressant un signe amical à Abel Ferrara à l'autre bout de la salle.

– Il a pitié d'elle.

– Exactement. Le problème que j'ai, c'est que si on la rend trop pathétique, ce qui est précisément ce que fait Greene et, comme je l'ai dit, tu es d'une incroyable fidélité au maître, on risque de perdre patience avec Scobie. Au lieu d'être un personnage noble, il passe pour un masochiste à la con. À l'inverse, si on rend la femme trop sympathique, on risque de ne pas s'identifier à lui lorsqu'il finit par se taper cette pauvre gamine naufragée.

La sympathie de Corrine s'était toujours dirigée vers Scobie, dont la noblesse lui brisait le cœur. C'était ce personnage qui lui avait donné envie de faire le film – sa fibre morale inflexible et brutale, son refus de penser d'abord à ses propres besoins ou ses propres désirs. Un policier honnête contraint de compromettre son honnêteté pour le bonheur de son épouse... piégé entre deux femmes... essayant, bien que ce soit impossible, de se conduire comme il convient avec les deux, pour finalement se rendre à l'évidence d'une impasse.

– À certains moments, dit-elle, lorsque j'écrivais le scénario, il m'arrivait de comparer Russell à Scobie, et je me mettais presque à le haïr. Russell, je veux dire.

Pourquoi lui confiait-elle cela? se demanda-t-elle, en observant le dépôt au fond de son dernier verre de vin, se rappelant soudain que ce scénario avait, au départ, été une idée de Russell – c'était lui qui avait suggéré l'adaptation. Mais, pour le coup, elle était parvenue à capter toute l'attention de Cody. Il avait cessé de se tortiller sur son siège et se penchait vers l'avant pour écouter.

– Parce que je n'arrivais pas à l'imaginer dans la même situation, subissant le même genre de torture que Scobie. Oui, il trompe sa femme, mais il se déteste d'avoir fait ça, et il finit par se tuer parce qu'il ne supporte pas l'idée de les décevoir, l'une comme l'autre.

— Non, non, non. Il se tue parce qu'il a commis un péché mortel. Tout ça vient de sa relation avec Dieu. Un Dieu catholique. J'ai un vrai problème avec le catholicisme de Scobie. Mais il est crucial. Les femmes ne sont que des pions, des messages chiffrés, des récipients vides n'exprimant que le besoin. Scobie est...

— N'insulte pas Scobie. J'aime Scobie.

— Tu l'aimes parce que son parcours érotique, si tant est qu'on puisse parler de parcours érotique dans son cas, est essentiellement féminin. Scobie est une gonzesse. Il a besoin d'être aimé, il a besoin qu'on dépende de lui. C'est la dépendance de ces deux femmes qui l'attache à elles, il a besoin qu'on ait besoin de lui. L'essence des personnages féminins est hors de propos.

— C'est une lecture plutôt sexiste.

— Oh, pitié. Je commençais justement à me dire que tu avais un esprit original.

— Je ne suis pas une féministe primaire. Et je ne me passionne pour aucune de ces deux femmes.

— Exactement, dit-il. Les femmes sont des trous noirs de besoin.

Elle n'était pas certaine de savoir qui des deux l'avait emporté dans cette joute verbale.

Il remarqua sa confusion.

— Ce que je veux dire, c'est que nous sommes en présence d'un cas très particulier. Scobie n'aime pas comme aiment la plupart des hommes, et il n'est pas infidèle à la manière de la plupart des hommes.

— Pourquoi la plupart des hommes sont-ils infidèles? demanda-t-elle. Je voudrais bien savoir.

— Pourquoi tu me demandes ça, à moi?

— Parce que tu es un observateur particulièrement perspicace de la sensibilité humaine. Et parce que tu es un homme.

— C'est parce que nous sommes attirés par l'inconnu.

— Les chattes inconnues.

– Si tu veux. Parce que les hommes sont romantiques. Scobie ne l'est pas. C'est un réaliste. Ne ris pas. Tu crois que je plaisante?

– C'est quoi ta définition du romantisme?

– Les attentes irréalistes. Un désir d'infini. La déception causée par le réel. Le réel étant le familier. Le corps d'une femme avec laquelle on a déjà couché. Lorsqu'on baise une inconnue, on explore le vide à la recherche du sens.

– Oh, pitié.

– Tu admettras, j'en suis sûr, que les femmes sont plus réalistes que les hommes. Je te donne un exemple. Là, maintenant, j'ai très envie d'une bouteille de bourgogne. Il y a longtemps, dans les années, oh, disons, en 93, j'ai bu une bouteille de La Tâche 71, et je n'ai eu de cesse, depuis, de retrouver cette félicité. J'ai descendu des dizaines – non, des centaines – de bouteilles du même genre durant la dernière décennie, et j'ai déboursé des milliers et des milliers de dollars pour ce privilège, et non seulement je n'ai jamais retrouvé la splendeur de cette expérience, la plupart des nectars étant en fait du tord-boyaux – clair, amer et sans générosité, l'équivalent œnologique du portrait que Greene nous livre de ce vieux pruneau de Louise – mais en plus, chaque fois que je me plonge dans une carte des vins, je commande un bourgogne, dans l'espoir de triompher de la dernière expérience malheureuse, toujours à la recherche de cette extase originelle et peut-être illusoire de ce La Tâche 71.

– Je vois exactement ce que tu veux dire, fit Corrine. La dernière fois que Russell m'a demandé comment je me sentais remonte à 1993, mais je n'arrête pas d'essayer de lui parler depuis, dans l'espoir de retrouver la splendeur de cette expérience.

– Et si on commandait une bouteille de vin? dit-il.

– C'est, je crois, la dernière chose dont j'aie besoin.

Elle regarda sa montre.

– J'ai deux enfants à la maison. Je dois me lever à sept heures.

– Ne te cache pas derrière tes devoirs maternels.

Essayant d'attirer l'attention d'une serveuse, il agita les bras au-dessus de sa tête.

Au cours de cette soirée, elle avait déjà bu plus que de raison, mais cela ne lui déplaisait pas, en partie parce qu'elle était ivre. Et combien d'occasions avait-on dans une vie de se saouler la gueule avec une légende vivante? D'un autre côté, elle n'avait pas envie d'être grise au point de se retrouver dans une situation scabreuse.

Il s'excusa pour se rendre aux toilettes. Lorsqu'il fut de retour, il déplaça sa chaise pour s'asseoir tout près d'elle, passa son bras autour de ses épaules, et sa main se mit à explorer les alentours.

— Merci, c'est mon sein gauche, dit-elle. Je l'ai cherché toute la soirée.

— Si je disais oui tout de suite, est-ce que tu viendrais à la maison avec la serveuse et moi?

Elle essaya de deviner s'il s'agissait ou non d'une plaisanterie. Le regard de Cody était vitreux et intense derrière les montures épaisses de ses lunettes.

— Je croyais que ce n'était pas ton truc.

— J'ai menti.

— Tu es sérieux?

Il hocha lentement la tête.

— Tu veux dire que si je couche avec toi et la serveuse, tu réaliseras mon film?

— Ça ressemble à ça, oui.

— Qu'est-ce qui t'empêchera de changer d'avis, le matin venu?

— Ça n'arrivera pas. Je t'en donne ma parole, ici et maintenant.

— Bien que très flattée, je ne crois pas que tu fonderais ta décision sur le fait que je couche avec toi ou pas. Et si c'était quand même le cas, j'aurais du mal, par la suite, à me fier à ton jugement. J'aurais raison, n'est-ce pas?

— Tu sous-estimes ton pouvoir de séduction.

— Je crois que tu me confonds avec ma petite sœur.

— Non, sa séduction est extrêmement superficielle. Je le sais. J'en ai tâté.

— Tu dois te sentir tellement spécial.

— Ce serait très intéressant si j'avais un chèque d'option dans ma poche. Juste pour voir si ça te tente.

– On ne saura jamais, je crois.

– J'adore poser ce genre de dilemmes moraux, dit-il.

– Et tu parviens souvent à tes fins ?

– Je suis le plus souvent déçu, dit-il, de découvrir avec quelle facilité et quel manque d'ambition les gens sont prêts à vendre leur âme. J'admire beaucoup ton intégrité.

– C'était donc une demande hypothétique, fit-elle, lui tendant une perche.

– Ça aurait pu l'être, répondit-il, ne daignant pas la saisir.

Bien défendu, songea-t-elle. Elle n'était pas certaine de savoir à quel point tout cela avait été sérieux. Les metteurs en scène étaient des manipulateurs congénitaux, et Erhardt était, de toute évidence, un grand embrouilleur, mais, pour une raison ou une autre, elle ne se sentait pas offensée.

– Est-ce que tu as demandé à Jim de m'appeler juste pour le plaisir de me draguer ? demanda-t-elle, authentiquement curieuse.

D'un point de vue purement théorique, elle trouvait l'idée assez remarquable.

Il marqua une pause pour réfléchir à sa question, puis haussa les épaules.

– Les raisons sont la plupart du temps mêlées, tu ne crois pas ?

Dans le taxi qui la ramenait à la maison, elle décida qu'elle était plus flattée qu'offensée. Cela faisait une éternité, songea-t-elle, qu'elle ne s'était pas vue comme un objet de désir. La nuit d'avant, après s'être mise au lit, elle avait senti monter en elle comme un écho de l'élan ancien, resté en sommeil depuis de nombreux mois, pour ne pas dire de nombreuses années. Elle avait posé son livre et avait roulé sur le côté, pour caresser la hanche de Russell. Il avait émis un grognement de satisfaction. Mais, lorsque au bout d'un moment elle avait constaté qu'il n'avait toujours pas posé le manuscrit qu'il était en train de lire, elle s'était retirée dans son coin du lit. Le sexe était devenu un gouffre béant entre eux. Jadis, ils avaient disposé du corps l'un de l'autre en toute liberté – un privilège qui s'était perdu en chemin. Comme tous les couples mariés depuis longtemps, ils avaient connu les hauts et les bas de l'intimité physique, bien qu'au vu de la marée basse persistante, Corrine commençât à croire qu'elle ne remonterait jamais. Après tout ce temps, elle se sentait maladroite et gênée, ne sachant plus comment lui offrir à nouveau son corps. Chaque jour passé sans faire l'amour rendait plus inaccessible leur intimité passée. À une époque, avant la naissance des enfants, ils avaient pris l'habitude de faire l'amour tous les matins – un système qu'ils avaient mis au point lorsqu'ils s'étaient rendu compte qu'ils étaient trop fatigués le soir.

Elle sentait pleinement que tout cela était sa faute. Dès qu'elle avait été enceinte, elle avait refusé qu'il la touche. Et elle avait refusé catégoriquement qu'il la touche après la naissance des enfants, parce qu'elle se sentait défectueuse en raison de leur naissance extra-ordinairement prématurée – pourquoi n'avait-elle pas réussi à les garder plus longtemps? Ou, pour être plus précis, ce n'était pas tant qu'elle ne voulait plus qu'on la touche; elle ne voulait plus qu'on la baise, ce qui, selon Russell, revenait au même. La tendresse physique n'était, dans son esprit, qu'une autre façon d'appeler les préliminaires. Il semblait n'avoir aucun besoin du genre de caresses qui ne menaient pas à l'orgasme. Et c'était exactement cela qui la rendait plus récalcitrante et l'emplissait de rancœur. Elle se tendait à chaque fois qu'il lui touchait le bras ou lui embrassait l'oreille, parce qu'elle savait que ces gestes n'étaient pas des fins en soi. Et lui, avec le temps, avait tout simplement fini par les retenir.

Qui sait, songea-t-elle en payant le chauffeur et en descendant de la voiture, manquant de se casser la figure parce que son talon avait glissé sur le trottoir, puis levant les yeux vers les énormes monolithes qui surgissaient au-dessus d'elle... après tout ce temps, il se peut qu'il ait cessé de me désirer. Il lui apparut soudain qu'elle ne rajeunissait pas. Elle était encore mince; ses seins étaient encore plus ou moins en place, notamment parce qu'ils n'étaient pas bien volumineux. Mais elle avait bientôt quarante-deux ans. Qu'arrive-rait-il si elle se mettait à le désirer à nouveau, et découvrait alors que lui ne la désirait plus?

Elle le regarda, comme si elle le voyait de très loin... allongé à l'autre bout du lit, son manuscrit planant sur son visage. Tout cela semblait si triste, si stupide. Allongée à cinquante centimètres de son mari, et ayant envie de lui comme au bon vieux temps, elle se sentait aussi timide qu'une pucelle. Le drap entre eux comme une page blanche qu'aucun de ses mots ne pouvait remplir.

DEUXIÈME PARTIE

Cet automne

6

Mercredi des Cendres. Les débris – papier et poussière de suie – avaient déferlé sur les avenues, s'arrêtant net à Duane Street.

Chancelant le long de West Broadway, couvert, des pieds à la tête, de cendres brun grisâtre, il ressemblait à une statue commémorant une victoire ancienne, ou, plus encore, quelque noble défaite – un général confédéré, peut-être. Ce fut la première impression qu'elle eut de lui. La deuxième étant qu'il avait au moins un jour de retard. La veille au matin, et jusqu'à tard dans l'après-midi, ils avaient été des milliers à effectuer ce même trajet le long de West Broadway, fuyant le panache incliné de la fumée, couverts de la même cendre grise, se traînant sous son voile tandis que le ciel céruléen faisait pleuvoir du papier sur leurs têtes – une version messe noire des serpentins de défilés sur Lower Broadway. C'était comme si cette silhouette solitaire venait rejouer la retraite d'une bataille déjà célèbre.

Il s'arrêta pour prendre appui sur une Mercedes, enveloppée de la même poussière, un masque à gaz jaune pendant à son cou comme un talisman, les rides de son visage accentuées par la poudre grise. Elle pensa que malgré son apparence désordonnée, il lui semblait très familier, bien qu'elle ne pût dire pourquoi.

Ses genoux apparaissaient derrière les lambeaux de ce qui, jusqu'à récemment, avait été un pantalon de costume. Le casque de chantier avait quelque chose d'une anomalie, et d'ailleurs, lorsqu'il pencha la tête en arrière, ce couvre-chef incongru tomba sur le trottoir, dévoilant une masse de cheveux noirs emmêlés, parsemés de ce talc de cendre qui s'insinuait partout.

Corrine s'approcha lentement, de peur de l'effrayer, légèrement méfiante elle-même – les rues et les trottoirs déserts, comme s'ils avaient été les deux dernières personnes sur terre.

– Ça va ?

Corrine lui offrit une bouteille d'Evian ; elle allait renoncer, lorsqu'il tendit le bras pour s'en emparer. Ses deux mains étaient à vif et ensanglantées, couvertes de blessures qui suintaient encore sous la crasse poussiéreuse.

Après avoir vidé la bouteille, il sembla prendre en compte son environnement immédiat, tournant la tête d'un côté puis de l'autre avant de fixer ses yeux sur Corrine. Il la dévisagea durant un temps trop long pour ne pas créer de malaise, à la manière d'une personne peu rompue aux bonnes manières.

– Vous êtes la première personne que je vois, finit-il par dire.

Elle pensa qu'il devait être en état de choc ou quelque chose comme ça. Elle discerna les résidus d'un accent traînant du Sud.

– Mais peut-être êtes-vous une illusion, ajouta-t-il.

– Non, non, dit-elle. En tout cas, je ne crois pas que vous soyez en train de rêver. C'est dur à dire, en même temps. Ce qui est réel ou pas, je veux dire.

– On la sent encore ici ? demanda-t-il.

– La fumée ?

Corrine acquiesça, levant les yeux vers le panache blanc qui décrivait un arc en direction du sud-ouest au-dessus des immeubles de Broadway.

– Vous avez… déblayé ?

Il humecta ses lèvres et regarda derrière lui en direction d'où il venait.

– J'avais rendez-vous avec mon ami Guillermo au Windows on the World.

De la tête, elle l'encouragea à poursuivre.

– Hier ?

– C'était hier ?

Il semblait avoir besoin de remettre le calendrier en place.

– Mardi.

Elle se rendit compte qu'elle l'avait fait dévier de son sujet. Elle venait peut-être de lui faire manquer la première occasion de raconter son histoire. Pendant les vingt-quatre dernières heures, ils avaient tous passé leur temps à raconter leur histoire, expliquant où ils se trouvaient et éprouvant leurs propres réactions dans la narration même.

– Le onze, dit-elle.

– Le onze au matin? Je suis arrivé juste avant neuf heures. J'étais censé retrouver Guillermo à huit heures, mais je lui avais laissé un message pour lui dire que je serais en retard.

– Vous avez eu de la chance, dit-elle.

Il hocha la tête lentement, comme s'il considérait une idée qui, jusque-là, ne lui était pas venue à l'esprit.

– Je l'ai appelé tard la veille et j'ai laissé un message pour annuler. Non, pas annuler – remettre à plus tard. À dix heures. Mais je n'ai jamais donné suite. Le truc c'est... en fait ce qui s'est passé, c'est que je me suis disputé avec ma fille ce soir-là, et je devais aller en ville pour voir mon comptable à neuf heures, il a son bureau au World Financial Center. Mais je n'avais vraiment pas envie de me lever si tôt, alors je lui ai laissé un message. Pour remettre le petit déjeuner. Mais qui sait s'il l'a eu? Huit heures hier matin.

Elle hocha la tête timidement, essayant d'enregistrer les détails. Des sirènes hurlaient depuis West Side Highway. Un Boston terrier portant un masque blanc traînait derrière lui son maître qui venait de surgir à l'angle de Duane Street. Ils avaient l'air de deux bandits – le chien avec son masque blanc, et son maître avec un foulard rouge attaché derrière la tête, dissimulant son nez et sa bouche. Elle aurait dû, elle aussi, porter quelque chose pour se protéger, pensa-t-elle.

– Lorsque je suis descendu du taxi, dit l'homme couvert de cendres, des gens sur l'esplanade avaient les yeux levés en l'air, doigts pointés vers le ciel. Je n'ai pas fait attention. Ce n'est qu'une fois dans l'ascenseur de l'immeuble de mon comptable. Quelqu'un a dit qu'il y avait eu une explosion dans la tour. J'étais dans le bureau du comptable, je lisais le *Journal*, et tout à coup, j'ai pensé, attends, si ça se trouve, Guillermo n'a pas eu le message. Peut-être qu'il n'a pas interrogé son répondeur. J'ai essayé de le joindre sur son portable, et c'est à ce moment-là que le Bâtiment numéro sept a été évacué. Je n'ai pas arrêté de le rappeler tout en descendant l'escalier depuis le vingt-septième étage. Je me retrouve sur West Street, je regarde le nuage de fumée et je compose à nouveau le numéro quand, soudain, je vois les gens sauter. C'est la dernière chose dont je me souvienne, des corps qui pleuvent sur la place. Ils tombent lentement et, tout à coup, ils explosent comme des fruits pourris sur le béton. Après ça, plus rien, je me retrouve face contre terre dans le noir. Je ne peux pas respirer et je ne vois rien, mon corps entier me fait mal, à l'intérieur, à l'extérieur. Je ne sais pas si je suis aveugle ou s'il n'y a simplement plus de lumière, mais, au bout d'un moment, je distingue une lueur jaune dans le lointain et je me mets à ramper dans cette direction. Des gens me tirent jusque dans le hall d'un immeuble.

— Vous avez réussi à joindre votre ami ?

— Quand la seconde tour est tombée, j'y suis retourné. Parce que j'ai pensé qu'il était peut-être là, dans cet amas monstrueux, et que c'était ma faute. Je ne pouvais pas partir. Je restais planté là, sur le côté et, à un moment, je ne sais pas, je me suis mis à faire la queue derrière un autre type. J'ai pris ma place dans la chaîne pour aider à déblayer les débris. Quelqu'un m'a donné un casque.

Il marqua une pause et examina l'entaille sur son bras.

— De temps à autre, j'arrêtais de travailler pour téléphoner. Et puis mon portable est mort.

— Le réseau est complètement foutu, dit Corrine. Cela ne veut pas dire que…

— Ce matin il y avait des volontaires là-bas, avec des téléphones qui marchaient. Je n'ai pas réussi à l'avoir.

Il haussa les épaules.

— Boîte vocale pleine.

Puis il secoua la tête.

– Une centaine d'étages plus haut. Si ma fille n'avait pas bu, si ma femme n'avait pas... Si je ne m'étais pas disputé avec elles deux. Windows on the World à huit heures.

– Vous leur avez parlé depuis ? Est-ce que votre famille sait que vous êtes sain et sauf ?

Il hocha la tête, lui adressant un regard étonnamment intense. Non celui d'un coureur de jupons, plutôt celui d'un enfant inconscient des usages.

– Votre visage me dit quelque chose, fit-il.

– Corrine, dit-elle, en tendant la main.

– Luke, dit-il, en lui prenant la main tandis qu'il regardait en arrière, par-dessus son épaule. C'est vraiment vrai, tout ça ?

– Je pense que oui, dit-elle. Et pourtant, on ne peut pas y croire.

– Je n'arrête pas de me demander si j'ai vraiment repris connaissance.

Elle serra doucement sa main et se mit à la masser, précautionneusement.

– Vous vous en êtes sorti, dit-elle.

– Je sais ce que c'est, dit-il.

– Quoi ?

– Vous ressemblez à Katharine Hepburn.

– Genre vieille fille au cœur de pierre ?

– Dans le bon sens.

– Vous êtes en plein délire, dit-elle, se souvenant toutefois que Russell lui avait dit quelque chose d'approchant, des siècles plus tôt. Vous voulez vous débarbouiller ? On est juste en haut de la rue. J'étais descendue pour vérifier que tout allait bien chez les voisins.

Il secoua la tête.

– Il faut que je rentre.

– Vous allez devoir remonter la Quatorzième. Tout est bloqué au-dessous. Et même comme ça... Je ne sais pas si vous allez trouver un taxi.

– Merci, dit-il.

– Je vous en prie, dit-elle, se sentant gênée par l'emprise de son regard. De rien. Je n'ai rien fait. Rien par rapport à ce que vous avez fait...

– Et pourtant si, dit-il.

Corrine griffonna son nom et son numéro de portable au dos d'une addition de l'Odeon.

– Faites-moi plaisir, dit-elle, la voix brisée. Passez-moi un coup de fil quand... enfin pour me dire si vous êtes bien rentré. Vous feriez ça pour moi, s'il vous plaît?

C'était, à bien des égards, une rencontre typique du jour d'après, une parmi des milliers entre des inconnus sidérés et sinistrés, le genre d'événement dont elle aurait pu se souvenir des mois ou des années plus tard, lorsque quelqu'un lui aurait rappelé cette période ou lui aurait demandé où elle s'était trouvée, ce jour-là.

7

Aux yeux de Luke, il semblait presque miraculeux que l'on pût encore décrocher son téléphone et faire apparaître du porc moo shu, des toasts aux crevettes et des raviolis frits, et voir des hommes originaires de Shaolin et de Shanghai se déployer sur leur VTT à travers les rues et les avenues au nord de Canal Street, pour livrer les sacrements du dimanche soir à New York dans des sacs en plastique accrochés à leur guidon. Peut-être était-ce tout ce qui restait de l'idée de cette métropole, mais au moins, c'était intact. Alors qu'il fumait une cigarette sous la marquise de son immeuble, poliment ignoré par le portier, il compta cinq d'entre eux roulant à fond sur leur bicyclette le long de la Soixante-Dix-Septième Rue, volant au secours des populaces éplorées au terme de cette semaine apocalyptique.

Sous prétexte d'acheter des journaux étrangers, Luke était sorti fumer. Après toutes ces années passées à réprimander Sasha pour ce vice, il s'entêtait à ne pas reconnaître qu'il s'y était remis pendant les pauses entre deux sessions de déblayage.

Il suivit l'un des livreurs dans le hall de l'immeuble et échangea un billet de cinquante dollars contre le traditionnel dîner dominical de sa famille commandé au Pig Heaven. Il monta les sacs dans l'ascenseur, les déposa dans la cuisine et appela Sasha et Ashley, terrées chacune dans leur coin de l'appartement, tout en laissant ses pensées voguer vers le centre-ville. Vu que son horloge intérieure était complètement détraquée, que la ville était en flammes et que les horaires de bureau n'étaient plus qu'un lointain souvenir pour

arquerait pas le dimanche dans toute
\ pouvoir ressentir la fameuse spirale
; de gamme. Difficile de croire que
ent à ce point intériorisés que ce
· tous les qualificatifs sauf celui de
entièrement nouveau. Peut-être
.....lancolie était également liée à la
....se, comme lorsque, quelques jours après l'enter-
.....ent d'un être cher, l'effet narcotique du choc s'efface et que la
conscience d'avoir survécu laisse de plus en plus de place à l'idée
qu'il vous faudra simplement reprendre les petites habitudes de la
vie quotidienne, comme si de rien n'était.

Il savait qu'il avait de la chance d'être en vie – mais il se sentait
clairement indigne de ce privilège. Ces derniers jours, plutôt que
de se sentir léger et béni et épargné, il s'était senti alourdi par le
fardeau d'avoir survécu tandis que l'appel des nobles et infortu-
nées victimes se déroulait, nom après nom sur les écrans de télévision et dans les journaux. Il avait été tenaillé par une trouille
épouvantable durant les heures qu'il avait passées près de l'épicentre de la catastrophe et, depuis, avait été hanté par des cauchemars, mais, d'un autre côté, il se sentait si complètement inutile
ici, sur la Soixante-Dix-Septième Rue, qu'il regrettait à présent de
ne pas être resté là-bas. C'était comme s'il avait trouvé sa place, à
l'intérieur même de ce nuage toxique, de l'autre côté des barrières
de police bleues – une sensation qu'il n'avait pas éprouvée depuis
longtemps, depuis que son travail avait commencé à le lasser et
qu'il avait perdu goût à sa vie.

– Pig Heaven! cria-t-il à l'attention de sa famille.

En tant que fils de pasteur, Luke avait été contraint d'aller à
l'église jusqu'à l'âge de quatorze ans, avant de fuir vers le Nord
pour intégrer une école préparatoire aux grandes universités, et si,
les premières années, il avait ressenti une fierté coupable à écouter
son père entonner les services, mener les chants et instruire leurs
voisins sur les sentiers de la droiture, ce plaisir avait été ensuite
supplanté par une certaine gêne et un désir de plus en plus pro-

fond que la profession de son père pût s'exercer loin du regard de ses amis – dans un bureau, ou dans une usine, par exemple – surtout quand il avait commencé à haranguer ses ouailles au sujet des droits civiques, égarant au passage bon nombre de brebis.

– Mesdames? Le dîner est servi!

Avoir été fils de pasteur avait compliqué sa participation aux délinquances nécessaires de l'adolescence. Luke avait été suffisamment doué pour sauter la sixième, et en avait payé le prix socialement; il avait eu longtemps du mal à se glisser dans les bandes de garçons plus vieux, dont les visages et le pubis s'ornaient de poils, et ses tentatives pour se mêler à eux avaient tendance à être maladroites et mal comprises, débouchant souvent sur des heures de colle, sans pour autant modifier son statut d'outsider. Il en était venu à redouter le retour en classe du lundi matin, qui, inévitablement, teintait aussi d'inquiétude les plaisirs des jours précédents. Pendant des années, le tic-tac de « 60 Minutes », qu'il regardait tous les dimanches soir en compagnie de ses parents, lui semblait signifier la fin de son bref week-end de répit loin du bizutage insouciant et de l'ennui scolaire. Cette montée d'angoisse avait persisté bien après qu'il était devenu une bête en classe et le membre d'un groupe de potes qui allaient fumer des cigarettes au bord de la rivière, pour se renforcer encore durant ses débuts à Wall Street lorsque l'horloge du journal de la nuit tictaquait le dimanche, pour le mener inexorablement vers une semaine de quatre-vingts heures de guerre hobbesienne.

Un certain nombre de rituels séculiers avaient été mis au point pour remplacer la messe, remplir les heures et l'anxiété morne du sabbat, toute vibrante du rappel à notre mortalité: le brunch, les musées, les galeries, et, pour finir, le repas chinois en famille dans la cuisine.

– Ashley? Sasha! Bon sang!

Se radoucissant, il décida d'aller les chercher chacune dans leur chambre respective. Ashley, devant son ordinateur, dialoguait sur sa messagerie, la tête s'agitant au rythme de la musique que diffusaient ses écouteurs, et soudain, surprise par le contact de la main de son père sur son épaule, tapa «PDS» – parents dans le secteur – avant de se déconnecter à contrecœur. Sasha était assise en position du lotus sur leur grand lit, parlant au téléphone, hochant la tête, l'index levé. Ces vignettes de la vie domestique ne parvinrent malheureusement pas à le réconforter, ni à lui inspirer un sentiment de gratitude pour avoir survécu. Entrant chez lui mercredi soir, après deux heures et demie de marche, il avait éprouvé un réel sentiment de soulagement et profité à plein des brèves et larmoyantes retrouvailles avec sa femme puis, plus tard, avec sa fille. Mais, déjà, cette intensité de ressenti s'estompait, laissant place à l'impression plus familière que sa présence était plus ou moins superflue. Et se trouver ici, si loin de l'épicentre, le faisait se sentir presque coupable.

– Par pitié, pas de journal télévisé, dit Sasha, saisissant un rouleau de printemps et l'examinant d'un œil critique. Je ne pense pas pouvoir supporter une image de plus, là maintenant. Même chose pour «60 Minutes».

– J'ai trop faim, dit Ashley en s'affalant sur un tabouret devant le comptoir de la cuisine.

Luke, quant à lui, n'avait pas particulièrement faim, mais l'idée du dîner-du-dimanche-soir – pratiquement le seul qu'ils prenaient ensemble à la maison sans Nellie, la gouvernante qui rentrait à Brooklyn pour la soirée afin de voir sa propre famille – lui semblait aujourd'hui plus importante que jamais. D'un autre côté, il était forcé d'admettre que mercredi, cette même Nellie, bénie soit-elle, avait paru reconnaissante et à bout de nerfs, lorsqu'elle l'avait accueilli à son retour. Il piqua un ravioli frit et le plongea dans la sauce de soja.

– C'est quand même dingue quand on y pense, dit-il. On trouve tout ça tellement normal la plupart du temps – le téléphone, les ascenseurs, les livraisons de nourriture…

– Je viens d'avoir Sophie Painter au téléphone, dit Sasha. Ils déménagent dans leur maison sur l'île et inscrivent les enfants à Hampton Country Day.

– Comment tu te sens, toi ? demanda Luke à sa fille. Tu as peur de rester en ville ?

Elle haussa les épaules.

– Je sais pas.

– Parce que c'est effectivement une possibilité, dit-il.

Il regarda de l'autre côté du bar pour évaluer la réaction de Sasha, mais elle n'abattait pas ses cartes.

– J'ai tous mes amis ici, dit Ashley.

– Pour l'instant, dit Luke. On ne sait pas encore ce qui va se passer, ni où vont aller les gens.

Depuis plusieurs mois, il s'était mis à rêvasser sur la possibilité de tout reprendre à zéro ailleurs. La résistance qu'opposait Sasha avait toujours été un obstacle, mais il lui semblait à présent que sa propre lassitude et son sentiment d'insatisfaction avaient été validés par les événements récents.

– En tout cas, dit Sasha, c'est un argument imparable en faveur d'un internat l'année prochaine pour préparer une bonne université.

– Ou peut-être, au contraire, est-ce un argument en faveur d'un rapprochement familial.

C'était un débat permanent entre Sasha et Ashley d'un côté et Luke de l'autre. Il n'était pas prêt à laisser sa fille quitter la maison, peut-être parce qu'il l'avait fait lui-même avec tant d'empressement, et que, dans son esprit, son départ pour les classes de bachotage loin de chez lui avait marqué une séparation aussi graduelle que peu spectaculaire d'avec sa propre famille. Il avait emmené Ashley faire le tour des lycées huppés de la Nouvelle-Angleterre durant l'été sans toutefois accepter l'inéluctabilité du projet.

– Ce truc nage dans la graisse, dit Ashley, en trempant sa baguette dans le porc moo shu.

L'accent de dégoût du monde adolescent le fit exploser.

– Guillermo est enterré sous ces décombres, putain de merde ! dit Luke. J'ai été à deux doigts d'y rester moi aussi. J'aurais dû y rester. Qu'est-ce qu'on en a à foutre du gras ?

Il ne sut quoi penser lorsqu'il vit les larmes monter aux yeux de sa fille, ni comment réagir quand elle se leva et quitta la cuisine comme un ouragan.

– Pour l'amour du ciel, Luke. Cette gamine a passé toute sa journée de mardi à se demander si tu étais mort ou vivant. Elle était hors d'elle. Elle a cru qu'elle avait perdu son père. Est-ce que tu as pensé une seconde que ça avait aussi été dur pour nous? Elle est traumatisée. Nous le sommes tous. Nous avons été malades d'angoisse à ton sujet.

Il attendait une quelconque manifestation physique de ce sentiment, espérant que sa femme le toucherait, l'embrasserait... essayant de trouver en lui-même l'élan nécessaire pour aller vers elle, mais les sentiers de leur intimité étaient obstrués par la désuétude, barrés par les débris de vieilles rancœurs, que ces événements catastrophiques n'étaient pas parvenus à déloger. Un bref instant, pourtant, on eût dit que la puissance de la déflagration avait tout débarrassé sur son passage. Ils s'étaient jetés au lit mercredi soir et avaient baisé comme si leurs vies en dépendaient, s'accrochant l'un à l'autre dans l'obscurité. Le lendemain matin, elle avait découvert les hématomes et des traces de pas sur le dos de Luke – apparemment il s'était fait piétiner lorsqu'il était resté affalé dans le noir – et elle s'était mise à pleurer.

Luke, à présent, devait aller chercher sa fille, qui était allongée sur son lit, les yeux au plafond. Elle se détourna lorsqu'il vint s'asseoir près d'elle et lui caressa le front, qui, il le remarqua pour la première fois, était légèrement constellé de boutons d'acné. Ce détail lui inspira une nouvelle vague de culpabilité et de tendresse. C'était elle, en réalité, qui lui avait sauvé la vie, peu importe que ce fût de façon indirecte et involontaire.

– Je suis désolé, mon poussin; je ne voulais pas craquer comme ça.

– Tout se casse la gueule, dit-elle, en reniflant, le visage dissimulé, ses cheveux couleur d'ambre étalés sur son oreiller.

– C'est pour ça qu'il faut qu'on se serre les coudes.

– D'accord, murmura-t-elle d'un ton peu convaincant.

Il aurait voulu la prendre dans ses bras, mais il fut retenu par le sentiment de son exquise méticulosité d'adolescente, son hypersensibilité au contact physique et la maladresse qu'il éprouvait lui-même face à ce corps de jeune fille presque éclos en silhouette de femme.

– Qu'est-ce que tu dirais si je te lisais quelque chose ? fit-il.

Il essaya de se rappeler depuis combien d'années il n'avait pas fait ça.

– Je sais pas, dit-elle avec l'intonation de quelqu'un prêt à se laisser convaincre.

– Une de nos vieilles histoires, dit-il, voyant là une occasion à saisir, la faible lueur d'une inclination pour les anciennes certitudes et les plaisirs simples de l'enfance.

Comme elle n'émettait aucune objection, il se dirigea vers sa bibliothèque, distrait dans sa quête du volume familier par une curiosité qui se mua en inquiétude lorsqu'il examina certains des nouveaux titres pour le moins inattendus. À quel moment *Gossip Girl*, *Chronique des vampires*, et *Sex and the City* avaient-ils pris place aux côtés de *Stargirl*, *La Guerre des chocolats*, et *Dieu es-tu là, c'est moi, Margaret* ?

Après avoir sélectionné un bouquin défraîchi qui traînait là depuis une éternité, il s'assit à côté d'elle sur le lit et se mit à lire à voix haute : « "Où va donc Papa avec cette hache ?" demanda Fern à sa mère, alors qu'elles étaient à la table du petit déjeuner. » Un grognement de plaisir lié au souvenir ancien de *La Toile de Charlotte* s'éleva de l'oreiller. « "À la porcherie, répondit Mrs Arable. Des petits cochons sont nés cette nuit." "Je ne vois pas pourquoi il a besoin d'une hache", poursuivit Fern, qui n'avait que huit ans. »

Ashley se tourna vers lui.

– Je pensais toujours à la ferme de Grand-Mère quand on lisait cette histoire. J'aimais me dire que tu avais grandi dans un endroit comme ça, avec tous les animaux.

– En fait, nous n'avons emménagé à la ferme que quand j'avais huit ou neuf ans. Avant ça, nous habitions en ville.

– J'aimerais qu'on y aille plus souvent. Avant on y allait tout le temps.

– Je suis heureux que tu apprécies ma famille.

– On dirait comme quoi je les apprécie plus que toi.

– On dirait *que*.

– Je suis sérieuse.

– Je veux dire que c'est comme ça qu'on dit, fit-il, regrettant aussitôt son côté maître d'école tatillon : « On dirait *que* je les apprécie plus que toi. »

– Peu importe. Parfois j'ai l'impression que tu as un peu honte d'eux, ou quelque chose comme ça.

– C'est faux.

– Ben, en tout cas, Maman, elle a honte.

– Je ne dirais pas ça.

– OK.

Se rallongeant sur son coussin elle leva les yeux au ciel :

– Comme tu veux, Papa.

– On se lit quelques chapitres ?

– Comment ça se fait que tu n'as pas l'accent du Sud ?

– J'ai un accent, dit-il avec un accent.

– Un tout petit peu. À l'instant, à peine. Mais pas comme Oncle Matthew.

– Écoute, poulette...

Il parvint à lui arracher un sourire.

– Oncle Matthew, ben, lui il a vécu là-bas toute sa putain de vie. Moi, ça fait plus de la moitié de la mienne que j'habite dans le Nord parmi une bande de Yankees.

Elle écarta une mèche de son visage pour révéler une expression de tolérance amusée, sa bouche étirée en un petit rictus serré afin d'exprimer une certaine ironie. Luke prit soin de ne pas la regarder trop souvent et, lorsqu'il baissa les yeux à nouveau vers elle, à la fin du deuxième chapitre, il constata qu'elle s'était endormie, respirant doucement par la bouche.

Précautionneusement, armé d'un sentiment de bon droit assez ténu, il battit en retraite vers la chambre des parents ; cette avancée dans le cadre des relations père-fille et le souvenir qu'il gardait de mercredi soir éveillant un accord nostalgique de chaleur pour son épouse. Il trouva Sasha, assise devant sa coiffeuse dans un teddy couleur pêche, en train de se brosser les cheveux. Il la regarda tandis qu'elle examinait son propre reflet dans le miroir, inconsciente d'une présence derrière elle ; son expression mélancolique et spontanée suscita en lui une certaine tendresse mêlée de désir. Elle sursauta lorsqu'il posa ses mains sur ses épaules fraîches ; il avait presque oublié le soyeux de sa peau. Plongeant son visage dans la fine brume de ses cheveux dorés, il sentit ses épaules se raidir sous son contact, mais il persista, enfouissant sa tête dans le creux doux et parfumé de son cou, juste au-dessous de l'oreille.

– Tu as parlé à Ashley ?

Il acquiesça. Elle tenait sa brosse au-dessus de sa tête, visiblement impatiente. Il la lui prit des mains et se mit à lui brosser les cheveux.

Elle soupira et laissa ses bras tomber le long de son corps, tolérant son geste.

– Je suis désolée, dit-elle. Par-dessus le marché, j'ai mes règles.

– Depuis quand c'est un problème pour nous ? demanda-t-il, s'efforçant de maintenir son humeur légère.

Elle n'en était en général que plus passionnée, ou du moins c'était ce qu'il croyait se rappeler. Tout aurait été si simple ; si seulement ils avaient pu franchir cette ligne une fois de plus, il s'imaginait qu'il saurait regagner son amour et même lui pardonner.

– Je me sens vraiment très tendue en ce moment.

Au vu de sa résistance, il sentit les assauts d'une impulsion moins généreuse, le désir de la prendre et de la posséder, de réclamer ce qui, autrefois, avait été son bien. Il tendit sa main libre et la glissa sous son sein.

– Demain, peut-être, dit-elle en retirant sa main.

En regardant le visage de Sasha fermé comme un poing dans le miroir, il cessa de la coiffer et lui restitua sa brosse, comme un général rendant les armes à l'ennemi conquérant, un geste officiel de reddition.

Sasha avait, jadis, été une jeune fille ambitieuse, écarquillant les yeux sur la ville qu'elle découvrait, une beauté déterminée à devenir autre chose qu'un ornement. Ils s'étaient rencontrés lors d'un dîner par ailleurs très ennuyeux sur Park Avenue, réunissant ses collègues plus âgés dans la banque et leurs épouses lécheuses de vitrines. L'une d'elles était une rédactrice associée de *Vogue* – un titre plus honorifique qu'autre chose – qui avait rencontré Sasha lorsqu'elle était venue proposer sa pige annuelle sur ses boutiques préférées ; assistante de rédaction au sein de la rubrique « Notre époque », sortie depuis deux ans seulement d'Hollins College, Sasha avait reçu pour mission de changer les mots jetés en désordre du manuscrit en une prose acceptable. Plutôt que de bredouiller au téléphone, la femme avait préféré inviter la jeune assistante de rédaction chez elle, et, s'il est vrai qu'à première vue, elle l'avait trouvée un peu trop jolie, au bout d'une heure indolore au cours de laquelle Sasha avait réussi à la convaincre que la plupart des corrections et des coupes dans le texte n'étaient pas le fait de son intervention, mais le reflet des propres idées de son interlocutrice, celle-ci avait décidé qu'elle venait de faire une nouvelle recrue toute fraîche pour ses soirées.

Luke devint fou d'elle dès qu'il la vit, dans une robe empruntée au service stylisme du journal. Ses traits parfaits possédaient toutes les vertus de la jeunesse – il était pourtant forcé d'admettre aujourd'hui que son visage n'avait acquis son caractère et sa beauté véritable que lorsqu'elle avait atteint la trentaine – et il avait trouvé ses manières coquettes totalement renversantes. Elle n'avait pas la langue dans sa poche et, il le découvrit plus tard, n'hésitait pas à être grossière ; ce qui semblait un brillant contrepoint à sa saine blondeur du Sud. Et, en tant qu'originaires du Sud, ils avaient en commun un langage et une culture spécifiques. Après s'être prouvé qu'il était capable de se débrouiller à New York, il ne pouvait s'empêcher de se sentir réconforté et attiré par cette somptueuse compatriote.

Avant de s'asseoir à table, elle lui raconta son enfance peu conventionnelle à Charleston, entourée de tantes et d'oncles excentriques ; plus tard, il découvrirait que son père avait perdu au jeu ses maigres économies avant de disparaître quand elle avait trois ans – un fait qui lui permit d'excuser et de soutenir son ambition féroce. Son milieu finit par rattraper les prétentions qu'elle avait affichées à son sujet, lorsque, quelques années après qu'ils se furent mariés, sa mère mit le grappin sur un magnat du sucre et devint une *grande dame** de Palm Beach, avec Sasha dans le rôle de la belle-fille dévouée.

Elle avait inutilement embelli ses origines. Bien plus convaincante fut sa performance lorsqu'elle le suivit à la maison ce soir-là. Bien qu'il eût joui d'une carrière érotique plutôt étendue et variée jusqu'alors, Luke n'avait jamais été à ce point séduit et ravi. Dans sa chambre, elle lui était davantage apparue comme la première de la classe d'un sérail de légende que comme une étudiante en art fraîchement émoulue d'Hollins, une académie accueillant des jeunes filles sudistes très comme il faut. Il avait mis plusieurs années à se libérer de ce sortilège.

Plus que tout, c'était son appétit pour les plaisirs plus innocents, son enthousiasme provincial pour tout ce que la ville avait à offrir de nouveau, qui l'avait fait tomber amoureux d'elle. Elle voulait tout voir et tout faire ; elle le traînait au ballet, au musée, au théâtre. Elle avait même essayé de l'intéresser au jazz, une forme d'art qu'il trouvait informe et exaspérante. Il avait toutefois admiré son effort. Le peu d'heures de disponibilité que son boulot lui avait laissées par la suite avaient été passées dans des restaurants, au Racquet Club, et dans des cinémas d'art et d'essai à l'époque où ils étaient encore un trait marquant de New York, et il lui avait été reconnaissant de lui avoir fait découvrir les merveilles cachées de la métropole.

À quel moment l'éclat de l'exubérance juvénile perlé de rosée s'était-il mué en laque implacable et lustrée de sophistication ? Il savait que c'était en partie sa faute, parce qu'il avait sept ans de plus qu'elle et qu'il était, lui aussi, dévoré par ses propres ambitions. La même chose arrivait, supposait-il, à tous les garçons et les filles attirés par la lueur incandescente de la grande cité, depuis Charlotte, Charlottesville, Pittsburgh, Pittsfield et Des Plaines ; depuis Buxton, Kingston, Birmingham et Bellingham. Ils gagnaient leur citoyenneté au prix de leur émerveillement. À long terme, le spectacle et la grandeur chaotique de la ville, comme l'éclat du soleil, devenaient trop puissants pour être observés à l'œil nu de l'étonnement. Ils s'armaient alors de leurs lunettes à deux cents dollars et regardaient droit devant lorsqu'ils marchaient dans la rue. Quand, pour la dernière fois, l'un d'entre eux avait-il seulement pris la peine de jeter un œil à ces tours qui s'élevaient au bout de l'île ? La même chose était arrivée à Luke, bien qu'il eût gardé une part de sa propension à l'émerveillement ; ne fût-ce que face à la rapidité avec laquelle Sasha s'était changée en parangon d'un certain type raréfié de grande citadine, un processus sans aucun doute accéléré par le bond soudain que la mère de cette dernière avait accompli, aussi bien d'un point de vue social que d'un point de vue financier. Alors que Sasha s'était autrefois contentée de passer ses vacances auprès de la famille de Luke dans le Tennessee, elle avait, du jour au lendemain, éprouvé le besoin de rendre visite à sa mère à Palm Beach en insistant également sur le fait qu'ils devaient aussi les rejoindre, elle et son nouveau mari, à Aspen pour les vacances de Noël.

Il fut un conspirateur plutôt complaisant dans cette transformation ; il l'avait encouragée à devenir membre de certaines associations et à s'engager dans certaines œuvres de charité, jusqu'au jour où il avait fini par se rendre compte, au vu de ses découverts massifs et en jetant un œil distrait sur les pages people des magazines en papier glacé, qu'ils évoluaient dans des cercles au sein desquels elle était l'intime et lui l'invité, relégué au rang du mari bienveillant et légèrement anonyme de la grande beauté. Il lui fallait bien admettre que durant plusieurs années, il avait été fier de pouvoir financer cette version de la belle vie.

Soudain, elle se rendait en jet privé à des soirées de Palm Beach pendant qu'il travaillait quatorze heures par jour. À un moment donné de cette transition, Ashley avait pointé le bout de son nez. Sasha avait prétendu qu'elle n'était pas prête, qu'elle était trop jeune, mais il avait finalement réussi à la convaincre. En tant qu'époux et, pour autant qu'il en savait, unique bénéficiaire de ses largesses sexuelles, il fut titillé et flatté dans son narcissisme lorsqu'elle lui annonça qu'elle voulait une césarienne afin de préserver la tonicité et l'intégrité de l'orifice qui lui avait procuré tant d'heures de plaisir, mais, plus tard, il avait reconsidéré cette décision comme un fort mauvais augure pour la suite de leur vie de famille. Rétrospectivement, il ne se sentit pas non plus très rassuré par l'autre raison qu'elle avait avancée pour justifier sa césarienne programmée d'avance, surtout lorsqu'elle l'avait divulguée d'une voix claironnante lors d'un dîner : «Quand elle a accouché de moi, ma mère a été en travail pendant seize heures et elle a dit que c'était l'expérience la plus douloureuse de son existence. Je ne vois pas pourquoi je m'infligerais un truc pareil alors que je peux me faire gentiment anesthésier, avec une intraveineuse de Démérol ou un machin de ce genre, pour me réveiller quelques heures plus tard, avec une petite incision toute propre et quelques points de suture.»

La maternité aurait pu fonctionner comme contre-pouvoir. D'ailleurs, l'arrivée d'Ashley avait distrait Sasha et leur avait fourni un point de référence commun à Luke et à elle, mais il ne put s'empêcher de constater au bout de quelques années que les nounous à temps plein voyaient plus leur fille que Sasha. En matière d'éducation des enfants, son idéal semblait se rapprocher de celui de l'aristocratie anglaise du dix-neuvième siècle.

Elle s'était sévèrement opposée à sa décision de quitter son emploi pour devenir parent à temps complet, comme s'ils étaient devenus rivaux en la matière – bien qu'elle manifestât peu d'enthousiasme à aller chercher Ashley à l'école ou à l'emmener au musée ou au cinéma. Ce qu'il trouva plus décourageant encore fut qu'elle ne comprît absolument pas le désir qu'il avait de mettre son énergie et son talent au service d'intérêts plus satisfaisants. Certes, il avait attendu un peu trop longtemps pour devenir un mari et un père au foyer ; elles avaient toutes deux semblé légèrement désarçonnées par sa soudaine disponibilité. La vie prestigieuse et bien remplie de Sasha ne nécessitait que très rarement son concours, et laissait peu de place pour quoi que ce fût d'autre. Et à présent que sa fille avait plongé dans les eaux agitées de l'adolescence, il était condamné à observer depuis la rive, hurlant des conseils qui se perdaient dans le vent.

Bien qu'il eût suffisamment mis de côté pour survivre deux ans sans pratiquement rien retrancher de leurs dépenses considérables, Sasha l'avait pris de court en déclarant qu'on ne pouvait vraiment se considérer comme riche que lorsqu'on possédait son propre jet privé.

Il se retira dans la bibliothèque, ghetto de sa prérogative masculine. Après que Sasha et le décorateur l'avaient lambrissée et meublée selon leur interprétation personnelle du style club anglais, Luke avait garni les étagères, jadis propriété d'un châtelain écossais, de ses livres et de son petit bric-à-brac : souvenirs de son passé universitaire, de sa vie dans les affaires, et de son existence de célibataire, sans parvenir toutefois – il s'en rendait compte en regardant autour de lui – à réellement personnaliser la pièce. Le casier d'armurerie au-dessus de la cheminée avec son Purdy calibre 20 et le sabre de samouraï qu'il avait rapporté de Tokyo. Une collection de pierres tombales – petites plaques commémoratives des fusions et des OPA – occupait un angle de son bureau directorial à dessus de cuir, tandis que l'autre partie était réservée aux photos de famille dans les incontournables cadres en argent Tiffany : son père en toge et chapeau carré le jour de sa remise de diplôme de fin d'études théologiques à Yale, sa mère sur un cheval. D'une certaine manière, les ascendants, de son côté, avaient été cantonnés dans cette pièce.

Il composa le numéro de sa mère dans le Tennessee, un autre rituel dominical.

– J'ai failli appeler ce matin, dit-elle. J'ai fait un affreux cauchemar cette nuit. J'ai rêvé que ton coup de fil de mercredi était un rêve. Dans le rêve de cette nuit, je me réveillais et je me rendais compte que tu n'avais pas appelé, et lorsque je téléphonais chez toi, Sasha m'annonçait que tu étais mort dans les tours.

– Moi aussi, je n'arrête pas de faire des cauchemars. Je n'arrête pas de revoir le visage de cette femme dans les décombres. Sauf qu'elle n'a plus de visage. Son visage a été entièrement brûlé. Et, tout à coup, elle a le visage de Guillermo. Et il me demande où j'étais passé.

– Mon pauvre Luke.

– Dis-moi un truc bucolique et terre à terre.

– Emily Dickinson s'est déchiré un tendon et cet imbécile de Dr Reed a voulu la faire abattre.

Après avoir raccroché, il pivota sur son fauteuil de la Bank of England et aperçut le petit tas bihebdomadaire que Nellie déposait dans un coin, après avoir vidé ses poches pour descendre ses vêtements afin de les préparer pour le nettoyage à sec : des pièces, une boîte d'allumettes du «21» et un reçu sur lequel était calligraphié, en élégants pleins et déliés, le nom euphonique de Corrine Calloway au-dessus d'un numéro de téléphone. Cette apparition angélique planant sur West Broadway, dont, dans son délire, il avait brièvement supposé qu'elle était la dernière femme sur terre – ou la première.

– Allô?

– Corrine? C'est Luke McGavock. On s'est rencontrés, je crois que c'était mercredi, alors que je titubais en direction de chez moi. Vous avez eu la bonté de m'hydrater et de me rassurer plus ou moins sur le cours de la vie sur notre planète. Je voulais juste vous remercier.

– C'est moi qui devrais vous remercier. Votre exemple m'a inspirée. Ça fait deux jours que je travaille là-bas comme bénévole.

– Où ça, là-bas? demanda-t-il.

8

L'air était chargé, comme il l'est parfois en électricité à l'approche d'un orage imminent, par le suspense et les recherches de plus en plus pressantes et de plus en plus désespérées des rescapés, par la proximité presque tangible de la mort, par la caféine et le bourdonnement halluciné du manque de sommeil. Les bénévoles prenaient en charge les tâches banales du ravitaillement en nourriture et en boissons avec un genre d'urgence syncopée, animés par l'attraction gravitationnelle violente du trou noir à quelques pâtés de maisons plus au nord, hurlant à des collègues à quelques mètres d'eux de leur envoyer plus de paquets de sucre, plus de glace, fonçant des cafetières aux bouilloires, courant derrière un caddie de supermarché rempli de jus de fruits et de sandwichs qu'ils poussaient le long de Broadway vers les ruines fumantes, comme en réponse à une famine menaçante... ou du moins ce fut l'impression que Corrine en eut lorsqu'elle fit visiter la cantine à Luke.

L'endroit qu'on appelait aujourd'hui Bowling Green, lui expliqua-t-elle, était le lieu précis où Peter Minuit avait acheté l'île de Manhattan à ses habitants d'origine. Plus tard, c'était devenu le premier marché de la colonie, où les précurseurs des traders de Wall Street hurlaient des nombres en florins, pour acheter et vendre de la farine, des chevaux, des salaisons de porc, du sucre, du rhum et des esclaves. Tout le nécessaire. Par la suite, ce petit lopin avait été consacré au sport et aux loisirs. Durant quelques années, une statue équestre de George III s'était dressée là, jusqu'au jour où une foule de révolutionnaires avinés l'avaient déboulonnée, décollant la feuille d'or pour fondre le bronze et en faire des balles de mousquet, «dont certaines, ajouta-t-elle, finirent sans doute par blesser et tuer les soldats du roi George».

– Vous êtes historienne? demanda Luke à la fin de sa récitation.

Elle se sentit rougir.

– J'ai fait un peu de recherches l'autre soir.

De l'autre côté de la rue, par-delà les bâtiments de la Costums House, Battery Park, son contrepoint plus vaste et plus vert, se déployait jusqu'à la rivière. Dans les années soixante-dix, lorsque les tours jumelles massives du World Trade Center s'étaient élevées à quelques pâtés de maisons au nord-ouest, plongeant le quartier dans l'ombre l'après-midi, la ville avait restauré le petit jardin embroussaillé qui, cette semaine, était devenu le site de plusieurs postes de secours improvisés afin d'épauler les opérations de sauvetage menées dans la zone sinistrée.

Corrine avait découvert l'existence de la cantine par son amie Casey, qui s'était rendue à la boutique Ralph Lauren histoire de faire ce qu'elle pouvait pour l'économie traumatisée de la ville, comme le maire l'avait conseillé à tous ses concitoyens. Sa vendeuse, épuisée mais euphorique, lui avait expliqué qu'elle avait travaillé toute la nuit à la cantine de Ground Zero, conversation que Casey avait mentionnée en passant à Corrine, qui avait appelé la vendeuse et obtenu, grâce à elle, le numéro de portable d'un certain Jerry, à l'origine de l'opération – la vendeuse spécifiant bien que ce n'était que parce que Casey était une très bonne cliente qu'elle accordait cette faveur. Tout le monde voulait se porter volontaire, s'approcher, pour effacer le choc, se sentir utile, observer le carnage, ou pour aider.

Corrine était forcée d'admettre que ses propres motivations étaient si composites et complexes qu'elle aurait été bien en peine de les analyser. En plus des dizaines d'organisations municipales, un vaste réseau d'organismes philanthropiques privés était en train de se mettre en place pour réorienter l'argent et l'énergie de ses bénévoles vers le lieu de l'attentat. Après l'exode initial de milliers de citoyens fuyant le centre, le flux s'était inversé lorsqu'une proportion encore plus importante de la population avait tenté d'accéder à l'épicentre, pour se voir refouler par les barrages de police.

Corrine montra à Luke tout ce qu'il y avait à voir du poste de secours de Bowling Green, une tente ouverte sur le devant, abritant quelques tables pliantes et des glacières. À l'autre bout de l'esplanade pavée se trouvait la camionnette de police, QG des hommes du commissariat de quartier de Brooklyn South qui avaient été déployés le deuxième jour pour boucler la zone et renforcer la sécurité ; le véhicule était du genre de ceux que les maisons de production louaient pour les tournages, et d'ailleurs, à certains moments, Corrine avait l'impression, bien qu'elle se sentît futile de pouvoir abriter de telles pensées, que Bowling Green et la zone dans son ensemble dégageaient l'atmosphère empruntée d'un décor de cinéma, avec les mêmes attirails – talkies-walkies, tables régie, hystérie sourde. Les pompiers et les métalliers étaient les stars, inabordables, les yeux vitreux et fixés sur un point dans le lointain... surtout les pompiers, et il fallait leur faire de la place – on ne leur parlait que s'ils vous adressaient la parole.

Elle présenta Luke à Jerry, un charpentier imposant à la tête en pain de sucre qui ressemblait à Telly Savalas dans *Kojak*. Il s'était précipité sur les lieux de la catastrophe dès le premier jour et il était revenu le lendemain avec des cafetières et une camionnette pleine de nourriture. Il avait déjà expliqué à Corrine comment il s'y était pris pour taper cinquante caisses de produits Coca-Cola à un concessionnaire de Brooklyn avant d'en échanger une dizaine à des membres de la Garde nationale stationnés à Battery Park contre deux tentes en toile à structure rigide et troqué dix de plus à l'Armée du Salut, qui s'était installée derrière l'American Express Building, en échange de cinq caisses de Sterno.

– Luke a déblayé les décombres le premier jour, dit Corrine, impatiente de faire savoir que son nouvel ami n'était pas, en dépit de ses bottines Bean, de son pantalon de toile et de son maillot de rugby, un dilettante BCBG de l'Upper East Side.

À sa grande surprise, Jerry prit Luke dans ses bras – l'étreignit, littéralement – puis lui donna de grandes tapes dans le dos.

– Dieu te bénisse, mon frère. Bienvenue au sein de notre humble opération. Nous nous efforçons de faire le peu que nous pouvons. On vient de recevoir ce groupe électrogène ce matin.

Il désigna un engin vrombissant monté sur deux roues et posé sur le pavé.

– Quand je suis arrivé, dit-il, la première chose que j'ai dû faire, c'est dévisser la plaque au pied d'un réverbère pour tirer du jus. C'est un des trucs qu'on sait quand on a grandi en ville, et à ton accent, Luke, je dirais que t'es pas dans ce cas. L'important, c'est de savoir où se trouve le jus. Faut savoir qui appeler. Où aller demander un groupe électrogène, un bus, ou un permis. Où dénicher cent masques à gaz et vingt bonbonnes de propane. À New York, ce qui compte, c'est de savoir où connecter tes fils. Aujourd'hui plus que jamais. T'as pas des relations à la mairie, par hasard? Parce que ces salauds du Service des espaces verts sont venus renifler par ici ce matin, en menaçant de nous expulser.

– Je connais le responsable des espaces verts, dit Luke. Je pourrais l'appeler.

– Ce type a du jus, dit Jerry en passant un bras de la taille d'un jambon autour des épaules de Corrine. Où t'as trouvé ce génial fils de pute?

– Dans la rue, en fait.

Elle était étrangement fière de cette nouvelle fréquentation, avec qui elle partageait un certain sentiment tribal d'identité, des affinités d'origines et d'éducation qui n'étaient plus censées compter en ces moments de nivellement par la crise. Parce qu'elle mettait un point d'honneur à ce que Jerry, les policiers et les métalliers l'apprécient, ou du moins ne la détestent pas et ne la fassent pas se sentir coupable de vouloir s'encanailler. Il était hors de question pour elle d'amener certains de ses amis ici; c'était, de toute façon, une expérience qu'elle n'avait pas particulièrement envie de partager.

Mais Luke ne semblait pas devoir menacer sa couverture.

— Viens, je vais te présenter à mon ami, le commissaire Davies, dit Jerry en désignant d'un signe de tête un grand flic qui traversait la place à longues enjambées depuis le poste de commande, et qui, contrairement aux bénévoles, semblait manifester un genre de lassitude professionnelle, réservant son énergie pour les moments véritablement critiques.

Il était flanqué d'un agent que Corrine n'avait jamais vu auparavant. Elle aimait beaucoup Davies et son humilité bougonne, sa façon de flirter si purement formelle, presque stylisée. Habitant de Brooklyn aux joues roses, rattaché au commissariat de Brooklyn South, il taillait son chemin dans la tente en désordre, son talkie-walkie, son imposant pistolet Glock, sa matraque, sa lampe torche et ses menottes s'agitant et cliquetant contre ses hanches. Il aurait eu peu de chances d'arriver à se faufiler sans faire de bruit pour une arrestation exemplaire et s'en serait sans doute très mal sorti dans les allées étroites d'une épicerie portoricaine. Jusqu'à très récemment, leurs chances de boire un café ensemble auraient été astronomiquement réduites, mais, à présent, Corrine en connaissait un rayon sur la famille de Davies, son bateau, et les complications absurdes du système de retraite de la Police de New York.

Luke serra la main de Davies, qui, à son tour, présenta le petit nouveau, Spinetti, un agent d'une vingtaine d'années, à la peau mate et bien bâti — un corps habitué aux machines de musculation du genre Nautilus ou StairMaster. Les deux hommes portaient des rubans élastiques noirs sur leurs insignes en signe de deuil.

— Luke a été parmi les premiers à déblayer, lui dit Jerry.

— Quelques heures, seulement, dit Luke.

— Plus que moi, de toute façon, mon pote, dit Davies. Tout ce que je fais c'est rester assis sur mon cul ici, alors j'ai un peu de mal avec tout ce tintouin autour des héros. Je sors du poste ce matin et toc! Une bonne femme s'avance vers moi et me prend dans ses bras. Je sais plus dans quelle ville je suis quand je me réveille le matin. Des gens qui viennent te trouver dans la rue pour te dire merci? Avant ils nous crachaient dessus. Des fois je me dis que j'ai été transplanté au Kansas. Si j'avais envie de vivre au Kansas, je ferais mes putains de valises et je déménagerais.

– Personnellement, je trouve, vous savez, que c'est agréable, finalement, de recevoir du, des... enfin des marques de respect, quoi, dit l'agent Spinetti d'une voix hésitante, comme si être en désaccord avec le commissaire constituait une vraie prise de risque.

– Quand cette merde est tombée, dit Jerry, vous avez tous répondu présent.

Davies haussa les épaules.

– Ça me fait mal de te dire ça, mais je faisais la grasse matinée quand c'est arrivé.

– En un sens, ça a été génial cette semaine, dit l'agent. La radio est comme morte. Pas d'appels. Pas de bagarres entre gangs, pas de violences domestiques, pas de braquages. Comme si les voyous eux-mêmes étaient sous le choc.

– Ouais, enfin bon, on dirait que quelqu'un a oublié d'en informer les trous du cul qui ont pillé les boutiques du sous-sol. Quelques heures à peine après que les tours sont tombées, les voilà qui déboulent pour ramasser les Rolex et les appareils photo avec l'odeur du charnier dans les narines.

Corrine avait entendu parler de ça, mais il était clair que ces histoires ne figureraient pas dans la geste au côté des actes héroïques, des manifestations de bonté spontanée, des dernières paroles des êtres chers sur les portables, des coïncidences bizarres, des avions ratés et des bus qui, s'ils avaient été pris, auraient mené leurs passagers vers une mort certaine, sans oublier l'inverse – les changements d'horaire de dernière minute, les arrivées au bureau plus tôt que prévu. Ou des histoires comme celle de Luke qui avait appelé pour remettre à plus tard son petit déjeuner au Windows on the World. Qu'allait-il faire de ce miracle? Changerait-il le cours de sa vie? Le convaincrait-il d'épouser sa secrétaire? De faire un voyage en Inde pour trouver un gourou? De retourner dans son Sud natal prendre soin d'un parent mourant?

Corrine lui expliquait le fonctionnement de la machine à café lorsqu'une vague de soldats de la Garde nationale déferla. Elle le laissa s'occuper des tasses pendant qu'elle se dirigeait vers les plaques chauffantes pour servir les pâtes qui venaient d'arriver d'un restaurant de Mott Street. Les réservistes du nord de l'État – de grands gaillards polis et propres sur eux, originaires de Buffalo, Rochester ou Utica, portant des uniformes camouflages tout neufs et tout raides – s'installèrent aux deux tables de pique-nique ou se contentèrent de rester debout sous la tente, soufflant sur leur gobelet ou leur assiette en carton, saluant d'un hochement de tête plein de déférence les policiers, qui, à leur tour, baissaient le ton et laissaient la place aux équipes silencieuses de métalliers qui arrivaient peu après trois heures, noircis et béatifiques dans leur épuisement.

Il devait être plus de quatre heures du matin lorsque la tente finit par se vider. Jerry renvoya chez elles les trois jeunes vendeuses de Ralph Lauren, enrôlant Spinetti pour les raccompagner en voiture. Luke dit qu'il rentrerait par ses propres moyens et s'attarda avec Corrine, pour faire un peu de ménage après le coup de feu.

Au bout d'un moment, ils se joignirent aux garçons à l'extérieur, installés autour d'une table de pique-nique. La chaleur de la journée s'était évanouie quelques heures plus tôt et l'air était frais. Ça aurait pu être une nuit magnifique sans la puanteur âcre de la fumée qui s'élevait dans le ciel en direction du nord.

– Me revoilà en horaires de nuit, disait Jerry. Après avoir gâché ma vie active dans des bars et dans des boîtes, je me trouve un boulot normal, et paf, je tombe encore en équipe de nuit. En hiver, je voyais pas la lumière du jour. Dans la dernière boîte de nuit pour laquelle j'ai bossé, j'ai jamais rencontré mon patron en chair et en os, le proprio en titre, mais je lui parlais au téléphone une fois par semaine, je l'appelais à Attica, où il vivait aux frais de l'État. Ma mission principale consistait à livrer un sac de cash à Brooklyn les mercredis et samedis soir. Après avoir fait la fermeture du club vers les cinq heures, j'apportais le liquide en bagnole à Flatbush avec un neuf millimètres Sig-Sauer chargé dans la boîte à gants. Je laissais le Sig dans la caisse, j'allais frapper à la porte de derrière, et, en général, c'était mon pote Dino qui venait ouvrir; il était haut comme trois pommes et il lui manquait un bout d'oreille. On buvait une sambuca ou deux et on parlait de nos équipes préférées, les Knicks ou les Mets. Parfois je repartais au petit jour avec un costume neuf ou une nouvelle radio pour ma voiture, butin tombé d'un camion ou récolté lors d'une saisie de douane à l'aéroport. Et une nuit mon petit bonus a même été – pardonne-moi, Corrine – une pipe exécutée par la caille assise à côté de Dino.

Corrine ne fut pas offensée, bien qu'elle préférât ne pas s'attarder sur cette image.

– Ça faisait quinze ans que je travaillais pour des boîtes de nuit et, au bout d'un moment, j'ai décidé qu'il fallait que je me tire de là. C'est pas une vie. J'avais envie d'être un mec normal. J'avais de l'expérience en tant que charpentier, mais j'avais pas envie de me taper les quatre ans d'apprentissage exigés par le syndicat; alors je suis allé voir Dino et il s'en est occupé. Y m'a dégotté une carte du syndicat comme maître charpentier et j'ai commencé à vingt-huit de l'heure au lieu de quatorze.

– C'était gentil de la part de Dino, dit Corrine.

– Il me devait beaucoup, dit Jerry. Ils me devaient tous beaucoup.

Il se pencha soudain par-dessus la table de pique-nique et demanda, en la regardant d'un air plaintif:

– Tu crois que les choses s'équilibrent? Je veux dire, est-ce qu'une bonne action, ou plusieurs, peuvent compenser les mauvaises? Tu vois ce que je veux dire – ce truc du karma.

Elle regarda Luke pour voir si elle avait manqué quelque chose.

– J'ai menti pour eux, je me suis parjuré. Un pauvre couillon, un Noir, s'est fait défoncer par mes videurs, il a passé deux mois à l'hosto l'année dernière, et, d'après mes renseignements, il est toujours en rééducation. White. Il s'appelait Darin White. C'est déjà assez lourd de passer sa vie en s'appelant White, quand on a une peau couleur pain brûlé. J'ai témoigné, j'ai dit que j'avais tout vu, qu'il avait sauté sur mes gars, qu'il était dopé au PCP ou un truc comme ça et avait provoqué mes gars, alors qu'en vérité j'étais dans mon bureau au moment des faits, en rendez-vous intime avec une stripteaseuse. C'était un de mes hommes, Tiny, bourré à je-ne-sais-quoi, qui s'était déchaîné contre ce gamin sans raison et les autres s'étaient jetés dans la bagarre et s'étaient mis à le tabasser eux aussi. Je suis sorti juste à temps pour voir le dernier coup de pied. On l'a balancé à moitié mort pile en face des urgences du Beth Israel.

— Je me souviens de cette affaire, dit Luke.

— Ce putain de cirque dans les feuilles de chou. All Sharpton tout content de touiller la merde. Ils m'ont conseillé de disparaître jusqu'à ce qu'ils aient trouvé un plan, alors je suis allé me planquer dans un bureau en sous-sol, une cave secrète du temps de la prohibition. Les flics passaient les locaux au peigne fin pendant que j'étais là, à deux doigts d'eux en train de fumer de l'herbe et de mater des vidéos derrière un mur de briques et que la presse à scandale montrait la photo de Darin White tout emplâtré avec des contrepoids, ressemblant à une putain de momie dans ses bandages. Et toi, Luke? Comment ça se fait que t'as laissé tomber ton boulot? T'en as eu marre de récolter les fonds de pension et de mettre le petit peuple au chômage? C'est bien comme ça que les fanas de l'effet de levier dans ton genre se font des couilles en or?

Luke sourit.

— C'est pas aussi prestigieux qu'on croit.

— Mais pourquoi t'as tout plaqué?

— Ça ne m'amusait plus, dit-il sur un ton presque interrogatif. Il y a dix ans, on était comme des cow-boys, inventant nos propres lois au fur et à mesure, débarquant avec nos pistolets tout luisants. Et puis au bout d'un moment, c'est devenu, je sais pas, un business comme les autres.

— Et alors, dit Jerry, est-ce que t'as mis suffisamment d'argent à gauche pour pouvoir vivre de tes rentes?

— Ça dépend ce qu'on entend par assez. Ma femme pense que tant qu'on n'a pas de jet privé, on n'est rien. J'ai un ami qui dit qu'il faut une centaine de millions pour être un vrai player.

– Et t'es un vrai player?

– Franchement, Jerry, protesta Corrine.

Luke secoua la tête.

– J'ai bien peur que non. Mais je vais te dire un truc, il y en aura beaucoup moins sur la place quand le marché rouvrira dans quelques heures.

– Tu crois vraiment que ça va mal aller? demanda Corrine.

– Un bain de sang.

– Non, ça, c'était la semaine dernière, dit Jerry d'un ton amer. Ne mélangeons pas leur putain de ketchup avec la réalité.

La colère de Jerry agit sur Corrine comme un fortifiant. Juste au-dessous de la carapace de pragmatisme altruiste de Jerry se cachait un courant souterrain de rage – un état d'esprit plutôt approprié vu les circonstances. Elle sentit que s'il n'avait pas eu la possibilité de se jeter dans les travaux de sauvetage, son énergie aurait facilement pu trouver un exutoire dans la violence.

Davies sortit de sa camionnette et avança vers eux de sa démarche maladroite, cliquetant comme l'homme en fer-blanc du *Magicien d'Oz*. Il s'assit à leur table et accepta la cigarette que lui tendit Luke.

Ils restèrent ainsi en silence tandis que l'obscurité se dissipait, regardant les silhouettes des immeubles de bureaux se dessiner sur la toile de fond miteuse du ciel d'avant l'aube. Corrine perçut ce moment comme une pause de parfaite immobilité, marquant la transition entre nuit et jour, uniquement ponctuée par le grogne-ment naissant à distance des moteurs diesel et la percussion de l'acier contre l'acier, le travail sans répit reprenant doucement.

La matinée apporterait des sons nouveaux, le grondement loin-tain et souterrain venu des tunnels du métro de chaque côté du parc, suivi par le claquement doux et de plus en plus puissant des semelles de cuir et des talons qui tatouaient les marches en béton menant vers la sortie à l'heure où la première vague d'employés de bureau déferlait et se répandait sur Broadway. Des hommes et des femmes munis de mallettes, de sacs à dos et de porte-documents, des lève-tôt venus de partout pour réenclencher la grande machine blessée de Wall Street. Des réceptionnistes, et des responsables de fonds spéculatifs, des courtiers sur comptes personnels, spécialistes du marché des options, des analystes en systèmes et des gardiens. Et, soudain, l'enchantement serait brisé, l'impression que rien n'existait en dehors de cet endroit sacré, de ce lieu ravagé.

– Je n'arrive pas à imaginer comment je pourrais aller au bureau aujourd'hui, dit Luke, ni demain, ni le jour d'après. Mais encore une fois, la question c'est aussi qu'est-ce que je pourrais bien y faire. Qu'est-ce qu'on est censés faire maintenant ?

Elle voyait exactement ce qu'il voulait dire, et n'avait pas envie de quitter Bowling Green, mais la réponse à cette fameuse question, dans son cas, à cet instant précis, avait une réponse : il fallait qu'elle rentre à la maison pour préparer les enfants pour l'école.

– Regardez-les, dit Jerry. C'est comme si rien ne s'était passé.

– Ils font ce qu'ils ont à faire, lui rétorqua Davies. C'est une bonne chose.

Jerry secoua la tête.

– Ouais, ben y pourraient quand même montrer un peu de respect, merde.

– Eh, la vie continue. C'est l'idée, non ? Montrer à ces enfoirés qu'ils ne peuvent pas nous paralyser.

– Un peu de respect, c'est tout ce que je demande.

À cet instant, un homme émergea de la bouche de métro, une mallette dans une main et un drapeau américain dans l'autre, le tenant bien haut au moment de s'insérer dans la parade silencieuse des affaires.

9

L'odeur de bacon flotta jusque dans la chambre des enfants, provoquant une légère nausée chez Corrine. Elle essayait de leur faire manger des fruits le matin, ce qui était suffisamment difficile comme ça pour que Russell n'en rajoute pas en faisant frire des bandelettes croustillantes de gras de cochon salé.

Storey refusait de bouger. Elle voulait mettre le pull en flanelle grise Jacadi que Casey lui avait offert pour son anniversaire, et qui traînait quelque part au fond du panier à linge sale.

— Ma puce, il est tout sale et tout fripé. En plus tu l'as porté pour ton premier jour d'école lundi dernier. Techniquement, ça reviendrait à le mettre deux fois de suite, puisque tu n'es pas retournée en classe depuis. Tu n'as pas envie de porter le même habit deux jours de suite, pas vrai?

— Pourquoi tu le laves pas?

— Storey, il est sept heures et demie et on va être en retard pour l'école.

Elle hésita, les bras impérieusement croisés sur son haut de pyjama La Petite Sirène, pesant le pour et le contre. Le fait qu'elle se montrât fétichiste dans son attachement à deux ou trois vêtements, dont le pull en question, ne l'empêchait pas d'être une maniaque de la ponctualité. Les retards constants de ses parents étaient, pour elle, une source intarissable de mortification. D'un autre côté, le pull gris pouvait parfaitement être un symptôme, une résultante objective de l'anxiété générale.

— Tu as peur de retourner à l'école?

Storey tira sur l'élastique de son haut de pyjama et examina le portrait d'Ariel.

— Tu veux qu'on parle de ce qui s'est passé la semaine dernière?

— Peut-être que je pourrais mettre la jupe écossaise avec le col roulé noir, dit Storey.

— Bonne idée.

D'un air fort las, elle retira son pyjama.

— Ça signifie que je vais devoir porter des collants.

— Je suis sûre qu'on peut en trouver une paire propre, dit Corrine, en fouillant dans les tiroirs de Storey.

Plusieurs paires sales étaient roulées en boule dans le fond du compartiment réservé aux dessous. Elle en lissa une sur le lit et la tendit à Storey.

— Ils sont sales.

— Ça n'avait pas l'air de te gêner pour le pull.

Elle saisit les collants entre le pouce et l'index.

— Tu viens nous chercher à l'école?

— C'est probablement Jean qui s'en occupera.

— Probablement?

— Sûrement.

Plus que jamais, à cet instant, ils avaient besoin d'être rassurés concernant la routine, de se sentir en sécurité et informés. Bien que Storey, Dieu merci, concentrât pratiquement toute son attention sur sa garde-robe.

— Je peux y aller, moi.

Corrine se retourna et vit Hilary dans l'encadrement de la porte, étirant ses bras au-dessus de sa tête, comme un chat.

— Jean était censée le faire de toute façon.

— Je veux que Tante Hilary vienne nous chercher.

— On pourra se payer une glace, dit Hilary. Ce serait génial, non?

— Si tu y tiens, tu peux y aller avec Jean, dit Corrine.

Pas la moindre chance que Corrine confiât la responsabilité de la sortie d'école à sa sœur. Si Hilary croisait un mec mignon dans les heures à venir, ou découvrait une nouvelle boutique démente, les petits se retrouveraient tout seuls à quinze heures. Elle avait déjà failli les tuer avant même qu'ils fussent nés. En pensant à ça, Corrine put à peine se retenir d'arracher la main d'Hilary des cheveux de Storey qu'elle était en train de caresser.

– Tu as des cheveux magnifiques, mon bébé.

– Exactement pareils que ceux de maman.

– Oui, si on veut, dit Hilary en dévisageant sa sœur. C'est vraiment un truc de famille.

Corrine lui décocha un regard sévère. Durant la semaine, Hilary avait fait une dizaine de réflexions pleines de sous-entendus de ce type devant les enfants, et Storey était un vrai sourcier quand il s'agissait de détecter les courants souterrains.

– L'un des Choudoux a disparu, dit Storey à Hilary.

– Des quoi?

– Des Choudoux.

– Ce sont des genres de créatures magiques, expliqua Corrine.

– Ça, c'est leur maison, déclara Storey en désignant la maison de poupées à côté de son lit. Elles ne sortent que la nuit. Les adultes ne peuvent pas les voir. C'est le père qui a disparu. Comme le père de Dylan.

Corrine se crispa, faisant involontairement une grimace qui signifiait «laissons tomber le sujet».

– Je n'arrive toujours pas à croire qu'il est mort, dit Hilary.

– Porté disparu, dit Corrine en secouant vigoureusement la tête.

Hilary leva les yeux au ciel.

– Huit heures moins le quart, les filles, dit Russell sur le seuil de la chambre, torse nu, une serviette nouée autour des hanches.

Qu'est-ce qui lui prenait? Il voulait s'exhiber devant Hilary? Elle étudia son corps d'un œil critique – poitrine en forme de tonneau, quelques poils gris parmi la sombre toison. Un relief poilu au niveau de la taille, pas vraiment une bedaine, plutôt une bouée. Pas si mal pour un homme de son âge, mais pas vraiment non plus, si c'est cela qu'il espérait, un corps digne d'éveiller le désir chez une femme plus jeune.

– Merci pour l'info, dit-elle.

– C'est quoi un nain faux ? demanda Storey.

– En l'occurrence, c'est une annonce zélée et inutile.

– Genre quand on parle d'un nain qui est pas vraiment un nain ? dit Storey, parfaitement consciente de faire preuve de son intelligence.

– C'est très mignon, mon poussin, dit Hilary, en lui pinçant la joue. Tu es une petite personne tellement maligne.

– Genre quand, reprit Corrine, mais, voyant la réaction de Storey, elle se reprit : non, mon poussin, c'était juste une blague idiote de Maman.

Marcher sur des œufs, son sport favori.

– Est-ce que Jeremy est prêt ?

Russell hocha la tête.

– Comment ça se fait que Papa n'est pas habillé ? demanda Storey.

– C'est une excellente question. Peut-être qu'il veut montrer à tout le monde les tablettes de chocolat qu'il a à la place des abdos, ou peut-être que son pull préféré est au sale.

– Maman !

Russell se retira, confus. Peut-être avait-elle été trop dure avec lui – peut-être n'avait-il simplement pas pensé à sa nudité relative. Toute la semaine dernière il était demeuré dans un état d'ahurissement, lié au fait qu'un de ses meilleurs amis était porté disparu, et présumé mort. Elle devait se rappeler que Russell avait tendance à intérioriser ces choses-là et qu'il avait vu tout ça de près. Alors qu'il marchait le long de Greenwich Street, il avait levé les yeux vers le premier avion, à quelques centaines de mètres au-dessus de lui, juste après avoir déposé les enfants à l'école St Luke ; puis, de retour dans leur loft, il avait regardé par la fenêtre les silhouettes « pas tout à fait assez petites » – comme il l'avait précisé – qui sautaient de la tour à huit pâtés de maisons de là, assez près pour que l'on pût distinguer les hommes des femmes. C'était ce qui semblait l'avoir le plus bouleversé, bien que personne à part lui n'en parlât ; il y avait comme un embargo sur les sauteurs au journal télévisé. Russell dit qu'il avait arrêté de compter après vingt-sept.

Aussi terrible que cela pût paraître, elle ne parvenait pas à s'empêcher d'espérer que tout cela aurait au moins le mérite de les rapprocher, en le dépouillant de son vernis de sophistication blasée. Deux décennies en ville l'avaient endurci ; le garçon sensible et peu sûr de lui qu'elle avait rencontré à Brown lui manquait, le péquenaud cultivé du Michigan qui écrivait de la poésie, dont un cycle de vingt et un sonnets à Corrine pour son vingt et unième anniversaire, qui aimait Dylan Thomas et Scott Fitzgerald, et tous les jeunes hommes de lettres maudits et malheureux, ce garçon qui était intimidé par les élèves sortis des meilleures classes préparatoires et par les quelques New-Yorkais de naissance qui peuplaient le campus.

Alors même qu'elle se débattait avec l'angoisse des enfants, elle se faisait du souci à propos de cette transformation.

Lorsque Storey et elle finirent par sortir de la chambre, elles trouvèrent Jeremy et Russell blottis l'un contre l'autre en train de regarder des dessins animés. Elle aurait été plus impressionnée par la bonne volonté dont Russell faisait preuve en regardant une chaîne pour enfants si elle n'avait pas su qu'il aimait ça presque autant que son fils, si elle avait pensé qu'il se sacrifiait. Elle aurait préféré se couper une main que d'avoir à regarder un dessin animé. Elle ne cessait de s'émerveiller qu'un homme qui avait *La Plage de Douvres* de Matthew Arnold clairement en mémoire et lisait Wittgenstein pour le plaisir pût passer des heures à regarder Daffy Duck, Titi et les Super Nanas.

Elle conduisit Storey jusqu'au canapé.

– Notre Coco Chanel maison est enfin prête pour l'école.

– C'est qui Coco Chanel ?

– Parfait, dit Russell, se levant comme un zombie. Allez, viens, Jeremy, on y va.

Jeremy courut vers sa mère et se colla à elle, les yeux emplis de larmes, la tête nichée dans son giron.

– J'ai pas envie d'y aller.

– Qu'est-ce qui t'arrive, mon poussin ?

Il secoua la tête.

– Tu as peur ?

Il acquiesça. En réalité, il avait déjà été angoissé lundi dernier, pour son premier jour de primaire, et à l'époque de la maternelle, il avait souvent fait des caprices pour ne pas y aller, s'agrippant aux jupes de sa mère et pleurant, exactement comme il le faisait à présent. D'une certaine manière, Corrine trouvait rassurant, aujourd'hui, qu'il eût renâclé à se rendre à l'école avant même le CP.

Storey s'inquiétait pour la tranquillité d'esprit de son frère.

– Ne t'en fais pas, Jeremy. Les terroristes n'attaquent que les grandes tours. Et notre école n'a que deux étages.

Cela semblait aussi logique que la plupart des réflexions que Corrine aurait pu faire elle-même, ou que la plupart des rationalisations consolantes dont elle les abreuvait. Storey excellait dans le rôle d'aînée protectrice de son frère. Plus âgée de trente secondes, elle était profondément consciente de son ascendant.

Corrine et Russell échangèrent un regard, partageant un sentiment d'impuissance.

– Il n'y a rien à craindre, dit Corrine, en menteuse éhontée. Tout est fini, maintenant.

Elle ne s'était encore jamais sentie à ce point malhonnête en tant que parent durant ces quelques derniers jours, s'efforçant de réconforter les enfants, alors qu'elle-même ne trouvait aucun réconfort, et n'éprouvait pas la moindre impression de sécurité. Les vieilles certitudes étaient très sérieusement remises en question. Qu'était-on censé dire ? *Don't worry, be happy* ?

– Mais Papa, il travaille dans un gratte-ciel, dit Jeremy, repérant soudain la faille dans les platitudes lénifiantes que lui avait administrées Storey.

– C'est un petit gratte-ciel, dit Russell. Plutôt un grand immeuble.

Jeremy avait l'air dérouté.

– Papa va faire très attention, dit Corrine.

– Et toi, où tu vas ? demanda Storey.

– Je vais dans un restaurant où on sert de la nourriture et des boissons pour les équipes de sauveteurs, dit-elle.

– Je peux venir? demanda Jeremy.

– Non, tu dois aller à l'école.

– Si je ne peux pas aller avec toi, dit-il, alors je veux rester à la maison.

– Il n'y aura personne ici.

Corrine regarda Russell qui semblait faire la sourde oreille à cette conversation.

– Papa, qu'est-ce que tu penses de tout ça?

– Tout ça, quoi?

– Sur Jeremy et l'école.

– Je pense, eh bien, je pense que Jeremy doit aller à l'école. Je pense que c'est important de rétablir la routine.

– Mais j'ai pas envie d'y aller.

– Il faut que tu y ailles, dit Storey, sinon tu vas rater toutes les leçons et après tu seras en retard et après tu pourras pas entrer à l'université.

– Je veux pas aller à l'université.

– Allez, les enfants, dit Russell. Ce serait dommage de se mettre en retard.

– Eh, Papa, lâcha Jeremy, est-ce que tous les terroristes sont morts? Comme ils étaient dans les avions?

– Parce que s'ils sont tous morts, ils ne peuvent pas nous attaquer, dit Storey. Alors on peut aller à l'école sans s'inquiéter.

– Ça, c'est très juste, dit Corrine prudemment.

Elle était prête à tout pour qu'ils partent à l'école. Elle aurait bien le temps, plus tard, de nuancer sa réponse, de faire allusion à l'existence d'autres âmes malveillantes qui continuaient de rôder.

Une fois dehors, elle les étreignit tous sur le trottoir, s'efforçant de ne pas laisser transparaître son propre sentiment de terreur soudaine, aiguillonné par les relents âcres dans l'air et la vue de l'escadron de soldats de la Garde nationale posté à l'angle de Duane Street.

– C'est encore en feu, dit Jeremy, en désignant une volute de fumée qui emplissait le ciel au sud, tournant vers l'est.

– Donc, Russ, tu te charges d'appeler Jean et de vérifier qu'elle peut descendre en ville?... Russ?

Il hocha la tête.

– Tu peux me joindre sur mon portable, dit Corrine. Et je devrais avoir terminé vers seize heures. Attends, tu as pris ton permis? Et la copie du bail?

Il avait l'air hébété.

– J'ai pas le bail.

– Russell, bon sang, combien de fois je te l'ai dit?

Elle attendit tandis qu'il remontait, et en profita pour vérifier le contenu de son propre sac à main afin de voir si elle avait bien son permis et l'autre copie de leur bail, le document officiel prouvant qu'elle résidait à cette adresse – ils en avaient expressément besoin pour franchir les barrages de police, pour attester qu'ils habitaient bien ici, dans la zone en guerre. Le permis, parce qu'il était revêtu de sa photo, et le bail, parce que, comme la plupart des habitants de Manhattan, elle possédait un permis délivré dans son État d'origine, qu'elle avait quitté depuis plus de vingt ans, les démarches pour en obtenir un à New York étant trop fastidieuses et éreintantes. Son permis du Massachusetts portait l'adresse de la résidence où vivait sa mère à Lenox, celui de Russell provenait du Michigan. Elle avait expliqué tout ça à divers policiers non new-yorkais qui s'étaient portés volontaires pour accomplir les tâches secondaires et même tertiaires dont la police de la ville n'avait plus le temps de se charger. Le 13, elle avait passé un mauvais quart d'heure alors qu'elle essayait de rentrer chez elle après être allée boire un verre avec Casey. Les barrages s'étaient déplacés de la Quatorzième à Canal Street la veille ou l'avant-veille, mais pour pénétrer dans la zone bouclée, les attestations de domicile étaient exigées.

Alors qu'ils attendaient Russell, le clan Levine au grand complet descendit de son penthouse, avec Todd dans son uniforme d'écolier de la très sélecte et très privée Grace Church School. À la suite d'une altercation à propos d'une fuite, les Calloway avaient pris l'habitude, cette année, de ne plus leur adresser la parole, mais, ces derniers jours, l'animosité avait laissé place à un esprit de camaraderie typique des temps de guerre. Étrangement, ils avaient tous dîné ensemble chez les Levine le soir de la catastrophe, à leur demande.

– Vous tenez le coup? demanda Ray, l'image parfaite du New-Yorkais qui a réussi, avec son bouc poivre et sel, son col roulé noir et son jean noir.

– Ça va bien, dit Corrine.

– Du nouveau concernant votre ami?

Elle secoua la tête.

– Pas depuis qu'il a enfourché son vélo au moment où il a assisté au premier impact.

– J'ai failli me retrouver dans la même situation, dit Ray en secouant la tête avec solennité, si je n'avais pas eu rendez-vous à l'extérieur avec un client. On peut vous accompagner à pied jusqu'à la frontière?

– On attend Russell. Il a oublié la copie du bail.

– Rebecca a oublié la sienne vendredi. Elle a fini par passer en montrant son flacon de Prozac. C'était la seule chose qu'elle avait dans son sac avec son adresse écrite dessus.

– J'aurais pu dégainer mon Xanax et mon Lexomil, dit Rebecca, mais il avait l'air d'un bouseux et je n'ai pas voulu lui mettre la tête à l'envers.

Elle vendait des espaces publicitaires pour Condé Nast, ce qui était, apparemment, un boulot très stressant.

– Ils vous ont remis le téléphone? demanda Corrine, estimant que les enfants en avaient entendu assez sur la pharmacopée de Rebecca.

– La ligne était rétablie quand nous sommes rentrés hier soir, dit Ray. Nous avons passé le week-end à Amagansett. J'ai dit à Rebecca qu'elle devrait rester un peu là-bas, avec Todd.

– Pas question que je me cache, dit Rebecca. Je suis new-yorkaise. Et mon fils aussi.

Rebecca possédait la brusquerie tout autant que le vernis parfait que Corrine avait toujours associés aux natifs de la ville – même si elle aussi avait été profondément ébranlée et s'était retrouvée en larmes le premier soir ; Corrine était vaguement désolée de voir que sa voisine avait déjà retrouvé son arrogance de dure à cuire. Même au bout de vingt ans, Corrine se considérait encore comme une pièce rapportée, ou du moins était-ce ainsi qu'elle s'était vue jusqu'à la semaine dernière.

– Tout ce que je dis, c'est que cette option existe. C'est bon à savoir, dit Ray.

– Maman donne à manger aux sauveteurs, dit Storey.

– Comment ça ? demanda Rebecca.

– Ce n'est rien, vraiment, je fais juste partie d'une des équipes de la cantine de Bowling Green.

– Oh, mon Dieu, s'exclama Rebecca. C'est formidable.

– C'est rien qu'une cabane à café et à beignets dont j'ai entendu parler.

– Il faut que vous me donniez leur numéro, dit Rebecca.

– Rebecca a envie de rencontrer un pompier, commenta Ray.

– Vous avez des nouvelles des Bradford ? demanda Corrine, qui s'inquiétait pour leurs voisins du dessus.

– Vous allez adorer cette histoire, dit Rebecca. Ils se sont présentés au Sherry-Netherland en demandant le statut de personnes déplacées. Ils se la coulent douce dans les beaux quartiers, gîte et couvert, draps Frette changés tous les jours – offerts par la Ville.

– C'est affreux, dit Corrine. Je veux dire, notre immeuble n'a pas été endommagé.

– Ils ont blablaté sur la qualité de l'air, expliqua Rebecca, mais moi, j'appelle ça des congés payés.

– En fait, dit Corrine, j'avoue que je me pose des questions sur l'air.

– Ils ont utilisé de l'amiante dans les soixante-dix premiers étages de la tour sud, dit Rebecca. Ou peut-être était-ce la tour nord, peu importe. C'était avant la loi. C'est donc ça qu'on respire ces temps-ci. Et ils prétendent que c'est sans danger ?

Jeremy était en pleine conversation avec Todd.

– Est-ce que ton école est dans un gratte-ciel ? lui demandait-il.

– Elle fait trois étages, dit Todd. Papa dit que c'est la meilleure école de Manhattan, de loin.

– Enfin, disons, l'une des meilleures, dit Rebecca. Il y a beaucoup de très bonnes écoles à New York.

– Leur école à eux, elle est bonne ? demanda Todd.

Russell finit par arriver, à point nommé, contrairement à son habitude, du point de vue de Corrine. Ensuite il se passa quelque chose de surprenant, quelque chose qui la fit s'interroger sur ses préjugés concernant l'immuabilité des personnalités, juste au moment où elle avait cru que les Levine retournaient à leurs vieilles idiosyncrasies : alors qu'elle venait de serrer dans ses bras son mari et ses enfants pour leur dire au revoir, Ray s'avança dans le cercle familial et l'étreignit, puis ce fut le tour de Rebecca, dans son tailleur-armure gris Dolce & Gabbana. Estomaquée, elle regarda Russell pour voir sa réaction, mais, de toute évidence, il n'avait pas remarqué ce petit miracle sur Hudson Street.

– Prenez soin de vous, dit Ray.

– Merci, Ray, dit-elle. Je n'y manquerai pas. Vous aussi.

Après qu'ils se furent tous dit au revoir, les Levine se dirigèrent à l'ouest vers Church Street, tandis que Russell accompagnait les enfants à l'école en remontant Hudson et que Corrine cheminait vers le panache fantomatique de fumée grise suspendu là-bas, dans le ciel bleu pâle.

10

Cela devait faire vingt ans – vingt ans de foie gras aux poires pochées, de curry au chutney de mangue, et d'autres yin et yang culinaires, permutations infinies du gras et du doux – que Luke n'avait pas mordu dans un sandwich au beurre de cacahuète et à la gelée de raisin. Corrine venait de lui en tendre un, et il s'étonna du coup de fouet à la fois sucré et acide de la gelée, tandis que la glu du beurre de cacahuète se déposait contre son palais, lieu d'émotions et de souvenirs que cet accord de saveurs faisait remonter à la surface.

– Qu'est-ce qu'il y a? demanda Corrine.

– J'ai un truc avec la gelée. Il faut absolument qu'elle soit parfaitement répartie sur le pain, dit Karen, la fille de chez Ralph Lauren. Jusque dans les coins du sandwich. Chaque bouchée doit contenir de la gelée.

Luke échangea un regard avec Corrine, un regard renvoyant à la jeunesse de cette gamine, à son côté chic fille, à la palette tout en couleurs vives et primaires de son tempérament, mais qui en disait peut-être encore davantage sur les deux personnes qui l'échangeaient. Corrine se tenait à côté d'elle, derrière le comptoir à sandwichs, et toutes deux portaient des gants en plastique.

– C'était quasi une obsession. Ça rendait ma mère dingo.

– Vous vous rendez compte, dit Corrine, que Smucker's a déposé un brevet sur le sandwich au beurre de cacahuète et à la gelée avec du pain de mie sans croûte?

– Sans déconner, dit l'agent Spinetti. Passez-moi l'expression.

C'est comme si on déposait un putain de brevet sur la tarte aux pommes.

– Si, si, je vous assure. Ils ont fait ça.

C'était exactement le genre de choses bizarroïdes que Corrine savait, songea Luke, se rendant compte au passage qu'il était à la fois étrange et exaltant qu'il pût savoir cela d'elle, après seulement quelques jours en sa compagnie. Mais c'était la vérité. Elle était effectivement la dépositaire d'un savoir excentrique, d'une érudition ésotérique ; c'était l'une des choses qu'il admirait chez elle. L'autre soir, alors qu'ils se promenaient dans Battery Park, elle lui avait appris que le cœur des colibris battait à mille pulsations / minute.

– Moi j'aime quand y a du beurre de cacahuète sur les deux côtés, dit un jeune garde national dont le visage carré était rendu encore plus anguleux par sa coupe en brosse.

– Mais on doit s'en mettre plein les mains.

– Non, je veux dire sur chaque tranche, à l'intérieur.

– C'est une invention parfaitement répugnante, quelle que soit la façon qu'on a de le préparer, dit Yvonne, une jeune Française en lame de couteau pourvue d'une crinière rousse qui s'était présentée au comptoir avec des baguettes et de la charcuterie.

Elle était en train de trancher la dernière de ses baguettes en deux dans le sens de la longueur ; achevant une pyramide de sandwichs en forme de cigares – *jambon, fromage, saucisson**.

– Vous êtes en train d'insulter notre plat national, là, dit Karen.

– Je suis désolée d'être en désaccord avec une jolie femme, dit le soldat à la tête carrée, mais notre plat national est le cheeseburger.

– C'est d'ailleurs la raison pour laquelle, dit Corrine, l'Américain moyen a dix kilos de viande non digérée dans les intestins.

– Quelle horreur, dit Karen.

– Vous vous mettez tous le doigt dans l'œil, dit Jerry, en brandissant du bouillon de poule aux nouilles en conserve de la marque Campbell. C'est ça et rien d'autre, notre plat national.

Jadis, le régime de Luke s'était entièrement articulé autour de ces deux pierres de touche : sandwich au beurre de cacahuète et bouillon de poule en boîte.

– J'ai essayé de me faire engager comme bénévole dans l'autre cantine, la gastronomique, celle que David Bouley a mise en place.

C'était les premiers mots de Clara, une femme âgée à la tête ornée d'une masse de cheveux grisonnants, aux ongles vernis de noir et à l'air aigri, qui se tenait près de la machine à café.

– Mais ils m'ont dit qu'ils avaient assez de monde – à moins j'imagine, d'être mannequin ou star de ciné. Je crois pas qu'ils servent de la soupe en boîte là-bas.

Les références à ce régime alimentaire ne cessaient de ramener Luke à son enfance – des flash-backs soudains de repas de cantine et de cafétéria, des nourritures réconfortantes qui traînaient à leur suite des souvenirs qui n'étaient pas forcément aussi réconfortants que dans les publicités. Le pouvoir mnémonique d'un simple sandwich. Une bouchée suffisait à le transporter au cœur d'un pique-nique avec sa mère – une journée passée à cheval, l'odeur de crottin et d'herbe coupée, la joie simple de l'avoir toute à lui pour la journée. Encrypté dans le même sandwich se trouvait la saveur intacte d'un danger imminent éprouvée en primaire, lorsque Chuck Johnson, qui, parce qu'il avait redoublé, était aussi grand qu'un adolescent, était allé attendre Luke sur le terrain de tetherball, alors que ce dernier mastiquait lentement à la cantine. Chuck l'avait défié à un combat qui devait avoir lieu durant la récréation de midi. Tout avait commencé quand Chuck avait traité le père de Luke de « baiseur de nègres » parce qu'il s'était élevé publiquement contre le drapeau des confédérés en plein palais de justice. Luke avait répondu en traitant Chuck d'homme de Néandertal, et Chuck n'avait pas besoin de dictionnaire pour reconnaître une insulte quand il en entendait une. Cet échange s'était soldé par un KO de Luke étendu sur le dos, les yeux levés vers la balle de tetherball se balançant au bout de son poteau, essayant de reprendre son souffle tandis que ses camarades de classe poussaient des hurlements et des encouragements.

– Tu sais, quand tu m'as donné ce sandwich, lui dit-il plus tard, si j'ai eu l'air bizarre, c'est parce qu'il m'a ramené trente ans en arrière.

Ils étaient assis sur les marches de la Customs House, regardant derrière eux le halo que jetait la tente illuminée, ce diorama domestique improvisé : des femmes qui servent, des hommes qui mangent.

– J'ai revu tout à coup la cuisine de mes parents dans le Tennessee – le frigo vert avocat, la table ronde en pin, les chaises aux dossiers à barreaux et aux assises en paille. Je devais avoir douze ans, peut-être treize. J'avais séché l'école cet après-midi-là. Ma mère était censée être de service à l'hôpital où elle travaillait comme bénévole, et mon père s'était absenté pour une conférence à Knoxville.

Pendant son adolescence, Luke était naturellement entré en possession d'une vie privée, il en était venu à convoiter le secret, à chérir la liberté d'une maison vide – illusion d'indépendance mêlée à la sécurité du foyer. Et cela, en grande partie, parce que c'était le lieu le plus sûr et le plus confortable pour se livrer aux récents impératifs de la masturbation.

Après avoir caché son vélo à l'arrière de la maison, raconta-t-il à Corrine, il avait réuni les ingrédients de son goûter : pain de mie extra-large, pot de beurre de cacahuète Skippy et pot de gelée de raisin Welch. Laissant un désordre réjouissant sur le plan de travail, il s'était installé à table pour manger, pesant le pour et le contre des différentes options qui se présentaient à lui : il pouvait aller directement dans sa chambre, tirer le *Playboy* de sa cachette derrière les volumes de l'*Encyclopédie World Book*, et éprouver un soulagement immédiat. Mais il pouvait aussi prolonger l'attente et commencer par la chambre de ses parents, en explorant les trésors de leurs tiroirs : les médailles de son père pour la Corée, les sous-vêtements de sa mère, le petit calendrier circulaire rotatif grâce auquel elle pratiquait la méthode Ogino. La transe heureuse de l'acte que ces fouilles avaient inspiré fut interrompue par le bruit de portières claquées dans l'allée. Il entendit le rire de sa mère, puis le claquement de bottes sur les dalles.

— Ne me dis pas que tu as été surpris dans le feu de l'action ? dit Corrine, grimaçant dans un mouvement d'empathie angoissée.

Il secoua la tête. Il n'était pas certain de savoir pour quelle raison il lui racontait cela, une chose qu'il n'avait même jamais dite à sa femme. Peut-être était-ce parce qu'elle était plus ou moins responsable de la résurrection de ce souvenir.

— Et puis, juste après, j'ai entendu une voix que j'ai reconnue. C'était Duck Cheatham.

— Duck ?

Il haussa les épaules.

— C'est un truc du Sud. Mes amis avaient tous des noms bizarres, Boo, ou Bear. Je suis même allé à l'école avec un môme qui s'appelait State'Rights. Duck et sa femme étaient des amis de mes parents. À une époque, ils passaient leur temps ensemble, même en vacances. On fêtait toujours Noël chez eux avant d'aller à la messe de minuit à l'église de mon père. Mon frère et moi, on était copains avec leurs enfants, et tout le monde blaguait sur l'amitié particulière entre ma mère et Duck. Si vous vous retrouviez dans une fête et que vous cherchiez ma mère, vous n'aviez qu'à repérer Duck, qui avait une tête de plus que la plupart des invités, et à coup sûr, elle était avec lui. Ils faisaient aussi beaucoup de cheval ensemble, une activité qui n'intéressait ni mon père ni la femme de Duck.

Le front de Corrine se plissa en une série de rides désordonnées, ce qui apparut à Luke comme une marque de sympathie suffisante à justifier le partage de cette anecdote. Il lui tendit une cigarette sortie de son paquet de Marlboro Light. Tous deux s'étaient remis à fumer, en réaction au stress, un retour aux plaisirs simples de la jeunesse, renforcé par les habitudes des flics et des soldats. Une manière de ponctuer et de diviser les longues périodes d'attente et d'inaction, une manie conviviale aussi, un genre de communion. Quelle que fût l'impulsion de départ, ce récidivisme leur donnait le contexte nécessaire pour traînailler et bavarder.

— Donc me voilà avec mon jean aux chevilles, assis sur le lit de ma mère.

Elle rit, exhalant deux volutes de fumée par les narines.

– Pardon, je te vois comme si j'y étais.

– J'ai paniqué. Et puis, je me suis repris et j'ai tendu l'oreille. J'entendais des murmures au rez-de-chaussée. J'ai pensé aller me cacher dans ma chambre, mais c'était impossible, en tout cas, pas sans être entendu, parce que les grincements du plancher du couloir auraient vendu la mèche. Nous habitions – ma mère y est toujours – dans une vieille ferme, et on ne peut pas faire un pas sans réveiller les morts. Du coup, je décide de ramper sur le sol aussi furtivement que possible jusqu'à la porte, tout en essayant de décider quoi faire ensuite, quand, tout à coup, je les entends qui grimpent l'escalier.

– Oh, non.

– Je n'ai pas d'autre idée que le placard. La porte est entrebâillée, alors je m'y glisse et je la referme sur moi.

– Oh, mon Dieu.

– Je les ai entendus entrer dans la chambre et se laisser tomber sur le lit.

Elle prit sa main et la serra.

– Désolé, dit-il. Je ne sais même pas pourquoi je te raconte ça.

Mais la pression de la main de Corrine et son air de sollicitude anxieuse semblaient justifier la confession.

– Je suis resté dans le placard. Un quart d'heure, une demi-heure, je ne sais pas vraiment. Au bout d'un moment, ils se sont rhabillés et elle l'a raccompagné en bas.

Elle lui serra la main encore plus fort.

– Lorsque je les ai entendus sortir, je me suis précipité dans ma chambre et j'ai escaladé la fenêtre pour sortir, comme j'en avais l'habitude, pour me retrouver dans l'arrière-cour. Ensuite je me suis faufilé dans le pré pour aller me cacher dans l'écurie, ce qui, je m'en suis rendu compte presque aussitôt, était une mauvaise idée, parce que ma mère vivait pratiquement dans cette écurie. C'est une passionnée de chevaux. Alors j'ai contourné la haie d'arbustes du pré de notre voisin et je suis ressorti sur la route principale, j'ai attendu de voir le bus passer, et j'ai remonté l'allée. Je ne savais pas si je pourrais la regarder dans les yeux. J'ai crié «Salut!» depuis la porte d'entrée et j'ai grimpé jusqu'à la chambre de mon frère. Matthew était déjà rentré. Quand elle nous a appelés pour le dîner, j'ai essayé de me conduire comme si de rien n'était. Mais à l'instant où j'ai franchi le seuil de la cuisine, je me suis rappelé le beurre de cacahuète, la gelée et le pain, dont il ne restait plus une trace. Visiblement, elle avait tout nettoyé. J'ai attendu qu'elle fasse une remarque, mais elle n'a jamais rien dit à ce sujet.

— Vous n'en avez jamais parlé?

— Bon Dieu, non. Pas elle. Personne en fait. Je n'y avais plus repensé depuis des années, plus jamais, jusqu'à ce que tu me tendes ce sandwich.

— Mon pauvre. Ça a dû être... La vache. Qu'est-ce qui s'est passé après? Ils ont continué à se voir?

Il haussa les épaules.

— Il y a eu des rumeurs, bien sûr. Je ne suis sûr de rien. Au bout d'un moment, Duck a fait faillite et sa femme a demandé le divorce. Alors, bien sûr, il s'est tiré une balle dans le buffet.

— Pourquoi «bien sûr»?

— Je ne sais pas, c'est un autre truc typique du Sud. Comment voudrais-tu que l'histoire finisse? Je ne sais même pas si son aventure avec ma mère a fini par sortir au grand jour. Je ne sais pas si mon père a soupçonné quelque chose.

— Il était prêtre?

Il hocha la tête.

— Ouais, pasteur. Il est mort l'année dernière.

— Il te manque?

Il haussa les épaules.

— J'ai quitté mon travail trois semaines après.

Ce n'était bien sûr pas la première fois qu'il faisait le lien, mais se l'entendre dire de cette manière rendait la chose évidente.

— Je suis désolée pour le sandwich, dit-elle, en se penchant vers lui pour l'embrasser sur la joue. Mais je suis contente que tu me l'aies dit.

Elle l'embrassa à nouveau, cette fois sur les lèvres. Soudain, à contrecœur, il nota une certaine agitation sur la pelouse. Le Nissan Pathfinder de Jerry s'était garé sur l'esplanade pavée devant la tente; une demi-douzaine de filles pneumatiques très maquillées et vêtues de dos-nus moulants en sortirent; c'était des stripteaseuses recrutées dans la boîte où travaillait la petite amie de Jerry.

– Les filles sont de retour, dit Corrine.

– Je crois qu'on ferait mieux de retourner à nos postes.

– Alors comme ça, tout à coup, tu ressens l'appel du devoir ? L'espace d'un instant, elle eut l'air authentiquement jalouse.

– Tu vas dans ce genre d'endroits ? demanda-t-elle.

– Ça m'arrivait de temps en temps, autrefois. C'était une sorte de cadeau d'entreprise, offert par les clients. Mais franchement, ça ne me fait ni chaud ni froid.

– Tu dis ça parce que tu penses que c'est ce que tu es censé répondre ?

– Non, sincèrement. Je trouve ça bizarre; et frustrant aussi. D'une manière générale, j'ai du mal à trouver ça stimulant. Et si ça l'était, qu'est-ce que je serais censé faire de mon…

– Érection ?

– J'allais dire « excitation ».

– Pas besoin d'euphémisme.

– Mais, oui, exactement. Je veux dire, à quoi bon ?

– Svetlana m'a expliqué que dans la boîte où elle travaille, il y a une sorte de backroom où on peut, comment dire, relâcher la pression.

– C'est une bonne chose à savoir.

– Tu as déjà été voir une prostituée ?

– Je n'en reviens pas que tu me poses cette question.

– À qui veux-tu que je demande ? Ça me rend curieuse, ces trucs-là. Et je ne me vois pas interroger les maris de mes amies. Je suis une mère de famille d'âge moyen. Je ne sais pas pourquoi, mais en parlant avec Svetlana, je me suis soudain rendu compte qu'il y avait un monde secret de la sexualité masculine dont j'ignorais tout.

Elle le regarda, d'un air inquisiteur.

– Alors ?

— Hors de question que je réponde.

— Donc tu y es déjà allé?

— Non, je...

— Est-ce que c'était excitant? Ou juste cochon?

— Pour la plupart d'entre nous, ces deux mots sont des synonymes. C'est tout le problème.

— Tu l'as fait plus d'une fois?

— Je n'ai jamais dit que je l'avais fait. Je voulais seulement t'expliquer que cochon, louche, glauque – quel que soit le mot qu'on emploie –, ça correspond à la séduction que dégage l'industrie du sexe.

— Est-ce que les putes font vraiment ça mieux que nous?

— Je n'en ai aucune idée.

— Allez?

Il soupira. Sa curiosité était amusante, et même stimulante. Quelle importance, pensa-t-il.

— Un jour, dit-il. À Hong Kong. Lors d'un voyage d'affaires.

— Et alors?

— Franchement? C'était génial.

Elle lui frappa l'épaule très fort, mais amicalement.

— Elle était bonne?

Il hocha la tête.

— Qu'est-ce qu'elle faisait de si spécial?

— Je n'entre pas dans les détails.

— Pourquoi pas? Elle t'a fait une pipe?

— T'es pas croyable.

— Je suis curieuse, c'est tout.

— Est-ce que tu as déjà entendu l'expression suivante: «Elle pourrait sucer une balle de golf à travers un tuyau d'arrosage»?

— Ouaouh... je veux dire, non, jamais. Mais ça doit être pas mal, j'imagine. En fait, ça a l'air douloureux, mais c'est sûrement très agréable. Du point de vue de l'homme, je veux dire. Donc tu penses que le sexe, c'est un peu comme le tennis ou les échecs – une affaire d'entraînement.

— Ben, pourquoi pas? Une chose que je peux te dire, c'est que les femmes jeunes sont affreusement surévaluées. Elles n'y connaissent rien.

– Étant moi-même d'âge mûr, je suis ravie de l'entendre.

Soutenant son regard, il ressentit un désir urgent de se pencher vers elle pour l'embrasser.

– Je crois qu'on ferait mieux de retourner à la tente, dit-elle.

11

L'alerte à la bombe arriva comme un soulagement.

Bien à l'abri entre deux murs et demi de livres, la baie vitrée de son bureau encadrant les tours du centre-ville – une douzaine de cibles verticales dressées vers le ciel –, Russell était assis à sa table de travail, face à l'écran de son ordinateur, lorsque son assistant, Roger, entra précipitamment pour annoncer que l'immeuble devait être évacué. Les interruptions et l'incertitude étaient les nouvelles normes. Les divinités dionysiaques enchâssées dans les cadres aux murs lui apparaissaient soudain comme presque désuètes: John Berryman, barbu et larmoyant; Keith Richards en sueur sur scène; un pictogramme signé du film *Shining* («À Russ, qui donne de bons livres, Jack») et le portrait officiel de son ami, l'écrivain Jeff Pierce, disparu depuis longtemps, avec cette lueur lugubre dans ses yeux, même à l'époque; une expression qui semblait particulièrement appropriée à l'humeur du moment.

Il avait passé une bonne partie de la matinée à répondre à des e-mails venus du monde entier, rassurant ses correspondants, leur disant qu'il avait survécu. Il avait supprimé cinq messages contenant «1er septembre 1939» d'Auden et trois qui reproduisaient «Le second avènement» de Yeats, ainsi que deux e-mails intitulés «LE VISAGE DE SATAN?» – l'image d'un nuage de fumée s'échappant de l'une des tours, une forme dans laquelle il était possible de distinguer une face démoniaque et souriante; et un autre cliché encore vraisemblablement pris depuis l'une des terrasses panoramiques de la tour nord, soi-disant retrouvé intact dans les décombres, qui représentait un touriste prenant la pose sur fond de ciel infini avec, dans son dos, un avion filant droit vers la tour. La ville n'avait jamais paru aussi fragile. Alertes à la bombe, menaces chimiques, virus biologiques et virtuels. Le hurlement des sirènes était devenu endémique, ou peut-être était-ce simplement qu'il les remarquait aujourd'hui plus qu'auparavant? Toutes les rumeurs étaient plausibles. Le jeudi d'avant, le vent avait tourné et balayé la fumée vers le nord de la ville, jusqu'à la Cinquantième et même au-delà, et le sentiment de soulagement hébété qui avait semblé prévaloir parmi ceux qui avaient été étonnés de se retrouver du côté des vivants mercredi avait cédé la place à l'angoisse et la panique généralisée, comme si l'odeur de court-circuit, ou de pyrolyse, portait en elle une substance psychotrope. Russell avait vu des gens hurler au coin des rues, parler tout seuls, des couples se quereller violemment sur les trottoirs. Cela lui rappela 1979, lorsqu'il avait débarqué dans une ville au bord de la faillite et qui semblait sur le point de s'effondrer, lourde de déchets et de périls.

Aujourd'hui, alors même que la reprise des activités ordinaires semblait possible, les ordinateurs s'étaient mis à déconner complètement; Roger avait expliqué qu'un nouveau type de virus se déchaînait via Internet, infiltrant leur système. Était-ce un nouveau front de l'attaque terroriste ou bien l'œuvre de hackers opportunistes, personne ne le savait, ce qui était sûr, malheureusement, c'est que le système en question avait fonctionné suffisamment bien jusqu'à trois heures dix-sept du matin pour recevoir l'e-mail qui apparaissait à présent, figé sur son écran :

```
Pas de nouvelles depuis le 11 & je ne peux
pas m'empêcher de me demander si tu aurais
fait l'effort de savoir si j'étais en vie au
cas où je ne t'aurais pas appelé ce jour-là.
Ce n'est pas parce que j'ai survécu que je me
porte comme un charme. Tu crois peut-être que
je dors la nuit et que je ne passe pas mon
```

temps à guetter les explosions & les sirènes.
Tu crois peut-être que je ne passe pas mes
nuits à attendre que ton numéro s'affiche sur
mon portable. Dis-moi si je me trompe, mais
il me semble que c'était bien toi qui me son-
nais quand tu sortais d'un souper chez Balthazar avec Susan Minot, ou d'un cocktail dans
l'Upper East Side avec John Guare, ou du
dîner pour le National Book Award en compagnie de ta femme (dont je n'ai pas le droit
de prononcer le nom - je vois bien que tu
grimaces quand je le fais, comme si c'était
le nom d'un dieu dans une religion qui interdit de l'invoquer). C'était pas toi, par
hasard, qui grimpais jusqu'à chez moi tout
titubant pour bénéficier de mes services sans
me sortir autre chose qu'un malheureux
«Salut, Trish, comment ça va? La journée a
été bonne?» En tout cas c'était ton portrait
craché. Remarque, comme la plupart du temps
j'étais à genoux et que mon angle de vision
n'était pas très bon, je ne peux rien affirmer. Peut-être que c'était quelqu'un d'autre.
Peut-être que le type en question est mort
écrasé sous les décombres? Le fait que tu ne
répondes ni à mes appels ni à mes e-mails me
pousse à interroger la profondeur des sentiments que tu éprouves pour moi, sans parler
de ton respect de la personne humaine en
général. Traiterais-tu un ami ou un associé
de cette manière? J'ai même commencé à me
demander - ce que je peux être bête! - s'il
ne t'était pas arrivé quelque chose après,
comme par exemple si tu ne t'étais pas fait
renverser par un taxi, ou si tu n'avais pas

décidé d'être un mensch et de te rendre à
Ground Zero pour aider les équipes de sauveteurs, je t'imaginais alors tombant dans un
trou ou un truc dans le genre, sauf que je
t'ai vu en train de t'envoyer des Martini en
faisant ton mec super-spirituel & super-char-
mant avec cette immonde rousse toute ridée au
Four Seasons, alors je me suis dit que non,
finalement. Je tiens encore à un fil, merci
de t'en inquiéter.
Moi aussi j'ai des sentiments, figure-toi.
Et, étant donné tout ce qui vient de se passer, je suis en train de repenser ma vie et
le rôle que les gens avaient à y jouer, et
j'ai été suffisamment conne pour m'imaginer
que tu ferais peut-être toi aussi la même
chose. Que tu finirais peut-être par admettre
que tu n'étais pas heureux dans ta situation
actuelle.

J'en ai marre de me faire traiter comme un
objet sexuel ne nécessitant aucun entretien.
J'en ai marre d'attendre que tu m'appelles,
d'attendre que tu te pointes à ma porte, de
ne jamais savoir si je te reverrai un jour.
Je ne compte pas passer le reste de ma vie à
attendre. Je crois que tu me connais suffisamment pour le comprendre, quoique, parfois,
j'aie l'impression que tu ne me connais absolument pas.

Trish avait été son assistante durant une brève période quelques
années plus tôt, et bien qu'il eût résisté à ses appels de pied et à
son air de disponibilité lubrique aussi longtemps qu'elle avait
occupé un poste de travail de l'autre côté de la cloison, il avait fini

par succomber, un soir après un long dîner très arrosé du PEN
CLUB, auquel Corrine n'avait pas assisté parce qu'elle était allée
passer une semaine chez sa mère avec les enfants et la nounou. Il
l'avait appelée à minuit et avait grimpé les cinq étages menant à
son studio sans ascenseur sur McDougal Street. Cette première
fois avait servi de modèle à ce qui, progressivement, était devenu
une habitude, et, bien qu'il le regrettât systématiquement au
matin, il apprit d'une certaine manière à vivre avec sa culpabilité,
de la même façon qu'on apprend à supporter les pires difficultés
par la vertu de la répétition, et finissait toujours par la rappeler
quelques semaines après ou par se présenter tout simplement à sa
porte au terme d'une soirée mondaine en ville. Son attitude d'alors
lui apparaissait à présent comme véritablement ignoble ; sous
ce jour nouveau, il se voyait forcé de calculer la valeur de ses
ressources spirituelles et émotionnelles, qui ne lui étaient jamais
apparues aussi fragiles et essentielles.

Il aurait parfaitement pu se trouver dans le centre commercial
situé sous le World Trade Center, pour aller chercher les lunettes
de lecture qu'il avait commandées – c'était là qu'était son opticien,
ainsi que le magasin Gap où il achetait les vêtements de ses
enfants, une destination ordinaire répondant à de nombreuses
nécessités de leur vie quotidienne –, il aurait aussi pu se trouver
sur l'esplanade et être percuté par un sauteur, ou encore regarder,
bouche bée, les tours s'effondrer sur sa tête. Ou bien encore, il
aurait pu se précipiter sur les lieux après l'événement, comme Jim,
pour voir s'il pouvait offrir son aide. Il oscillait entre la gratitude
d'avoir été épargné et un sentiment de culpabilité pour n'avoir, à
aucun moment dans l'heure qui s'était écoulée entre l'impact du
premier avion et l'écroulement de la première tour, éprouvé cet
élan altruiste, bien qu'il ne se fût trouvé qu'à une dizaine de
pâtés de maisons du désastre. Il aurait aimé croire que c'était à
cause de son sentiment de responsabilité familiale qu'il était resté
cloué à sa fenêtre à regarder le spectacle. Ces derniers jours, son
travail lui paraissait sans intérêt et sans but, la somme de ses projets bien inférieure à ce qu'il s'était imaginé autrefois. La seule

chose qui lui semblait digne d'être préservée aujourd'hui était sa famille.

Il avait bien eu l'intention d'écrire à Trish pour le lui expliquer, mais il redoutait sa réaction, connaissant trop bien sa nature obsessionnelle et la violence de ses passions, ces mêmes qualités qui l'avaient ensorcelé sexuellement. Washington apparut dans l'encadrement de la porte.

– Il est temps d'ouvrir ton parachute, chef.

Leur immeuble n'était pas une cible très plausible – une tour de bureaux quelconque du centre-ville, abritant un groupe éditorial financé par des capitaux allemands, une maison de courtage, deux boîtes de comptabilité et une agence de pub, mais il jeta néanmoins un œil alentour en se demandant ce qui méritait d'être sauvé. Ses premières éditions étaient toutes à la maison. Et, à cette étape de sa carrière, sa correspondance constituait déjà une collection d'archives plutôt encombrante.

Ce fut donc les mains vides qu'il suivit ses collègues dans le couloir en direction de l'ascenseur. L'évacuation se fit de manière ordonnée, chacun attendant patiemment l'ascenseur, parlant à mi-voix, échangeant des rumeurs : *anthrax à Condé Nast... Forces spéciales en Afghanistan... lingots d'or à Ground Zero... virus Nimbda dans les e-mails...*

– Eh, mec, tu m'écoutes.

Washington tirait sur sa manche.

– Quoi ? dit Russell.

– J'ai dit : « Comment vont les gosses ? »

– Ils vont bien. Et les tiens ?

– Ils nous ont fait quelques cauchemars. Ils appellent ça « le grand feu », une bonne nomenclature bien neutre. En fait, ils nous emboîtent le pas. Les mômes hystériques sont ceux dont les parents les fourrent à plat ventre sous le lit dès qu'ils entendent un avion dans le ciel. Les gosses, c'est des éponges. Incroyablement absorbantes ; des éponges qui coûtent la peau du cul.

Il s'interrompit, jeta un œil au cadran lumineux indiquant l'étage auquel se trouvait l'ascenseur.

– Et merde, on prend l'escalier.

Russell le suivit jusqu'à la cage d'escalier.

– Veronica veut quitter la ville, dit-il en lui tenant la porte.

– Corrine a eu la même réaction au début.

– Peut-être qu'il est temps.

– Toi? En banlieue?

– Il n'est plus question de moi. C'est pour les enfants, Russell.

Des voix se répercutaient dans la cage d'escalier tandis qu'ils descendaient.

– J'y ai pensé moi aussi, dit Russell.

Ce qui, aussi incroyable que ce fût, était vrai, alors que durant des années la banlieue avait été pour lui, aussi bien que pour Washington et pour tous ceux qui avaient grandi intra-muros, une blague en soi, qui avait continué de les faire marrer même après que le mariage et l'arrivée des enfants les avaient domestiqués. Parmi leurs plus évidentes professions de foi, en plus du mépris pour le commerce sous ses formes les plus pures, régnait la croyance que l'entretien d'une pelouse et les trajets pendulaires étaient incompatibles avec les activités plus nobles, que la métropole était la source de l'élan vital. Washington hocha la tête.

– Ce merdier va pas s'arrêter comme ça. Y vont pas tarder à s'attaquer au réseau d'eau potable ou au métro.

Leur progression fut ralentie par un caillot constitué d'employés de bureau au onzième étage; parmi eux, une femme hystérique dont la voix se réverbérait dans le labyrinthe vertical de béton. «Pour l'amour de Dieu, que nous veulent ces gens? Qu'est-ce qu'on leur a fait?»

Lorsqu'ils finirent par atteindre le trottoir, ils se retrouvèrent dans une marée humaine d'employés de bureau déplacés sur tout un pâté de maisons; des policiers munis de mégaphones leur intimaient l'ordre de s'éloigner de l'immeuble. La foule s'écarta devant une silhouette tordue dans une chaise roulante et laissa passer une camionnette de police déboulant par la Troisième Avenue. L'humeur globale était au repli discipliné, la crise générale semblait, pour le moment, avoir instillé un sentiment d'identité et de projets communs dans les pulsions anarchiques de la courtoisie ordinaire. L'intimité renforcée des corps en sueur était étrangement réconfortante. Russell se retrouva écrasé contre une belle jeune femme sans nom, qu'il reconnut – mate et menue, d'origine indienne, songea-t-il – pour avoir effectué plusieurs trajets en ascenseur avec elle, pris dans l'aura de son parfum musqué. L'héritage serait-il celui-ci : des accouplements de temps de guerre, des rapprochements soudains, des fornications frénétiques dans des cages d'escalier et des placards à balais ? Soudain, inexcusable, il ressentit le même genre de potentiel érotique planant dans l'air sali que celui qu'il avait connu à vingt ans, alors que la femme à la peau sombre lui était arrachée inexorablement.

Ils rejoignirent les rangs de piétons défilant vers l'est le long de la Cinquante-Troisième en direction de la Deuxième Avenue, et, comme mus par l'instinct, se dirigèrent droit vers Chez Billy, un ancien bar clandestin lambrissé et enfumé, refuge fréquent de ceux qui cherchaient à fuir la fluorescence violette et blanche des néons de bureau. Russell fut étonné d'entendre Washington commander un Martini ; il était au régime sec depuis bientôt trois ans.

– Des temps désespérés.

– Carpe diem, dit Russell, ne sachant comment réagir autrement.

– Pas de nouvelles de Jim ?

Russell secoua la tête.

– Tu veux qu'on en parle ?

Russell secoua la tête à nouveau.

– Pour dire quoi ?

– Je sais que vous étiez très proches, tous les deux. Parfois j'ai pensé qu'il remplissait le vide que Jeff avait laissé derrière lui.

Russell acquiesça, décidé à ne pas perdre contenance.

– J'imagine que Judy se complaît dans son rôle de veuve et martyre.

– Putain, mec. T'es dur, là.

Russell s'interdisait formellement d'exprimer ses sentiments à ce sujet, en tout cas pour l'instant, bien qu'il fût forcé d'admettre qu'il avait pensé la même chose à chaque fois qu'il l'avait eu en ligne ces derniers jours. Et il éprouva une certaine reconnaissance, à cet instant, pour ce blasphème.

— Pauvre enfoiré.

— Peut-être que c'est pas le pire moyen de s'en aller.

— Je ne pensais pas à sa mort, dit Washington. Je pensais à sa vie.

Les boissons arrivèrent. Washington brandit la sienne vers la lumière, la renifla et but une gorgée.

— Comment va Corrine?

— Je ne sais pas. Je l'ai à peine vue. Elle travaille dans une cantine à Ground Zero.

— Elle a toujours eu un petit côté Florence Nightingale.

— Je suis au bord de lui rappeler que charité bien ordonnée commence par soi-même, et, par extension, par son mari.

— Je crois que nous assistons au début de la fin de l'idée même de cette ville, dit Washington. La technologie avait déjà commencé à en rendre la concentration inopportune. Le terrorisme risque de la rendre impraticable.

— C'est pour ça que tu déménages?

— Veronica veut me sortir d'ici. Je n'ai pas vraiment le choix. Pas si je veux préserver mon mariage.

Son visage revêtit une expression légèrement comique de chien battu.

— Qu'est-ce qui s'est passé?

— J'suis rentré à trois heures du mat' l'autre nuit; et je sentais le whisky et la chatte.

— Aïe.

— C'est ce qu'on m'a dit. Ma mémoire a été momentanément hors service. Je suis sorti dîner avec Slanky et pendant qu'il étudiait la carte des vins je me suis dit, et merde, si ça se trouve, demain je serai du steak haché. Pourquoi pas manger, boire, et s'amuser un peu? Deux bouteilles et quelques heures plus tard, je me suis retrouvé chez Evelyn, assis sur un tabouret de bar à côté de Nancy Tanner.

– Tu as couché avec Nancy ?

– Les vrais gentlemen ne parlent pas quand ils couchent.

– C'était la première fois ?

– Si mes souvenirs sont bons.

– Bon Dieu, après tout ce temps. Et c'était comment ?

– Pour autant que je m'en souvienne, pas mal du tout.

– Veronica sait que c'est Nancy ?

– Non. Et puis qu'est-ce que ça change ? J'ai été blanc comme neige pendant les trois dernières années, mais j'ai pas mal de dossiers dans mes archives, et Veronica n'a fait qu'attendre que je fasse un faux pas.

Par le passé, Russell avait été fasciné par le donjuanisme désinvolte de son ami. Malgré son hiatus récent, Washington aimait à répéter que les hommes ont quatre besoins : la nourriture, un toit, une chatte, et toutes les autres chattes. Tandis que Russell pensait qu'il y avait deux sortes d'hommes – ceux qui trompaient leur femme, et ceux qui se sentaient coupables après – et il appartenait irrévocablement à la seconde catégorie. Jusqu'à Trisha, il n'avait été infidèle qu'une seule fois, mais sa curiosité concernant cette question sans fond de l'infidélité conjugale dans toutes ses myriades de manifestations était infinie. Pendant des années, il s'était reposé sur Washington pour lui donner la mesure de sa vertu, par comparaison.

– Alors Veronica t'a donné un ultimatum ?

Il acquiesça.

– C'est une option dont nous avons toujours discuté, mais les catastrophes récentes, aussi bien sur le plan historique que sur le plan personnel, semblent converger vers la même conclusion.

– Quelle option, le Westchester ou les autres chattes ?

– En fait, ce serait plutôt le Connecticut. Les Range Rover, les golden retrievers, les vestes Barbour. C'est moi sur un neuf trous avec des chaussures de golf blanches. Un nègre du Connecticut sur un court de terre battue. Veronica a pris rendez-vous avec un agent immobilier de New Canaan. Depuis le matin du 12, les agents immobiliers sont complètement débordés par là-bas, mon chou.

Quitter la ville ou y rester était devenu le pivot de toutes les discussions à Manhattan ces derniers temps. Corrine et lui en avaient discuté, évidemment, et, bien qu'ils n'eussent atteint aucune conclusion en particulier, il semblait que leurs positions respectives dans ce débat s'étaient inversées. Pendant des années, elle avait remis la question sur la table de manière systématique, tandis que la réponse invariable de Russell était que John Cheever serait peut-être encore vivant aujourd'hui s'il s'était contenté de rester bien au chaud à Manhattan. Mais récemment, elle l'avait surpris en exprimant le désir de fondre son destin à celui de la ville, tout en reconnaissant qu'il fallait qu'ils pensent aux enfants – elle qui avait toujours éprouvé le plus grand malaise à se dire new-yorkaise, elle qui disait toujours « maison » au lieu d'«appartement».

– C'est pas bête, dit Washington, sur le ton de quelqu'un qui essaie de toutes ses forces de se persuader du bien-fondé d'un fait accompli. On économiserait quarante mille dollars rien que sur les frais de scolarité.

– Tu devras en débourser vingt-cinq ou trente pour les taxes foncières, dit Russell, bien que conscient de défendre une cause dans laquelle il n'avait plus vraiment foi ; son opposition était en grande partie rhétorique et sa défense avouée de la nécessité de rester en ville n'était pas plus enflammée que la plaidoirie de Washington pour le départ. L'âge mûr et la paternité avaient depuis longtemps érodé son sentiment d'invulnérabilité. Les événements récents n'avaient fait qu'accélérer le processus.

– Allez, dit Washington. Tu ne peux pas me laisser tout seul au pays des pantalons écossais.

– Je vais peut-être prendre le numéro de cet agent immobilier dont tu m'as parlé.

– À une époque, je disais que je préférerais mourir à Alphabet City, que de survivre à Mount Kisco. Mais je ne peux plus me permettre de penser comme ça. En tant que parents, nous ne pouvons pas vraiment nous payer le luxe de la bravade cynique. Je crois que Veronica a raison. La fête est finie. Il est temps de partir.

– On n'avait pas déjà dit ça en 87 ? Que la fête était finie ?

– Eh, ça va, on s'est bien amusés, non ?

Malgré la moralité toute relative de Washington, malgré tous ses défauts en tant que mari et sa misanthropie jubilatoire, on pouvait dire qu'il avait découvert, dans la paternité, sa seule vraie foi. Sa dévotion envers ses enfants était reconnue même par ses détracteurs, et demeurait une source d'étonnement pour Russell. Russell voulait à présent se laisser emporter par le même élan, devenir le genre d'homme qui est prêt à tous les sacrifices pour ses enfants. Il espérait qu'il n'était pas trop tard. D'une certaine manière, il avait senti une redistribution des forces au bénéfice de sa femme. Elle semblait avoir été revigorée par le désastre, alors que lui se sentait paralysé.

Washington commanda un deuxième Martini et la conversation dériva vers le travail, Russell déplorant les chiffres de vente catastrophiques d'un premier roman pour lequel il avait entretenu de grands espoirs. Washington, de son côté, était hanté par un cauchemar plus violent encore : l'auteur de leur essai phare prévu pour le printemps – un livre de souvenirs édifiant sur sa carrière dans les affaires – venait d'être inculpé dans une histoire de fausses factures. Et la plupart des livres qu'ils publiaient cet automne, quel que fût leur mérite, étaient presque certainement voués à l'échec. Tous deux se rappelaient parfaitement comment la guerre du Golfe avait massacré les ventes en 91. Il allait être presque impossible d'obtenir des télés ou des radios dans les mois à venir ; au printemps dernier, les ventes de livres avaient chuté de presque quarante pour cent à la suite de l'interminable joute présidentielle et de la baisse de la Bourse.

– Y faut qu'on raccroche le wagon du 11 septembre, dit Washington. T'as vu cette bonne femme ce matin aux infos ? L'épouse du type qui a tenté de maîtriser les pirates de l'air pendant qu'ils survolaient la Pennsylvanie ?

– Todd Beamer, fit Russell.

– Enceinte. S'exprimant clairement. Épouse d'un héros national. On a tout pour faire un livre.

C'était exactement le genre de concept exploitant la situation, un truc commercial entièrement fondé sur un sujet brûlant, dont ils avaient l'habitude de se moquer.

– Pas vraiment notre ligne, dit Russell. C'est plutôt pour Simon & Schuster, un bouquin instantané à la Harper Collins.

– Ouais, ben, on ferait peut-être bien de changer. J'ai des antennes sur le coup.

– Ça ne m'étonnerait pas qu'elle ait déjà signé avec un agent.

Lorsque Washington fit signe pour commander son troisième Martini, Russell dit :

– Si Veronica est sur le pied de guerre, je crois qu'il vaut mieux pas que tu plonges tête la première dans le shaker.

Il avait un lourd passé en tant que chaperon de Washington – le portant pour le faire sortir des bars, le balançant dans des taxis, le couvrant quand Veronica ou ses patrons avaient des soupçons. Et puis, trois ans plus tôt, Washington avait arrêté de boire, sans la moindre aide thérapeutique ou institutionnelle – une démonstration impressionnante de volonté.

– Un dernier pour la route, chef.

Russell n'avait pas envie d'être le chaperon de son meilleur ami. Dans des moments comme celui-ci, tout ce qu'il voulait c'était avoir à nouveau vingt-cinq ans, à l'époque où l'insouciance et l'audace dans l'abandon constituaient un programme esthétique. Il n'était pas nécessaire d'être très malin pour savoir que Washington n'aurait pas dû boire le moindre verre, mais, putain, c'était pas cool d'être celui qui doit le dire.

Au terme d'un après-midi tronqué au bureau, il prit l'express jusqu'à Canal Street. Au barrage, il montra son permis de conduire et son bail. Le flic, qui portait un uniforme des gendarmes de l'État de New York, connaissait mal le centre-ville et ne semblait pas convaincu par l'adresse d'Hudson Street.

– Où c'est qu'ça s'trouve ?

– À cinq pâtés de maisons vers le sud, dit Russell. En face du Nobu.

– C'est quoi un Nobu ?

– C'est un restaurant.

– On y mange bien ?

– Si on aime le poisson cru.

Le flic le dévisagea avant de lui rendre ses papiers.

– Une fois par an, ça m'suffit amplement, dit-il en se tournant vers son collègue pour lui faire un clin d'œil. Pour l'anniversaire de la patronne.

Préoccupé qu'il était, lesté par la tristesse, Russell mit trois pâtés de maisons à comprendre la plaisanterie.

Storey s'élança en courant à travers le loft pour sauter dans ses bras, tandis que Jeremy restait assis par terre entre les deux canapés, hypnotisé par sa Game Boy. Corrine était au téléphone, marchant de long en large devant le comptoir cuisine.

– Papa, Papa, dit Storey, en se blottissant contre sa poitrine. J'ai eu dix sur dix en orthographe.

– J'espère bien, dit Russell.

– Eh, Papa ? cria Jeremy, en levant les yeux de son jeu. J'ai une blague super-marrante à te raconter.

Il porta Storey jusqu'à la cuisine. « Russell est rentré. Je te reparlerai plus tard. » Elle raccrocha et déposa une bise sur sa joue.

– Tout va bien ?

– On a eu une alerte à la bombe au bureau.

Elle lui fit les gros yeux et posa un doigt sur ses lèvres, mais c'était trop tard.

– Jeremy, viens vite, cria Storey, essayant, comme toujours, d'attirer son frère dans le cercle des conversations. Papa a eu une bombe à son bureau.

– Pas une bombe, dit Russell. Une alerte à la bombe. C'était une fausse alerte. Ils pensaient qu'il y avait peut-être une bombe, mais en fait, il n'y en avait pas.

Jeremy fronça les sourcils.

– Pourquoi ils ont pensé ça ?

– Quelqu'un a téléphoné pour prévenir.

– Pourquoi ?

Les yeux au ciel, Corrine prit Jeremy dans ses bras.

– C'est juste des petits crétins qui s'amusent à faire des farces, dit-elle.

– C'est pas drôle comme farce, dit Storey.

– Pourquoi ils ont fait une farce? demanda Jeremy.

– Raconte ta blague à Papa, Jeremy, dit Corrine.

– Ah, oui. Papa, ça veut dire quoi quand un homme trompe sa femme?

Russell s'efforça de garder un visage neutre en regardant Corrine qui avait l'air béat.

– Je ne sais pas, dit-il. Qu'est-ce que ça veut dire?

– Eh ben, c'est quand il va au magasin et prend un autocollant avec marqué «régime» et qu'après il le colle sur de la vraie glace, celle qui fait grossir, pour la ramener à la maison et que sa femme la mange. C'est ça que ça veut dire.

Russell s'interrogea quelques instants sur cette énigme, se détendant légèrement, ignorant ce que tout cela pouvait bien signifier.

– Et alors, c'est quoi l'intérêt? finit-il par dire. Tout ce qu'il aura, c'est une femme trop grosse.

– Ben oui, dit Jeremy en gloussant. C'est bien comme farce, hein?

Il risqua un regard en direction de Corrine, dont le visage semblait refléter sa propre perplexité. Peut-être que cette plaisanterie n'avait aucun sens.

– J'ai préparé le dîner des enfants, dit Corrine. J'ai dû marcher jusqu'au Gristedes du Village, et je suis revenue à pied avec les courses. Le marché est toujours fermé. Ils ne laissent pas passer les camions.

Lorsque le téléphone sonna à une heure trente du matin, Russell était au lit, seul, tandis que sa femme pansait les plaies de la ville en y étalant du beurre de cacahuète.

– Russell, je suis vraiment désolée d'appeler si tard. C'est Veronica.

Elle marqua une pause, comme pour étirer le petit moment d'espoir avant de poser la question inévitable.

– Tu n'aurais pas vu Washington, par hasard?

– C'est pas grave, dit-il. Je ne dormais pas vraiment.

L'espace d'un instant, il s'imagina transporté dans le passé vers des moments plus glorieux – pour lui, pas pour Veronica – où ce genre de coups de fil était leur pain quotidien, à l'époque où Washington prétendait qu'il dînait avec lui sans même le prévenir, ou qu'il l'embringuait dans sa quête nocturne du cœur toujours insaisissable de la ville, qui vibrait comme la ligne d'une guitare basse, à peine audible au coin de la rue, derrière la porte d'après, juste là, un peu plus loin, au bas d'un escalier...

12

Corrine travaillait avec Svetlana, une minuscule créature très nerveuse pourvue de gros seins sphériques et d'un visage large et soucieux, à qui elle montrait comment confectionner des sandwichs au beurre de cacahuète et à la gelée. Svetlana était dubitative.

– Ça a l'air dégoûtant, dit-elle.

– Tu en as déjà mangé?

Elle secoua la tête.

– Nous, on n'avait pas ça. On avait du caviar, pas du beurre de cacahuète. Mon père était colonel dans l'armée.

Le bon vieux temps – quand Corrine faisait des cauchemars à propos d'un holocauste nucléaire.

Svetlana enfila consciencieusement les gants en plastique, manipulant le beurre de cacahuète comme s'il s'était agi d'une substance toxique. Danseuse exotique travaillant dans la même boîte que la copine de Jerry, elle prenait un peu de temps pour elle tout en se remettant de la dernière opération chirurgicale qu'elle avait fait subir à sa poitrine. Elle espérait doubler ses revenus à son retour au boulot.

– Ça te plaît la… danse? demanda Corrine.

Bien entendu, la seule chose qui l'intéressait, c'était de savoir si elle couchait avec les clients. Svetlana sembla trouver sa question naïve.

– C'est un travail, dit-elle. Pour la carte verte.

Après avoir élaboré deux sandwichs assez réussis, elle parut gagner en confiance et décida de développer.

– C'est très simple quand tu danses. Toi, tu as le pouvoir. Les hommes, c'est très simple. Comme des enfants. Ils veulent des bonbons. Et toi, tu as des bonbons. Tu comprends? C'est pas la peine que je te fasse un dessin?

– Je comprends, dit Corrine.

Une pensée qui n'avait cessé de tournoyer dans son esprit se clarifia soudain: Russell avait-il une liaison? Elle se rendit compte qu'elle essayait de faire taire ses soupçons depuis des mois, mais cette hypothèse expliquerait beaucoup de choses – certaines absences, physiques et autres, certains accès de joie inexpliquée, une manière de couper les liens entre le stimulus émotionnel et la réaction, son incapacité à prendre l'initiative au lit. Elle sortit prendre l'air afin d'envisager cette éventualité; elle ne remarqua pas vraiment la voiture de police qui se garait à quelques mètres d'elle, jusqu'au moment où Hilary en sortit par la porte côté passager, vêtue d'un bustier et d'un micro-boléro.

Après avoir fait un signe de la main au conducteur, elle se tourna pour observer les alentours et repéra Corrine.

– Eh, sœurette.

– Qu'est-ce que tu fais là?

– Je participe.

Corrine sentit tout de suite que son territoire venait d'être envahi; de plus elle se méfiait des motivations de sa sœur, bien qu'il eût semblé agressif de le dire tout haut.

– Mais, c'est pas si simple... Je veux dire, on a assez de monde comme ça.

– Je suis sûre que je peux trouver un moyen de me rendre utile.

Elle jeta un œil dans la tente, qui était vide, à l'exception des volontaires – une demi-douzaine de jeunes femmes qui s'efforçaient d'avoir l'air occupé. Jerry avait disparu pour le moment.

– C'est que ça?

Percevant une note de déception dans la voix de sa sœur, Corrine se sentit obligée de justifier sa mission.

– C'est un peu mort à cette heure-ci. Tu viens de rater le coup de feu de minuit.

Contrariée par la présence de sa sœur, elle avait cependant envie que l'endroit lui apparaisse comme un élément vital et très animé de l'effort que produisaient les secours.

— C'est où le, tu sais, le Ground Zero?

— C'est à quelques pâtés de maisons, dit Corrine en pointant l'index.

— Je croyais que vous seriez en plein dessus.

— On apporte de la nourriture sur le site.

En réalité, Corrine ne s'y était jamais rendue, s'imaginant que c'était un privilège qui se méritait, et pas une chose qui allait de soi, tout en ayant très envie de savoir à quoi ça ressemblait vraiment.

— Nous offrons une petite oasis où il est possible de s'échapper un peu. Et nous nourrissons les policiers et les gardes nationaux.

— Pas les pompiers?

— Ils restent dans leur coin, dit Corrine, voyant soudain l'opération à travers les yeux de sa sœur et la jugeant quelque peu marginale et inessentielle, à l'écart du terrible centre de l'événement.

Mais, à cet instant, l'intérêt d'Hilary fut subitement éveillé.

— C'est qui, ça? demanda-t-elle en pointant le menton vers Luke qui descendait du Pathfinder.

— C'est l'un des volontaires, dit Corrine en essayant de garder un ton neutre.

— Je vais peut-être rester, finalement.

Bien qu'elle connût à peine cet homme, Corrine n'avait pas envie que sa prédatrice de sœur fasse du rentre-dedans à Luke. De plus elle avait espéré pouvoir trouver un moment pour reparler avec lui ce soir, afin d'en apprendre davantage sur son histoire.

— Salut, je m'appelle Hilary, dit-elle tandis qu'il approchait, un sac de glace dans chaque main, l'air un peu dérouté.

— Luke, dit-il.

— C'est tellement génial tout ce que vous faites ici. Je vous admire énormément... je trouve que c'est, vous voyez... grand.

Cette accolade maladroite suffit à couper le sifflet à son destinataire.

Comme si le vocabulaire d'Hilary avait pu inclure les termes nécessaires à décrire les élans de charité et d'altruisme, songea Corrine, reconnaissant aussitôt son propre manque de charité envers sa sœur. Pourquoi était-ce toujours ainsi?

Corrine montra à Hilary les gestes de base, mais celle-ci n'arrêtait pas de demander quand elles iraient à Ground Zero, dérivant sans cesse pour parler à Luke et Jerry. Peu de temps après, Corrine leva les yeux des plaques chauffantes pour la voir grimper dans une voiture de police, probablement celle dans laquelle elle était arrivée. Le commissaire Davies, qui était venu étudier les menus, regardait dans la même direction.

– On dirait que ta sœur s'est fait un ami.

– Elle s'en fait tout le temps, dit Corrine. Sauf que d'habitude, elle choisit les méchants. J'ai l'impression d'avoir passé ma vie à la voir grimper dans des voitures rapides conduites par des types rapides. Les flics n'entraient dans le scénario que plus tard, au petit jour, après le naufrage, ou la fête perquisitionnée. Ensuite on allait la chercher au poste. Je me demande pourquoi je me fais encore du souci pour elle après toutes ces années. C'est un gars de chez toi?

Davies secoua la tête.

– O'Connor, de Brooklyn North.

– Eh bien, je suis certaine qu'ils vont trouver un tas de choses à se dire.

– Oh oui, sûrement. Il doit mourir d'envie de lui parler de sa fille qui vient de naître.

Vers trois heures, une vague de soldats de la Garde nationale déferla et Corrine se laissa emporter par le courant, confectionnant des sandwichs à la chaîne, mettant de la glace dans les boissons, échangeant quelques mots avec chacun d'eux au moment où ils passaient devant son comptoir. Lorsque la tente finit par se vider, elle sortit dans la lumière de la lune et s'étira, se demandant si le vent avait tourné ou si elle s'était simplement habituée à la puanteur âcre de la fumée qui envahissait tout.

Luke la rejoignit sur les pavés, lui tendant son paquet de Marlboro Light. Elle en prit une, qu'il lui alluma.

— Guillermo fumait, dit-il.

— Ton ami porté disparu?

Il acquiesça.

— Tu te sens encore coupable? À son sujet?

— Comment faire autrement?

Elle ne voyait rien à dire pour alléger son sentiment.

— Le plus dingue, c'est que j'en veux aussi à ma femme et à ma fille. Alors qu'en un sens, elles m'ont sauvé la vie.

— C'était ton meilleur ami?

— Je ne sais pas. Je crois.

Il tira longuement sur sa cigarette.

— Toi aussi, tu as perdu quelqu'un, non?

— C'était surtout un ami de mon mari, précisa-t-elle afin de mettre son chagrin en perspective par rapport au réservoir de détresse collectif — elle avait en horreur l'exagération et l'auto-dramatisation —, et puis c'était une manière d'introduire Russell dans la conversation. Enfin, c'était mon ami aussi, mais c'était un des amis les plus proches de Russell.

Il hocha la tête et souffla un rond de fumée parfait.

— Comment va-t-il? Ton mari, je veux dire.

— Ben, il est complètement anéanti, forcément.

Luke pencha la tête pour exprimer son empathie.

— En réalité, reprit-elle, c'est difficile de savoir ce qu'il ressent. J'imagine comment il se sent. Je le connais bien et je sais combien il était proche de Jim. Je sais aussi comment je me sens moi et comment je me sentirais si j'étais lui. Mais je ne peux pas vraiment dire. Je n'arrive pas à le faire parler.

— Laisse-lui du temps.

— Et toi... tout ça — elle indiqua la direction de Ground Zero. Ça ne t'a pas rendu plus proche de ta femme? Est-ce que ce n'est pas ça la réaction naturelle — se serrer les coudes?

Il fuma un tiers de sa cigarette d'un seul coup, la lueur jetant un halo étrange sur son visage sombre, tandis qu'il réfléchissait à la question. Il laissa tomber son mégot sur le sol et l'éteignit entre deux pavés.

– C'est ce qu'on penserait, n'est-ce pas ?

13

La présence des morts devenait presque tangible dans les heures avancées de la nuit, quand leur esprit planait entre les canyons. Il valait mieux les sentir alentour que de les voir dans son sommeil une fois rentré chez soi. Il y avait quelque chose de démoralisant dans le lever du soleil ; la lumière du jour paraissait trop joyeuse et futile pour la circonstance. L'obscurité, avec son intimité enveloppante et ses mortels augures, était plus appropriée au temps et au lieu, plus propice au deuil, aux rumeurs, aux confidences partagées, à l'audace. Les nuits étaient devenues fraîches, un progrès comparé à l'air lourd et empuanti des deux dernières semaines.

Luke était en train de fumer devant la tente quand le commissaire Davies s'approcha de lui en sortant de la caravane où il était allé prendre son tour de garde à minuit.

– Ça fait douze ans que j'ai pas clopé, dit-il, mais je détesterais pas m'en griller une petite, là, tout de suite.

Luke secoua son paquet de Marlboro pour en faire sortir une cigarette qu'il alluma avec son Bic.

– Je pensais à mon pote, Danny O'Callaghan. Un pompier. Y fumait cigarette sur cigarette. Ça l'a presque tué ; il a fini par arrêter l'année dernière. J'ai entendu dire qu'il était porté disparu et j'ai cherché son nom quand je suis allé vérifier la liste là-bas, y a dix jours. Y avait d'autres potes sur la liste, mais pas Danny. Je retourne à mon bureau, me disant, putain, y s'en est sorti. Quelques minutes plus tard, je me rends compte que j'ai regardé à la lettre C. J'y suis retourné et j'ai regardé au O, et il était là, le con. Je me suis juste dit que j'en fumerais bien une petite à sa mémoire.

Depuis que Luke avait appelé le responsable des espaces verts et obtenu un sursis pour la cantine, Jerry le considérait comme la crème de la crème. À présent il contactait des chefs et des maîtres d'hôtel pour qu'ils fournissent des plats que Jerry allait récupérer dans son Pathfinder, faisant des allers-retours d'un poste de contrôle à l'autre. Une centaine de steaks garnis de chez Smith & Wollensky. Cinquante penne pomodoro de chez Lupa. Quatre-vingts burgers de l'Union Square Café. Des côtes d'agneau scottaditti de chez Babbo. Jerry, de son côté, s'arrangeait pour réquisitionner des produits plus basiques, des caisses de Sterno, des caleçons longs, des casques de chantier, de la glace, du café. Tout ça pour nourrir un flux ininterrompu de policiers en transit, d'employés de l'hygiène publique, d'équipes de soudeurs et de sauveteurs, et de temps à autre, un ou deux pompiers. Ces derniers étaient comme des fantômes, toujours ailleurs, même quand ils étaient là, en chair et en os devant la machine à café.

Luke rejoignit le commissaire Davies et Jerry sur l'esplanade de Bowling Green, où ils prenaient leurs aises, affalés dans des fauteuils de bureau en skaï vert réquisitionnés chez One Broadway, de l'autre côté de la rue. Vers le nord-ouest, le ciel nocturne s'enflammait d'une lueur jaune qui illuminait les colonnes de fumée et de vapeur d'eau.

– Si ça continue comme ça, je vais devoir prendre ma retraite l'année prochaine, dit Davies. Et c'est la même chose pour beaucoup de gars. Toutes ces foutues heures supplémentaires, des semaines de, quoi, quatre-vingts, quatre-vingt-dix heures, je vais pas pouvoir me permettre de continuer comme ça. La retraite est calculée sur ta dernière année de revenu, et j'aurai jamais une année comme celle-là. On n'a pas le choix.

– Ça a pas l'air si terrible, dit Jerry. Tu vas te perfectionner à la pêche. Tu passeras du temps en famille.

– C'est mauvais pour les poissons, dit Davies. C'est mauvais aussi pour les forces de police, elles vont perdre la moitié de leurs officiers supérieurs. Et je suis pas sûr que ma femme soit ravie à cette idée. La dernière chose qu'elle veut, c'est m'avoir dans les pattes du matin au soir.

– Depuis que j'ai arrêté de travailler, dit Luke, ma femme est furieuse. Elle ne sait pas quoi faire de moi. Je pensais que j'allais devenir un vrai homme au foyer. J'ai appris à cuisiner – ce qui s'est avéré assez utile cette semaine – mais elle a pas du tout apprécié. «Nous sommes entourés par les meilleurs chefs et les meilleurs traiteurs de la planète, dit-elle, et tu as un MBA en finance des entreprises, alors qu'est-ce qui te prend de vouloir tout à coup t'acheter un tablier et pénétrer les mystères du coq au vin?» Elle croit que j'essaie de l'impressionner. Elle m'a accusé de vouloir envahir son territoire. Mais je ne suis pas sûr qu'elle sache très précisément où se trouve notre cuisine.

– J'ai lu quelque part, dit Davies, qu'en Polynésie, ou quelque part par là, les hommes dorment dans une grande tente et les femmes dans une autre.

– Et pour le sexe?

– Le sexe? Quel sexe? Je suis un homme marié.

– J'ai entendu dire que, dans les beaux quartiers, y baisent comme des lapins en ce moment, dit Jerry. Y a eu un article là-dessus dans un journal aujourd'hui.

– Au moins quelque chose de bien sort de tout ça, dit Luke. Le sexe post-traumatique.

– Tu parles, dit le chef d'escadron Donahoe, un expert en assurances au teint rose et aux cheveux grisonnants qui commandait un contingent de la Garde nationale basée à Battery Park. Je sais pas comment vous faites ici, à New York. Je suis allé à l'Arsenal sur Lexington Avenue, où ils ont installé le Centre pour les personnes portées disparues hier, et tu vois la chaleur qu'y faisait, tous ces dos-nus qui montrent tout, ces tee-shirts microscopiques et ces shorts. Bon Dieu, on en a des femmes nous aussi à Syracuse, en tout cas, c'est comme ça qu'on les appelle, mais elles ont rien à voir avec ça. En fait, je commence même à me demander si vous avez pas carrément une autre espèce ici que vous vous gardez pour vous tout seuls. La planète des Miss Monde. T'en trouves une à chaque coin de rue. On a quoi comme pourcentage ici de nénettes qui travaillent comme mannequins dans la mode? Je veux dire, vous avez passé une loi contre les grosses et les moches, ou quoi? Vous avez renvoyé les cageots à la frontière nord de l'État pendant la nuit. Allez, avouez-le. Je sais pas comment vous faites, les gars, pour mater de la chatte comme ça à longueur de journée. Je suis pratiquement sûr que ça me rendrait dingue. Et je suis sûr à cent pour cent que ça rendrait ma femme dingue de me voir me dévisser la tête dans toutes les directions comme une chouette ivre morte. Toute cette minceur, un vrai scandale, je pense que...

Cette pensée mourut au moment où Corrine fit son apparition sur l'esplanade.

— Vous gênez pas pour moi, dit-elle.

Donahoe se contenta de hocher la tête et de la pencher vers Corrine.

— Voilà la conclusion de ma plaidoirie.

À trois heures, Luke emprunta l'utilitaire avec Corrine et un garde national. Ils roulèrent dans la nuit, s'arrêtant à plusieurs postes de contrôle pour livrer des sandwichs et des boissons, et finalement parvenir aux abords du tas, un chaos illuminé par des rampes de projecteurs suspendues dans les airs, où d'énormes grappins se profilaient dans la fumée, activant leurs mâchoires comme des dinosaures, plongeant et relevant leurs têtes avec des poutres de dix mètres entre les dents, tandis que des jets de flammes jaillissaient dans le sillage des débris arrachés. De minuscules silhouettes escaladaient les collines de déchets de bas en haut et de haut en bas, des rangées d'hommes semblables à des bataillons de fourmis sillonnaient les décombres qui s'étendaient au loin, hors de vue.

Luke était fasciné par la beauté filigranée de l'exosquelette de la tour sud, ses arches gothiques s'élevant à huit ou dix étages au-dessus d'eux, étrangement dentelé et délicat, réconfortant aussi dans cette lumière artificielle de décor de cinéma. Alors qu'ils étaient assis en silence, essayant d'enregistrer ce spectacle, il sentit son corps se refroidir, un picotement à l'extrémité de ses cheveux, une angoisse dans les tripes. C'était le même endroit qu'il avait vu le premier jour, et pourtant, tout était différent. Les opérations de sauvetage, infiniment plus complexes, mécanisées et spécialisées, n'étaient plus animées par l'espoir. Il contemplait une tombe géante. Lorsqu'il se détourna et regarda Corrine, il vit des larmes rouler sur ses joues.

– Les gens disent que c'est tellement petit quand ils le voient à la télé, dit-elle finalement.

Il secoua la tête.

– En fait, c'est gigantesque, dit-elle. C'est la chose la plus énorme que j'aie jamais vue.

14

Lorsque les gardes nationaux déboulèrent, des hommes venus du nord avec de gros appétits et des manières provinciales, Corrine ne put s'empêcher de se sentir vieille et peu attirante à force d'entendre leurs « merci m'dame », parce qu'ils réservaient leur baratin aux filles plus jeunes. Quand ils eurent terminé de dévorer les sandwichs, Jerry appela son ami Nick à l'Armée du Salut, dans l'espoir de dégotter des assiettes anglaises, mais il ne leur restait plus rien. Lorsqu'il appela le traiteur Meal on Wheels, on lui répondit que le camion ne serait pas de retour en centre-ville avant le lendemain après-midi, et que ce qu'ils auraient à proposer alors serait surtout de la soupe de haricots. Laissant cinq volontaires tenir la baraque, Jerry décida de prendre sa voiture et de se rendre au nord de la ville pour acheter des provisions. La cagnotte de dons contenait vingt-sept dollars et quelques cents.

– Ça t'embêterait pas de venir avec moi ? demanda-t-il à Corrine.

– Non, j'adorerais.

Ils se dirigeaient vers le Pathfinder lorsqu'un 4 × 4 noir portant un macaron de l'OMC sur le pare-brise se gara le long du trottoir à côté du parc. Le chauffeur cria : « *Yo, Jerry !* »

Un homme petit, sec et noueux, portant un tee-shirt de la NYFD, bondit hors du véhicule et sautilla vers eux, dans ses santiags en autruche noires qui jaillissaient de son jean, tandis qu'un autre laissez-passer plastifié rebondissait sur sa poitrine.

Il échangea des accolades viriles avec Jerry, leurs joues se frôlant d'un côté, puis de l'autre. Jerry se tourna vers Corrine.

– Je te présente mon ami, Dino.

L'homme fit un petit salut courtois.

– Enchanté.

Puis il regarda Jerry.

– Je me suis dit que j'allais venir jeter un œil à ton opération.

– C'est rien, dit Jerry. Juste une tente ou deux avec des tables.

– Eh, sois pas si modeste. C'est très impressionnant ce que tu as fait ici. C'est vachement bien. Tu me fais visiter?

– Tout est là.

Jerry le fit entrer dans la tente.

– Voici Katie, Svetlana et Cynthia.

Elles hochèrent toutes la tête, souriantes.

– Eh, les filles. C'est super ce que vous faites ici.

Son ton suggérait que sa sanction et sa bénédiction avaient quelque chose d'officiel, comme s'il avait été le représentant d'une autorité quelconque. Il prit un gobelet en polystyrène et se servit un café dans lequel il déposa deux sucres et vida deux sachets d'édulcorant, les brandissant ensuite sous le nez de Jerry.

– Tu devrais en commander de la marque Equal, dans les paquets bleus. Cette merde est cancérigène.

Il examina le plateau de sandwichs et souleva les couvercles des entrées chaudes puis il s'installa à une table de pique-nique et regarda autour de lui tandis que Corrine refermait les couvercles.

– Alors d'où ça vient tout ce fatras? dit-il.

– Principalement des donations. J'suis un peu à sec ces temps-ci.

– C'est pas bon, ça.

Dino fouilla dans sa poche, tira un billet de cent dollars d'une liasse et le tendit à Jerry qui le repoussa.

– Vas-y, prends.

Il sortit une Camel filtre de son paquet et la tapota contre la table.

– Tu devrais lever des fonds. Tu as rempli le formulaire pour les entreprises à but non lucratif?

– Attends, Dino, on a trois glacières et une machine à café ici. Qu'est-ce que tu crois, que je suis la Croix-Rouge à moi tout seul?

– C'est exactement ce que je dis. Tu devrais t'agrandir, tu servirais mieux la communauté si tu avais vraiment des moyens. Dégotte du gaz, des équipements de cuisine. Tu sais quoi, peut-être que je passerai te déposer les papiers la prochaine fois que je suis dans le coin.

– Pas la peine de te déranger, Dino.

– Eh, y a pas de problème. Comme je t'ai dit, je peux m'en occuper pour toi.

Jerry hocha la tête, l'air lugubre.

– Continue comme ça, c'est du beau boulot, dit-il alors qu'ils se donnaient l'accolade devant la tente. On se voit bientôt.

Il leur fit signe depuis sa voiture alors qu'ils le regardaient s'éloigner, puis ils grimpèrent dans le Pathfinder.

– Il est pompier ? demanda Corrine.

Jerry ricana.

– Il est plutôt du style à allumer des feux qu'à les éteindre.

– Quel genre de feux ?

– Vaut mieux pas que tu saches.

– C'était une bonne idée qu'il a eue, de monter une association à but non lucratif pour réunir des fonds.

– Corrine, crois-moi, Dino ne connaît pas la signification de l'expression « but non lucratif » et il n'a jamais eu le moindre réflexe altruiste de toute sa vie.

– Alors c'est le…

– C'est lui qui m'a commandé mon faux témoignage.

Corrine était sidérée de penser que quiconque pût essayer d'exploiter cette tragédie de manière méthodique, mais, bien sûr, elle était d'une naïveté légendaire.

– Qu'est-ce que tu comptes faire ? demanda-t-elle.

– Ce que je vais faire, c'est monter un machin à but non lucratif, dit-il.

Le quartier de TriBeCa était toujours bouclé, ils empruntèrent donc la voie express jusqu'à la Quatorzième et se dirigèrent vers le Food Emporium d'Union Square. Jerry se gara juste devant.

– La charité a ses avantages, dit-il en donnant une pichenette sur le laissez-passer de l'OMC collé au tableau de bord. T'as qu'à voir les huiles de la Croix-Rouge dans leurs BM.

— Tu n'as pas l'air de tellement apprécier la Croix-Rouge, dit-elle.

— Ils sont sur ma liste noire depuis qu'ils ont refusé de troquer leur café. Je leur offrais trois caisses de Sterno en échange. Cette salope m'a dit qu'elle avait besoin de factures, qu'il fallait passer par les voies officielles. Et combien de millions se sont déversés dans leurs caisses cette semaine?

Jerry se considérait comme un guérillero des secours d'urgence, échangeant des masques à gaz contre du propane, extorquant vingt kilos d'ailes de poulet grillées à un pote qui s'occupait d'un bar des sports dans le West Side. Cette retraite forcée dans l'univers de l'économie traditionnelle à la recherche d'assiettes anglaises constituait une faute de goût, un défaut d'ingéniosité.

À l'intérieur du Food Emporium, il attrapa un caddie et le pilota droit vers le rayon traiteur, au fond près des caisses, regardant avec convoitise les jambons roses et vaguement rectangulaires, les fromages jaunes, les salamis entiers et les énormes poitrines de dinde dans leurs dessous en résille, tandis que Corrine se munissait d'un numéro.

— Regarde-moi tout ça, dit-il en désignant la vitrine. On pourrait remplir la tente pour la semaine, peut-être même pour deux semaines. Sauf qu'y nous faudrait des frigos. Remarque, même sans ça, y nous en faut. J'vais appeler la bonne femme qui s'occupe du service étudiants à l'université de New York — comment elle s'appelle déjà — voir si elle pourrait pas nous dépanner d'un ou deux appareils.

Après toutes ces heures passées au poste de secours, Corrine se sentait complètement étrangère dans ce carrefour de l'offre et de la demande si riche, si magnifiquement éclairé; elle s'étonna également de découvrir que les vieilles rengaines de la consommation étaient parfaitement intactes.

Une dame âgée s'appuyant sur un déambulateur collait son nez à la vitrine, juste devant eux.

– Comment est le rosbif aujourd'hui ? demanda-t-elle. Pas trop gras ?

– Délicieux, dit le gros bonhomme coiffé d'un calot derrière le comptoir.

– Parce que je n'en veux pas s'il est trop gras.

Une voix nasale s'éleva juste derrière eux. « Oh, bon sang, madame, achetez votre rosbif et qu'on n'en parle plus. »

Le plaignant était un jeune nerveux vêtu d'un haut de survêtement et d'un treillis, et dont le sourire moqueur était surmonté d'un nuage de duvet. Jerry se retourna pour le dévisager et était encore en train de le regarder lorsqu'une autre vendeuse appela son numéro.

– C'est quoi l'offre spéciale aujourd'hui ? demanda Jerry. J'ai un tas de sauveteurs à nourrir au centre-ville.

Aux oreilles de Corrine, cette phrase avait des relents moralisateurs, mais peut-être n'était-ce qu'une stratégie pour obtenir une ristourne.

– On a de la poitrine de dinde en promo à quatre quatre-vingt-dix-neuf.

– Mettez m'en cinq kilos.

Corrine pouvait presque sentir le jeune bouillir de colère derrière eux tandis que la vendeuse découpait patiemment tranche après tranche de viande blanche, le gros morceau ovoïde disparaissant lentement sous la lame circulaire. Lorsqu'elle retira le talon et déclara : « Je vais aller vous chercher une autre poitrine toute fraîche », il y eut un grognement derrière eux. Après avoir pesé les deux énormes piles de viande sur sa balance, elle dit :

– Je vais vous faire votre petite note.

Elle fit un clin d'œil à Jerry, les joues aussi roses que le jambon dans sa vitrine.

– Et puis, dit-elle, si j'en rajoute une livre ou deux et que j'les mets dans le paquet, je crois pas que le patron s'en apercevra.

« Bon sang », protesta la voix nasillarde.

– Vous êtes très aimable, dit Jerry à la jeune femme. Et en plus de ça, dit-il, avec ce que Corrine interpréta comme un soupçon de plaisir sadique, je crois que je vais prendre cinq livres de jambon de Virginie.

«Oh, putain de merde!»

Jerry se retourna lentement, donnant l'impression de gagner en volume. Corrine s'était toujours dit qu'elle n'apprécierait pas beaucoup de le voir vraiment en colère et, à présent, elle en était certaine. Il y avait quelque chose de cassé et de violent chez lui.

– Je nourris des gens qui déblaient Ground Zero jour et nuit, OK. C'est quoi ton urgence à toi?

– Tu t'prends vraiment pas pour d'la merde.

Pour un homme de son gabarit, Jerry avait une droite très rapide. Elle était presque sûre d'avoir entendu ses phalanges ricocher sur la pommette du gamin, et autre chose aussi, une sorte de craquement, à l'instant où le gamin s'était effondré, tremblant, sur les genoux.

– Du calme, dit le gros bonhomme derrière le comptoir.

De l'attroupement de clients faisant la queue derrière eux jaillit une gerbe d'applaudissements. Jerry salua.

Le gamin se tordait de douleur sur le sol, les mains sur ce qui restait de son nez en sang.

– Espèce de connard, marmonna-t-il. Je vais te tuer.

Jerry se tourna vers la vendeuse.

– Cinq livres de jambon de Virginie s'il vous plaît.

Le jeune garçon se hissa sur ses jambes, se redressant lentement, la main droite plaquée sur son nez.

– Sale crétin, grogna-t-il, ou du moins c'est ce que Corrine crut entendre.

– Si j'avais vraiment été un sale youpin, dit Jerry lorsqu'ils furent de retour dans la voiture, je lui aurais botté son sale cul d'antisémite hors du magasin. T'as entendu la même chose que moi, non?

– Je ne suis pas sûre, dit Corrine. Mais il a pu dire ça.

– Peut-être que c'était une erreur de le cogner, admit Jerry.

C'était sans doute, pensa Corrine, à ce moment qu'il avait perdu la sympathie de la foule, qui l'avait observé avec un frémissement d'horreur collectif lorsqu'il avait fini par lever les yeux pour reprendre son souffle.

– Je sais pas, j'ai tellement de colère en moi. Sale youpin, sale crétin – c'est quoi la différence ?

Corrine haussa les épaules.

– Je croyais que tu étais italien ?

– Ma mère était juive.

Elle se demanda si le voyou du supermarché savait que cette religion était affaire de matrilinéarité.

15

Le gardien lui ouvrit la porte. Le loft avait toujours semblé étrangement inhabité – comme un appartement témoin, un habitat modèle, un archétype de loft pour mannequin à la retraite, typique des postartistes de SoHo. Presque aucun signe de Guillermo n'était visible depuis le seuil. Un vaste désert de murs blancs et de parquet en chêne, ponctué de quelques plateaux intermittents de bois sombre et d'affleurements de tentures beiges et taupe. C'était en partie le fruit d'une stratégie délibérée ; il aimait arranger un endroit puis le lâcher, stratégie qui exigeait un certain type de décoration olympienne et impersonnelle et tendait à minimiser l'apport intime susceptible de marquer les lieux. La cuisine ouverte était équipée d'appareils en inox brossé répondant aux standards de la restauration professionnelle, parmi lesquels seul le congélateur avait rempli son office purement platonique. Luke n'était pas certain de savoir quelle version lui aurait donné plus sûrement la chair de poule ; celle dans laquelle il aurait peut-être été davantage bouleversé de découvrir les vestiges de la présence et de l'esprit de son ami, ou celle qu'il avait sous les yeux. En l'état, il lui était impossible de ressentir quoi que ce fût, Guillermo ayant laissé si peu de lui-même dans sa dernière demeure terrestre. Il s'était vanté devant Luke d'avoir dépensé trois cent mille dollars rien qu'à désosser et décorer l'endroit, et du fait qu'un ami de Condé Nast lui avait promis une double page dans le magazine *House & Garden* qui l'aiderait à le revendre avec un bénéfice considérable. Mais quelque temps plus tard, il avait entendu de la bouche d'un gamin travaillant pour la rubrique culture – qu'il décrivait comme «un ancien Jésus» et qu'il avait récemment croisé au Boy Bar –, que le directeur artistique de la revue s'y était opposé et avait demandé, après avoir visité le loft lors de repérages : «Et qu'est-ce qu'on va mettre comme légende, "Encore un pédé qui sait pas quoi faire de son fric"?» Ce qui avait le plus blessé Guillermo dans cette remarque était qu'il se targuait d'avoir des goûts d'une virilité robuste. Il avait adopté dans son appartement un genre de look hétéro cultivé, pour la simple et bonne raison qu'il y organisait des dîners pour ses clients, et l'avait conçu d'après le moule de la garçonnière type des années soixante, le genre d'endroit où l'homme en chemise Hathaway invitait l'hôtesse de l'air de la Pan Am. Certes, il avait engagé un décorateur, mais il s'était occupé des microdétails en personne, sélectionnant les tableaux et les tissus, dont la plupart avaient été importés d'Italie et de France, et estimait que le résultat était original tout en maintenant un certain modernisme classique. L'ancien pressoir à vin de Toscane, dans un coin, près du bar, par exemple : qu'est-ce qu'il y avait de pédé là-dedans? Guillermo aurait bien aimé le savoir. Il n'y avait rien de flagrant ni de stéréotypé dans son appartement, selon lui, pas de nus de Mapplethorpe ou d'Herb Ritts, pas de collection de sacs à main sophistiqués ; ainsi avait-il tempêté aux oreilles de Luke quelques semaines auparavant.

La chambre, contrairement au reste, comportait quelques rares traces visibles de son propriétaire – cadres d'ébène sur la console d'ébène : ses parents, sa sœur, et une unique photo de sa femme, américaine pur jus à taches de rousseur, souvenir d'une expérience ratée ; sans oublier, à la grande surprise de Luke, un cliché d'eux deux, torse nu sur le pont d'un yacht amarré dans le port de Gustavia, Luke ventripotent et flasque aux côtés d'un Guillermo mince et sculptural. La chambre était d'une propreté parfaite, lit fait. Sur la table de chevet un volume de Deepak Chopra et un exemplaire d'*Outremonde* de Don DeLillo, dont le dos intact craqua vivement lorsque Luke s'en empara pour le feuilleter. Dans le tiroir, un flacon de Stilnox et un de Viagra, ainsi qu'un masque de repos de la Lufthansa. Dans le mausolée de la salle de bains principale, tout en résistant à l'envie de cataloguer l'impressionnante collection de produits pharmaceutiques, Luke trouva ce qu'il cherchait – une brosse à dents et une brosse à cheveux, bien que, comme tout le reste dans l'appartement, elles eussent l'air de n'avoir jamais servi.

À Lexington, ils descendirent du taxi et se dirigèrent vers l'Arsenal. Des centaines de piétons solennels défilaient sur le trottoir, examinant la galerie de fortune qui s'étalait sur les murs des restaurants indiens et sur les lampadaires de chaque côté de l'avenue – visages des disparus, aux regards pleins d'espoir et dénués d'artifice, sur des clichés pris lors de mariages et de cérémonies de remise de diplôme, et qui pendaient à présent au-dessus d'autels impromptus de chandelles et de fleurs.

De jour en jour, cependant, cet euphémisme de la disparition devenait de plus en plus difficile à supporter. Ces personnes avaient bel et bien disparu au sens le plus radical du terme. Elles n'erraient pas ici ou là par les rues. Il avait vu le champ de ruines, il l'avait foulé... Sa gorge se serra et ses yeux s'emplirent à nouveau de larmes tandis qu'il fendait la foule aux côtés de Corrine, regardant les noms et les visages sur les affiches. Ces affiches qui n'étaient pas tant des avis de recherche que des monuments funéraires – simulacres de corps qui ne seraient jamais retrouvés, de cadavres que l'on ne pourrait jamais veiller dans des cercueils ouverts avant de les ensevelir pour qu'ils reposent en paix dans le sol consacré. DISPARU... *Deux boucles d'oreilles du côté gauche... costume à rayures avec cravate jaune et pochette assortie... légères taches de son... piercing sur la langue... alliance en argent... cicatrice en forme de croissant sur le mollet droit... tache de naissance en carte de Puerto Rico sur le bras gauche... bracelet de cheville... tatouage de la Faucheuse en haut du bras droit.* Sur l'une des photos, un homme d'âge moyen se tenait aux côtés d'un éléphant.

Sous une photo représentant un pompier : *aperçu pour la dernière fois au bulletin d'information de Channel 7, mardi 11 sep-*

tembre. Reportage filmé à l'hôpital St Vincent. Il a été soigné puis est sans doute retourné à Ground Zero.

Des larmes coulaient sur le visage d'un homme posté sur le trottoir face à cette affiche, un homme de type hispanique à la carrure impressionnante dans son costume croisé en lainage, qui regarda Corrine et lui dit :

– C'est mon fils.

– Il faut continuer à y croire, lui dit la jeune femme qui l'accompagnait, petite et jolie avec des yeux bruns époustouflants.

Un garçon au visage marqué par des cicatrices de variole, coiffé d'une queue-de-cheval emmêlée, et portant quatre anneaux minuscules à l'oreille droite était appuyé contre le mur de l'Arsenal, tenant son chien en laisse ; à ses pieds, un écriteau disait : N'HÉSITEZ PAS À CARESSER MON CHIEN. ÇA VOUS RÉCONFORTERA PEUT-ÊTRE.

La jolie jeune femme hispanique serrait à présent son père dans ses bras, tandis qu'il sanglotait, inconsolable.

– Ils vont le retrouver. Il va revenir. Il faut continuer d'y croire.

Un peu plus haut, un genre de commotion – un homme noir coiffé de dreadlocks courtes dans une étrange étreinte avec un type blanc.

– Y sont morts, criait-il tandis que l'autre tentait de le maîtriser. C'est quoi vot'problème ? C'est fini pour eux. Y'z'ont été brûlés, écrasés, incinérés comme des ordures, et on a même pas un putain d'os à mettre en terre. Pourquoi qu'ça devrait avoir un sens ? Les gens meurent. Des tas de gens au Moyen-Orient partent en fumée tous les jours et on lit ça tranquilles, dans le putain de *New York Times*, ou dans le *Post*, le cul bien calé dans not'chaise au Starbucks en train de siroter not'café au chocolat blanc.

Le type blanc, lui aussi, avait l'air ravagé par le chagrin.

– C'est bon, mec.

– Non, c'est pas bon. Ma mère est morte dans des souffrances immondes ; elle fuyait par tous les orifices. Tu crois peut-être que c'était juste ? Est-ce que ça avait un sens ? Est-ce que j'en ai fait une putain d'affiche ?

Un espace s'était créé autour d'eux, bordé par une rangée de spectateurs partageant la même expression d'indulgence douloureuse. On aurait pu s'attendre à voir l'un d'eux s'indigner ou le contredire, le frapper ou le traiter de tous les noms. Mais ces gens avaient déjà assisté, durant les deux dernières semaines, à toutes les permutations possibles du chagrin.

Finalement, comme portés par le flot de la foule, ils arrivèrent à la porte de l'Arsenal, où un flic noir et trapu annonça: «La famille seulement. Au-delà de cette limite, c'est que la famille.»

Luke essaya de parler. Corrine lui serra fort la main et lui adressa un regard d'encouragement. Il s'éclaircit la gorge, fouilla dans le cabas qu'elle portait à l'épaule et brandit la brosse à cheveux et la brosse à dents sous le nez du policier.

16

À l'époque où elle était arrivée en ville, qu'elle ait eu une journée harassante ou qu'elle eût trop peu dormi la veille n'y changeait rien : Corrine sentait son pouls s'accélérer dès que le crépuscule tombait, lorsque les murs et les cloisons de la vie de bureau se dissolvaient et que tout semblait soudain possible, tandis que les tribus disparates des travailleurs déferlaient dans les rues, s'attroupaient dans les bars et les restaurants pour se mêler et parader, pour fanfaronner et chasser.

La nuit tombée, on se faisait signe – des amis appelaient, on s'en ferait de nouveaux. Elle rêvait de la rencontre de hasard ou de la conversation qui lui révélerait ce qu'elle comptait réellement faire de sa vie, elle rêvait de rencontrer l'inconnu qui incarnerait à lui seul ce qu'elle voulait faire de sa vie. C'était sa première année après Brown, alors que Russell étudiait à Oxford et qu'elle était une jeune fille célibataire dans la ville inconnue et sans limites. Même après leur mariage, elle avait continué de sentir l'électricité et la promesse du crépuscule de Manhattan dans lequel ils plongeaient en couple, Russell avec son expression de labrador doré – on pouvait presque l'imaginer remuant la queue – toujours excité à l'idée d'une soirée au restaurant, au cinéma, d'une pièce de théâtre, d'un concert, d'un vernissage ou d'un cocktail littéraire. C'était une collision d'amis, car, en ce temps-là, les fêtes n'étaient pas tant organisées autour d'un événement précis ou de la promotion d'un produit quelconque que générées spontanément par une convivialité irrépressible.

Par la suite, ses devoirs maternels avaient creusé un déficit dans son énergie nocturne et grignoté sa curiosité pour le monde qui s'étendait de l'autre côté des murs de son loft, ses aspirations s'étant finalement incarnées dans la chair de ses enfants ; ce qui ne l'empêchait pas de regretter parfois le sentiment d'attente stimulante du dehors. Mais la plupart du temps, elle redoutait surtout les charmes et les traquenards que son mari risquait de croiser sur son chemin entre le bureau et la maison, les femmes sublimes dans les restaurants, les lectures en librairie, les projections, les fêtes auxquelles il prétendait devoir absolument assister. De son côté, elle était parfaitement heureuse de se mettre au lit à dix heures et demie avec un roman ou une biographie. À présent, toutefois, comme quelqu'un dont le foyer aurait été visité et mis à sac, elle se sentait blessée et vulnérable. Son désir initial de fuir la ville, ses enfants sous le bras, s'était en partie calmé lorsqu'elle s'était sentie attirée de l'autre côté des barrages dans un élan non moins compulsif que celui de son agitation passée. Elle se sentait étrangement chez elle à Bowling Green, près de l'épicentre du trauma qui avait anéanti leur sommeil et obscurci leurs rêves.

Une rotation s'était mise en place au poste de secours – huit heures/seize heures, seize heures/minuit, minuit/huit heures. Jerry avait installé un tableau de service sur une écritoire à pince. Il dirigeait les bénévoles dans leurs tâches, les envoyait en missions de récupération de matériel, parvenait à trouver un emploi pour chacun. Il était l'un de ceux qui s'étaient montrés à la hauteur du moment tandis que d'autres étaient restés sidérés et impuissants, bouche bée devant leur écran de télévision. Tant qu'il demeurait concentré sur la logistique des secours, il semblait avoir la réponse à toutes les questions. Et puis il y avait Luke. Comme elle, il se devait de passer toutes ses heures de veille à Bowling Green, comme si les basses tâches de la cantine étaient parvenues à combler un besoin très profond chez lui. Les enfants dormaient, et, d'une certaine manière, la zone était plus vivante à la nuit tombée, le travail qu'elle accomplissait plus urgent, le sentiment d'isolement et d'endiguement plus complet. C'était vraiment un monde à part.

Ils sont aussi des serviteurs, ceux qui se contentent d'être debout et d'attendre. D'où sortait cette phrase? Russell l'aurait forcément su. Elle avait eu l'intention de le lui demander la veille au soir, mais elle s'était interrompue soudain, face à son regard vide, assis devant la télé, en train de suivre les nouvelles. Au début, elle avait imaginé que cette catastrophe aurait au moins le mérite de les rapprocher en tant que couple, en tant que famille; cela semblait le seul effet positif de la chose. Mais après l'avalanche de coups de fil, les retrouvailles, les enfants à la sortie de l'école, et le premier choc de l'incrédulité, Russell s'était renfermé encore davantage.

Même avant le 11, longtemps avant le 11, il avait semblé de plus en plus préoccupé et irritable; à présent, elle devait reposer les questions trois ou quatre fois avant de capter son attention, ce qui constituait sans doute, il fallait bien l'admettre, une raison supplémentaire pour elle d'assurer les horaires de nuit. Ses conversations avec Luke étaient plus agréables que la plupart de celles qu'elle avait pu avoir avec Russell ces dernières années. Elle savait, bien sûr, qu'il s'agissait d'une intimité de temps de guerre, de la camaraderie que partagent deux inconnus dans un canot de sauvetage, mais cela ne faisait que souligner le sentiment d'éloignement qu'elle éprouvait en présence de Russell depuis quelques mois. Ou plutôt, depuis des années.

C'était grisant aussi, derrière les barrages, de flirter avec les policiers et les gardes nationaux – ce vieux frisson entre hommes et femmes. « Ça fait partie de ton boulot, lui avait dit Jerry. L'autre jour, y a une fille qui vient me voir en s'excusant parce qu'elle avait pas eu le temps de se démaquiller en sortant du travail, comme si ça faisait pas sérieux ou je n'sais quoi, et je lui ai dit "Bon sang, remets-en une couche. Lésine pas sur le rouge à lèvres, ma belle". Ces types ont besoin qu'on leur remonte le moral. Pourquoi crois-tu qu'on décourage les bénévoles mâles? »

De nouveaux volontaires continuaient d'arriver, parfois bien plus nombreux que nécessaire, surtout durant la journée, une autre raison pour laquelle elle préférait les horaires de nuit. Ce soir, pourtant, ils avaient été sept à se présenter pour la tranche minuit/huit heures, et elle s'était sentie légèrement agacée. Katie, une jolie hippy à queue-de-cheval venue de Brooklyn, avait immédiatement pris possession de la machine à café, le centre névralgique des opérations, dans cet endroit où tout le monde se dopait à la caféine. L'engin branlant datant de l'époque de Lindsay, chauffait lentement et débordait fréquemment, exigeant une attention constante et un quart d'heure pour accomplir son cycle bruyant, avant que le café ne puisse être transféré dans des thermos en plastique, qui donnaient toujours l'inquiétante impression de se vider trop vite.

Katie et elle avaient échangé quelques bribes de leur vie en buvant un café dans les heures précédant l'aube. La jeune femme était, quel comble, jardinière spécialisée dans les herbacées à Prospect Park et avait annoncé, d'entrée de jeu, son désir de ne pas manipuler des produits carnés, si toutefois cela était possible. C'était loin d'être la New-Yorkaise type; avec son visage de rongeur et ses tresses à la Heidi, elle aurait été plus à sa place à Colorado Springs ou dans l'un des Portland. Elle avait confectionné des petits sachets d'huiles essentielles, de menthe poivrée et de lavande qu'elle distribuait à quiconque portait un masque de protection ou un masque à gaz, comme un genre de prophylaxie contre l'odeur, cette puanteur dont Russell se plaignait qu'elle imprégnait les vêtements, les cheveux et la peau de sa femme.

Corrine alla jeter un œil au comptoir des sandwichs, qui avait l'air plutôt dégarni, et se mit à fouiller dans les caisses de provisions à la recherche de beurre de cacahuète, de gelée et de pain de mie blanc, prenant comme apprenti un jeune acteur à la coiffure compliquée et aux boucles d'oreilles multiples. Elle trouva des barquettes en plastique pleines de jambon et de salami en tranches, ainsi qu'un énorme bloc de fromage jaune dans l'une des glacières, et demanda à Nico de découper le fromage à l'aide d'un des couteaux émoussés dégottés on ne sait où, tandis qu'elle organisait un bataillon de tartines de pain et de jambon.

Les autres rôdaient comme des nouveaux dans une cour d'école, affichant tous l'expression gentiment désespérée de celui qui cherche à avoir l'air occupé, pas très certains de savoir à qui se référer, ni comment se rendre utile, jusqu'au moment où Jerry finit par descendre de la camionnette de police, respirant l'épuisement total, et regardant Corrine comme s'il n'avait pas dormi depuis la dernière fois qu'elle l'avait vu, seize heures auparavant. Il s'arrêta un instant devant les tentes ouvertes et inspecta ses troupes, puis il fit signe à Corrine, sa démarche semblable à celle d'un homme luttant pour garder l'équilibre sur le pont d'un navire malmené par la tempête, tandis qu'il s'approchait de sa table.

Elle lui annonça que Russell avait parlé à son ami, le chef Carlo Monsanto, qui comptait préparer cinquante plats de pâtes et les faire livrer dans l'après-midi.

— Tu es la meilleure, dit Jerry.

Il se tourna pour s'adresser aux nouveaux venus, qui attendaient impatiemment leurs instructions, comme Corrine elle-même quelques jours plus tôt.

— Y en a qui savent cuisiner parmi vous ?

Deux mains se levèrent, un jeune homme portant un sweat-shirt de l'université de New York et une femme aux cheveux blancs qui ressemblait à Grace Paley.

— Parce que ça ne vous servira à rien ici, dit-il.

Jerry les chargea d'ouvrir des conserves de soupe de poule, d'y ajouter de l'eau et d'en faire chauffer de grandes quantités dans des casseroles ; il leur demanda aussi de remplir les glacières de boissons diverses, ainsi que de ramasser les canettes et les bouteilles vides pour les mettre dans des sacs.

Les gardes nationaux, dans de toutes nouvelles tenues camouflage, arrivèrent pour le café, suivis de peu par les éboueurs. Les soldats de la Garde ronchonnaient parce que leurs armes leur avaient été retirées ; elles étaient bouclées à double tour quelque part dans le parc, selon un accord entre la ville et les autorités fédérales.

— Et si y a de l'action ? dit un caporal joufflu. C'est comme arriver à un duel au pistolet avec un canif.

— Vous récupérerez vos armes bien assez tôt, dit le sergent, quand ils vous enverront de l'autre côté de l'océan pour vous battre contre ces types qu'ont des serviettes sur la tête.

Jerry s'assit à côté de deux policiers des transports, dont l'un affirma que si l'un des tunnels du métro qui passaient sous les rivières cédait, l'eau pourrait inonder tout le réseau jusqu'à Harlem.

Jerry disparut pendant une demi-heure et revint en compagnie de Luke au volant de son utilitaire. Ils se garèrent sur l'esplanade près des tentes. Ils déchargèrent un gril à gaz et des bonbonnes de propane de l'arrière du véhicule et installèrent le tout dans un coin inoccupé. Bien vite, tous les volontaires mâles, les soldats et les policiers s'attroupèrent pour examiner ce nouvel équipement et offrir leurs services pour le faire fonctionner. En quelques minutes, l'odeur de viande grillée emplit la tente. L'odeur de gras sur la flamme, après toutes ces heures passées à manipuler de la viande froide gluante et à étaler du beurre de cacahuète et de la gelée sur du pain, donna la nausée à Corrine qui sentit qu'elle risquait de tomber dans les pommes si elle ne prenait pas un peu l'air.

Quelques minutes plus tard, Luke se joignit à elle sur le banc de l'autre côté de la rue.

– Tu vas bien ? Je t'ai vue te sauver tout à coup.

– J'avais un peu mal au cœur, dit-elle. J'ai eu des soucis avec la nourriture à une certaine période de ma vie. Soudain tout est remonté à la surface. Après tant d'années.

– Ça ne m'étonne pas.

Il fit sauter une cigarette hors de son paquet et l'alluma avec son Bic.

– Je viens juste de faire un petit voyage dans le temps, moi aussi, avec cette odeur de viande sur le gril, dit-il. Fête du 4 Juillet, barbecue géant avec la famille de ma copine à Henderson Lake. J'avais quinze ans. Saucisses, burgers et poulet sur le gril dans leur maison de vacances. Ça avait été tout un binz de pouvoir passer ce 4 Juillet avec la famille de ma copine plutôt qu'avec la mienne, et en plus nous avions une sorte d'accord tacite – ma copine et moi, je veux dire – comme quoi c'était ce soir-là qu'on allait le faire. Et puis à un moment, un genre de rumeur s'est répandue dans le clan, les adultes se murmuraient des choses à l'oreille, un sentiment d'inquiétude s'est soudain communiqué aux enfants; quelqu'un s'est mis à cogner contre la porte d'une chambre à l'étage. Finalement, ils ont sorti une échelle de je ne sais où et l'ont collée contre le mur de la maison pendant que les femmes regroupaient les enfants dans le jardin à l'avant. Le père de Joanie a grimpé à l'échelle pour atteindre la fenêtre du premier. La tante de ma copine s'était tuée, Eileen, celle qui n'était pas mariée, elle s'était coupé les veines pendant qu'on organisait un football et qu'on rigolait dans le jardin en attendant nos burgers. C'est la première mort dont je me souvienne qui m'ait réellement impressionné, alors que je connaissais à peine cette femme. J'ai été à beaucoup de barbecues depuis, mais je n'y avais plus repensé.

Il s'interrompit et tira sur sa cigarette.

– Je ne peux pas vraiment parler de soucis avec la nourriture, j'imagine. Et pourtant, toutes sortes de souvenirs bizarres bouillonnent en moi ces derniers temps.

Dès qu'il eut fait ce constat, elle sentit qu'il disait la vérité. D'étranges fragments de passé avaient soudain été mis au jour, saillant sous la surface comme des fossiles révélés par un tremblement de terre.

– J'imagine que tu n'as pas pu saisir ta chance, ce fameux soir, dit-elle.

– Figure-toi que si. C'est horrible à dire, j'ai l'air d'un monstre, mais je me souviens m'être rendu compte sur le coup que ça jouait en ma faveur. Elle m'a attiré dans la cabine de plage très peu de temps après l'arrivée de la police. Je n'avais pas de point de comparaison à l'époque, mais la proximité de la mort, je ne sais pas, c'est comme si on avait mis le turbo.

– Il y a sûrement des tas de gens en train de baiser partout dans la ville à l'instant où on parle. S'agrippant les uns aux autres, allant vers des inconnus. Je veux dire, sans doute plus que d'habitude.

Elle se sentit soudain mal à l'aise, craignant qu'il ne la juge trop entreprenante, ou suggestive, ce qu'elle n'avait pas prévu – même s'il se trouvait qu'elle passait effectivement un moment d'intimité inattendu avec un homme séduisant.

Il hocha la tête d'un air distrait, le regard perdu vers Battery Park, et elle se demanda à qui il pensait – sans doute pas à la petite amie perdue de vue depuis des lustres.

– Alors c'était quoi, au juste, ces soucis avec la nourriture? Si je peux me permettre. J'ai l'impression que nous avons tous le droit de savoir si tu es une empoisonneuse professionnelle ou une végétalienne radicale.

– C'est bon, dit-elle. Ça va mieux quand j'en parle.

– Je comptais faire une petite promenade sur Broadway, dit-il.

– Je crois qu'ils peuvent vivre sans moi quelques minutes.

Elle le suivit le long des grilles du parc, passant devant l'arrière-train dressé d'un gros taureau de bronze à côté duquel elle avait été prise en photo juste après son embauche comme analyste chez Merrill. Toujours prête à charger sur Broadway, la bête pointait son énorme tête vers Wall Street, cet étroit rapide coincé entre des façades de bureaux à quelques pâtés de maisons de là.

– Avant je travaillais dans le coin, dit-elle, en désignant un immeuble de bureaux sur le côté nord de la rue.

– On était pratiquement voisins, dit-il. Je bossais chez Morgan. On aurait pu se croiser.

– C'était il y a longtemps, dit-elle, une autre vie, le marché à la hausse des années quatre-vingt. Même si je n'ai jamais vraiment eu l'impression d'être à ma place dans ce monde, il y avait des moments où surfer sur cette vague me donnait presque l'impression d'y croire. Et puis tout s'est effondré. Pas comme là, bien sûr, mais le crash de 87 était apparu, je ne sais pas, cataclysmique à l'époque.

– Je me rappelle.

– Personnellement, ça a été un véritable désastre.

– La perspective personnelle est peut-être la seule que l'on ait.

– Mon... Russell...

Pourquoi, se demanda-t-elle, avait-elle hésité sur le mot?

– Ton mari.

– Mon mari était sur le point de mettre en place l'effet de levier nécessaire pour racheter la boîte pour laquelle il travaillait. C'était dingue. Il était éditeur et gagnait dans les trente mille par an ; et du jour au lendemain, il a augmenté la capacité de nos cartes de crédit et a pris Bernie Melman comme associé.

– Bernie Melman ?

– Tu le connais ?

– C'est un ami de ma femme.

Quelque chose dans l'expression du visage de Luke imposa le silence à Corrine.

– Je crois qu'il couche avec ma femme, en fait.

– Tu crois ?

Elle fut parcourue d'un étrange frisson de sympathie à cette annonce.

– Je ne sais pas exactement où il en est dans son plan de conquête. Assez loin en tout cas pour que ce soit devenu un sujet de conversation dans notre petit quartier surchauffé. Assez loin pour que j'aie l'impression qu'il me fait suivre. C'est ridicule, non – le soupirant clandestin qui fait filer le mari par des détectives privés ? Mais c'est son style. Il a toujours eu un penchant pour l'espionnage industriel, et il faut bien qu'il donne un os à ronger à son personnel.

– À quoi ça peut lui servir de te faire suivre ?

– Eh bien, j'imagine que ça pourrait l'arranger de découvrir que j'ai une maîtresse. C'est l'un des avantages qu'il y a à se retrouver ici, de l'autre côté des barrages. Pas de détectives privés au volant de 4 × 4 noirs. Tu sais le plus bizarre ? Sa première femme s'appelait aussi Sasha. C'est le prénom de ma femme.

– Tu es sûr que tu n'es pas un peu...

– Parano ?

– Je veux dire, la ville est bourrée de 4 × 4 noirs.

– C'est ce que tout le monde me dit. Peu importe, d'ailleurs. Je n'ai rien à cacher, à part peut-être ma gêne. La mortification du cocu.

– Russell a eu une aventure avec une nana. Une banquière d'af-

193

faires. En y réfléchissant, je suis presque sûre qu'elle travaillait pour Bernie Melman. Bon sang, toute cette époque était tellement dingue, je n'y avais plus repensé depuis une éternité. La seule manière que j'ai de le faire est de mettre une croix sur tout ça en considérant qu'on a été pris dans un genre d'hystérie collective, Russell le premier. Imagine un peu, il a peur de se faire virer, alors il décide de racheter la compagnie. Et il y serait probablement parvenu, s'il n'y avait pas eu le crash. Mais lorsque le financement a échoué, il a été écarté de l'affaire qui a fini par se conclure. Et dans le mouvement, on s'est séparés. Et puis son meilleur ami – notre meilleur ami, en fait – est mort quelques mois plus tard.

Ce n'était qu'un résumé, certes, mais, après tout, ils venaient tout juste de se rencontrer.

Coïncidant avec la mort de Jeff Pierce, le massacre engendré par l'épidémie qui l'avait tué et la révélation de leurs infidélités respectives, le crash de 87 avait sonné le glas de leur innocence collective. Lors de leur visite à Jeff à Silver Meadows, où il était en cure de désintoxication pour se guérir, comme il disait, de «son excès d'excès», ils n'avaient pas remarqué que les traces sur ses bras avaient été remplacées par des sarcomes de Kaposi. Emporté par l'épidémie. Pouvait-on vraiment parler d'autodestruction?

Et quant à leurs destinées personnelles? Ils avaient participé à la cuite généralisée et avaient contribué à leur propre défaite – en tout cas pour Russell, c'était certain. Mais cette chose qui venait d'arriver était un deus ex machina aussi absurde qu'une attaque surprise des martiens. Non? Ils ne pouvaient quand même pas être tenus responsables de ça.

– Mais vous êtes revenus ensemble, dit Luke. Au bout du compte.

Elle hocha la tête. Le marché et la ville s'étaient remis, s'élevant à des hauteurs qui faisaient passer la bulle des années quatre-vingt pour une anecdote en comparaison; et qu'en était-il des leçons qu'on est censé tirer? Seul le style avait évolué, les énormes 4 × 4 avaient remplacé les limousines tout en longueur, le platine avait remplacé l'or, l'argent nouveau singeant les habitudes sans ostentation de l'ancien, comme si la seule leçon était que les péchés de la décennie précédente avaient été des péchés contre le bon goût ; la croyance qui semblait prévaloir étant que si l'on s'abstenait d'étaler ses richesses comme un ringard, la foudre ne vous tombait pas dessus. Mais elle refusait de croire que quiconque méritât de mourir pour cause d'orgueil collectif.

Russell, elle le savait, s'était senti largué, relativement appauvri et marginalisé dans la nouvelle ville en plein boum. Après un bref détour par Hollywood, il avait retrouvé un emploi d'éditeur, tandis que, de son côté, elle avait entrepris des études de droit et travaillé au bureau du District Attorney, laissant tout tomber à la naissance des enfants, réduisant ainsi les revenus de la famille au moment pile où les dépenses augmentaient, les abandonnant comme des pauvres dans une cité de multimillionnaires, et elle savait que Russell lui en voulait pour ça. Cette nouvelle apocalypse allait-elle les renforcer, ou plutôt révéler les faiblesses de leurs fondations ?

– Tu as peur ? demanda-t-elle.

– Bien sûr.

– De quoi ? De mourir ?

– Pas tant de mourir, que de mourir avant d'avoir compris le but de mon existence. Avant d'avoir accompli quelque chose.

– Je suis sûre que tu as déjà accompli des tas de choses.

– J'ai facilité les flux de capitaux d'un bout à l'autre du globe comme une abeille insouciante qui transporte sa part de pollen. Les marchés financiers sont autonomes. Les marchés, s'ils fonctionnent correctement, surpassent la volonté et les caprices des individus. Ce qui fait de moi, et de ma carrière durant les neuf dernières années, un détail sans importance.

– Mais les marchés ne fonctionnent jamais parfaitement ; il y a toujours des vides d'information et des frictions. Ce qui justifie entièrement l'existence de Wall Street. De gens comme toi, comme tu étais.

– Eh bien, j'ai décidé qu'il devait y avoir autre chose de plus crucial que je pouvais faire. Et à présent, j'en suis certain. Je ne m'imagine pas, après tout ça, retourner au bureau tous les jours. Mais je n'ai pas la moindre idée de ce que je vais faire à la place. J'ai pensé à Guillermo, je me suis demandé ce qu'il aurait fait s'il avait su qu'il lui restait si peu de temps. Qu'est-ce qu'il a laissé derrière lui ? Quelques amis et un superbe loft.

Ils marchaient le long du cimetière de Trinity Church, où, croyait-elle se souvenir, était enterré Alexander Hamilton. Elle s'arrêta pour étudier les pierres tombales penchées et noircies.

– Je viens de me rendre compte qu'il n'y a vraiment pas beaucoup de cimetières à Manhattan. Je veux dire, y en a presque pas. Celui-ci et quelques autres petits emplacements dans de vieilles cours d'églises qui ont survécu. C'est comme si les morts avaient été bannis dans les faubourgs et dans le New Jersey. Tu connais le Père-Lachaise à Paris, cet énorme cimetière ? Tous les week-ends, les Parisiens y font des promenades et des pique-niques parmi leurs morts illustres. Nous, on n'a ni l'espace ni le temps pour les morts.

– Maintenant, si, dit Luke en regardant la fumée qui s'élevait du nouveau cimetière.

– Alors, dis-moi qu'est-ce que tu fais de tes journées quand tu ne les passes pas à tartiner des sandwichs de beurre de cacahuète et de gelée ?

– J'écris un livre.

– Vraiment ?

– Non, en fait, pas vraiment. C'est ce que je dis, parce que Manhattan abhorre l'oisiveté.

– Je suis au courant, dit-elle, stupéfaite d'entendre cela de la bouche d'un homme.

– Je ne m'y suis pas remis depuis juin. Et je ne sais pas si je m'y remettrai un jour.

– Ça parlerait de quoi, si tu l'écrivais ?

– Je crois que ce serait sur les films de samouraïs. J'ai des centaines de pages de notes. Ce n'est pas comme si je n'avais rien fait du tout. Mais on ne peut pas vraiment parler d'écriture. Je commence à me demander s'il n'est pas trop tard, à mon âge. À la fac, je croyais que je voulais devenir écrivain. Je fumais des Gauloises et je trimballais *Ulysse* et *L'Être et le Néant* partout sur le campus de Williams. Le courtage, c'était histoire de trouver mes repères, de me faire un peu d'argent avant de commencer à vivre ma vraie vie. Tu vois le genre, amasser quelques dollars et mettre les voiles pour l'Europe ou pour la Birmanie. Comme Hemingway, Graham Greene...

– C'est incroyable que tu mentionnes Greene. J'adore Greene – elle s'était attendue à Faulkner ou éventuellement Walker Percy. Il se trouve que j'ai travaillé à l'adaptation de son roman *Le Fond du problème.*

– Ce bon vieux, comment il s'appelle déjà... Scobie. J'adorais ce livre.

– Il est encore bon.

– Non, ce que je voulais dire, c'est que ça fait des années que je ne l'ai pas lu.

– Tu devrais le relire.

– Alors comme ça, tu es scénariste?

Elle éclata de rire.

– Pas vraiment, non.

– Je pensais que c'était comme ça qu'on appelait les gens qui écrivent des scénarios.

– Ah... je vois ce que tu veux dire. Mais je suis plutôt une mère de famille qui a écrit deux scénarios qu'une scénariste à proprement parler. Je... comment dire... Ça fait très classe. Je ne peux tout simplement pas me visualiser comme une scénariste. J'en ai pourtant vendu un, il y a plusieurs années. L'histoire d'une jeune idéaliste corrompue par Wall Street. Mais finalement non, pas corrompue du tout. Sauvée par sa conscience à l'acte trois. Les studios Universal l'ont acheté, mais il n'a jamais été tourné. En revanche, *Le Fond du problème,* c'est vraiment pour le plaisir.

– Tu es catholique?

– Par alliance seulement. Et toi, tu es du Sud?

– De naissance seulement.

– Je croyais que c'était un peu comme le catholicisme – plus ou moins indélébile.

— Tu ne penses pas que quand on débarque à New York c'est pour se réinventer soi-même, à partir de rien?

— C'est ce qu'on essaie de faire. Mais je commence à penser que notre passé finit toujours par nous rattraper au bout du compte. Personne n'est sui generis.

Il la regarda d'un air sceptique.

— Tu parles toujours comme ça?

— Comme quoi? demanda-t-elle en rougissant.

Elle savait ce qu'il voulait dire; Russell la taquinait sur ce sujet au bon vieux temps.

— Comme, je ne sais pas, un professeur de philosophie.

— On me l'a reproché.

— Parle-moi de tes soucis avec la nourriture, lui dit-il au moment où ils atteignaient le poste de contrôle.

— Je n'en ai pas parlé depuis des années.

— Pas même à ton psy?

Elle aurait juré qu'il allait dire «mari», et fut soulagée d'être ainsi détrompée.

— Tu as devant toi un spécimen rare de New-Yorkaise qui n'a pas de psy. Ce qui prouve sans doute que je ne suis pas vraiment new-yorkaise – mais toujours une vraie wasp très vieux jeu. Sauf si mes six mois de thérapie de couple comptent.

— Ça a marché?

— C'est ce que j'ai cru sur le moment, dit-elle, se rendant soudain compte avec une sorte de frisson – comme quand on envisage une cascade risquée, un saut périlleux arrière depuis le plus haut plongeoir pendant que les parents ont le dos tourné – qu'elle n'était pas certaine, à présent, après toutes ces années, que cela eût marché.

Est-ce que son mariage marchait? Remarquant qu'elle avait utilisé le pronom possessif au singulier, elle se demanda ce qu'elle fabriquait, sauf que, bien sûr, elle savait très précisément ce qu'elle fabriquait – elle était simplement étonnée d'en être là.

— Mais on parlait de nourriture, dit-elle, en s'éloignant du bord du plongeoir.

– Allons-y.

– Qu'est-ce que tu veux dire par là ?

– Que je suis d'accord avec toi. C'est un bouche-trou verbal, une façon de dire que je t'écoute.

– OK.

– Exactement. Tu disais ?

– Bon, commença-t-elle.

– Si tu préfères ne pas en parler, je comprends.

– Non, je veux en parler, dit-elle. Alors tais-toi et écoute.

Bizarrement cette dernière réplique était plus flirteuse que tout ce qu'elle avait dit jusque-là, mais elle poursuivit :

– J'ai toujours eu des tas de petits blocages, je crois qu'on peut appeler ça comme ça. Pendant très longtemps quand j'étais petite, je ne pouvais manger que trois choses : des bananes, des saucisses et du porridge. Je ne pouvais littéralement rien avaler d'autre. Quand mes parents essayaient de m'y encourager, surtout s'il s'agissait de viande pas sous la forme de saucisse, je restais assise à mâchouiller pendant des heures et si je tentais d'avaler, j'avais des haut-le-cœur. J'imagine que j'ai fini par surmonter ça ; je ne me rappelle plus bien à quel moment cette période a pris fin. Et ensuite, je suis entrée en classes préparatoires aux grandes universités.

– Ah, je vois, dit-il.

– Pourquoi tu dis « ah, je vois » ?

– Pardon.

– J'imagine que tu as déjà entendu cette histoire. C'est un peu un classique, comme l'amourette lesbienne ou le vieux beau qui t'emballe. Peu importe, en résumé, je suis devenue obsédée par mon poids et on a fini par m'hospitaliser pour que je réapprenne à manger et que je surmonte mon problème d'image corporelle.

– Et tu as réussi ?

– À peu près. Mais il m'arrive encore de me demander pourquoi on a faim, pourquoi il faut tout le temps manger. J'ai eu, depuis, quelques petites rechutes. Il y a des déclencheurs émotionnels, et patati et patata…

Elle s'arrêta soudain. Elle souriait, le regard brouillé par les larmes. Il hésita, recula d'un pas pour se rapprocher d'elle et tendit son bras tandis qu'elle se dérobait.

– Je suis désolé, je ne voulais pas être indiscret.

– Non, c'est pas... C'est pas ta faute.

– Oui, mais...

– Je crois que c'est à cause de ça que je n'ai pas pu avoir d'enfant.

Il ne répliqua rien, et elle lui en fut reconnaissante.

– Je n'avais jamais vraiment admis ça, dit-elle en s'essuyant les yeux.

– Je croyais t'avoir entendue parler de tes enfants hier.

– Des jumeaux. Les ovules de ma sœur. Les, hum, le sperme de mon mari. Mon utérus. Très compliqué.

Elle se remit à marcher.

– La fille qui était là hier? Hilary?

– Je sais que ça peut paraître irrationnel, dit-elle, mais parfois je suis terrifiée à l'idée qu'elle pourrait les revendiquer un jour. C'est la première chose à laquelle j'ai pensé quand elle a débarqué chez nous. C'était juste avant... tout ça.

– Son instinct maternel ne m'a pas sauté aux yeux.

Elle fut soudain consciente du vacarme, du grondement des diesels et des percussions stridentes de l'acier contre l'acier.

Ils s'arrêtèrent juste devant le barrage de Pine Street, près de l'Equitable Building, de l'autre côté de la chaîne barrant le passage qui avait été installée récemment. De gigantesques rampes de projecteurs planaient au-dessus du carnage invisible, illuminant les nuages changeants de fumée grise qui filaient dans le ciel. Au cœur de l'obscurité, les grappins s'élevaient parmi les ruines, puis plongeaient pour disparaître à nouveau, libérant de nouvelles gerbes de fumée. Ils se tinrent silencieux, observant le spectacle à travers les mailles de la clôture grillagée, durant quelques minutes, ou peut-être plus longtemps.

– Tu as dit que tu avais une fille, finit-elle par demander quand ils commencèrent à rebrousser chemin.

– Treize ans. Non, quatorze. J'arrête pas d'oublier. Je prends mes désirs pour des réalités, en fait. L'une des choses que je visais en arrêtant de travailler, c'était de passer plus de temps avec elle. Mais elle n'a pas l'air d'en avoir très envie. J'aimerais pouvoir l'arracher à tout ça. La sortir d'ici. Mais j'ai peur qu'il ne soit trop tard.

– Elle n'a que quatorze ans.

Il laissa son regard se perdre dans la fumée par-delà le barrage.

– Quatorze ans à New York c'est comme vingt-sept ans dans le reste du monde.

– Mon Dieu, j'espère que non.

– Et où je pourrais bien l'emmener de toute façon ? Elle recevrait le même message via la culture du Tennessee ou de l'Alaska – vis pour dépenser, te saper, faire du shopping et te faire une putain de place au soleil – c'est juste qu'il se transmet plus rapidement ici.

Aussi embrouillé que fût le discours de Luke, elle songea qu'elle voyait exactement ce qu'il voulait dire. L'image de Jeremy se renseignant sur les Ferrari et les Porsche lui vint à l'esprit.

– La vérité, c'est que je redoute de rentrer chez moi le matin, dit-il. Je me mets à paniquer dès que je pense qu'il va falloir que je quitte le centre-ville. J'ai l'impression que tant que je reste ici, rien ne risque d'arriver. À la ville. À moi. J'ai peur de la suite.

Le ciel à l'est tournait à l'orangé par-dessus les tours de bureaux anonymes du sud de Broadway. Corrine se souvint de ces nuits agitées où ils étaient cueillis par l'aube – aussi malvenue qu'une descente de police, indiquant la fin des réjouissances. Elle éprouva elle aussi un sentiment de crainte et de mélancolie, émergeant de la trêve nocturne. Se rappelant, vaguement, que la nuit n'est jamais assez longue quand on est en train de tomber amoureux.

17

Comment était-on censé pouvoir se fier à son propre jugement alors même que le sens des proportions et de l'équilibre avait été réduit en poussière, alors même que le comité directeur qui contrôlait auparavant les émotions avait été renversé, l'anarchie menaçant à tout instant de l'emporter? Dans une période où l'on pouvait parfaitement se retrouver à éclater en larmes sans cause apparente, que pouvait bien signifier le fait que la vue d'un certain visage pût vous remonter le moral et vous faire croire que ce qui restait méritait d'être préservé? Ou inversement que tout ça pouvait aller au diable, pourvu que vous soyez épargnés, elle et vous. Se sentait-il ainsi à cause de tout ce qui se passait autour de lui, ou en dépit de tout?

Ce n'était pas comme s'il avait pu comparer le cours de ses sentiments avec leur version dans un récit hypothétique où les avions ne se seraient pas écrasés, où les tours ne se seraient pas effondrées, dans lequel ils n'auraient pas été tous les deux, comme le reste de la population, en état de choc. Dans ce récit, ils ne se seraient jamais rencontrés, chose qui, pour Luke, était presque inimaginable à présent et certainement indésirable. Son sommeil était ravagé par des images de carnage, mais dans ses rêveries éveillées il se voyait avec elle comme les deux derniers survivants, marchant dans la fumée cinématographique sur les ruines d'un cataclysme encore plus complet. Cela avait été l'un de ses fantasmes récurrents à l'adolescence – le seul scénario dans lequel il parvenait à s'imaginer que les filles qu'il désirait puissent avoir quoi que ce soit à faire avec lui : un désastre qui balayait entièrement la population, à l'exception de deux personnes, lui et sa bien-aimée, silhouettes minuscules s'éloignant des ruines de Babylone dans un vaste paysage anéanti.

Luke commençait à se demander si le peu de bien qu'il accomplissait au centre-ville n'était pas moralement annulé par le plaisir qu'il tirait à se trouver là.

Une fois encore ils attendaient, en essayant d'en repousser la venue, l'éclosion d'un nouveau jour, assis sur un banc de Battery Park, regardant le soleil se lever sur Brooklyn, paressant tandis qu'une pénombre rosée se diffusait dans le ciel gris acier d'octobre. La fumée était encore épaisse autour d'eux, mais ils n'en avaient que rarement conscience. C'était devenu l'air qu'ils respiraient.

— Tu crois qu'elle a poursuivi sa liaison ?

— À cet instant, je n'en ai aucune idée.

— En passant toutes tes nuits ici, tu ne crois pas que tu lui laisses un peu la bride sur le cou ?

— En l'occurrence, je crois que le cliché qui s'applique est plutôt que j'ai lâché la bride.

— Ces derniers temps, je me suis demandé si Russell n'avait pas quelqu'un, lui aussi.

— Qu'est-ce qui te fait croire ça ?

Il tenta de ne pas laisser percer le moindre intérêt excessif pour cette éventualité, bien que son pouls se fût emballé.

— Je n'ai aucune preuve, si c'est ça que tu veux dire. C'est juste une impression.

— Ça ne serait pas plus raisonnable pour toi de travailler en horaires de jour, pendant qu'il est au bureau ?

— C'est exactement ce que Russell m'a demandé ce matin.

— Qu'est-ce que tu as répondu ?

— Simplement que je préférais faire ça la nuit. Les enfants dorment, du coup, ils ne me manquent pas. Et c'est ici que j'ai besoin d'être. Ça, je ne l'ai pas dit, mais je crois que je ne me sens pas très proche de lui en ce moment.

Elle se tourna soudain vers lui :

— Pourquoi ? Tu insinues quelque chose ?

— Qu'est-ce que je pourrais bien insinuer ?

— Je ne sais pas – que ça a à voir avec toi ?

Il secoua vigoureusement la tête.

— Mais, en fait, bon sang, je crois que si. C'est ça qui est con. Je pense que ça a sans doute beaucoup à voir avec toi.

Elle tendit le bras pour lui prendre la main et la serra.

Il se pencha sur le banc et l'embrassa. Il fut surpris que ce fût si facile, surpris de tant aimer le goût de sa bouche, un délice iodé, vivant, avec une note de terre, un goût semblable à celui des truffes, laissant imaginer des plaisirs plus profonds, qui étaient aussi suggérés par les lentes caresses de sa langue lorsqu'elle commença, un peu hésitante au début, à lui faire jouer son rôle, et bien qu'il eût l'impression qu'il pouvait parfaitement se contenter de ça, explorer les variations de ce baiser pendant un temps infini. Il avait oublié, s'il l'avait jamais su, qu'un baiser pouvait être aussi intense et satisfaisant en soi, quelque chose que l'on savourait... une fin en elle-même plutôt qu'une étape en chemin vers la destination ultime... ce qui ne l'empêchait pas de sentir la pression croissante d'un début d'érection.

Il n'avait pas été certain qu'il effectuerait cette transition allant de l'apprécier et de l'admirer – la trouver jolie, aimer son rire, la trouver originale et intelligente en même temps – à la désirer. D'une certaine manière, il ne s'était pas attendu, pour dire les choses clairement, à réagir viscéralement à sa présence. Il s'était imaginé que la plupart des qualités qui l'avaient attiré chez elle – intelligence, sens de l'humour, valeurs partagées – l'empêcheraient de la considérer comme un objet de désir sexuel. Malgré tout son vernis social, Sasha dégageait une sexualité vorace et exhibitionniste qui la distinguait clairement des autres filles bien gentilles. Personne n'avait jamais dit de Sasha qu'elle était gentille. En définitive on se rendait compte qu'elle ne l'était effectivement pas, et cela la rendait dangereusement attirante. Une de ces femmes qui avaient besoin de faire connaître leur désirabilité, une disponibilité hypothétique – du moins jusqu'à récemment, il s'était imaginé qu'elle était hypothétique – avec tous les hommes qu'elles rencontraient. Elle avait le cœur et les manières d'une courtisane. Les plus séduisants de ses convives à table quittaient inévitablement le dîner en fantasmant sur les myriades de manières qu'elle aurait eu de faire leur bonheur si seulement elle n'avait pas été mariée, si seulement sa conscience presque imperceptible et totalement récalcitrante des convenances ne l'avait pas retenue. C'était quasi pathologique chez elle, ce besoin de provoquer le désir, bien que Luke fût forcé d'admettre que cela fonctionnait sur lui aussi bien que sur les autres – que c'était cela qui avait fait tenir leur mariage ces dernières années. Il avait cessé de la respecter, mais il la désirait encore. Après qu'il avait fini par se l'avouer, il avait éprouvé encore plus de facilité à la désirer, à vouloir simplement la baiser, et à le faire, à la considérer comme une geisha sur laquelle il se trouvait qu'il exerçait un droit prioritaire.

Par contraste, Corrine lui était apparue comme manquant d'égoïsme et très ferme moralement, ce qui – c'était ce que Luke s'était imaginé lorsqu'il l'avait rencontrée pour la première fois – aurait dû le protéger d'une attirance fatale. Pendant quelque temps, il s'était rassuré en se disant qu'elle n'était pas une créature particulièrement sexuelle. Mais leur premier baiser avait balayé ce doute, tout en promettant de lui compliquer la vie. C'était un moment ridiculement mal choisi pour tomber amoureux, et d'une certaine façon, parfaitement inapproprié ; très certainement inconvenant, dans la mesure où ils étaient tous deux mariés. Mais il ne pouvait s'arrêter d'explorer sa bouche, presque choqué par les figures et les tropes complexes accomplis par sa langue importune. Sans effort conscient, il se laissait guider par elle, se sentant emporté par le rythme de cette valse linguale. La fraîcheur de sa bouche et la douce pression de sa main sur sa nuque – c'est sexuel, songea-t-il, la main gauche enveloppant son épaule, jusqu'au moment où elle l'attira plus bas et la fit glisser sur sa poitrine.

Il avait le sentiment qu'ils venaient d'embarquer pour un voyage qui supposerait secret et tromperie ; cependant, ne fût-ce que pour le moment, il était heureux de se laisser aller à son plaisir.

Corrine se libéra de son étreinte par degrés, s'éloignant pour reprendre son souffle puis se rapprochant pour mordre ses lèvres et les piqueter de baisers, se reculant à nouveau lorsqu'il tenta de lui répondre, se redressant soudain sur le banc et croisant bien sagement les mains sur ses genoux.

– C'est trop tard maintenant, dit-il en lui prenant le bras. Maintenant tu n'es plus une sainte-nitouche.

– C'est ce que tu croyais que j'étais?

Il haussa les épaules, se penchant à nouveau pour lui mordiller les lèvres.

– C'est ce que je commençais à croire, moi aussi, dit-elle. Je veux dire, c'est l'image que j'avais fini par avoir de moi ces dernières années.

Il posa la tête sur ses genoux.

– J'ai pas envie de rentrer chez moi.

– Où on pourrait aller?

Elle lui caressa les cheveux. Il lui sembla qu'un geste si aisé et si ordinaire était presque aussi intime que le baiser. Il y avait quelque chose de presque post-coïtal dans leur posture.

– Quelque part, tu sais, très loin.

– Zanzibar.

– Ou Mandalay.

– Tu as envie de quitter la ville?

– Au début, c'est ce que je voulais faire. Mais maintenant je crois que j'ai envie de rester.

– Tu as froid?

– Pas du tout. Et toi?

Elle secoua la tête et baissa les yeux vers lui tout en passant ses doigts dans ses cheveux, ce qui parut soudain à Luke terriblement cru.

– Vous couchez ensemble?

– Ça fait longtemps que ça n'est pas arrivé.

– Moi pareil.

– Le plus souvent, je dors sur le sofa dans la bibliothèque, ou à mon bureau.

– J'adorerais voir ton bureau. Ton petit pied-à-terre en ville.

– On y va?

Elle sembla peser la requête.

– Ne crois pas que je ne sois pas tentée, finit-elle par dire. Mais je pense...

– Je ne voulais pas dire que...

– Vraiment?

– Je ne suis pas certain de ce que je voulais dire, en fait. C'est juste que je n'ai pas envie de te quitter.

Il n'était pas sûr de savoir ce qu'il voulait. S'il était prêt à tromper sa femme. Les justifications même amples ne suffisent pas, en elles-mêmes, à réétalonner une sensibilité. Après bientôt quinze ans de mariage, cela risquait de prendre du temps.

18

Il prit le sac des mains de l'homme devant lui dans la queue, le recueillant dans ses bras. La fermeture s'ouvrit soudain et il se retrouva à regarder une femme sans visage, un masque noir, sans traits, carbonisé. Puis le sac se mit à remuer dans ses bras. Baissant à nouveau les yeux, il vit le visage de Guillermo qui le regardait.

Luke émergea soudain d'un abîme profond de sommeil et s'éveilla dans son bureau. Il avait l'impression d'avoir été drogué, pesant, attaché au canapé, ligoté comme Gulliver, par un millier de liens minuscules. Un faisceau brillant de soleil se glissait sous les stores baissés et inondait le lit inoccupé, dissipant le sortilège sinistre de son rêve. Il était tout habillé, ses vêtements puant la fumée et les cendres du centre-ville. Ces derniers temps, il préférait dormir sur le sofa, dans une tentative de ruser avec son insomnie et sa terreur en général. S'il s'allongeait là, il pouvait faire semblant de se reposer tout simplement, lambinant un moment, plutôt que de rechercher résolument le sommeil, et, bien souvent, grâce à cette méthode clandestine, il parvenait à perdre conscience.

Quinze heures trente à sa montre. À quelle heure s'était-il endormi ? Quel jour était-on ? Tandis que l'avatar le plus récent de son cauchemar récurrent commençait à s'effacer, il fut peu à peu remplacé par un sentiment de bien-être à mesure que Luke se remémorait l'heure qu'il avait passée ce matin sur le banc dans le parc avec Corrine.

Résistant à l'envie dévorante de replonger dans le sommeil, il se redressa, luttant contre les poids et les cordages tendus autour de son corps par cette longue semaine, les membres et les articulations encore raides et douloureux. C'était ça, se dit-il, la vieillesse.

Le répondeur s'enclencha lorsqu'il appela chez lui. Cela faisait – combien? – presque deux jours qu'il n'avait pas parlé à Sasha. Il avait prévu de faire une surprise à Ashley en allant la chercher à la sortie des cours, mais il était trop tard à présent. La perspective de regarder ses e-mails paraissait encore plus déprimante que celle de se retrouver face à sa famille; de plus, il n'avait pas besoin de vérifier pour savoir comment se portaient ses investissements. Sur un coup de tête, il appela sa mère.

– Je fais des cauchemars, lui dit-il.

– Tu en as toujours fait.

– Sauf qu'à présent, j'ai une raison, dit-il, légèrement grincheux.

Pourquoi fallait-il toujours qu'il se sente irrité quand ils se parlaient?

– Je ne comprends pas pourquoi tu ne viens pas passer un peu de temps à la ferme, dit-elle.

Le grand air, croyait-elle, était la panacée universelle, et elle avait développé, à partir de cette croyance, une méthode curative fondée sur les promenades à cheval.

– Comment vont tes patients?

– Tu sais bien qu'on ne les appelle pas des patients.

– Ça doit vous paraître très loin tout ça, de là où vous êtes.

– On le ressent, dit-elle. Mais pas comme vous. Tu as des nouvelles de ton ami Guillermo?

– Pas de nouvelles, Maman. Juste de la culpabilité et des cauchemars.

Après avoir raccroché, il décida de marcher jusqu'à son appartement pour voir les filles, sans oublier de faire un petit détour par le parc. Il marcha calmement jusqu'à la Great Lawn, la Grande Pelouse, où des couples se reposaient, allongés sur des couvertures au milieu de la verdure, et où, comme pour prouver que la vie continuait, un match de softball était en cours. Sur le chemin du réservoir, des coureurs vêtus de lycra et rebondissant sur les coussins blancs de leurs pieds l'esquivèrent pour se diriger vers la piste cendrée. Un mergule au long bec jaillit de l'obscurité, clignant des yeux, faisant pivoter sa tête comme un touriste à la sortie du métro. Le soleil de l'après-midi déversait une nappe d'argent irisée sur l'eau grise. S'élevant à l'est, la forteresse rectiligne de la Cinquième Avenue; à l'ouest, les tours luxueuses et les remparts de Central Park West. La ville, à cette latitude, était intacte et apparemment tranquille.

En entrant dans l'appartement, il s'arrêta un instant pour examiner les photos de famille dans les cadres Tiffany qui ornaient le vestibule, et qui lui semblèrent toutes presque étrangères à lui, les cadres tremblant sur le rythme des basses qui s'échappaient de la chambre d'Ashley: un portrait de Sasha à l'époque où elle était mannequin; eux trois en combinaisons de ski à Aspen, et à nouveau les mêmes à un Noël chez ses parents quelques années plus tôt; il y en avait aussi une de Sasha avec Sting; une autre avec Bill Blass, comme si ces types-là faisaient partie de la famille.

Il emprunta le couloir vers la chambre d'Ashley, encouragé par le fait qu'il avait reconnu la chanson, «Gin and Juice», un tube de hip-hop très populaire parmi les jeunes des écoles privées. Il frappa et, après avoir patienté durant un temps qu'il jugeait respectable, ouvrit la porte.

L'image le hanterait longtemps, impossible à effacer, bien que, sur le moment, il eût éprouvé toutes les peines du monde à comprendre et interpréter les différents éléments du tableau. Un garçon debout, une fille assise sur le lit parmi des animaux en peluche duveteux dans des tons pastel. La tête du garçon était rejetée en arrière, ses mains enserrant la tête blonde au niveau de sa taille. Il ne reconnut pas le garçon, ses cheveux couleur sable plaqués sur son crâne, les sillons tracés par le peigne aisément visibles. La fille était sa fille, et sa tête se balançait d'avant en arrière comme en contrepoint au rythme de la musique. Il n'était pas sûr de savoir combien de temps il était resté là, debout, immobile.

Le garçon finit par sentir une présence et se retourna, paniquant en voyant Luke et agitant les mains en tous sens pour se rhabiller et se cacher, dévoilant un éclair de chair rose à l'instant où il se détournait, luttant avec son jean, tandis qu'Ashley levait les yeux, agacée, avant de se retourner pour voir son père dans l'encadrement de la porte.

Plus tard, il reverrait son expression à l'instant où elle l'avait regardé alors, les yeux écarquillés et les lèvres enflées, espérant l'analyser avec suffisamment de précision pour pouvoir simplement l'archiver, séparer la surprise purement abstraite qui s'était muée en terreur, aussi bien que le réflexe de culpabilité, de la tristesse particulière, du moins était-ce ce qu'il s'imaginait, à l'idée qu'elle ne serait plus jamais la même à ses yeux.

– Oh, mon Dieu, dit-elle en plongeant la tête dans ses mains.

Luke regarda sa fille et prit conscience, peut-être dans son ultime réalité, du seul amour qu'il eût jamais considéré comme indestructible, le seul à n'avoir jamais été souillé par le désir ou l'intérêt personnel, l'amour dont il avait cru qu'il finirait par lui rendre sa propre innocence, la rédemption de son âme grise et flétrie.

Le garçon, la main sur son entrejambe, était sidéré par la peur. Il était plus grand que Luke, avec le torse large d'un athlète, mais ils savaient tous deux qu'à cet instant précis, il n'était pas question d'une quelconque compétition. Sentant la violence monter en lui, Luke se rendit compte qu'il fallait à tout prix qu'il quittât la chambre. Il se tourna vers sa fille, qui était recroquevillée sur le lit, les bras autour des genoux.

Plus tard, il se demanderait s'il avait prononcé les mots «petite pute» ou s'il les avait simplement entendus dans sa tête au moment de tourner les talons, empruntant à nouveau le couloir dans l'autre sens et sortant de l'appartement pour aller il ne savait où, mais avec, à l'esprit, une image claire et purificatrice de lui-même en vagabond solitaire, un personnage torturé lâché dans les rues de la ville en deuil.

19

– Je suis inquiète pour Ashley. Elle ne l'a pas exprimé clairement, mais je crois qu'elle est vraiment très remuée. Elle est... je
ne sais pas, bizarre. Fragile. Je vais l'emmener à Sagaponack pour
le week-end. Je crois qu'elle a vraiment besoin de quitter la ville.

Ils étaient assis dans la bibliothèque – le territoire réservé de
Luke, si tant est qu'il en eût un dans cette maison – emplie de son
arsenal de défense, fusils de chasse et sabres, prêts à servir en cas
d'attaque du château.

Il avait attendu qu'elle rentre de sa réunion de comité. Elle était
vêtue, comme toujours, avec grâce et décontraction, jean en cuir
noir et pull en cachemire noir, les cheveux balayant ses épaules avec
une légère boucle sur les pointes qu'elle accentuait quand elle sortait
le soir. Égalisés chaque semaine chez Frédéric Fekkai, afin d'obtenir
un rideau au tombé si parfait qu'on l'aurait presque cru capable de
trancher la chair. Il régnait entre eux une atmosphère de formalisme
gêné. Il ne lui avait pas encore dit ce qu'il avait vu dans la chambre
d'Ashley la veille, et n'était pas certain qu'il le ferait. Il tenait ça en
réserve – il désirait d'abord évaluer la situation domestique.

– Je suis invité ?

– Bien sûr que tu es invité, dit-elle. Je n'étais pas sûre que tu
avais fini de sauver le monde.

– Je ne sauve rien du tout. Tout ce que je fais, c'est te donner
un peu d'espace. Et m'accorder, à moi, du temps pour réfléchir.
Même si j'admets que ça n'est pas désagréable de faire quelque
chose de vaguement utile.

– Tu as un MBA, putain. Tu as pratiquement restructuré la dette de l'Argentine.

– Ils sont sur le point d'être à nouveau en cessation de paiement, d'ailleurs.

– Tu es un génie financier. N'importe qui peut préparer des sandwichs pour les pompiers.

– Est-ce que c'est une requête pour que je rentre à la maison ?

– Bien sûr que je veux que tu rentres à la maison. Je veux que toi et moi nous reprenions notre vie comme avant. Je ne sais pas ce que tu crois, mais…

– Ce n'est pas seulement ce que moi je crois. Tous les gens qu'on connaît croient la même chose. Surtout après ta petite démonstration de danse collée-serrée au zoo.

Elle rosit à ces mots. Il avait quitté l'appartement avant son réveil le matin suivant, et durant les jours et les semaines qui avaient suivi, il avait été facile d'éviter le sujet de Bernie Melman, les événements publics ayant éclipsé le domaine privé.

– J'avoue que j'ai peut-être bu un verre de trop ce soir-là.

– Un exemple que ta fille s'est empressée de suivre. Je me demande ce que ça donne quand tu en bois deux ou trois de trop. Ou quand tu te fais une petite ligne.

Elle leva les yeux au ciel, dans l'intention de sous-entendre que l'accusation était ridicule, un vieux bobard.

– Oh, tout ça, c'est du passé.

– Tu l'as revu depuis ?

Pendant un instant, il sembla clair qu'elle allait jouer les idiotes et demander de qui il parlait, mais elle changea d'avis.

– Non, je ne l'ai pas revu.

Il la crut, confiant, d'une certaine manière, dans l'idée qu'il était encore capable de savoir quand elle mentait.

– Écoute, on a tous été traumatisés, dit-elle. Je crois que c'est un bon moment pour repartir à zéro. J'ai beaucoup pensé à nous deux.

– Et tu en as conclu ?

– Simplement que nous devrions essayer d'être bons l'un avec l'autre. C'est tout. Et construire à partir de là.

– Est-ce que ça signifie que tu gardes tes différentes options ?

Jusque-là, il ne l'avait pas poussée dans ses derniers retranchements ; il ne lui avait pas posé la question définitive. Il n'était pas certain de savoir ce qui le retenait, la crainte d'entendre la vérité, ou de la forcer à mentir – ou encore un genre de résignation proche de l'indifférence.

Lorsque son portable sonna dans son sac à main, elle ne put masquer son soulagement.

– Attends, je regarde juste qui c'est. Si ça se trouve, c'est Trudy qui m'appelle pour le gala de charité. Vu… comment dire, tout ce qui s'est passé, on va sûrement devoir remettre à plus tard.

Elle pirouetta et se rendit dans le salon. « Eh, je disais justement à Luke que ça devait être toi. »

Il n'était même plus sûr de l'aimer encore, ni de savoir si, à part leur fille, il leur restait quelque chose en commun.

– Trudy vient d'avoir une idée géniale, dit-elle, de retour dans la bibliothèque, toute joyeuse, lumineuse et pragmatique. Elle m'a demandé de tes nouvelles, alors je lui ai parlé de ton engagement dans le secours et paf! Idée de génie! On pourrait organiser une soirée de gala commune pour le ballet et ta cantine. Il faudrait sans doute que tu montes une société à but non lucratif, et Judy pourrait s'occuper de la paperasse.

– Qu'est-ce qui te prend de t'intéresser à la cantine? Tu as ton grand sourire, celui que tu adresses aux petits enfants, aux convives débiles dans les dîners, et aux journalistes de potins mondains.

Le sourire s'effaça aussitôt.

– Oh la, dit-elle, en s'affalant dans le fauteuil en face de lui. C'est un peu dur, ça. Et si nous essayions de prouver que charité bien ordonnée commence par soi-même, par la maison.

– Comme la fidélité. C'est la force centripète qui maintient la vie domestique.

Luke se rendit compte, en disant ces mots, qu'il subissait lui-même l'influence de la force centrifuge d'un désir illégitime.

– Écoute, les fondations caritatives rament comme des folles en ce moment. Tous les galas de l'automne sont suspendus. Yasmin vient de repousser celui qu'elle avait organisé pour l'Alzheimer. Personne ne veut avoir l'air insensible, mais les gens ont du mal à penser au ballet et à l'opéra alors qu'il y a cinq mille disparus, ou je ne sais combien. C'est pour ça que les comités essaient par tous les moyens de trouver une passerelle avec les événements du 11 septembre.

– Mais bon sang, c'est rien qu'une ou deux tentes avec des chauffe-plats et une machine à café.

– Justement, des fonds supplémentaires seraient plutôt les bienvenus pour vous aider à élargir les opérations.

– Je ne sais même pas si on sera encore là la semaine prochaine. Ils peuvent nous donner l'ordre de fermer d'une minute à l'autre.

– Alors appelle le maire. C'est exactement de ça que je parle : avec ton talent et tes relations, tu pourrais faire quelque chose de plus important que distribuer des sandwichs. Ce n'est pas comme si je te demandais une faveur personnelle.

– J'en sais rien. Il faut que j'en parle à Jerry.

– C'est qui, Jerry ?

– Jerry est le type qui a monté la cantine. C'est le charpentier dont je t'ai parlé. C'est son idée.

– Et si je lui parlais, moi ?

– Avec plaisir. Je vais te donner son numéro de portable.

– Autre chose – Trudy se demandait si tu ne pourrais pas lui dégotter un laissez-passer pour Ground Zero.

– Un laissez-passer ?

– Ne fais pas ton père-la-vertu. Les gens sont curieux. Ils veulent voir ça. Les Portman ont fait la visite hier – tu sais que c'est un gros donateur pour le parti républicain – et ils ont trouvé que c'était très émouvant. J'ai dit que je te demanderais, c'est tout, dit-elle, reculant soudain. Je suis censée retrouver les Traynor pour manger un morceau chez Swifty. Tu viens ? On sera juste tous les quatre.

– Je ne crois pas.

– Je ne supporte pas que tu me haïsses.

– Je ne te hais pas, Sasha.

— Est-ce qu'on peut essayer d'être bons l'un avec l'autre ?

— Je n'ai jamais cessé d'essayer.

Elle se pencha vers lui et l'embrassa sur la joue.

— Où est Ashley ?

Elle regarda sa montre.

— Elle est avec son professeur particulier ; ensuite elle va dîner chez Amber. Je lui ai dit d'être à la maison à huit heures précises. Peut-être que tu pourrais l'emmener faire un tour à ta petite cantine, Ashley et quelques copines. Ça pourrait leur faire du bien.

— C'est une idée à elle ?

— C'est moi qui l'ai suggérée. Mais je suis sûre qu'elle serait ravie que tu lui proposes.

Elle marqua un temps d'arrêt, tirant sur une de ses mèches.

— De quoi vous avez parlé, tous les deux, hier ?

— Nous n'avons pas vraiment parlé.

— Elle a dit qu'elle t'avait vu. Elle avait l'air un peu, je ne sais pas, nerveuse, quand je lui ai demandé comment tu allais. Je lui ai dit qu'elle devrait être fière de toi, parce que tu avais été sur les lieux du désastre, que tu avais porté secours, que tu étais sans doute un peu sous le choc. Que tu avais vu des choses terribles. Des choses terribles, précisément.

— Je ne me rappelle pas que tu m'aies demandé ce que j'avais vu.

— Oui, enfin, je peux imaginer.

— Je n'en suis pas si sûr.

— Oh, arrête de faire ton martyr. Est-ce que tu t'es déjà rendu compte qu'après tous les efforts que tu as fournis pour ne pas être comme ton père, tu finis par devenir exactement comme lui ? Je veux dire, c'est la première chose à laquelle j'ai pensé quand tu as dit que tu plaquais ton boulot. Prochaine étape, tu t'inscris en théologie. Ou peut-être que tu pourrais faire comme ton arrière-arrière-je-ne-sais-quoi grand-mère et écrire des lettres à toutes les familles de victimes.

C'était une allusion à l'arrière-grand-mère de son père, qui, après la bataille de Franklin, avait enterré des milliers de morts confédérés dans le cimetière familial et avait passé des années à écrire des lettres de condoléances à leur famille.

– Je me souviens du jour où je t'ai raconté cette histoire, dit-il, tu avais les larmes aux yeux.

Elle le regarda d'un air soupçonneux.

– Tu as rencontré quelqu'un, c'est ça?

– Qu'est-ce qui te fait dire une chose pareille?

Elle continua à examiner son visage.

– Parce que tu essaies de me repousser, juste au moment où on devrait se rapprocher. Je suis aussi secouée que toi. J'arrête pas de faire des cauchemars. Est-ce que tu as pensé une seconde que j'avais peut-être plus besoin de toi que tous ces gens, là-bas? Pourquoi tu refuses de nous accorder ce nouveau départ? On est tous en train de réévaluer nos vies. Tout le monde se demande ce qui compte vraiment.

– À notre âge, les nouveaux départs sont plus difficiles à prendre. Les choses s'accumulent. Ce n'est pas parce qu'on a subi une attaque que toutes les ardoises sont effacées. Je ne peux pas oublier tout ce qui n'allait pas entre nous ces derniers temps sous prétexte qu'on a peur de l'avenir.

Elle s'agenouilla devant lui et passa ses bras autour de ses épaules, l'embrassant dans le cou, taquinant ses lobes d'oreille du bout de la langue.

– Peut-être que je pourrais t'aider à oublier, murmura-t-elle. Ça fait tellement longtemps.

Sa main droite glissa de son épaule à ses genoux pour aller trouver sa braguette.

– Beaucoup trop longtemps, dit-il, quelque peu dégoûté. Je t'ai attendue pendant des années, et maintenant, c'est toi qui vas devoir m'attendre.

Lorsqu'elle baissa sa fermeture éclair, il repoussa vivement sa main.

– Parfait, dit-elle, en se redressant. Va te promener sur les décombres avec les braves filles. Nous, on va à Sagaponack.

Elle se détourna et quitta la pièce, le laissant seul à regretter son intransigeance, se demandant si elle n'était pas, après tout, capable de changer, si elle n'était pas prête à revenir à lui au moment précis où il avait renoncé à elle, où il commençait à savourer le goût inédit de la culpabilité conjugale.

20

À trois heures du matin, la quiétude nocturne fut souillée par un conflit parmi les volontaires qui se disputaient pour savoir qui accomplirait la prochaine livraison sur le site; une demi-douzaine d'entre eux s'arrachaient un caddie empli de provisions.

– Tu pourras y aller plus tard.

– Depuis quand c'est toi qui décides?

– Pourquoi on n'irait pas tous?

– On peut pas y aller tous. C'est limité à deux personnes. C'est ce que Jerry a dit. C'est pas comme si c'était un spectacle, merde!

– Ouais, bien moi, ça fait sept heures que je suis là.

– On en a autant à ton service. Et en plus, moi, j'ai un cousin porté disparu.

– Bizarre que t'en aies jamais parlé avant.

– Qu'est-ce que j'étais censé faire, une annonce publique?

– Eh, fit Luke, en s'interposant dans la mêlée. Essayons de nous rappeler pourquoi nous sommes ici, dit-il en redressant la thermos de café renversée. Il s'agit d'un cimetière géant. Qu'est-ce que vous diriez d'un minimum de respect, putain!

Dégoûté au point d'avoir envie de gifler quelqu'un, il était également conscient qu'il était observé par Corrine, devant laquelle il espérait apparaître comme une figure de la dignité offensée, le justicier solitaire du canyon du centre-ville. Pas meilleur qu'aucun d'eux, évidemment.

À la fin de leur service, il la raccompagna jusqu'à un pâté de maisons de chez elle. Dans la lumière tranchante du matin, juste avant l'angle de West Broadway et de Worth, il la plaqua contre une porte d'immeuble et l'embrassa. Elle se débattit pour échapper à l'étreinte tout en succombant, et il sentit que la honte qu'elle éprouvait face à une telle transgression et sa crainte d'être découverte étaient constitutives de son excitation.

— On ne peut pas, dit-elle, en se libérant.

Elle se mit à courir jusqu'au coin, puis se retourna et revint l'embrasser une nouvelle fois...

Il était encore dans le vertige du souvenir quand il pénétra dans son appartement et vit Sasha dans le couloir. Il tenta de se rappeler quel jour on était – songeant que normalement, elles auraient dû être encore dans les Hamptons.

— Je ne m'attendais pas à te voir si tôt, dit-il, percevant une note de culpabilité dans sa propre voix.

Son visage était pâle et tiré, son œil gauche clignait de manière intempestive.

— J'ai essayé de t'appeler, dit-elle.

— Ma batterie est morte. Qu'est-ce qui se passe?

— Luke, s'il te plaît, ne te mets pas en colère contre moi.

— Qu'est-ce qui s'est passé? Où est Ashley?

— Je viens d'aller la voir.

— La voir où?

— À Lenox Hill.

— L'hôpital?

Elle se jeta sur lui et agrippa le col ouvert de sa chemise.

— Oh, Luke, je ne me suis rendu compte de rien.

— Putain, l'hôpital, mais pourquoi?

En même temps, si elle était à l'hôpital, songea-t-il pour se raisonner, en sentant les larmes de Sasha dans son cou, cela signifiait qu'elle était encore en vie.

— Une overdose, sanglota-t-elle.

Il essaya d'intégrer cette information en la guidant vers le salon, revoyant les événements récents à la recherche de signes annonciateurs et d'indices. Ashley se droguait? Il l'aurait su. Il installa Sasha sur le canapé et s'assit à côté d'elle.

— Mais elle est… vivante.

Sasha hocha la tête, en s'essuyant les yeux.

— Je croyais que vous étiez dans les Hamptons, dit-il, comme si en pointant des incohérences dans l'histoire il avait eu le pouvoir de démontrer son absurdité.

— J'y suis allée. Mais à la dernière minute, Ashley a préféré rester en ville avec Bethany.

— Tu es partie seule? Tu l'as laissée ici?

Son expression était si pleine de terreur et de vulnérabilité qu'il envisagea presque de lui pardonner par avance, tout en mesurant les implications d'un départ dans les Hamptons sans Ashley. Il y avait peu de chances qu'elle y fût allée seule, n'étant pas le genre de fille à croire aux vertus de la solitude et de la réflexion.

— Et elle est restée chez Bethany?

Il avait l'impression d'interroger un enfant.

Elle hocha la tête.

— Je ne savais pas que les Traynor étaient partis pour quelques jours.

— Tu n'as même pas pris la peine d'appeler Mitsy?

— Je faisais confiance à Ashley.

Il décida de ne pas remettre en question cette assertion égoïste, désirant avoir la suite de l'histoire.

— Bethany m'a appelée vers trois heures du matin. Elle était hystérique. Elle a dit qu'Ashley se sentait mal et qu'on l'emmenait aux urgences.

Elle renifla et tenta de se reprendre.

— Quel genre de drogue?

Elle haussa les épaules.

— Un peu de tout. C'est ce qu'ils m'ont dit à l'hôpital.

— Un peu?

— Je suppose que non.

Il s'imagina soudain le pire.

– Tu crois qu'elle a pu faire ça exprès ?

Elle eut l'air choquée.

– Pourquoi veux-tu qu'Ashley ait envie de se tuer ?

– Tu ne lui as pas parlé ?

– Bien sûr que si, je lui ai parlé. Je suis arrivée vers quatre heures. Elle n'arrêtait pas de dire qu'elle était désolée.

– Comment tu as fait pour arriver en ville si vite ?

Elle regarda ses mains, ouvertes sur ses genoux.

– Qu'est-ce que tu veux dire ?

– Oh, peu importe, dit-il.

Son ton de voix amer sembla générer chez Sasha un réflexe défensif.

– J'ai essayé de t'appeler. Je ne savais pas quoi faire. Tout ce qui comptait, c'était d'arriver le plus vite possible. Alors j'ai appelé la seule personne de mon entourage dont je savais qu'elle avait un hélicoptère à disposition.

– Tu as raison, dit-il, se rendant compte qu'il était peut-être en train d'embrasser Corrine au moment où sa femme avait essayé de le joindre. Je n'étais pas là quand tu as eu besoin de moi.

Elle lui prit la main et la posa sur sa joue.

– J'imagine qu'il faut qu'on trouve un endroit pour le traitement, dit-il.

– J'ai pensé à Silver Meadows. Gini Davner en est sortie il y a quelques mois à peine. Elle avait un énorme problème de Vicodine et elle a dit que c'était génial.

Il avait l'habitude d'entendre ce superlatif appliqué avec un enthousiasme tout en italique aux chaussures, aux restaurants, aux nouveaux exercices amaigrissants. Mais dans ce contexte, ça le hérissait carrément. Pour lui, Silver Meadows était l'équivalent thérapeutique de Round Hill, Hobe Sound, ou Saint Barth, une vénérable institution du Connecticut dédiée au traitement des maux névrotiques dont les riches avaient toujours souffert.

– C'est pas parce que tes copines dingos y vont que c'est un bon endroit pour Ashley. Peut-être qu'on pourrait sortir du moule pour une fois, et faire ce qui est bon pour elle, au lieu de se conformer aux choix des narcissiques locaux. C'est ça qui nous a fichus dans cette merde.

Luke fut soulagé de la trouver endormie lorsqu'il alla lui rendre visite à l'hôpital. Il avait envie de lui pardonner et de l'aimer comme au bon vieux temps, mais, alors même qu'il essuyait une traînée de bave sur la joue de sa fille, il ne pouvait s'empêcher de voir le masque de lubricité se superposer à son visage émacié et inconscient.

Plus tard, alors qu'il dormait dans le fauteuil à côté de son lit, il revit la femme de ses cauchemars, Notre Dame de Ground Zero, se tortillant pour s'extraire du sac qu'il avait dans les bras, sans visage derrière les mèches de ses cheveux noirs, tandis que les pompiers hurlaient de rire. Lorsqu'il s'éveilla, la nuque raide et baigné de sueur, il se rendit compte qu'Ashley le regardait terrifiée depuis son lit.

— Tu gigotais et tu geignais en dormant, dit-elle.

— Des cauchemars.

— Je suis désolée, Papa.

Il hocha la tête.

— Aide-moi à comprendre.

Elle haussa les épaules.

— Je suis pas sûre de comprendre moi-même.

— Qu'est-ce qui s'est passé?

Elle eut un rire amer.

— Qu'est-ce qui s'est *pas* passé?

— Depuis quand tu prends des drogues?

— J'ai pas la moindre idée de comment je mène ma putain de vie.

Elle roula sur le côté, lui tournant le dos, tirant la perfusion plantée dans son bras gauche et faisant grincer la potence en fer à laquelle elle était suspendue.

— Pourquoi tu ne me le dis pas?

Il soupira, s'assit dans le fauteuil et attendit. S'il n'avait pas pu lire les chiffres affichés sur le boîtier du câble – 12 h 16 – il n'aurait eu aucune idée de l'heure qu'il était.

– Tout est tellement…

Elle semblait désespérer de pouvoir poursuivre.

– Tellement quoi, mon cœur?

– Je sais pas. Des trucs, comme, par exemple, j'entre au collège et je me dis que les choses vont être moins bébêtes et moins puériles. Mais avant que les cours commencent, il y a une espèce d'initiation vraiment débile où les grandes nous font faire toutes leurs merdes à la con bizarres – j'ai été enfermée dans un placard noir pendant presque une heure; ensuite j'ai dû appeler un garçon que je ne connaissais même pas et lui dire des saletés au téléphone, et puis faire semblant de tailler une pipe à une banane devant toutes les autres filles et les grandes – c'est complètement débile, mais c'est une tradition hyper-importante à Sprague. J'en reviens pas que l'école les laisse faire ça. Ensuite on a dû mettre des habits immondes et se barbouiller les cheveux de dentifrice, on avait l'air de vulgaires putes et on devait longer quinze pâtés de maisons jusqu'à un endroit qui s'appelle Manolo sur la Troisième Avenue, et qui est connu pour servir n'importe qui à partir du moment où on porte plus de couches-culottes, on a bu des verres de sambuca et on s'est mis des spaghetti dans le soutien-gorge. C'est vraiment idiot, mais c'est une tradition et les filles qui refusent de le faire, eh ben toutes les nanas des classes supérieures les rejettent et leur font une vie de merde pendant des années. Alors on se laisse faire, et finalement, c'est marrant de passer par là et c'est pas si horrible. L'idée c'est d'appartenir à une tribu et de ne pas se faire balancer au milieu de la jungle où on meurt de faim et où on se fait dévorer par les hyènes. Ma copine Kelly – tu te souviens d'elle – elle est pas venue à l'initiation, alors qu'elle avait dit qu'elle irait, et là je commence à m'inquiéter, parce que toutes les autres filles ont accepté et que si les grandes le décident, on aura sans doute même plus le droit de traîner avec elle. C'est tellement bête de sa part. Je veux dire, c'est pas de la rigolade dans ma classe – on a plein d'alpha, comme Bethany, Amber, ou Katrina. Veronica Hanes n'est pas revenue en cours cette année. Elles l'ont pour ainsi dire virée. Je t'ai parlé d'elle – c'était celle qu'était vraiment, vraiment jolie et même belle, tu dirais, toi. Quand elle rentrait de l'école, elle faisait exprès de laisser tomber son sac et elle récoltait une dizaine de cartes de visite – des types venaient vers elle et lui tendaient leur carte, pas seulement des photographes ou des chasseurs de têtes pour les agences de mannequins, mais aussi plein d'hommes d'affaires excités. Ses parents ont fini par engager un chauffeur pour elle, genre un réfugié polonais qui l'emmenait partout dans son break cabossé. Mais le problème c'est que les nanas qui font la loi se sont liguées contre elle l'année dernière. Genre elle était trop jolie, et en plus elle avait un talent d'artiste, mais elle ne s'était jamais vraiment intégrée. Donc du jour au lendemain, Bethany et Amber ont décidé de la fuir, et Katrina lui a coupé la moitié de ses cheveux dans les vestiaires. Je veux dire, c'est dingue, non ? Et au bout d'un moment, elle pouvait plus supporter – elle est partie à Spence ; c'est ce qu'on a appris à la rentrée.

Elle s'interrompit soudain, au moment où il commençait à se laisser bercer par le rythme de sa voix. Il se redressa et dit :

– Est-ce que tu es en train de m'expliquer que tu as pris des drogues pour t'intégrer ?

Elle poussa un soupir d'exaspération.

– Non, pas vraiment. Je sais pas pourquoi je t'ai raconté tout ça. Je crois que ce que je voulais dire, c'est comment tu peux ne pas avoir envie d'échapper à toute cette merde ? – elle se mit à renifler. Tout change, tout se casse la gueule. Moi, ce que je voudrais, c'est me retrouver sur la plage. Sur la plage comme quand j'avais six ans et que personne n'était mort, et je voudrais que l'été ne s'arrête jamais. J'avais l'impression que c'était comme ça, que ça durerait pour toujours et que jamais rien de mal n'arriverait.

21

Corrine avait failli oublier la fête.

Rien de tout cela ne serait arrivé, et la vie de Russell aurait forcément été différente, et meilleure, s'il ne s'était pas emparé de son bras couvert d'un léger duvet et piqué de taches de rousseur pour le tordre ; il se rendit compte au passage que sa peau était récemment devenue sèche et presque poudreuse au toucher.

— Ça nous fera du bien de sortir, dit-il. En plus, Hilary a dû se lasser des forces de police, parce qu'elle a appelé cet après-midi pour proposer de garder les enfants.

— Je suis désolée, ça me fait bizarre, répondit Corrine. Je ne me sens pas d'humeur à fêter quoi que ce soit. Je ne vois pas comment on peut avoir envie de faire la fête.

— Écoute, cette pauvre fille n'avait certainement pas à l'idée de gâcher une tragédie nationale en organisant un pot pour le lancement de son bouquin. Elle va avoir du mal à vendre plus de huit exemplaires. La moindre des choses, c'est de lui accorder un minimum de soutien moral.

— Parfait, vas-y, toi.

— Tu connais Nan, c'est son bouquin. Tu l'aimes bien.

— Je l'aime beaucoup, elle est fantastique, mais je n'occupe certainement pas une place suffisamment centrale dans son univers pour qu'elle remarque que je ne suis pas là.

— Moi, je le remarquerai. Je veux que tu viennes avec moi.

Bizarrement, c'était la vérité. Il était douloureusement conscient des voies séparées que leur vie sociale avait empruntées ces dernières années. Après la naissance des enfants, ils avaient commencé à sortir séparément, prétendument pour se relayer auprès des petits. Il n'avait plus envie de fonctionner ainsi. S'il arrivait quoi que ce soit, il n'avait pas envie d'être séparé d'elle, de se retrouver chacun à un bout de la ville, l'un d'eux piégé dans un immeuble ou dans une rame de métro emplie de gaz ou d'armes chimiques. Il se sentait soudain terrifié à l'idée d'être seul, même pour de courts laps de temps, alors qu'elle, au contraire, paraissait plus indépendante.

– Très bien, dit-il. Je n'y vais pas sans toi.

– Ne fais pas ton martyr. Vas-y. Emmène Hilary.

– Je n'ai pas envie d'emmener Hilary. Qu'est-ce qu'elle ferait à un cocktail littéraire? Il faudrait que je passe d'abord une heure à lui expliquer ce qu'est un livre.

– Tu sais qu'elle écrit un roman en ce moment. Et si je ne m'abuse, Washington a l'air intéressé, en bon pervers qu'il est.

– C'est ça, et moi je lance un fonds spéculatif. Pas question que j'emmène Hilary. Je veux emmener ma femme.

S'étant attendu à ce qu'elle appréciât ce retournement de situation, cette toute nouvelle dévotion conjugale, il eut le sentiment, au lieu de ça, de trouver la maison vide au retour d'un long voyage.

– Oh, bon Dieu, dit-elle avec un soupir d'acceptation excédé. Comment je suis censée m'habiller?

Les postes de contrôle avaient été déplacés de Canal Street à Chambers, mettant fin au siège de leur quartier, mais l'extrême pointe sud de l'île étant bouclée, le flot des taxis remontant vers le nord était réduit. À l'angle était garée une des camionnettes de la compagnie Verizon, spécialisée dans la téléphonie mobile, qui avait remarquablement amélioré les transmissions dans le quartier.

Ils attendirent plusieurs minutes avant que Russell ne repère un taxi en bas de l'avenue. Corrine avait volontairement adopté une tenue très sobre, son jean le moins sexy et un petit haut TSE cashmere, dans le but de délivrer le plus clairement possible son message: d'accord, elle allait à une fête, mais c'était contre son gré et elle ne se sentait pas le moins du monde d'humeur festive.

– Est-ce que tu penses parfois à Jeff? demanda-t-il, après qu'ils se furent installés dans le taxi.

– Tu veux dire, ces temps-ci?

– J'ai beaucoup pensé à lui ces deux dernières semaines.

– C'est pas très étonnant, dit-elle. C'est comme un tremblement de terre qui met soudain au jour d'anciennes ruines. Les sédiments de la mémoire sont remués.

– Est-ce que je t'ai déjà dit que je t'avais pardonné? dit-il.

– Je ne suis pas sûre. Je ne suis pas sûre non plus de ce que j'en pense.

Il la dévisagea, surpris, mais ne dit rien.

Ils parcoururent plusieurs pâtés de maisons en silence, durant un temps suffisamment long pour signifier qu'ils avaient changé de sujet, pas pour s'éloigner de Jeff, mais pour fuir celui de l'infidélité.

– Je crois que c'est en partie à cause de Jim, dit-il.

– Qu'est-ce qui est à cause de Jim? demanda-t-elle, deux pâtés de maisons plus tard.

Il lui sembla qu'elle faisait exprès de ne pas comprendre. Peut-être le punissait-elle de l'emmener à cette fête.

– Je veux dire, Jeff était mon meilleur ami, et Jim a pris sa place en quelque sorte. Même si on ne peut plus vraiment se faire le même genre d'amis à trente ans qu'à vingt. Et ils ont tous deux été emportés par une catastrophe collective.

Elle acquiesça.

– Non que ce soit la même chose. Je veux dire, il y avait bien sûr quelque chose de l'ordre de l'autodestruction dans la mort de Jeff.

– Sans déconner, dit Corrine. Se piquer à la blanche et baiser toutes les putes cokées de la ville, c'est ce qu'on appelle une conduite à hauts risques.

Russell fut choqué par sa véhémence. Qu'était-il arrivé, se demanda-t-il, au halo brumeux et romantique du souvenir?

– Je ne peux pas m'empêcher de me poser des questions sur

Jim, finit-il par dire. Je ne pense pas qu'il était dans l'autodestruction comme Jeff ; je ne veux pas dire qu'il a vraiment pris le temps de calculer les risques liés à l'espérance de vie que pouvait entraîner le fait de se jeter dans une zone sinistrée en feu. Mais, je ne sais pas, peut-être que si son mariage avait été plus heureux, s'il avait connu plus de réussite dans sa carrière, peut-être qu'il n'aurait pas été aussi…

Sa voix se perdit. Il n'aimait pas s'entendre dire ces choses.

– Empressé ?

– Ben, ouais.

– Je crois qu'il a simplement agi en brave homme, en homme de cœur qui a suivi son instinct.

Pourquoi décela-t-il un reproche caché dans cette remarque ?

Alors qu'ils gravissaient l'escalier de la maison de ville – occupée par un couple puissant du monde littéraire, un écrivain et un éditeur dont le mariage durable était source d'étonnement dans l'univers de l'édition –, Russell attira l'attention de Corrine sur une petite porte en contrebas, juste au-dessous du niveau de la rue.

– C'est le bureau de Gay, dit-il. Il se lève le matin, fait son dandy en enfilant l'un de ses costumes sur mesure, prend son petit déjeuner, dit au revoir à Nan, met un chapeau et un manteau, selon la saison, et sort de chez lui pour descendre l'escalier qui mène en bas, à son bureau. Un rite de préparation pour sa journée de travail, un genre de trajet pendulaire symbolique.

– À chaque fois qu'on vient ici, tu dis la même chose.

La fête était une sombre affaire – même compte tenu des standards très ternes en cours dans les soirées littéraires ces dernières années – à cause de l'absence de commérages cruels et de joutes sociales qui égayaient habituellement ce type de réunions. Tout le monde se tenait épouvantablement bien. Les invités étaient guidés vers l'arrière, dans le jardin, où une tente avait été installée. L'affluence était plus importante que ce qu'avait prévu Russell. Il songea que tous ici devaient être assez reconnaissants d'avoir trouvé une excuse pour se réunir. Même si le téléphone arabe avait fonctionné pour rassurer chacun sur l'état des autres, les invités semblaient heureux de pouvoir se rencontrer en chair et en os. Russell constata qu'il saluait les gens avec affection et une véritable chaleur, en particulier les éditeurs contre lesquels il s'était battu et les écrivains dont il avait refusé les livres ou qu'il avait l'habitude de décrier par le passé. Les conversations de boutique avaient été en grande partie supplantées par des réflexions sur les événements – l'éventualité d'une guerre, l'alerte à l'anthrax de Judy Miller, la survie à un fil d'amis communs, les perspectives catastrophiques des ventes. Prétendant avoir partie liée avec l'un des acteurs de la catastrophe, Dave Whitlock raconta à Russell l'histoire d'un type travaillant au Trade Center, qui, après son rendez-vous galant du mardi matin au Plaza, avait appelé sa femme à onze heures pour apaiser sa conscience et avait été stupéfié par l'hystérie et le soulagement qu'elle avait manifestés. Russell jeta un regard nerveux en direction du visage dur comme la pierre de sa femme au moment où Whitlock faisait une pause afin de bien marquer l'emphase : «"Où es-tu ?" demande la femme. "Au bureau", ment-il pendant que sa maîtresse se remaquille dans la salle de bains.»

– C'est la troisième fois que j'entends cette histoire, Whit.

– Le monde est petit, dit ce dernier avant de s'éclipser.

Russell ne quitta pas Corrine d'un pouce tout en se dirigeant vers le bar, à hauteur duquel ils calèrent sur une volée de jeunes assistants discutant avec animation du nouveau roman de Franzen. Puis il tomba sur Buck Calder avec qui il parlait toujours de vin, et il lui présenta Corrine.

– T'as entendu ? dit Buck. Ils viennent juste de déblayer la cave du Windows. Pas la moindre trace des tables ou des chaises, mais des milliers de bouteilles de vin qui ont survécu.

Russell perdit brièvement contenance lorsque leur hôtesse s'approcha de lui pour lui prendre les mains et lui dire combien elle était désolée pour Jim, qui avait un jour posé une option sur le roman d'un de ses auteurs.

– Est-ce qu'il va y avoir une messe du souvenir ? demanda-t-elle.

– Officiellement, il est encore porté disparu, dit Russell.

– Tu me tiens au courant ?

– Absolument.

Alors qu'elle s'éloignait pour accueillir de nouveaux arrivants, il leva les yeux et aperçut Trisha, son ancienne assistante, juste derrière l'épaule de Nan.

Si choqué qu'il fût, il n'aurait pu prétendre qu'il était surpris de la voir là ; d'une certaine manière, il avait toujours redouté que ce moment arrive et, lors de cauchemars éveillés, en imaginait différentes versions. Trisha avait l'air joyeusement dérangée. Sa panique initiale s'atténua lorsqu'il considéra que sa présence n'était pas si improbable, ni nécessairement de mauvais augure. Elle travaillait ou, du moins, avait travaillé dans l'édition ; elle était sans doute venue avec une amie.

Il prit Corrine par le bras et l'entraîna vers le fond du jardin. En jetant un œil par-dessus son épaule, Russell faillit entrer en collision avec son ancien patron, Harold Stone, qui se tenait triste et délaissé à côté de sa femme, agrippé à son verre, ressemblant de plus en plus à un grand duc, avec ses lèvres en forme de bec et ses sourcils broussailleux de vieillard qui se dressaient comme deux sommets jumeaux jusqu'à la moitié de son front.

À cet instant, Harold était si semblable à un monument qu'on aurait pu prendre les pellicules sur ses épaules pour des crottes de pigeon. Russell essaya de se rappeler quel âge il pouvait bien avoir – soixante-dix ? Jeune membre de la tribu de l'ancienne *Partisan Review*, protégé d'Hellman et Arendt, admirateur de McCarthy, ami de Mailer, Bellow et Roth, mentor de Sontag, il avait plus ou moins inventé le commerce du poche, publiant des œuvres sérieuses dans un format autrefois réservé aux romans à l'eau de rose et aux polars. Son engagement profond dans les combats gauchistes ne l'avait pas empêché d'acquérir une modeste fortune, juste à temps pour pouvoir prendre dignement sa retraite en quittant ce qui subsistait de Corbin Dern, la maison d'édition sur laquelle il avait régné, au moment où elle avait été engloutie par un énorme empire multinational. Bien que leurs chemins se fussent croisés fréquemment lors d'événements de ce genre, les deux hommes ne s'étaient pas parlé depuis des années, en fait, depuis que Russell avait dirigé la tentative de rachat de la compagnie en 1987, alors qu'il était encore employé dans la boîte. Mais, en cet instant, Harold gratifia Russell de sa plus fidèle approximation d'un sourire humain, comme s'il avait finalement été prêt à enterrer la hache de guerre. Un des petits miracles de l'après-coup — bien qu'il fût difficile d'en être certain, dans la mesure où Harold avait toujours agi comme si, pour lui, les manières étaient l'apanage de la faiblesse intellectuelle. Le sourire que Russell parvint à faire monter à ses lèvres dut sembler encore plus épouvantable et artificiel au moment où Harold présenta sa femme et où, de son côté, il lui représenta Corrine, qui avait rencontré Harold de nombreuses fois, tout en espérant que la menace qui planait dans son dos disparaîtrait bien vite. Mais alors qu'il attendait que quelqu'un intervienne et leur permette d'avancer pour échapper à la confrontation, Trisha apparut, fonçant droit sur eux quatre.

Elle se dressa à côté de lui, un verre de vin blanc à la main, tandis qu'Harold marmonnait quelque chose à propos de l'Afghanistan. Au moment où Harold fit une pause pour boire une gorgée de sa boisson, elle tendit la main.

— Bonjour, je m'appelle Trisha Wilcox. C'est un véritable honneur de faire votre connaissance.

Harold tendit la main à contrecœur, la dévisageant avec une tolérance peinée. Un autre homme que lui aurait alors présenté son épouse, mais Harold semblait penser qu'il avait déjà fait plus que le nécessaire en acceptant de lui serrer la main. De plus, Trisha avait d'autres priorités.

— Donc ça, c'est Corrine, dit-elle avec un sourire éclatant, celle qui ne taille pas de pipe.

Durant un instant, Russell espéra que, grâce à son sang-froid inné et en puisant dans ses réserves de hauteur patricienne, Corrine parviendrait à se sortir de cette situation. Elle examina son interlocutrice, la détaillant de haut en bas comme s'il s'était agi d'un chien qui s'était faufilé jusqu'à elle pour s'exciter sur sa jambe. Mais lorsqu'elle se tourna vers Russell, son expression se décomposa pour laisser place à une stupéfaction empreinte de supplication : il fallait qu'il lui explique, il fallait qu'il la délivre. Elle aurait aussi bien pu recevoir une balle en pleine poitrine, le regardant, bouche ouverte, puis se tournant à nouveau pour observer cette petite meurtrière inconnue. Lorsqu'elle finit par fixer les yeux sur Russell, il constata que la confusion avait cédé le pas à la compréhension. Plus tard, il se rappela avoir été impressionné par la rapidité avec laquelle elle avait saisi la portée et le sens de ces mots si laids et de la situation, la créditant, rétrospectivement, d'avoir tout compris en un instant – il avait toujours imaginé qu'elle se cramponnerait à ses illusions bénies.

– On ne se connaît pas, je crois, dit froidement Corrine.

– Je m'appelle Trisha, dit-elle. Vous vous souvenez peut-être de moi répondant au téléphone, mais en fait sûrement pas, peu importe d'ailleurs, votre mari m'a baisée pendant deux ans.

Russell aurait voulu apporter quelques nuances à cette déclaration, qui n'était pas entièrement exacte, et plus généralement faire remarquer à quel point le moment était mal choisi. On était en plein deuil national, merde!

– Ou peut-être ne devrais-je pas dire «baisée», poursuivit Trisha, mais plutôt «sodomisée». Il se montrait toujours très scrupuleux sur ce point, surtout, pas question de me baiser à proprement parler. Il a une conception clintonienne de la fidélité.

Russell tressaillit instinctivement lorsque Trisha plongea la main dans son sac à main géant. Pendant quelques secondes, il fut absolument certain qu'elle allait en sortir un pistolet, avec lequel elle le tuerait. Il n'aurait pas été surpris. Son déséquilibre émotionnel, son imprévisibilité dangereuse, étaient d'une certaine manière les composantes du frisson qu'il ne pouvait s'empêcher d'aller chercher encore et encore, bien qu'il se jurât chaque lendemain d'y renoncer. Il avait même rêvé la scène – la première d'un film, une cérémonie de remise de prix, qui se terminait par un plan dans lequel sa maîtresse fendait la foule à la sortie de la salle et le tuait par balle.

À présent, au lieu d'un pistolet, elle brandissait une liasse de papiers, pliée en deux, qu'elle essaya de donner à Corrine de force, mais celle-ci eut un mouvement de recul et croisa ses mains sur ses précieux seins aériens – que Russell, il s'en rendit compte dans des douleurs effroyables, pourrait ne plus jamais voir ni toucher.

– Peut-être aimeriez-vous jeter un coup d'œil à notre correspondance, dit Trisha. Après tout, c'est une soirée littéraire. De l'e-mail tout frais sorti de l'imprimante, excusez, pas aussi élégant que les billets doux de Russell sur le papier à en-tête gravé de chez Crane. C'est d'ailleurs moi qui lui ai appris à se servir de l'e-mail, à l'époque où j'étais son assistante dévouée. J'imagine que c'est un truc de génération. Je veux dire, j'y ai pas cru quand ils l'ont mis à la tête de tout ce projet désastreux de livre électronique, comme si Russell savait ce qu'est un livre électronique. Ça me sidérait quand, après que je lui avais taillé une pipe, il me demandait conseil concernant des logiciels. C'est comme si tout à coup les mecs de son âge avaient une raison de plus de se taper des filles plus jeunes – pour qu'elles puissent les dépanner en informatique après la baise. Et vous, Corrine, vous êtes plutôt Yahoo ?

Russell voulut lui attraper le bras, mais elle esquiva. Le silence s'était fait parmi les invités dans leur voisinage immédiat, un public s'étant formé autour d'eux. Elle tendit à nouveau les papiers. Lorsque Corrine refusa son offre, Trisha déplia la liasse et se mit à feuilleter.

– Tiens, en voilà une bonne. Oh, oui, c'est vraiment une de mes préférées. «Ma chère Trisha, je n'arrive pas à dormir tellement je pense à toi. Corrine dort dans la pièce à côté et tout ce à quoi je pense, c'est toi, à genoux...»

Russell lui arracha les feuilles des mains. Elle le fixa avec un sourire qui, en d'autres circonstances, aurait pu paraître doux et généreux.

– «... dans une posture d'adoration et de soumission», continua-t-elle.

– Je refuse d'entendre ça, déclara l'épouse d'Harold, en saisissant le bras de son mari, bien qu'elle semblât clouée sur place.

– Tu vois, Russ, dit Trisha, tout mal écrits et cheap qu'ils soient, je les ai mémorisés.

Elle regarda le public, dont le cercle s'était encore agrandi, créant une vaste zone de silence autour d'eux.

Alors même qu'il envisageait de se jeter sur elle pour l'étrangler, Russell songea que Trisha possédait des qualités au-delà de sa putasserie abjecte et de son lâche abandon aux désirs les plus vils qu'il pouvait exprimer : elle était remarquablement fougueuse et intelligente. Mais cela, bien entendu, était une pensée épouvantablement inconvenante.

S'efforçant d'imaginer ce qui pourrait bien ne pas être inconvenant dans cette situation, il tendit la main et toucha le bras de Corrine, qu'elle retira comme si elle s'était fait mordre par un serpent. Il la regarda s'éloigner de plus en plus de lui, alors même qu'elle demeurait à ses côtés pour l'instant, les formes habituelles des vingt années passées ensemble s'étant peu à peu incrustées, et tandis que des rides qu'il n'avait jamais vues auparavant venaient barrer le front de Corrine et pincer la chair entre ses joues et sa mâchoire.

Afin d'échapper à son regard accusateur, Russell se tourna vers Harold, dont l'indignation, bien qu'équivalente à celle de son épouse, était plus modulée. L'expression de mauvaise humeur qui se peignait sur le visage d'Harold exprimait la colère face à un manquement à un idéal chevaleresque, mais aussi, pour autant que Russell la déchiffrât correctement, une allusion au fait que lui, Russell, ce petit con qui avait tenté de lui racheter sa boîte, venait de trahir l'équipe et violé le code de son sexe en offrant un aperçu, si accidentel fût-il, de la chambre secrète dans laquelle la lubricité et l'inconduite masculine étaient demeurées jusque-là bien cachées – une expression qui rappela à Russell la fois où, bien des années plus tôt, il avait surgi dans le bureau d'Harold et l'avait trouvé en train de peloter son assistante.

Il aurait peut-être mieux valu pour lui qu'une arme fût sortie du sac, songea Russell en contemplant les ruines de sa vie : le studio pour célibataire à Yorkville, les week-ends sur deux avec ses enfants, les nuits solitaires devant la télé. Il voyait Corrine reculer jusqu'à s'effacer complètement, comme s'il l'avait observée par le mauvais bout d'une longue-vue, avant même qu'elle quittât le jardin en tempêtant.

Il lui courut après, la rattrapant à l'intérieur de la maison et lui agrippant le bras.

Le visage de sa femme était une savane sèche, dans laquelle il était déjà mort – un cadavre desséché, crâne figé dans un rictus, à moitié couvert de sable. Que pouvait-il dire? Que c'était le côté sordide et univoque de l'affaire qui l'avait attiré? Que parce qu'elle était son épouse, elle n'avait pas l'attrait de l'interdit? Que désir et respect étaient inévitablement, dans sa psyché à lui, exclusifs l'un de l'autre? C'est justement parce que je te respecte, chérie. Parce que tu portes des culottes blanches La Perla en dentelle faite main et que je n'attends pas de toi que tu te soumettes à mes moindres lubies salaces à trois heures du matin. Le fait que toutes ces propositions fussent justes ne fit rien pour alléger sa culpabilité.

Elle lui retira son bras.

– Je serai à la cantine toute la nuit, dit-elle. Donc tu n'as qu'à dormir dans le lit et te réveiller avec les enfants. Je t'appellerai demain pour te mettre au courant de mes projets.

22

La route semblait devenir de plus en plus étroite, jusqu'à menacer de se dissoudre dans l'ancienne sente de chasse qui en avait dicté le cours sinueux ; envahie par une verdure rampante qui s'insinuait sous elle et la recouvrait en partie, bordée d'un côté par un ruisseau et de l'autre par un mur de pierre effrité qui s'éboulait et se reconstruisait sur le passage de la Range Rover de Luke, elle était entamée à intervalles réguliers par une allée privée – flash lumineux de bardeaux blancs et de carreaux de fenêtre se découpant dans le lourd rideau de feuillage. Il fonçait pour arriver à l'heure à leur rendezvous ; comme toujours, Sasha avait été incapable de quitter l'appartement au moment prévu et ils avaient été pris dans les bouchons précoces de l'heure de pointe sur la 95 ; lorsqu'ils avaient emprunté la sortie New Canaan, il ne leur restait plus que vingt minutes, et à présent, ils étaient sur un sentier de cerfs, suspendus dans une ombre verte, dont, semblait-il, ils n'émergeraient peut-être jamais.

– Les Billings ont une maison à New Canaan, dit Sasha, rompant un silence de dix minutes.

– Je croyais qu'ils en avaient une à Southampton.

– Celle de New Canaan, c'est pour les week-ends d'hiver ; ça leur évite d'avoir à se taper deux heures de route jusqu'à Southampton. Plein de gens tournent à trois maisons – l'une à une heure de la ville et l'autre dans les Hamptons, pour l'été. Tiens, les Carmody viennent juste de s'en acheter une à Locust Valley pour les weekends. Il s'est rapproché de Piping Rock pour le golf. Ils ferment la maison des Hamptons en octobre.

– Hum, dit Luke.

Il mourait d'envie de raconter cette histoire des trois maisons à Corrine.

– Écoute, tu admettras que c'est vraiment pas idiot.

– J'adore quand tu dis «plein de gens», comme si c'était normal. C'est à cause de ça que notre fille est à l'hôpital.

– Ashley est à l'hôpital parce que les Carmody ont trois maisons?

– En un sens, oui.

– Cette vie, on l'a construite ensemble, toi et moi, Luke. À une époque, tu étais plus compétitif que n'importe qui. Tu te rappelles quand tu as failli acheter un vignoble au Chili, après que Jake Steinman en avait acheté un à Sonoma?

– Eh bien désolé de te décevoir, mais on n'est pas près d'acquérir ce vignoble, ni cette troisième maison. On a perdu énormément d'argent ces derniers mois.

Après une pause appropriée et décente:

– C'est très grave?

– Franchement, je ne suis même pas sûr qu'on puisse garder la maison à Sagaponack.

– Tu n'es pas sérieux.

– Tu peux regarder les comptes toi-même, si tu veux.

– Tu as songé à reprendre un emploi?

– Je suis toujours à la recherche d'un moyen de faire quelque chose d'utile de ma vie.

– La plupart des gens pensent qu'être un soutien de famille est utile.

– Nous sommes toujours une famille, pour toi?

– C'est affreux de dire ça.

Une enseigne blanche discrète avec des lettres vertes signalait l'entrée de l'établissement – une vaste étendue de pelouse jade, piquetée de maisons blanches dans le style régional fin dix-huitième, une minuscule chapelle palladienne, et quelques structures modernistes. Ce fut la première vision qu'en eut Luke; ça aurait pu être le campus d'une école préparatoire aux universités de la

238

Nouvelle-Angleterre, le genre d'endroit où ils s'étaient toujours imaginé qu'Ashley entamerait ses études supérieures. Elle avait été transférée de l'hôpital à cet établissement en ambulance privée quelques jours plus tôt. Luke suivit l'allée jusqu'à un groupe de bâtiments assez dense, longeant un terrain de base-ball et des courts de tennis, puis se gara dans le parking réservé aux visiteurs et suivit une flèche indiquant la direction de l'administration.

– Je peux vous renseigner ? demanda le réceptionniste, un Noir musculeux dont les biceps faisaient presque éclater les manches de son polo.

– Je suis Luke McGavock, et voici ma femme. Nous avons rendez-vous avec le Dr Friedlander.

Quelques minutes plus tard, ils furent introduits dans le cabinet du Dr Friedlander, qui se leva pour les accueillir – c'était une femme d'un âge incertain, à la silhouette informe, pourvue d'un casque poivre et sel et vêtue d'un jean trop large et d'une chemise blanche d'homme.

– Luke McGavock. Et voici ma femme, Sasha.

Il perçut une trace d'hostilité dans son regard froid d'évaluation. Ce n'était certainement pas le style de femmes qui, d'après l'expérience qu'il en avait, se sentaient une sympathie immédiate pour Sasha, bien que cette dernière eût fait de son mieux pour avoir l'air neutre ; son col roulé gris et son pantalon assorti ne faisaient, selon lui, que souligner la svelte perfection de son allure coûteuse.

– Je vous en prie, asseyez-vous.

Il examina le cabinet à la recherche d'indices susceptibles de l'orienter sur la personnalité du médecin et ses goûts, mais ils étaient rares parmi les diplômes de NYU et John Hopkins, un mur de journaux professionnels reliés, et un bureau à la surface virginale. Un unique tableau était accroché au mur : des balafres idéogrammatiques noires sur un fond blanc.

– C'est un Kline ? demanda Sasha, en désignant la toile.

Luke leva les yeux au ciel. S'imaginait-elle vraiment que c'était le type d'œuvres qu'on pouvait trouver dans le cabinet d'un médecin ?

– C'est un patient qui l'a peint, dit le Dr Friedlander sans se retourner pour regarder.

– Est-ce qu'Ashley va nous rejoindre ? demanda Sasha.

Luke savait qu'elle était nerveuse, mais son intonation était impatiente et impérieuse.

– Nous estimons qu'il est important, surtout dans le cas de patients jeunes, de faire participer la famille au processus thérapeutique, mais nous ne pensons pas qu'Ashley soit tout à fait prête pour une consultation familiale. En réalité, elle nous a très clairement demandé de remettre votre visite à plus tard. Toutefois, nous croyons qu'il est important de connaître certains détails de son parcours médical et psychiatrique, et de cerner son environnement.

– Vous voulez dire qu'on ne peut pas la voir ? demanda Luke.

– Pour l'instant, nous estimons que cela risquerait d'être contre-productif du point de vue de la guérison d'Ashley.

– J'aimerais juste que vous sachiez que ma fille n'est pas une droguée, dit Sasha. Si tel est le diagnostic, je crois que vous allez devoir le modifier. Je ne suis pas dans le déni. Elle a traîné avec un groupe de filles assez noceuses et il est évident qu'elles ont tâté de pas mal de choses. Mais j'ai l'impression qu'il s'agit plutôt là d'un geste spectaculaire que d'une affaire d'abus à long terme ou d'addiction. Je veux dire, regardons les choses en face, nous sommes tous traumatisés par ce qui s'est passé en septembre. Je crois qu'il est important de garder ça à l'esprit. Une des camarades de classe d'Ashley a perdu son père et le père d'Ashley lui-même se trouvait sur les lieux ce matin-là et a travaillé comme volontaire à Ground Zero depuis. Elle a peur. Et moi aussi j'ai peur. Tous les gens que je connais sont ébranlés. Nous buvons tous beaucoup trop. Je suis retournée voir mon thérapeute après un an d'interruption. Nous vivons une époque effrayante. Mais je ne pense vraiment pas qu'Ashley ait un problème de drogue à proprement parler.

La pause qui suivit cette déclaration s'étira jusqu'à devenir un silence pesant.

– Les événements actuels constituent certainement un facteur aggravant, dit le Dr Friedlander. Je vous assure, Mrs McGavock, que notre personnel est parfaitement capable d'établir ce genre de corrélations. Peut-être pourriez-vous, pour commencer, me dire si dans votre famille il y a des cas de dépendances aux médicaments ou à l'alcool ? Mrs McGavock, vous avez dit à l'instant que vous buviez beaucoup trop ?

— J'ai dit que tout le monde buvait beaucoup trop.

Le médecin leva les sourcils d'un air sceptique.

— Essayons de nous concentrer sur vous, pour l'instant. Y a-t-il des cas d'abus d'alcool dans votre famille ?

Luke craignait que Sasha ne laissât paraître son indignation, traitant le docteur comme un membre impertinent du secteur tertiaire, mais il la vit surmonter son élan défensif, se redressant dans son fauteuil et préparant son récit dans sa tête. Il se demanda à quel point elle serait honnête.

— Mon père était un assez grand buveur.

— A-t-il été traité pour son alcoolisme ?

C'était un sujet sensible et Luke sentit une vague inattendue de sympathie pour sa femme. Sasha évoquait rarement son père, qui avait quitté la maison quand elle avait trois ans. Elle aimait le décrire comme un bon vivant – un fêtard aristo du Sud –, mais la réalité, selon sa mère, était bien moins glorieuse. Il avait fini ses jours dans un asile de nuit à Charleston.

— Traité ? Je ne sais pas. Il s'est rendu en Suisse une fois. Je recevais des cartes postales de panoramas alpins, edelweiss, maisons en pain d'épice, et fillettes à tresses comme Heidi. Il disait qu'il skiait, mais Maman disait qu'il était dans une clinique.

— Est-ce que vous le qualifieriez d'alcoolique ?

— Il avait une bonne descente, dit-elle. Il aimait les saloons et les champs de courses. C'était une autre époque.

Elle inspira profondément.

— Mais oui, j'imagine que je pourrais dire qu'il était alcoolique.

Luke ne l'avait jamais entendue proférer cet aveu. Il ne put s'empêcher de se demander si elle n'avait pas décidé de sacrifier feu son père afin de se protéger. C'était, cependant, un début.

241

– Il est décédé?

Sasha hocha la tête.

– Et de quoi est-il mort?

– On n'a jamais vraiment su. Peut-être était-ce à cause de l'alcool.

Le médecin écrivit sur un bloc-notes.

– Et dans votre famille, Mr McGavock?

Il secoua la tête.

– Mes parents s'imbibaient le week-end. On a eu un oncle alcoolique, comme dans toutes les familles du Sud.

– Parlons un peu de vos habitudes à vous. Comment qualifie-riez-vous votre rapport à l'alcool, Mr McGavock?

– Je bois un cocktail en rentrant à la maison.

Il se rappela qu'il n'allait plus au bureau et, au fond, n'avait plus d'habitudes.

– Enfin, autrefois. Du vin au dîner. Je dirais que ma consommation est maîtrisée.

Il se préparait à poursuivre, à défendre l'usage des drogues euphorisantes à l'adolescence et autour de la vingtaine, mais le Dr Friedlander se tourna vers Sasha.

– Et vous, Mrs McGavock?

Il y avait quelque chose de fourbe dans le ton de sa question. Sasha lâcha la main de Luke et croisa les jambes.

– J'ai un faible pour le chardonnay. Je crois qu'il m'arrive d'en boire un verre ou deux de trop. Nous sortons beaucoup dans des galas de charité.

– Est-ce que vous suivez une prescription médicale en ce moment?

– Oui, enfin, rien de bien sérieux. La pilule… du Paxil…

– Tu prends la pilule? dit Luke.

Il croyait qu'elle était devenue stérile après la naissance d'Ashley – du moins, c'est ce qu'elle avait prétendu.

– Ça me permet de réguler mes cycles, dit-elle sans croiser son regard.

– Est-ce que vous avez déjà fait une dépression?

– On a diagnostiqué des tendances dépressives chez moi – elle semblait heureuse de changer de sujet. Mais enfin, c'est un peu le cas de tout le monde, non? Le Paxil rend la vie un peu plus douce. Je prends aussi du Mopral, contre le reflux. Et puis du Stilnox, pour dormir.

– Prenez-vous de l'éphédrine?

– De temps en temps, mais ce n'est pas sur prescription. Tous les gens que je connais en prennent. Je veux dire, c'est pas évident d'entrer dans un 36, et on ne peut pas passer sa journée au gymnase.

– J'ai cru comprendre qu'Ashley avait quelques kilos en trop, jusqu'à assez récemment. L'avez-vous déjà encouragée à prendre quelque substance que ce soit pour maigrir?

– Il se peut qu'elle m'ait posé des questions sur l'éphédrine, mais elle n'a pas besoin de ma permission pour aller s'acheter un médicament qui est en vente libre.

– Et la Dexédrine?

Elle fronça les sourcils.

– J'ai une vieille ordonnance. Je n'en ai pas pris depuis des mois. Seulement quand j'ai besoin de perdre un ou deux kilos.

Le docteur nota quelque chose. Voyant l'expression de Luke, Sasha haussa les épaules et s'efforça d'avoir l'air d'une petite fille sans défense.

Il se tourna vers le docteur.

– Mon épouse est un peu obsédée par son poids et ça a déteint sur Ashley. Le signal qu'elle recevait était que sa mère l'adorait quand elle était maigre.

Le Dr Friedlander hocha la tête.

Sasha se dressa dans son fauteuil.

– C'est ridicule.

– Est-ce qu'il vous est arrivé de lui procurer de la Dexédrine?

– Jamais!

– Et vous n'avez jamais remarqué que votre réserve personnelle avait diminué?

– Oh, mon Dieu, dit Sasha.

– Bon sang, Sasha. Ne me dis pas que tu lui as fait bouffer des amphètes ?

– S'il vous plaît, tâchons de garder notre calme, pour le bien d'Ashley. Bon, à présent, il faut que je vous interroge à propos de la Ritaline. Il semble qu'Ashley ait bénéficié de deux prescriptions, une de son psychiatre et l'autre de son médecin traitant.

– Deux prescriptions ? dit Luke. Pourquoi aurait-elle eu deux prescriptions ?

– J'imagine, Mr McGavock, qu'elle a dû vous en parler séparément et suggérer que cela pourrait améliorer ses performances scolaires.

– C'est possible, oui. Mais ce n'est tout de même pas un narcotique ?

– C'est essentiellement une amphétamine, et, à haute dose, elle peut générer une euphorie. C'est la raison pour laquelle les gens en abusent bien souvent. En particulier dans les écoles privées de Manhattan. Je crois comprendre qu'elle vous a demandé de ne pas en parler à sa mère.

C'était la vérité. Ashley lui avait confié qu'elle éprouvait parfois des difficultés à se concentrer ; elle l'avait évoqué d'un ton penaud, expliquant que toutes les bonnes élèves à l'école en prenaient pour améliorer leur faculté d'attention, sans oublier de lui demander de ne pas en parler à sa mère, sous prétexte que son psychiatre ne croyait pas à la Ritaline. C'était leur secret et, à l'époque, il lui avait été reconnaissant d'organiser cette petite conspiration avec lui. Son médecin avait accepté de lui faire une ordonnance pour une période d'essai, et après avoir demandé une ou deux fois à sa fille si elle trouvait les effets bénéfiques, Luke n'y avait plus jamais repensé.

– Comment tu as pu ne pas parler d'une chose aussi importante avec moi ? demanda Sasha.

– Et toi, qu'est-ce que tu dis de l'autre ordonnance ? demanda Luke. Tu étais sûrement au courant. Pourquoi tu ne m'en as pas parlé ? J'imagine que tu as dû penser que ce serait un bon moyen pour elle de perdre du poids.

— C'est le Dr Rosenblum qui lui en a prescrit. Et Ashley refusait que je t'en parle parce qu'elle ne voulait pas que son génie de père découvre qu'on lui avait diagnostiqué des troubles déficitaires de l'attention. Ça n'avait rien à voir avec son poids.

— Je crois qu'il est clair, déclara le Dr Friedlander, que nous sommes en présence de sérieux problèmes de communication.

Luke plongea sa tête dans ses mains.

— Vous croyez?

— J'ai bien peur de devoir vous interroger sur les drogues dites euphorisantes, Mrs McGavock.

— Pourquoi moi? Qu'est-ce que c'est que cette question? Qu'est-ce que ma fille est allée vous raconter?

Elle se leva.

— Je vous en prie, Mrs McGavock. Il est important que nous disposions de tous les éléments concernant le foyer et l'environnement familial afin de déterminer le traitement le plus efficace.

Sasha se rassit lentement, une opération d'une grâce remarquable, l'une de celles que Luke avait souvent admirées.

— Parfait, j'avoue qu'il m'est arrivé de me faire une ligne ou deux lors de fêtes. Ça faisait partie du paysage social. C'était un peu comme, vous voyez, un amuse-bouche. Alors, de temps en temps, dans les toilettes des dames, j'en sniffais une ou deux. Je n'ai jamais considéré que c'était un problème. Je suis désolée, je me rends compte que ça peut sembler affreux, mais c'est la vérité. Je sais que ce n'est pas une excuse, mais ça faisait partie, au même titre que n'importe quoi d'autre, du monde dans lequel nous vivions. En tout cas, je n'ai jamais fait ça devant Ashley.

— Et aujourd'hui?

Elle secoua la tête.

— J'ai compris que ce n'était pas très séduisant.

Il était légèrement effrayant de constater à quel point elle mentait bien. Le Dr Friedlander prit quelques notes.

— Parlons un peu de la dynamique familiale. Est-ce qu'il y a eu des changements dans les relations à la maison récemment, un conflit conjugal, peut-être?

Sasha leva les yeux au ciel.

– Oh, par pitié! Pourquoi ne pas en finir et dire que tout est ma faute?

– Pourquoi dites-vous ça, Mrs McGavock?

– Parce que, apparemment, Ashley a mentionné la rumeur idiote qui circule à mon sujet, et j'imagine que c'est l'excuse qu'elle s'est trouvée pour avoir avalé ce fichu flacon de Vicodine. Ça n'a rien à voir avec le fait que son père a passé treize ans au bureau ou que notre pays a subi une attaque, ou que des milliers de voisins à elle sont morts et qu'on nous parle partout d'une offensive à l'anthrax dans le courrier.

– Parlez-moi un peu plus de cette rumeur.

– Il y a eu un entrefilet ridicule dans le *Post* où ils disaient que j'avais déjeuné avec un certain... avec Bernie Melman, dit-elle du ton las de la célébrité lâchant un cancan éventé.

– Et pensez-vous qu'Ashley ait pu être affectée d'une manière ou d'une autre par cette rumeur?

– Je n'en sais rien. Mais vous allez me le dire. Vous avez l'air de tout savoir sur la question.

– En avez-vous parlé à Ashley?

– Je n'ai pas pensé une seconde que cette absurdité méritait qu'on en discute. Et je ne crois vraiment pas que cela explique quoi que ce soit.

– À l'âge d'Ashley, à cette période de la vie, la relation mère-fille est particulièrement tendue. Des problèmes de rivalité sexuelle font forcément...

– J'ai toujours... nous avons toujours été très ouverts et très honnêtes concernant la sexualité. Elle sait qu'elle peut me parler de tout.

– Est-ce qu'elle t'a parlé, demanda Luke, du garçon avec laquelle je l'ai surprise la semaine dernière en pleine fellation?

Il n'était pas certain de ce que cela prouvait, mais il ressentait le besoin de dissiper le brouillard des dérobades et des faux-fuyants.

– Qu'est-ce que tu racontes?

– Peut-être que si tu n'étais pas aussi ouverte concernant cette fichue sexualité, elle ne taillerait pas des pipes à des inconnus dans sa chambre.

– Je crois que nous avons beaucoup de travail en perspective du point de vue de la communication, dit le Dr Friedlander.

Vingt minutes plus tard, Luke était au parking, il attendait que Sasha sorte des toilettes, observant des petits groupes de patients qui remontaient péniblement la pente engazonnée, répondant probablement à une cloche muette annonçant le dîner, certains d'entre eux se déplaçant avec la démarche somnambulique de ceux qui prennent de puissants sédatifs. Il ne pouvait s'imaginer que sa fille pût être l'un d'entre eux. Si seulement il avait pu la voir, lui dire que tout allait bien se passer. Sasha apparut, entièrement remaquillée.

– Je ne sais pas pour toi, mais il faut absolument que je boive quelque chose, dit-il. Ne me regarde pas comme ça. C'était juste une petite blague, quoi.

– Je crois que nous avons réussi à fournir les réponses à la question de base, non ? Peut-être pas intentionnellement, mais bon.

– Tu veux dire que j'ai fourni la réponse.

– Je crois que la faute est suffisamment lourde pour être partagée.

– Je sais que tu penses que je suis coriace et cynique.

– Je considère le fait que tu le saches comme un signe positif. Elle passa son bras autour de lui.

– Allons dans un endroit tranquille, un restaurant débile à l'ancienne genre Nouvelle-Angleterre où ils servent des martinis dans des grands verres et vendent des bonbons au sirop d'érable à la caisse. Tu te rappelles quand on a pris la voiture pour aller voir les feuilles dans le Berkshire et qu'on s'est arrêtés dans ce drôle de petit restau à Stockbridge ?

– L'Auberge du Lion Rouge.

– Et sur la route de Williamson, quand tu as pratiquement mis la voiture dans le fossé parce que je te suçais ?

Il hocha la tête, refusant de se laisser entraîner.

– On a croisé une auberge à l'aller, dit-elle, s'approchant de lui et le serrant dans ses bras. Pourquoi on n'irait pas demander s'ils ont une chambre ?

Luke entrevoyait l'attrait de cette idée, sentant dans son étreinte une certaine chaleur nostalgique, le vestige d'un pincement d'affection teinté de désir. Mais il avait rendez-vous dans un restaurant du Village avec Corrine, et rien, hormis un nouveau désastre, ne pourrait l'écarter de ce projet.

– Je dois aller en ville, dit-il.

Il se serait senti plus coupable si elle avait protesté, si elle avait réaffirmé sa croyance selon laquelle son engagement charitable était insignifiant, au lieu de le libérer et de regagner en silence l'autre côté de la voiture ; elle n'avait même pas claqué la portière en signe d'insatisfaction. Si sauver son mariage avait été sa priorité, cette scène aurait compté comme une occasion manquée.

23

— T'as eu quoi, ceux des Marines ou les israéliens?

— Ceux des Marines. C'est quoi la différence?

— Les masques israéliens sont bien meilleurs. En plus, ils ont une taille enfant. On en a acheté pour nous quatre, et pour tout le personnel. Web a fait ses études à Choate avec le sous-secrétaire à la Défense, et il a pris le modèle israélien pour sa famille. Il nous a mis en contact avec son fournisseur. Je pourrais l'appeler pour toi. Je veux dire, ils sont pratiquement introuvables.

Corrine se demanda si les masques à gaz qu'elle avait achetés sur Internet étaient de qualité inférieure, mettant sa famille en danger.

— Et le Cipro? dit Casey. J'espère que tu en as un stock sous la main.

— J'ai appelé notre pédiatre et il nous a fait une ordonnance, mais tous les pharmaciens du centre-ville sont en rupture de stock.

— Ils en ont encore chez Zitomer, sur la Soixante-Seizième. En tout cas, ils en avaient encore hier. J'étais chez Minky Rijstaefel pour dîner – tu connais Minky; elle est mariée avec Tom Harwell, le chirurgien esthétique – et c'était tellement chou: il y avait, pliée à l'intérieur des cartons qui portaient nos noms sur la table, une ordonnance pour chacun.

— Tu crois que Zitomer est encore ouvert? demanda Corrine.

— On peut appeler. Alors comment tu trouves la nouvelle déco, ça te plaît, vraiment?

Elles étaient assises dans le salon de Casey sur Park Avenue, avec une bouteille de chardonnay provenant d'une cave qui appartenait à la firme de Web. Casey habitait au 740 Park, une adresse aux résonances talismaniques dans son monde très fermé. Cette simple adresse sur un bristol Crane écru suffisait à consacrer la personne dont le nom était gravé juste au-dessus, à l'élever au rang d'une divinité ayant atteint les hauteurs des aspirations sociales de Manhattan. Casey avait récemment fait redécorer l'endroit par l'équipe la plus en vue du moment dans une version luxe du style pionnier américain, revendant tous leurs meubles français du dix-huitième et leurs toiles flamandes du dix-septième, sans oublier la porcelaine chinoise, les soies damassées et les tapis persans – un style dont Casey avait récemment décidé qu'il était générique de Park Avenue – pour les remplacer par des commodes de Pennsylvanie, des tapis tressés, des boutis anciens, des tapisseries en écossais et en patchwork d'Indiennes, ainsi que des tableaux de Wyeth, père et fils.

– Ça me rappelle un peu la maison de mes parents, dit Corrine.

En effet, l'impression d'ensemble évoquait presque grotesquement la bonbonnière dans laquelle elle avait grandi sur la côte nord du Massachusetts, entièrement garnie de meubles hérités, d'étain et de cuivre, et emplie d'un bric-à-brac miteux directement débarqué de la boutique d'antiquités que tenait sa mère à Salem.

– On avait envie de quelque chose de réconfortant. Si on avait su à quel point c'était approprié ! Vu ce qui s'est passé, je crois que l'ostentation n'est plus de mise.

Elle regarda autour d'elle, admirant son nouveau salon.

Dans des moments comme celui-ci, Corrine devait lutter pour se souvenir de la fille un peu trop ronde et peu sûre d'elle qui avait été sa camarade de chambre en classes préparatoires, espérant qu'elle était peut-être encore là, quelque part sous la surface glacée.

– Comment va ta mère ?

– À peu près pareil, dit Corrine. Elle veut, bien sûr, que nous quittions New York et que nous venions habiter dans le Massachusetts le plus tôt possible.

— Ma mère, c'est exactement la même chose. Elle trouve qu'on devrait retourner à Wilmington ou déménager dans notre maison de Nantucket. Comme si on pouvait se déraciner si facilement. Sans parler des enfants. J'en discutais tout à l'heure avec Sasha McGavock – tu sais, nos filles sont à Sprague ensemble – et elle a dit qu'Hampton Country Day avait reçu dans les deux cents demandes d'inscription ces dernières semaines.

— Elle est comment, en fait ? demanda Corrine.

— Qui ? Sasha ?

— Je suis curieuse, tu sais bien.

— Par où commencer ? dit Casey, en se passant la langue sur les lèvres.

Corrine n'avait pas envie de parler à Casey de la racoleuse de Russell avant d'avoir décidé ce qu'elle comptait faire à ce sujet, dans la mesure où son amie ne serait que trop heureuse de pouvoir présider au démantèlement de son mariage ; elle n'était pas non plus prête à en parler à Luke, bien qu'il fût la personne à qui elle aurait le plus aimé se confier. Pour le moment, elle désirait séparer clairement sa colère contre Russell de ses sentiments pour Luke. Bien entendu, cette colère lui donnait toute latitude d'explorer les-dits sentiments, mais elle souhaitait conserver l'illusion que ces deux mouvements n'avaient rien à voir l'un avec l'autre, que derrière les barrages se trouvait un monde à part.

Durant les quelques derniers jours, elle avait réduit ses contacts avec Russell à une ou deux heures le soir, entre le moment où il rentrait du bureau et l'heure à laquelle les enfants allaient se coucher, refusant de punir les petits pour les péchés de leurs parents. Ils étaient déjà assez perturbés comme ça.

Le lendemain du fiasco au cocktail littéraire, un formalisme glacé, soutenu par le train-train domestique, avait prévalu. Ils dînèrent avec les enfants, Russell ayant lâchement mitonné un des plats préférés de Corrine, le saumon salsa verde, accompagné d'une salade sophistiquée : noisettes sur un lit d'une vingtaine de laitues différentes qu'il avait portées aux nues en les qualifiant de «micro-verdure». Comme si un repas chic pouvait compenser le fait qu'il s'était tapé cette fille... Comme si elle s'intéressait, autant que lui, à ce qu'elle mangeait ; Corrine s'imaginait aisément que Russell, eût-il été la partie lésée, aurait sans doute trouvé quelque apaisement dans une succession d'émulsions rares à base de truffes, de caviar et de foie gras. Puis, après dîner, il avait baigné les enfants et fait la vaisselle.

Corrine avait quitté l'appartement au moment où Russell mettait les enfants au lit, afin d'éviter de se retrouver seul à seul avec lui, et s'était rendue dans le nord de la ville, chez Casey, avant de redescendre à Bowling Green pour prendre son service ; sur place, Jerry lui avait donné un mot de Luke dans lequel il lui expliquait qu'il était à son studio pour rattraper du sommeil en retard. En lisant, elle sentit les larmes lui monter aux yeux – non parce qu'elle avait prévu de se confier à lui ce soir-là, mais parce que sa présence l'aurait distraite et réconfortée ; et aussi parce qu'elle se faisait du souci pour lui, s'inquiétant de cette fatigue qui semblait palpable et presque tragique. Face à la perspective de la longue nuit qui s'ouvrait devant elle, elle songea combien sa compagnie lui importait, elle se rendit également compte que ses motivations pour venir travailler chaque nuit étaient mêlées, et que son élan charitable était bien superficiel ; elle ne valait pas mieux, au fond, que les voyeurs qui débarquaient pour jeter un coup d'œil au désastre et rentrer chez eux avec une bonne histoire de guerre.

Corrine s'échina toute la nuit, fouettée par sa conscience, préparant café et sandwichs, entassant les réserves, distribuant de la sauce piquante, ajoutant de l'eau à des boîtes de soupe déshydratée, balayant la tente, discutant avec les policiers, les gardes nationaux et le pasteur canadien à la chevelure argentée qui était venu jusqu'à eux en voiture pour apporter conseil et réconfort aux équipes de sauveteurs – et pendant tout ce temps, elle s'imaginait combien Luke aurait été impressionné de la voir aussi industrieuse, même en son absence. Faisant preuve d'altruisme alors même qu'elle aurait aimé que Luke fût là pour en être le témoin.

Elle administra un massage de la nuque à un métallier qui n'avait pas quitté le champ de ruines depuis le premier jour. Le temps avait changé, un vent froid s'infiltrant depuis l'ouest, et elle se sentait bien punie, frissonnant dans son coupe-vent, jusqu'au moment où Jerry lui prêta un pull. Elle se demanda soudain comment il était possible, dans la mesure où il gardait les mêmes vêtements d'un jour sur l'autre, qu'il fût toujours aussi bien peigné et rasé. Et, dans le même mouvement : où et quand il dormait.

Elle rentra au loft à sept heures le lendemain matin, juste à temps pour réveiller les enfants et les préparer pour l'école.

Elle entendit Russell sous sa douche, puis les cris et hurlements d'une chamaillerie dans la chambre des enfants. Il était grand temps de les mettre dans des chambres séparées.

– Qu'est-ce qui se passe ici ? demanda-t-elle, surgissant au cœur de la bataille.

– Y m'a tapée.

– C'est pas vrai. C'est elle qui a commencé.

– Bonjour, dit Russell d'un ton plaintif, debout dans l'encadrement de la porte, une serviette autour des reins.

Tout en les aidant à choisir leurs tenues, Corrine essayait de convaincre Jeremy qu'il faisait trop froid pour les manches courtes.

Elle les avait déjà installés pour manger leurs céréales lorsque Russell émergea vêtu de pied en cap, rôdant comme un chien perdu aux abords du cercle familial.

– Je reviens tout de suite, dit-elle aux enfants en se dirigeant vers la salle de bains.

Par habitude, elle ne songea pas à verrouiller la porte. Un instant plus tard, Russell déboula dans la pièce.

– Bon sang, Russell, je suis en train de pisser.

– Il faut qu'on parle.

Elle s'essuya hâtivement et se leva, pleine d'une fureur renouvelée.

– On parlera quand j'en aurai envie, si ça arrive un jour.

– Tu as lu l'e-mail que je t'ai envoyé ?

– J'y ai jeté un œil, dit-elle. Je n'y ai rien trouvé qui m'aide à supporter l'idée que tu te sois tapé cette pute pendant deux ans.

– Je suis tellement désolé, Corrine. Je t'aime. Je te jure que je te revaudrai ça, à n'importe quel prix.

– Je ne sais pas si c'est possible. Je ne sais vraiment pas. Maintenant sors d'ici, j'ai besoin d'un peu d'intimité.

Son air de chien battu la rendait dingue – comme si, d'une certaine manière, il se considérait comme la personne offensée dans cette histoire.

– Dis-moi juste une chose, fit-elle. J'aimerais savoir ce qu'elle pouvait bien avoir de plus que moi.

Elle fut consciente, dès qu'elle eut prononcé ces paroles, que c'était un cliché pathétique, et qu'elle avait tout de la victime dans un horrible feuilleton télé.

– Tu veux vraiment savoir? C'est juste qu'elle n'est pas toi. Elle est différente. C'est tout. Pas mieux. Différente. Peut-être aussi que c'est parce que – tu as raison, c'est une pute. Et toi non. Toi, tu es ma femme.

– Ça, c'est à voir, dit-elle, en le repoussant pour verrouiller la porte derrière lui.

Lorsqu'elle finit par sortir de la salle de bains pour les rejoindre dans la cuisine, Storey la dévisagea d'un air inquisiteur.

– Maman, tu étais en train de pleurer?

– Non, mon cœur, j'ai une poussière dans l'œil.

– On dirait que tu as pleuré.

– Maman travaille là où il y a eu le grand feu, dit Russell. Elle aide à nourrir les sauveteurs. Elle a de la fumée dans les yeux tout le temps.

Elle pensa alors à cette vieille chanson, « Smoke Gets in Your Eyes », qu'ils mettaient sans arrêt, la version de Bryan Ferry, du temps où *Avalon* de Roxy Music était leur album fétiche.

– Maman, tu pleures, là, insista Storey.

– Tout va bien, mon cœur.

Le visage de Jeremy se froissa en réaction à la détresse de sa mère, des larmes coulaient à présent sur ses joues.

– Maintenant, c'est Jeremy qui pleure.

Elle le prit dans ses bras.

– Tout va bien, mon bébé. Maman est un peu fatiguée, c'est tout.

Il finit par s'arrêter de sangloter sur son épaule.

– Est-ce que les sauveteurs vont sauver des gens?

– Ils essaient, mon lapin. On essaie tous.

– Le papa de Celia est toujours pas revenu, dit Storey.

– Celia?

– Celia la Choudoux, dit Jeremy.

– Il s'est réveillé deux fois cette nuit à cause de cauchemars, dit Russell.

Cet appel transparent à son instinct maternel, la protestation à peine voilée contre son travail à la cantine, la mit tellement en colère qu'elle se retira dans la chambre, afin d'éviter de lui hurler dessus devant les petits.

Elle essaya de dormir après le départ de Russell et des enfants, mais sa fureur s'était métamorphosée en un bourdonnement accablant de culpabilité. Elle était une très vilaine personne. Une mère épouvantable. Perdue et damnée. Parce que alors même que le visage grimaçant et sillonné de larmes de son fils se présentait tout frais à sa mémoire, et qu'elle prévoyait de passer l'après-midi et la soirée avec les enfants, dans l'intention d'éviter que les déchirements et les fissures ne gagnent leur monde, elle ne pouvait s'empêcher d'attendre avec impatience ses retrouvailles avec Luke, se représentant le regard qu'il aurait pour elle lorsqu'il lèverait les yeux du gril ou des plaques chauffantes, en la voyant marcher vers lui, une vision qui continua de tournoyer dans son esprit après qu'elle se fut réveillée et habillée, tandis qu'elle surveillait les enfants en train de jouer au square, qu'elle leur faisait réciter leur leçon de maths, que Storey répétait une question à laquelle elle avait été trop distraite pour répondre la première fois, et tandis qu'elle leur donnait leur bain pendant que Russell dînait au coin de la rue à l'Odeon, avec un éditeur italien. Quel genre de mère était-elle devenue, regardant sa montre pendant qu'elle leur lisait une histoire ? Ce n'était pas tant les minutes restant avant l'heure de dormir qu'elle comptait, que les heures qui la séparaient de minuit. Et après qu'elle eut finalement disposé un verre d'eau au chevet de chacun et leur eut dit bonne nuit en les embrassant, elle ne parvint pas à se concentrer sur le nouveau roman de Rushdie, mettant en scène un New York tapageur très fin de siècle qui n'existait plus, ni sur les infos, qui ne concernaient que la terrifiante réalité qui l'avait remplacé.

Quelles soudaines facultés de dissimulation avait-elle acquises pour pouvoir, lorsque Russell rentra ce soir-là, discuter avec lui des enfants et lui demander comment sa journée s'était passée sans ressentir la moindre hostilité à son endroit, à présent que son rendez-vous avec Luke n'était plus qu'une question de minutes ? Russell éprouva un soulagement presque comique de la voir si aimable. Déroulant l'emploi du temps du lendemain, les détails ordinaires concernant qui amenait et allait chercher les petits à l'école, ainsi que le dîner, il manifesta le sérieux d'un étudiant appliqué. Corrine expliqua que les jumeaux étaient invités à jouer avec les enfants de Washington et Veronica ; elle les déposerait là-bas après l'école et il irait les reprendre à six heures. Il hocha la tête avec enthousiasme, répétant chaque information avec l'entrain d'une personne découvrant la logistique d'un circuit aventure. Son empressement à croire dans le statu quo faillit toucher le cœur de Corrine, mais si elle se radoucit à son égard à cet instant, ce ne fut que parce que son esprit et son cœur étaient ailleurs.

La puanteur de plastique brûlé l'envahit à nouveau lorsqu'elle descendit Broadway. Plus elle approchait, plus elle sentait avec précision la présence des morts – un genre de statique parapsychologique. Son impression était si tangible qu'elle redoutait parfois de les voir apparaître, flottant, lumineux, dans les canyons du quartier des finances. Elle s'arrêta et regarda derrière elle, bien que la nuit fût chaude et calme, et imagina qu'elle sentait un courant de tristesse et de regret déferlant sur Broadway. Que lui diraient-ils s'ils pouvaient parler ? Lui donneraient-ils des conseils concernant le mauvais chemin sur lequel elle s'engageait ? Ou était-ce une erreur d'anthropomorphiser ainsi les morts ? Qui aurait pu affirmer qu'ils partageaient nos inquiétudes et nos émotions, ou ceux de leur ancien moi ? Peut-être n'était-ce pas leur tristesse qu'elle sentait, mais seulement la sienne.

L'absence de Luke à Bowling Green la veille au soir lui sembla soudain de mauvais augure. Il avait peut-être passé les dernières trente-six heures avec Sasha. Peut-être avait-il couché avec elle. Sans doute avait-elle réfléchi et s'était-elle rendu compte de ce qu'elle risquait de perdre. Corrine savait qu'après toutes les épreuves qu'il avait vécues avec Sasha, un peu de tendresse et d'affection pourraient agir d'autant plus puissamment sur lui qu'elles lui avaient été longtemps refusées. Elle s'imaginait Sasha comme une de ces coquettes futées qui opèrent en se fondant sur le principe que le désir mâle est renforcé par la concurrence. Alors que Corrine était dégoûtée par l'infidélité de Russell, elle se demandait si Luke, à cause des instincts de son sexe, ne risquait pas d'être envoûté par les errances de Sasha, la voyant comme plus précieuse parce que désirée, son honneur réclamant de reconquérir le trophée qu'on lui avait dérobé. Et tout ce que pouvait dire Luke sur Melman, son statut de nabab, la rumeur selon laquelle il pouvait avoir toutes les femmes qu'il voulait, ne ferait que jeter un éclat encore plus grand sur l'objet de son désir et la faire paraître encore plus digne d'une joute. Même s'il s'était retiré du jeu, Luke avait passé sa vie d'adulte à jouer dans la même division que Melman ; elle connaissait ces types, elle avait travaillé à leurs côtés, et, au bout du compte, ils étaient tous d'accord pour respecter le joueur qui avait le plus de jetons devant lui. Ils concouraient pour les mêmes récompenses. Luke était-il vraiment si différent d'eux ?

Juste après leur première rencontre, elle avait trouvé la photo de Sasha, filiforme en Badgley Mischa, bras dessus bras dessous avec Alec Baldwin dans les pages people d'un vieux numéro du magazine *New York*. Sa première impression avait été critique : elle était certes jolie, mais trop conventionnelle pour être vraiment belle.

Cependant, à force de fréquenter Luke et de l'entendre parler de Sasha, Corrine avait modifié l'image qu'elle avait de cette dernière, lui accordant une sorte de vivacité rétrospective et un certain mystère. La veille au soir, elle avait questionné Casey l'air de rien, sachant que les deux femmes étaient amies, et les informations récoltées à cette occasion lui étaient apparues comme menaçantes à la lumière de l'absence de Luke, plus tard dans la nuit. Tout le monde dans le cercle de Casey pensait que Sasha et Melman avaient une liaison, qu'elle avait commencé à exercer ses pouvoirs considérables dès qu'il s'était séparé de sa femme. Mais les derniers cancans spécifiaient que Melman avait pris un jet pour Palm Beach, et que l'ambiance était à la réconciliation.

Alors qu'elle pénétrait dans la pénombre lumineuse émanant des ruines, elle s'éloigna de cette ligne de spéculation, comme si le vrombissement des lourdes machines et le grincement des dents d'acier des grappins l'avaient réveillée, et se demanda de quel droit elle se permettait de juger Luke ou de s'inquiéter des relations qu'il avait avec sa femme – elle-même n'était pas libre de s'offrir à lui. Comment avait-elle pu s'embarquer si loin ?

En approchant du taureau de bronze, elle tenta de réprimer son excitation impatiente en se disant qu'il était bon de savoir que son cœur était encore suffisamment malléable pour s'affoler de cette brève intrusion du sentiment amoureux dans sa vie. Très rajeunissant comme exercice, ce petit flirt. Mais ce n'était que du fantasme. Et elle se félicita que les choses ne fussent pas allées plus loin ; elle n'avait encore rien fait qu'elle risquerait de regretter plus tard. Quel que fût le cours qu'elle déciderait de donner à son mariage, il ne devait dépendre d'aucune influence extérieure. Russell devait porter seul le fardeau de la culpabilité.

Elle le repéra immédiatement devant la tente, fumant une cigarette, discutant avec le commissaire Davies. Soulagée de ne rien distinguer de nouveau dans son attitude ou dans sa posture, elle s'arrêta de l'autre côté de la barrière pour pouvoir l'observer à son aise. Elle aurait aimé prendre une photo de lui à cet instant. Plus encore que le policier jovial, il semblait dégager une impression d'autorité, paraissant prêt à prendre les choses en main si nécessaire.

Alors qu'elle avançait vers lui, il l'aperçut et ne put s'empêcher de sourire ; Davies se tourna pour suivre son regard. Il plaqua sa main contre sa joue, comme s'il se donnait une claque, un geste de nervosité qu'elle avait déjà remarqué. Un de ces petits tics – comme la manière qu'il avait de se ronger les cuticules – qui, dans leur répétition, devenaient partie intégrante de l'image qu'elle avait de lui.

– Tu es de retour, dit-elle.

– Je suis de retour, répondit-il.

Elle eut peur de rougir.

– J'ai eu ton mot.

– J'avais besoin de sommeil.

– J'espère que tu as bien dormi.

– J'ai besoin d'un café, dit Davies en roulant les yeux dans ses orbites.

Il se dirigea lourdement vers la tente, faisant tinter sa quincaillerie au niveau des hanches.

– J'ai manqué quelque chose ? demanda Luke.

– Je ne sais pas, dit-elle. Tu as cette impression ?

– Qu'est-ce que tu en penses ?

Elle sentait ses muscles faciaux se contracter dans un sourire idiot. Agacée par sa propre transparence, elle s'agaça contre lui.

– Je pense... J'ai cru que tu avais peut-être décidé qu'il était temps pour toi de retourner à ta vraie vie.

– Je ne suis pas certain d'en avoir une.

– Tu as une femme et une fille.

– C'est vrai.

– Oh, excuse-moi, dit-elle. Je suis furieuse contre moi-même d'être si heureuse de te voir.

– Moi aussi je suis heureux de te voir. Est-ce que tu crois que je devrais être furieux contre moi-même ?

– Tu ne te sens pas coupable ?

– Pas vraiment. Enfin, si, peut-être un peu. Non, en fait, c'est pas ça. Mais je crois que ce qu'il y a, c'est que, je ne sais pas – si j'étais un peu moins heureux de te voir, si tu étais juste une minette que j'avais rencontrée à la cantine, cette jolie fille de chez Ralph Lauren, par exemple, alors ça n'aurait pas vraiment d'importance.

– Hier soir, j'étais tellement déçue que c'en était ridicule quand j'ai compris que je ne te verrais pas.

– Ça me fait plaisir.

– Je crois que je devrais pointer et tenter de me rendre utile, dit-elle.

– Je comptais aller jusque chez Balthazar pour collecter des plats chauds, dit-il. Jerry m'a laissé sa voiture, et il nous reste deux heures avant le nouveau service. Pourquoi tu ne viendrais pas avec moi ?

Le policier posté à la bretelle d'accès à la voie express leur fit signe de passer. Luke ralentit et baissa sa vitre.

– Vous avez besoin de quelque chose ici, les gars ? Café, sandwichs ?

– Vous auriez pas une pizza calzone chaude dans le coffre, par hasard ?

– On ira en chercher une.

L'autoroute était déserte. Avec les vitres remontées, la voiture sentait un peu trop le renfermé – un mélange d'odeurs corporelles et de restes de nourriture aussi bien frais qu'anciens. Il sortit à Houston et prit la direction de l'ouest, dépassant Rivington, le quartier où Jeff avait l'habitude de se procurer son héroïne dans une bodega où Russell l'avait emmené le matin de leur intervention, afin de lui accorder un dernier shoot avant de le conduire à la clinique pour la cure. Ils longèrent la vitrine de Katz, le delicatessen où elle avait eu la nausée un après-midi à la vue de tout ce pastrami opalescent et ces tas de corned-beef. Ensuite ce fut Nice Guy Eddie, où elle avait un soir dansé sur le bar et où Russell s'était bagarré avec un type qui ne voulait plus la lâcher après ça. Il y a bien longtemps, dans une autre vie, elle avait été une fille qui danse sur les bars. Soudain elle se sentit prête à le refaire.

Ils se garèrent juste en face du restaurant, l'un des repaires favoris de Russell, un endroit où il aimait emmener ses auteurs en visite, parce que même s'ils n'en avaient jamais entendu parler, ils avaient des chances d'y voir des visages connus et d'avoir l'impression qu'ils étaient bel et bien au centre de l'univers, que leur éditeur était un crack. Bien qu'il eût préféré mourir que de l'avouer, Russell était fier de posséder le numéro de ligne directe qui permettait d'obtenir une table au dernier moment, ou, mieux encore, un box ; elle se souvenait de lui faisant la moue et geignant un soir parce qu'il n'avait pas réussi à dégotter l'un des box situés contre le mur du fond ; déjà contrarié, il avait été carrément outré de constater que, par-dessus le marché, ils étaient occupés par des gens qu'il ne reconnaissait même pas.

À cet instant, un peu avant une heure du matin, l'endroit était à moitié rempli de branchés anonymes. Luke annonça sa mission au maître d'hôtel, le brun avec un bouc qui, pour Corrine, évoquait immanquablement Lucifer.

– Est-ce que tu crois qu'un jour on ira à Paris ensemble ? demanda Luke, en regardant les miroirs aux cadres d'argent usés, les pubs pour apéritifs et les plafonds à caissons patinés.

– Je pense que c'est possible, dit-elle, s'étonnant elle-même.

– J'imagine que c'est un cliché, dit-il. Comme cette photo de Doisneau, le baiser en pleine rue.

– Ce n'est un cliché que si on est blasé.

Tomber amoureux était un cliché en soi, songea-t-elle. C'était du déjà-vu et ça avait l'air absurde de l'extérieur.

– Je ne me semble pas blasé, dit-il.

– Moi non plus.

– Oh, merde.

Elle suivit son regard qui s'était arrêté à l'autre bout de la salle.

– C'est Sasha, dit-il.

Elle était assise dans un box avec un type que Corrine identifia comme un rappeur devenu acteur et une blonde, mince, au maquillage sophistiqué, qui avait l'air de s'être égarée alors qu'elle se rendait au restaurant Le Cirque, encore qu'il fallût admettre

261

qu'aujourd'hui toutes sortes de gens allaient dans toutes sortes d'endroits, à Downtown comme dans les quartiers chics du nord – les frontières étaient devenues poreuses, du moins depuis le 11, lorsque le terme «Downtown» avait soudain acquis un sens angoissant. Même à distance, Sasha était impressionnante; elle avait un genre de présence lumineuse, et, en comparaison, l'autre blonde de la table avait l'air de la version discount en vente à Chinatown de la Barbie Upper East Side.

– Essayons de sortir discrètement, dit Luke.

– Tu ne veux même pas lui dire bonjour? demanda Corrine, qui était curieuse et que le malaise de Luke amusait – bien qu'elle fût découragée à l'idée de se confronter à cette créature de rêve.

Il secoua la tête, posa une main sur son épaule et l'entraîna vers la porte.

Après que deux serveurs les eurent aidés à charger leur cargaison de nourriture dans le Pathfinder, Luke s'arrêta à quelques pâtés de maisons de là, chez Lombardi. Elle resta dans la voiture pendant qu'il frappait à la porte, faisant signe au type qui balayait à l'intérieur. Ce qu'il lui dit sembla faire l'affaire et il retourna à la voiture pour annoncer à Corrine qu'on leur préparait une fournée de pizzas et de calzone.

– Elle est vraiment très belle, dit Corrine.

– J'imagine, dit-il. Avec le temps, ça devient un de ces détails qu'on ne remarque plus, ou encore un élément de plus à ajouter sur la liste des doléances. Le fait que ça lui permette de penser que tout doit aller de soi. La disparité entre l'apparence et la réalité.

– Ça doit être un soulagement, de traîner avec une femme au foyer d'âge moyen comme moi.

– Honnêtement, je trouve que tu es plus belle qu'elle.

– Alors là, je ne crois pas un mot de ce que tu dis.

Il posa ses mains sur ses épaules et la secoua doucement.

– Je te promets que je ne te dirai que la vérité. Je l'ai fait jusqu'à présent et je le ferai toujours.

– Je suis convaincue que tu penses ce que tu dis, fit-elle, mais tu es peut-être trop gentil pour dire toujours la vérité. Parfois, c'est trop brutal.

– Alors faisons un pacte, décidons d'être brutal l'un avec l'autre.

Elle chercha au fond de ses yeux une étincelle de fantaisie, mais ne put en trouver.

– D'accord, dit-elle. On sera des brutes.

– Est-ce que tu crois que les choses vont redevenir telles qu'elles étaient? demanda-t-elle, tandis qu'ils empruntaient la voie express dans l'autre sens, les lumières du pont de Brooklyn flottant sur fond de ciel noir.

– C'est difficile à imaginer, dit-il. Mais je pense que c'est ce qui finira par arriver.

– Ça paraît tout simplement impossible.

– La ville dans laquelle j'ai grandi, dit-il, est l'une des bourgades les plus tranquilles et les plus pittoresques qu'on puisse imaginer. Tu te rappelles la série *Mayberry RFD*? Eh ben c'est pareil. Ça a été le site d'une des batailles les plus sanglantes de la guerre civile. Des milliers d'hommes sont morts en quelques heures. La maison de mon arrière-arrière-grand-mère s'est changée en hôpital de campagne et elle a reçu des centaines de blessés sous son toit cette nuit-là. Il y avait quatre généraux confédérés couchés sur sa véranda sur les quinze qui étaient tombés dans la journée. Près de mille cinq cents soldats sont enterrés dans ce qui, jusqu'alors, avait été le cimetière familial, mille quatre cent vingt-deux, pour être plus précis, et on dit que mon arrière-arrière-grand-mère a écrit une lettre à la mère de chacun d'entre eux. Lorsque j'étais petit, je jouais à compter les taches de sang sur le plancher.

– Tu ne crois pas que ça l'a transformée? demanda Corrine. J'imagine que pour elle le simple fait de jardiner ou d'écrire une lettre n'a plus jamais représenté la même chose qu'avant. Et toi, regarde-toi. Tu n'as pas oublié, même cent cinquante ans plus tard.

– On n'avait pas tant de distractions dans le Sud. New York n'a pas de mémoire collective.

Elle n'avait pas envie que les choses redeviennent comme avant, elle ne voulait pas revenir en arrière. Elle avait envie d'être avec lui dans cette voiture, pour rapporter une pizza au flic qui tenait le poste de contrôle, passer son temps à le regarder, à observer la manière dont ses yeux viraient du gris au bleu et inversement. Elle tendit le bras et lui caressa les cheveux, qui étaient beaucoup plus doux qu'il n'y paraissait.

– Tu crois qu'on se sentira coupables un jour, dit-elle, en pensant que si cette chose épouvantable n'avait pas eu lieu, nous ne nous serions jamais rencontrés? Je veux dire, qu'arriverait-il si un être suprêmement puissant venait à toi et t'annonçait que tu n'avais qu'à faire un geste pour que tout redevienne comme au 10 septembre. Tu dirais quoi?

– Je crois que je suis bien content de savoir que je n'aurai jamais à faire face à un dilemme pareil.

– Mais imaginons, si ça arrivait?

– Ça ne vaut pas le coup d'y penser.

– Moi, j'y pense. C'est horrible. Je pense que je suis quelqu'un d'horrible.

– Je pense que tu es quelqu'un de très bien.

– Si j'étais quelqu'un de bien, je sais ce que je dirais.

– Alors n'y pense pas.

– J'essaie. J'essaie de ne pas penser à tout un tas de choses, mais je ne peux pas m'en empêcher.

– Peut-être que tu devrais essayer de vivre dans l'instant.

– J'essaie vraiment. Mais je ne peux pas m'empêcher de penser.

– Je sais.

– Qu'est-ce qu'on va faire?

– Je ne sais pas. Je vais livrer ces calzone. Ensuite on retournera à Bowling Green. Après ça, on improvisera.

– Est-ce que ce serait horrible, après tout ça, d'aller à ton studio?

Une demi-heure plus tard, ils étaient debout devant le bâtiment, une maison de ville en brique recouverte d'une couche de peinture grise style cuirassé, et envahie de vigne vierge. Il déverrouilla la porte d'entrée ; elle le suivit dans l'escalier jusqu'au troisième étage.

La pièce était remarquablement propre ; elle se demanda s'il était maniaque de nature ou s'il avait prévu sa visite. Le lit bateau semblait occuper la moitié de la chambre, la vaste étendue de duvet moelleux planant, comme sous la tension d'un mystérieux suspense. Un verre d'eau, deux flacons de médicaments, et un tas de livres encombraient le chevet à côté du lit. Un canapé et deux fauteuils club en cuir aux accoudoirs usés et craquelés formaient un fer à cheval devant la cheminée. Ses livres et ses papiers jonchaient la table à tréteaux qui lui servait de bureau ; le fauteuil ergonomique en cuir noir brillant trônait, rigide et prêt à servir, face au PC.

– Cosy, dit-elle.

– Eh, tu pourrais travailler dans l'immobilier, toi.

– Merci, c'est mon plus grand cauchemar.

Après qu'il l'eut débarrassée de son manteau, elle avança délibérément vers le lit, comme pour montrer qu'elle n'en avait pas peur, alors que c'était le contraire. Elle était, elle s'en rendit soudain compte, terrifiée. Quand elle s'était imaginé ce moment, la vision qu'elle en avait eue était celle d'un couple – eux deux – grimpant les escaliers dans une frénésie passionnée, s'embrassant et se caressant, marquant des pauses à chaque étage pour défaire un bouton de plus, alors qu'en réalité ils avaient gravi les marches avec circonspection comme s'ils avaient approché le repaire d'un dragon, silencieux et graves, montant péniblement, accablés qu'ils étaient sous leur fardeau respectif d'angoisse et de culpabilité, tandis que l'escalier et la rampe en bois grinçaient solennellement sous leur poids.

Elle examina les ouvrages posés sur le chevet avec une attention aussi soutenue que feinte, pratiquement incapable de déchiffrer les titres. Les films de samouraïs, les poèmes d'Auden, *Les Corrections* de Franzen.

– Je crois que si un jour j'écris un roman, je l'intitulerai *Les Fautes*.

– Nous n'avons encore rien fait, dit-il.

– Je ne voulais pas parler de ça. Je voulais dire, en général.

– Je peux te servir quelque chose à boire? demanda-t-il.

– Carrément, oui.

– Vodka, scotch, vin blanc?

– Parfait. Je veux dire, peu importe. Tout me convient. Vin blanc.

– Très bien.

– Non, vodka.

– Elle est au congélateur. Tu veux quand même des glaçons?

– Pas de glaçons.

Elle s'assit sur le lit, dans l'espoir d'atténuer sa charge symbolique.

Il rapporta deux verres, lui en tendit un et s'assit à côté d'elle sur le lit. Il leva son verre et trinqua avec elle.

– Tu dois me regarder dans les yeux pour porter un toast. L'idée, c'est que tous les sens doivent être concernés – l'ouïe, le toucher, le goût, l'odorat et la vue.

Elle le regarda puis détourna les yeux.

– Mes sens sont tous plus ou moins paralysés, là tout de suite.

Il l'embrassa sur la bouche, un peu trop intensément, forçant sa langue entre ses lèvres.

Elle se retira.

– Je ne suis pas sûre de pouvoir faire ça.

Il hocha la tête.

– Moi non plus, je ne sais pas.

– Vraiment?

– Vraiment.

– Tu as déjà fait ça? Je veux dire, depuis que tu es marié? Je suis désolée, c'est vraiment pas mes affaires.

– Non, ça va. Je veux que ce soit tes affaires.

– Alors? Ça t'est déjà arrivé? Je veux dire, en dehors de la pute chinoise?

– Presque. Une fois. Pas vraiment.

Elle rit, éperdue de reconnaissance, ses propos ambigus lui paraissant hilarants.

266

– Enfin, bon, une autre histoire de prostituée – tu vas croire que c'est ma spécialité. Je suis allé un jour dans un endroit qui s'appelait le Bain Turc à Tokyo, alors que j'étais là-bas pour affaires. C'est l'un de mes clients qui m'y a emmené. Je ne savais pas trop à quoi m'attendre. Il m'a expliqué ce que j'étais censé faire. Je me suis dit que ça faisait partie du protocole dans ce métier. On t'emmène dans un salon privé avec un bain. L'hôtesse te lave, tu vois, avec son corps. Elle se savonne et ensuite elle te fait mousser de partout. Et puis, à la fin de la première phase, elle te demande si tu veux le *Hon ban*. Aller au bout.

– Et tu es allé au bout ?

Il secoua la tête.

– Non.

– Tu te sentais trop coupable.

– Écoute, oui et non. Je ne sais pas ce que j'aurais fait si j'avais eu le choix. Mais elle m'a dit : « *Gaijin wa okii, na* », ou quelque chose comme ça.

– Ce qui veut dire ?

– Ce qui veut dire « l'étranger est trop grand ».

– Eh ben, dis donc, tu sais piquer la curiosité d'une femme, toi.

– Je suis au regret de t'annoncer que c'est la seule fois de ma vie où j'ai suscité ce commentaire.

– C'est très mignon.

– Et toi ?

– Pas de souci à se faire de ce côté-là, dit-elle. On ne m'a jamais dit qu'il était trop grand.

Il rougit. Mon Dieu, où étaient passés sa réserve et son sens des convenances ce soir ? Elle sentit ses propres joues rougir.

– Je veux dire, est-ce que tu as déjà…

– Trompé mon mari ? Une fois seulement. Enfin, plusieurs fois… avec le même homme.

– Qu'est-ce qui s'est passé ?

– Il est mort.

– Je suis désolé.

– Pas à cause de moi. Que dit Rosalind, déjà, dans *Comme il vous plaira?* «Des hommes sont morts de temps en temps, et les vers les ont rongés, mais jamais par amour.»

– Je ne suis pas sûr de croire ça.

– Je ne pense pas non plus que tu croies ça. C'est une des choses que j'aime chez toi. Pour un type qui a passé la moitié de sa vie à Wall Street, tu m'as l'air ridiculement romantique.

Il parut dérouté, comme s'il ne savait pas vraiment si c'était un compliment.

– En fait, nos bureaux n'étaient pas dans le quartier financier.

Elle avala le reste de sa vodka, grimaçant sous le feu qui lui glaçait la gorge.

– Ça t'embêterait si on s'allongeait avec les lumières éteintes et qu'on parlait un peu? Je suis trop tendue, et j'ai l'impression que si tu ne me touches pas exactement comme il faut, je risque d'exploser. Il y aurait de la chair et du sang partout sur tes murs.

Il se leva et éteignit la lumière, ce qui laissa suffisamment de clarté dispensée par les lampadaires de la rue pour qu'elle puisse admirer son corps élancé et athlétique en silhouette tandis qu'il se déshabillait, ne gardant que son caleçon. Elle se glissa sous les couvertures comme une vierge, attendant d'être entièrement dissimulée pour retirer sa chemise et son jean. Elle souleva la couette pour qu'il puisse s'allonger près d'elle et glisser son bras sous sa nuque.

– Parfois, dit-elle, en se pelotonnant contre le muscle renflé juste au-dessous de sa clavicule, je pense au fait que tu as failli te trouver au Windows on the World ce matin-là.

– Moi j'y pense sans arrêt. Ça s'est joué à un cheveu – un changement d'horaire pour un petit déjeuner. Quel sens ça a? Est-ce que j'ai été sauvé pour des raisons supérieures? Et Guillermo, alors? Comment je pourrai…

Il laissa cette pensée en suspens.

– Tu trouves que tu as eu de la chance? – elle sentit qu'il hochait la tête.

– Jusqu'à ces derniers temps, je trouvais ça normal. Mais à présent, je me rends compte que j'ai toujours eu de la chance. C'est sûr, j'ai travaillé dur, mais on m'a donné tout ce dont j'avais besoin pour réussir, et je n'y étais pas pour grand-chose. Je crois que je me suis trop laissé aller à ma chance, et croire à sa chance, à partir d'un certain âge, devient une forme de cynisme. Et, bien sûr, c'est une denrée qui finit par s'épuiser, n'est-ce pas? À un moment ou à un autre, elle finit par nous faire faux bond. Dès qu'un type se met à gagner pas mal d'argent, il considère inévitablement le succès comme le résultat d'une certaine habileté ou d'un travail acharné. Pour une raison mystérieuse, on les appelle des «self-made-men», comme s'ils s'étaient faits tout seuls. Les rares personnes qu'on entend se féliciter de la chance qu'elles ont eue sont les pauvres poires qui en ont vu si peu qu'elles éprouvent une gratitude absurde d'avoir goûté ne serait-ce qu'une miette du gâteau. Les paraplégiques qui se disent heureux d'avoir eu la chance de survivre à l'accident de voiture. Les rescapés des camps de concentration qui ont perdu toute leur famille.

– Ouais, dit-elle, eh ben moi je suis bien contente que tu aies changé l'heure de ton petit déjeuner.

Elle l'embrassa, un geste simple qui soudain devint plus sérieux lorsqu'il entrouvrit les lèvres et l'attira vers lui. Tout en explorant sa bouche avec sa langue, elle explorait son corps avec ses mains, empoignant ses épaules charnues et glissant sur la peau lisse de son dos pendant qu'il caressait son visage, son cou et ses seins, jusqu'au moment où elle finit par perdre totalement conscience de ses limites physiques et s'imagina se diluant dans le liquide chaud du plaisir. Elle adorait son odeur, un musc piquant qui devenait de plus en plus puissant à mesure qu'ils se touchaient et s'embrassaient. Elle y avait sans doute réagi dès leur rencontre. Personne ne parlait jamais de l'odeur, mais elle se disait parfois que, pour elle, c'était ce qui comptait le plus.

Durant un instant, elle fut consciente de son étrangeté, alors que ses doigts découvraient les contours inconnus de sa queue, qui, à mesure qu'elle l'étudiait, devint presque immédiatement familière, comme si elle l'avait rencontrée fort longtemps auparavant et l'avait simplement oubliée. Elle le connaissait, ça faisait partie de lui et elle ne fut pas surprise d'aimer ça, aussi, chez lui.

Elle croyait avoir perdu ce désir – non, c'était plutôt qu'elle ne l'avait jamais éprouvé jusqu'alors. Elle n'avait jamais ressenti pareil besoin, pareille urgence d'être possédée et emplie, elle n'aurait jamais cru recéler un désir si puissant, un besoin si pressant...

Quelque chose de primitif et d'inédit remuait en elle : des supplications étranges, des cris semblables à ceux d'une créature blessée, résonnaient dans sa tête et franchissaient peut-être ses lèvres. Elle s'écrasa contre lui, encore et encore, et se trouva en train d'approcher cette destination aussi familière que fuyante plus rapidement que jamais, se précipitant vers cet instant où elle finirait par l'atteindre et absorber entièrement son corps dans le sien ; à chaque poussée, elle avait l'impression de s'approcher toujours plus de lui, même lorsqu'elle se trouva interrompue, rejetée en elle-même au moment où son pubis heurta violemment le sien ; puis, finalement, tout à coup, la membrane qui les séparait éclata, elle le posséda entièrement, perdant la trace de son amant aussi bien que celle de son propre corps, projeté, en état d'apesanteur, à travers l'espace... pour enfin revenir à elle et se retrouver sous lui, le corps chaud de Luke la plaquant contre la terre.

Elle gisait là, épinglée, reconnaissante qu'il n'eût pas bougé, collée à lui par une pellicule de sueur rafraîchissante, désirant crouler sous son poids pour toujours.

– Je suis désolé, dit-il. C'était un peu... rapide.

– Désolé ? Ne sois pas désolé. C'était incroyablement bon.

Comment pouvait-il seulement penser à s'excuser ?

– J'ai eu peur d'avoir été le seul à...

– Vraiment ?

Oh Dieu, pensa-t-elle, haïssant le ton de supplication dans sa voix.

– Vraiment.

Elle le sentit qui se déplaçait, s'apprêtant à la libérer.

– Ne bouge pas. Pas encore. S'il te plaît.

– D'accord.

– Reste encore une minute. J'ai envie de te sentir sur moi plus longtemps.

– Très bien. Moi aussi, ça me plaît.

– Tu ne dis pas ça juste pour me faire plaisir?

– Non. C'est juste que, en tant qu'homme, je ne sais pas. On ressent le besoin d'accomplir une performance.

– Ça implique un certain contrôle, alors, un genre de retrait émotionnel.

– Je n'étais pas en retrait. J'étais… ému.

– J'imagine que tout aurait été plus simple si ça avait été raté.

– C'est vrai, et comment!

– Je sais que je devrais me sentir coupable, mais non.

Tout en disant cela, elle commença à sentir la tristesse du départ, le jugement immanent à la lumière du matin.

– Si tu penses que ce n'est qu'une passade… Si c'est déjà oublié, je crois que tu ferais mieux de me le dire maintenant. Je comprendrais. Je pourrais retourner à mon ancienne vie.

– Si tu le peux, tu devrais sans doute le faire.

– C'est ce que tu veux?

Étendue dans le noir, elle attendait sa réponse, elle l'attendait tout en souhaitant que la réponse n'arrive jamais, qu'elle puisse rester allongée là dans un état de suspension, sans avoir ni à penser ni à choisir.

24

Ayant abrégé un dîner d'affaires pour présenter à Corrine ses arguments en faveur de la réconciliation et du pardon, Russell fut très déçu, à son retour à la maison, d'y trouver Hilary, qui avait passé la semaine précédente en pension chez son ami policier, affalée sur le canapé, en train de lire un magazine, tandis que des images d'Afghanistan tremblotaient sur l'écran de télévision.

– Corrine est chez Casey, dit-elle, en levant les yeux de sa revue.

– Elle a dit si elle rentrait ce soir ?

– Elle va directement au centre-ville. Elle a dit qu'elle te verrait demain matin.

Il hocha la tête, remballant la construction sophistiquée de plaidoiries et de justifications qu'il avait passé la journée à assembler.

– Au cas où tu te poserais la question, elle n'a rien voulu me dire, mais j'imagine que tu as merdé grave.

La regardant, allongée sur le canapé telle une odalisque, il lui revint à l'esprit qu'il avait un jour craint qu'elle ne fût la cause de sa perte. Ça semblait un peu gros de se faire remonter les bretelles pour inconduite sexuelle par Hilary.

– Quoi qu'il en soit, j'espère que tu vas trouver un moyen de tout arranger, dit-elle. Je ne me suis pas tapé tout ça pour vous regarder réduire en miettes votre petite famille.

Cet été-là, ils avaient loué la même maison que d'habitude à Sagaponack, une ferme du dix-neuvième siècle en bardeaux d'où l'on entendait les vagues se briser, nichée à l'abri derrière une haute haie de troènes masquant la vue sur les nouvelles bâtisses gargantuesques, qui, après un bref hiatus au début de la décennie, quand l'économie avait flanché, s'érigeaient à nouveau dans les champs de patates alentour. C'était l'été 94. Les Polanski, qui louaient aux Calloway, travaillaient la terre depuis près de deux cents ans et avaient vendu, au fil du temps, quelques terrains en bordure d'exploitation, s'enrichissant au passage ; ils envoyaient leurs enfants dans les mêmes universités que celles qui accueillaient les citadins auxquels ils avaient cédé les lots subdivisés, mais continuaient néanmoins à cultiver quelques hectares exorbitants de pommes de terre. Russell et Corrine les avaient pistonnés pour que leur fille intègre Brown ; et Corrine écrivait à Mrs Polanski tout au long de l'année des petits mots, bulletins d'information de la grande métropole. Cependant, après avoir loué la maison pour une somme relativement dérisoire durant les sept dernières années, Russell eut l'impression qu'en tant que locataires ils devenaient aussi anachroniques que l'était la poursuite des activités agricoles – un caprice sentimental des propriétaires, qui avaient choisi de ne pas moderniser la maison ni les salles de bains et de ne pas augmenter le loyer en fonction du marché. Même ainsi, les Calloway n'avaient pu réunir les vingt mille dollars pour la saison qu'en vendant leurs toutes dernières actions de la compagnie multimédia de Bernie Melman, des parts que Russell avait accumulées lors de sa tentative ratée de rachat de Corbin Dern. S'ils poursuivaient le projet élaboré et onéreux de devenir bientôt parents – ce qui allait leur coûter au moins autant –, il ne voyait pas comment ils pourraient espérer relouer l'année suivante, surtout que Corrine avait laissé tomber son boulot pour réserver toute son énergie à sa future grossesse. Leurs revenus allaient être divisés par deux au moment précis ou leurs dépenses doublaient.

La maison lui manquerait, mais il ne regretterait pas la vie sociale trépidante – les premières, les galas de charité, et les cocktails avec traiteur et voituriers qui avaient progressivement remplacé les dîners à la bonne franquette et à la fortune du pot caractéristiques des premières années dans les Hamptons. La haute saison, dans cette colonie estivale, était devenue encore plus éreintante que la frénésie urbaine à laquelle ils étaient censés échapper. À mesure qu'août approchait, le calendrier se couvrit, de plus en plus densément, d'invitations à des cocktails et des dîners décontractés pour quatre-vingts personnes – ce qui contribua à attirer Hilary, laquelle débarqua à la mi-juillet. Nombre de ses fréquentations branchées à Los Angeles – des metteurs en scène, des acteurs, ainsi que les chefs et les coiffeurs qui veillaient à leur bienêtre – avaient pris l'habitude de passer le mois d'août sur la South Fork de Long Island, ce qui rendait le sacrifice qu'Hilary consentait à sa sœur considérablement moins coûteux, alors que, de son côté, Corrine semblait avoir choisi la période et le lieu devant accueillir leur projet mutuel en se fondant sur des notions surannées de sérénité rurale, de fertilité ambiante et de rythme des marées.

Le mois de juillet fut consacré à la synchronisation des cycles menstruels des deux sœurs, et août aux injections massives d'hormones. Russell avait pris un mois de vacances afin d'endosser le rôle de grand maître de l'hypodermique, Corrine ayant une peur panique des aiguilles et ne se sentant pas capable d'administrer les profondes injections intramusculaires à sa sœur.

Quand il était devenu clair qu'ils allaient devoir recourir à des mesures inhabituelles pour devenir parents, Russell avait tiré un trait sur l'adoption. «Je suis peut-être vaniteux, superficiel ou je ne sais quoi», avait-il dit, mais il était hors de question qu'il élevât un enfant dont ils ne partageraient pas le code génétique. Si l'enfant finissait par devenir un tueur en série, «au moins n'auraient-ils pas à blâmer les gènes d'un inconnu». Ayant posé cette limite, Russell fut stupéfié d'apprendre jusqu'où Corrine était prête à aller pour avoir des enfants. «Mais est-ce que c'est possible?» demanda-t-il lorsqu'elle lui exposa l'idée la première fois. «Absolument», répondit-elle.

Ils étaient à la maison et dégustaient les spaghetti vongole préparés par Russell en regardant les scènes de carnage en Bosnie sur

CNN. Russell ne doutait pas qu'elle finirait par trouver une solution ; durant les deux dernières années, elle était devenue une experte en fertilité et en obstétrique. Deux fausses couches et une tentative ratée de fécondation in vitro ne l'avaient rendue que plus déterminée – certains auraient dit obsédée – à avoir un enfant.

– Qu'est-ce qu'on fera si l'enfant hérite du QI d'Hilary et de la soif insatiable de ta mère pour les produits dérivés de la distillation du grain ? dit Russell en évitant la référence au père de Corrine – un personnage glacé et distant qui avait décampé du foyer vingt ans plus tôt et fondé une nouvelle famille.

– Tu veux une parfaite traçabilité génétique, dit Corrine. Mais j'ai bien peur que tout ça ne soit effectivement encodé de mon côté.

La soirée au cours de laquelle elle avait demandé à Hilary un don d'ovules fut, sans aucun doute, la plus humiliante et la plus difficile de sa vie. Ce n'était pas évident pour Corrine de se rendre à ce point débitrice de sa petite sœur, si bien que Russell et elle furent tous deux satisfaits de la rapidité avec laquelle elle accepta.

– Tu devrais peut-être y réfléchir, lui avait dit Corrine au téléphone, tandis que Russell écoutait tout sur l'autre ligne.

– J'ai pas besoin d'y réfléchir, avait-elle répondu.

– C'est un engagement vraiment très important, avait insisté Corrine, comme si elle estimait qu'elle avait remporté le point trop facilement, se rabattant sur son mode habituel de relation avec sa sœur, qui consistait à l'empêcher d'agir trop impulsivement.

– Non, vraiment, je suis honorée, avait-elle dit. Vraiment. Et c'est pas le genre de truc qu'on te demande tous les jours.

Six mois plus tard, ils établissaient leur camp de base dans les Hamptons, avec des visites hebdomadaires à l'hôpital de Lenox Hill pour des prises de sang et des mesures hormonales. Quand Russell arriva sur les lieux pour s'y fixer le temps de l'été, les taux d'hormones élevés avaient déjà commencé à semer la zizanie. Lorsque Corrine vint le chercher en Cherokee à l'arrêt de la micheline de Bridgehampton, elle était au bord des larmes parce qu'elle s'était disputée comme une chiffonnière avec Hilary à propos d'O.J. Simpson – une connaissance d'Hilary – qui, selon cette dernière, était victime d'un coup monté dans le procès pour le meurtre de sa femme.

– Elle a sûrement couché avec lui, dit Corrine alors qu'ils avançaient au pas dans la rue principale de Bridgehampton encombrée par les embouteillages du vendredi après-midi, et que la radio diffusait «All I Want to Do Is Have Some Fun», l'hymne de cet été-là.

Le spécialiste avait prévenu Russell qu'il fallait s'attendre à des sautes d'humeur et des montées d'hormones. Corrine avait pris la pilule le mois précédent afin de synchroniser son cycle avec celui d'Hilary, et elle avait entamé son traitement à l'œstrogène la veille.

Bizarrement, Corrine elle-même avait pensé, au début, qu'O.J. Simpson était innocent, à cause du souvenir que lui avait laissé leur seule et unique rencontre : ils étaient à table chez Elio, un restaurant de l'Upper East Side, lorsque l'ancienne star du football américain était entrée. Le romancier du Midwest avec lequel ils dînaient était un grand fan du champion et l'avait interpellé – dans un style très Midwest, qui embarrassa beaucoup Russell – d'un « Yo, Juice ! » retentissant, ce à quoi O.J. avait répondu en venant s'asseoir à leur table où il passa cinq ou dix minutes. Corrine, qui n'avait aucun intérêt pour le sport, était si séduite lorsqu'il se leva qu'elle l'aurait suivi sans réfléchir jusqu'aux toilettes des messieurs ou n'importe où ailleurs. De son côté, Russell, bien qu'incapable de se souvenir de quoi ils avaient parlé, s'était senti ébloui après son départ ; à l'instar de la plupart des New-Yorkais, il aimait se considérer comme relativement indifférent aux célébrités, et, à l'inverse du romancier, il ne s'intéressait pas particulièrement au football, cependant, l'ancien quarterback dégageait une forme d'éclat presque divin qui les avait tous laissés hébétés d'admiration pour le reste de la soirée. Même ainsi, Russell ne pouvait s'empêcher de se poser des questions concernant la sublime créature qu'il avait abandonnée au bar afin de venir s'offrir à leur admiration.

Six semaines plus tard, alors qu'ils regardaient à la télé l'énorme tout-terrain blanche mener un banc de voitures de police sur l'autoroute, Corrine, qui se sentait encore enrobée d'un zeste de poussière d'étoile, aurait juré ses grands dieux que l'homme qui lui avait baisé la main pour prendre congé aurait été incapable de massacrer sa femme à coups de couteau. Ce n'était pas seulement la rencontre personnelle qui influençait son opinion – Corrine prenait systématiquement le parti des hommes, et cette tendance naturelle était encore accentuée par la peur atroce qu'elle avait de se mettre à ressembler à sa mère qui n'avait cessé de se répandre en injures à propos de l'incompétence masculine dès la minute où son mari avait abandonné la famille. Cela, ajouté à un puissant esprit de contradiction, tendait à la rendre méfiante à l'égard de l'orthodoxie féministe. Mais, au cours des semaines suivantes, Corrine s'était graduellement et tristement rendue à l'évidence de la culpabilité d'O.J., prenant toute l'affaire très personnellement, se haïssant d'avoir été abusée, et se découvrant un nouveau zèle d'apostat pour la justice et le châtiment.

– Hilary a droit à son opinion, dit Russell. Tu as fait du droit. Souviens-toi de cette histoire de présomption d'innocence jusqu'à preuve du contraire.

– C'est tellement typique d'elle, fit-elle, les larmes aux yeux. Elle se range toujours du côté des hommes.

– Comme toi.

– Pas aveuglément.

– Des gens parfaitement raisonnables peuvent diverger sur ce sujet, Corrine.

– Et les enfants. Pauvres petits, dit-elle.

Durant les deux dernières années, alors même qu'elle ne parvenait pas à tomber enceinte, l'image qu'elle avait d'elle comme d'une aspirante à la maternité avait réorienté sa conception du monde. Elle se laissait attendrir par la moindre pub mettant en scène des enfants et se mit à se porter volontaire pour garder ceux des autres.

Alors qu'ils quittaient l'autoroute pour prendre l'embranchement vers Sagg Main Road en direction de l'océan, Russell sentit son moral remonter en flèche, malgré les nouvelles bâtisses qui s'élevaient au loin, longeant le champ de maïs vestigial sous le ciel marine limpide. En s'engageant dans l'allée qui menait à la maison, il ressentit une fierté mélancolique à la vue de la ferme avec ses bardeaux usés et le porche à l'ancienne s'affaissant légèrement en son centre. Il ne semblait pas complètement déraisonnable de désirer cette maison toute simple près de la mer, d'imaginer son enfant y passant ses étés, à jouer dans le jardin, à explorer la grange délabrée et à rouler en vélo jusqu'à la plage. Mais elle n'était pas à lui et ne le serait jamais à moins qu'il ne mît la main sur deux millions de dollars. Tôt ou tard, elle serait rachetée par un connard de banquier boursicoteur qui la paierait cash grâce à ses primes de fin d'année, la désosserait, et lui adjoindrait une extension de trois cents mètres carrés et un garage pour six bagnoles.

«Gin and Juice» interprétée par Snoop Dogg faisait résonner ses basses lancinantes de l'intérieur de la maison, et se répandait à travers la moustiquaire.

– Et ça, c'est encore autre chose, dit Corrine, en sortant de la voiture. Elle a une passion pour le hip-hop. Ma sœur et ses goûts simples.

Hilary se tenait face au comptoir de la cuisine, le téléphone collé à l'oreille, en train de souffler sur ses ongles, indéniablement craquante dans son haut de maillot et son short en treillis. Elle fit voler un baiser en direction de Russell tandis que Corrine éteignait le ghetto-blaster.

– Je suis invitée chez Ted Field pour le dîner, dit-elle, hors d'haleine. J'ai pensé que vous auriez peut-être envie de vous retrouver un peu seuls.

– Il faut que tu sois rentrée avant dix heures pour ta piqûre, dit Corrine.

– Je vois pas pourquoi on pourrait pas changer les horaires. Sans ça, on va passer le mois à quitter les dîners en plein milieu.

– Elle n'a pas tort, dit Russell.

– Nous ne sommes pas là pour faire bonne figure dans les dîners, dit Corrine en se détournant pour quitter la pièce.

– Bienvenue chez les poules pondeuses, dit Hilary.

Il haussa les épaules et échangea un regard de sympathie chagrine avec elle, sa belle-sœur semblant, à elle seule, représenter tout ce qu'il allait devoir sacrifier à son nouveau rôle de père. Il devrait quitter les dîners en plein milieu bien assez tôt, et pendant plusieurs années à venir.

— Ne t'en fais pas, dit-il. Je lui en parlerai.

— Je suis vraiment contente que tu sois là, dit Hilary. Ma sœurette est encore plus coincée que d'habitude. Je veux dire, pourquoi on n'aurait pas le droit de s'amuser un peu ? On veut des ovules heureux, non ?

— Je ne peux pas te dire à quel point j'apprécie ce que tu fais pour nous, dit Russell. Je ne sais pas si j'ai eu l'occasion de te remercier.

— Dommage qu'on puisse pas s'y prendre à l'ancienne, dit-elle en lui lançant un regard qui le fit rougir.

Il aurait menti s'il avait prétendu que cette idée ne lui avait pas traversé l'esprit, les points de ressemblance avec sa sœur l'attirant tout autant que leurs différences. Pour qui aime le roquefort, il est parfaitement naturel de convoiter le stilton. Par sa nature même, cette entreprise de reproduction high-tech était chargée d'implications érotiques et incestueuses, l'attirance taboue qu'il avait souvent ressentie pour la jeune sœur de sa femme n'étant qu'exacerbée par la pensée que dans un mois à peine son sperme serait uni à ses ovules – quand bien même la rencontre serait confinée à une boîte de Petri – et qu'elle deviendrait, dans le cas où l'opération fonctionnerait, pour toujours la mère naturelle de son enfant, débarqué de l'éther si artificiellement et au prix de tant d'efforts et d'ingéniosité... Toutes ces pensées tournoyaient autour de lui entre les quatre murs de la chambre du bas, chaude et étouffante cette nuit-là, sous la lumière chiche de l'ampoule unique pendant à la lampe en forme de bouée posée sur le chevet, tandis qu'il préparait la seringue hypodermique, tirant lentement de l'ampoule l'essence hormonale épaisse, chère et gélatineuse, distillée à partir de l'urine de femmes ménopausées, et que Corrine et Hilary se tenaient au garde-à-vous près du lit dans un silence sacramental.

– Bon, dit Russell en brandissant la grosse seringue vers la lumière afin de vérifier l'absence de bulles.

– Mon Dieu, quelle grosse aiguille tu as, dit Hilary.

– C'est pour mieux te piquer, mon enfant.

– Si vous pouviez essayer de ne pas trop adorer ça, dit Corrine en plaisantant, les yeux brillants, sa mauvaise humeur dissipée par l'excitation liée à l'inauguration de cette phase cruciale dans son plan baroque de conception. Même si je suis consciente que le cul d'Hilary est plus mignon que le mien.

– C'est pour toi que je fais ça, ma belle, dit-il.

– Pour nous, tu veux dire.

– À vos marques, fesses en l'air, dit Hilary avec un clin d'œil en se retournant pour baisser son short et dévoiler un string léopard qu'elle baissa jusqu'à mi-cuisses, avant de s'étendre en travers du lit, faisant apparaître les lunes jumelles qui rebondissaient sous la ligne de démarcation de son bronzage.

Russell s'efforça de maintenir une attitude clinique, tout en glissant un regard vers ce spectacle. Soudain, sa main se mit à trembler, et il n'aurait su dire si c'était à cause du sentiment de l'occasion inratable qui se présentait à lui, ou par peur d'infliger une souffrance, ou bien encore par la culpabilité qu'il ressentait de tant apprécier ce panorama interdit, le cul d'Hilary, parfait à tout point de vue dans la lumière chiche dont ils s'étaient tous trois accordés à dire qu'elle représentait un mi-chemin satisfaisant entre la pudeur et le besoin de voir ce qu'il faisait. Il se pencha et pinça la chair fraîche entre ses doigts, la soulevant comme on le lui avait appris pour faire apparaître les veines qu'il convenait d'éviter, abaissa l'aiguille et appuya, rencontrant une brève résistance – qui lui rappela le moment où un couteau de cuisine rencontre une tomate – jusqu'à ce qu'elle transperce la peau. Il ne put réprimer une grimace au moment où elle s'enfonça complètement, la longue aiguille disparaissant dans le doux bourrelet maintenu par ses doigts.

– Ça va ?

– Tu es très doué, dit-elle.

Il se tourna vers Corrine, qui le regardait les yeux embués et dont les lèvres articulèrent en silence un «je t'aime», qui lui rappela l'objet de cet étrange rituel. Elle se détourna lorsque Russell poussa lentement sur le piston, pour faire jaillir au bout de l'aiguille le liquide visqueux, tandis qu'Hilary grognait et se tortillait sous ses mains.

– Désolé, dit-il.

Il tourna à nouveau les yeux vers Corrine, qui fixait l'aiguille, fascinée, alors qu'il la retirait le plus doucement possible, et qu'une larme rose de sang et de ménotropine mêlés se formait sur la chair au-dessus de la ponction.

Soudain, il éprouva une immense fatigue.

Corrine se pencha pour l'embrasser sur la joue et il se rendit compte, à son grand soulagement, qu'il se sentait proche d'elle pour la première fois depuis des semaines, debout à ses côtés, reléguant la jeune sœur allongée sur le ventre les fesses à l'air à un simple accessoire dans leur quête d'un enfant.

– Bon, dit Hilary en essayant d'atteindre la ceinture de son short. Ça s'est pas trop mal passé. Je peux honnêtement vous dire que mon cul a subi des interventions plus douloureuses.

Elle se leva et se retourna, tout en continuant à remonter son short, ce qui offrit à Russell un bref aperçu de la bande sombre au bas de son ventre blanc, tandis que Corrine tendait les bras pour les étreindre tous les deux et que Russell, enlaçant les sœurs Makepiece, s'estimait heureux de pouvoir exprimer, dans une certaine mesure, les émotions compliquées du moment.

Le lendemain soir, Corrine pleura durant presque toute la projection de *Forrest Gump* au cinéma de Southampton et, très nerveuse, fit les cents pas sur la véranda en attendant qu'Hilary rentre d'un dîner. Ils s'étaient mis d'accord sur onze heures, matin et soir, pour les injections. À onze heures et quart, les fenêtres du salon furent illuminées par des phares.

– Regardez qui j'ai trouvé, dit Hilary en poussant la porte moustiquaire avec Jim Crespi derrière elle. Un ami à vous.

La tendresse de Corrine pour Jim n'était pas évidente à cet instant.

— Tu as vingt minutes de retard.

— Pardon, M'man.

— Tu as bu, dit Corrine, en examinant sa sœur d'un œil froid pendant que Russell accueillait son ami.

— Genre un verre et demi de rosé, dit-elle.

— Tout le monde sait que le rosé compte pour du beurre, dit Jim. Surtout le rosé français. Mais il se peut que ça ait un impact sur le sexe de l'enfant.

— On s'y met ? dit Hilary. Parce que après on va danser.

— J'ai entendu dire par des gens bien informés, dit Jim, que la danse stimulait les follicules ovariens.

— Comment se portent Judy et le bébé ? demanda Corrine d'un ton plein de sous-entendus.

— Ils sont chez la mère de Judy à Cohasset, un plaisir auquel j'ai dû renoncer pour cause de réunion scénario avec un certain Alec Baldwin en sa majestueuse demeure d'Amagansett.

Ayant recouvré l'usage de ses bonnes manières, Corrine resta tenir compagnie à Jim pendant que Russell et Hilary se rendaient dans sa chambre.

— Un mois comme ça, ça va faire long, dit Hilary en retirant son string et en relevant sa robe jusqu'à la taille, le fixant avec un regard hautain et provocateur, avant de lui tourner le dos et de s'affaler sur le lit. Le pire, c'est que ces hormones m'excitent à mort.

Russell préféra ne rien répondre. Il essaya de concentrer son esprit sur l'objectif sacré de cette procédure scabreuse tandis qu'il bataillait avec l'ampoule, essayant d'introduire l'aiguille dans le bouchon en caoutchouc.

— La reproduction sans le sexe, on a quand même l'impression que c'est une arnaque parfois, finit-il par dire.

— Tu parles, Charles.

Deux jours avant le transfert d'ovules prévu, Hilary disparut derrière les haies cultivées des Hamptons pendant dix-huit heures. Elle réapparut à cinq heures du matin ; Russell fut réveillé de son sommeil léger par les hurlements des deux sœurs au rez-de-chaussée.

— Ça y est, c'est fini, déclara Corrine quand Russell vint les rejoindre dans la cuisine. Foutu.

— Pas la peine d'en faire un drame, dit Hilary, les yeux comme des soleils de feu d'artifice, sa robe en coton portant la trace d'une brûlure de cigarette juste au-dessus du sein droit.

Corrine serrait un pamplemousse dans une main et un couteau dans l'autre.

— Un drame? Deux mois, douze mille dollars par la fenêtre, sans parler de nos rêves d'avoir un enfant... Sans parler de cette petite lubie. Le drame, ce serait que je te file un coup de couteau, là tout de suite.

— Écoute, je suis désolée. Quelques verres après un mois de vie de nonne, quelle différence ça fait?

— Quelques verres et quelques grammes de coke, vu ta tête.

Corrine ne sembla rien remarquer lorsque Russell lui retira le couteau des mains.

— Rester enfermé dans ce poulailler pendant un mois à se faire gaver d'hormones suffirait à rendre n'importe qui complètement dingue. Est-ce que tu t'imagines ce que je peux ressentir, moi? Je ne me suis jamais sentie aussi triste, si désespérée, de toute ma vie. À un moment, j'ai vraiment songé à descendre le sentier vers la plage pour entrer dans l'eau et marcher droit devant.

— Toi et Virginia Woolf, âmes sœurs. Ne me fais pas rire.

— Je suis sérieuse, putain.

Des larmes emplissaient les yeux brillants et inhabituellement dilatés d'Hilary.

— Je n'avais jamais eu d'idées suicidaires. Jamais de ma vie, avant ces deux dernières semaines.

— Ça, tu l'as déjà dit.

— Je t'en ai pas dit la moitié. J'ai essayé d'être un bon petit soldat. J'ai essayé d'être une gentille sœur. Je voulais aider. Si je ne m'étais pas fait deux ou trois lignes ce soir, j'aurais sans doute encastré la voiture dans un arbre. C'est pas naturel, ce qu'on fait.

— Je ne sais pas ce qui m'a pris de penser que je pouvais te faire confiance, dit Corrine, en s'effondrant sur une chaise de cuisine.

Tu as toujours été égoïste, toujours irresponsable. Les gens ne changent pas.

Elle se mit à sangloter et enfouit sa tête dans ses mains.

– Tout est fini maintenant.

– Rien n'est fini, dit Russell.

Pour la première fois depuis des mois, il savait ce qu'il devait faire. C'était une certitude aveugle, soit – mais il était résolu à aller de l'avant.

– On va se calmer. Toutes les deux, au lit, vous avez besoin de sommeil. Et demain, on va tous les trois à l'hôpital comme prévu.

Il aida Corrine à se lever de sa chaise. Des larmes coulaient sur ses joues.

– On peut pas, dit-elle.

Mais elle ne résista pas quand il la souleva, la porta dans l'escalier et l'allongea sur le lit.

– Je sais pas quoi faire, dit-elle encore, en se recroquevillant pour enlacer ses genoux.

– Moi, je sais, répliqua-t-il.

– Vraiment?

Elle le regarda désespérée, ne demandant qu'à être convaincue.

– Dors. Tout va bien se passer.

Cette formule, il aurait souvent l'occasion de la répéter dans les mois qui suivirent; des paroles de réconfort qui s'avérèrent prématurées, comme les jumeaux.

25

Son estomac se noua lorsqu'elle le repéra, en train de faire les cent pas près de la porte d'embarquement à l'aéroport de La Guardia, vêtu d'un manteau en drap de laine et d'un jean. Elle s'arrêta brutalement au beau milieu du hall, et l'homme qui était juste derrière elle s'excusa après l'avoir heurtée de plein fouet. Elle reprit sa route en essayant de ne pas regarder Luke, alors même que chaque pas la rapprochait de son amant, un pas de plus sur le chemin de l'irrévocable.

Remise de sa propre surprise, elle faillit éclater de rire en voyant la stupeur se peindre sur son visage à lui lorsqu'il l'aperçut à son tour, avant de se détourner au prix d'un effort évident. Elle fut heureuse de constater qu'il n'était pas très à son aise dans ce genre d'emploi. Elle n'aurait pas aimé le voir trop à son affaire dans cette situation, tel un homme habitué à retrouver des maîtresses dans les aéroports, bien qu'elle se rendît soudain compte, avec la même impression bizarre que l'on a lorsque l'avion tombe dans un trou d'air, que c'était possible, qu'il pouvait parfaitement être l'un de ces types qu'elle avait rencontrés à Wall Street, connus comme le loup blanc par les concierges d'hôtels obscurs de l'East Side et qui font envoyer leur facture de carte Visa au bureau. Le connaissait-elle aussi bien qu'elle le pensait ? Et si cette histoire n'était qu'une passade de plus pour lui, une courte parenthèse dans le grand livre du mariage ? Elle se demanda, sans véritable raison, s'il avait déjà emmené d'autres femmes à Nantucket, avant de se souvenir que Nantucket était son idée à elle.

Elle se trouvait à l'entrée du hall des départs, à le regarder exécuter le mime parfait du type qui attend distraitement – passant la main dans ses cheveux bruns, vérifiant dans sa poche qu'il avait bien son billet, l'examinant puis vérifiant l'heure à sa montre pour finalement laisser son regard errer dans la zone des départs jusqu'à le fixer un instant sur Corrine, une expression penaude de soulagement et de gratitude mêlés se peignant alors sur son visage avant qu'il ne détourne les yeux. Quiconque l'aurait observé, un détective privé, par exemple, aurait rapidement deviné quelle était la silhouette qu'il faisait semblant de ne pas remarquer. Et elle, de son côté, avait senti ce que personne d'autre n'aurait pu sentir – l'étincelle qui était passée entre eux comme un baiser. Sa crise de doute prit fin aussi vite qu'elle avait commencé.

L'ayant rétabli dans son cœur et lui ayant pardonné les péchés qu'il n'avait pas commis, elle bénéficia de plus d'une demi-heure pour étudier les siens. Elle avait dit à Russell qu'elle avait besoin de temps pour réfléchir et lui avait suggéré d'emmener les enfants chez sa mère, exploitant sans vergogne sa culpabilité et son désir d'expiation. Elle lui raconta qu'elle allait à Nantucket avec Casey Reynes, la seule once de vérité là-dedans étant qu'elle allait effectivement séjourner dans la maison de Casey. Elle avait fini par se confier à son amie, la prudence battue en brèche par son besoin de partager ce secret. Corrine avait prévu de ne pas dévoiler l'identité de Luke, mais elle finit par tout révéler, en réponse aux pressions de Casey autant qu'à son propre désir de partager sa joie en même temps que ses remords.

Bien entendu, Casey fut ravie de pouvoir participer à la conspiration, d'autant plus quand elle apprit qu'il s'agissait de Luke, qu'elle connaissait depuis des années et qu'elle considérait comme un excellent choix. « C'était une star dans son milieu, avait-elle dit. On l'appelait Lucky Luke. »

Casey n'avait jamais trouvé que Russell était vraiment digne de Corrine, alors qu'elle considérait Luke comme un membre de sa propre tribu ploutocratique. Corrine savait que son amie n'aurait pas été aussi excitée d'apprendre qu'elle sortait avec un poète crève-la-faim ou un paysagiste ; elle savait aussi que la prétendue amitié que Casey éprouvait pour Sasha McGavock n'était pas suffisamment profonde ni dénuée de rivalité féminine pour l'empêcher de choisir le camp des amants. « Ce serait différent si elle ne l'avait pas trompé en permanence ces dernières années », dit-elle. Ce qui était moins clair, c'était le statut de l'idylle de Sasha avec Melman, qui avait été vu récemment à plusieurs reprises en compagnie de son épouse légitime. Mais Corrine aurait eu honte d'avouer que c'était l'une des autres raisons qui l'avait poussée à se confier à Casey – il n'était pas inintéressant d'avoir une espionne dans le camp de Sasha.

Casey lui avait aussitôt proposé d'utiliser sa maison de famille à Nantucket, où ils avaient peu de chances de rencontrer qui que ce fût de leur entourage en novembre. L'île possédait un attrait supplémentaire car elle était le décor des meilleurs souvenirs d'enfance de Corrine, avant le naufrage du couple parental. La seule condition qu'avait posée Casey était que Corrine lui racontât tous les détails sexuels. Elle avait été déçue dans sa quête pour l'instant, et avait eu du mal à croire son amie quand celle-ci lui avait dit qu'elle ne savait pas vraiment qui de Russell ou de Luke avait la plus grosse queue. Bien sûr, elle le savait, mais il lui était impossible de manquer à ce point de loyauté. « Elles sont différentes, avait dit Corrine. Je n'ai pas sorti mon double décimètre. » Casey s'était contentée de secouer la tête. « Tu as un instrument de mesure beaucoup plus fiable qu'une règle à ta disposition. »

La consommation de son désir pour Luke, loin de l'apaiser, n'avait servi qu'à l'aiguiser. Elle découvrait une fringale pour le corps de l'autre. C'était une période bizarrement choisie pour faire l'expérience de cette nouvelle naissance, mais soudain, dans sa quatrième décennie, elle était folle de désir. Elle y pensait sans arrêt. Elle avait envie de lui. Elle avait envie de Luke. Et elle ne se rappelait pas avoir eu envie de quiconque autant que ça. D'un certain côté, cette expérience d'un désir physique presque anéantissant semblait rendre tout le reste insignifiant, même si cela générait chez elle une tendresse croissante pour l'ensemble du monde physique dans lequel son corps affamé et stimulé à souhait évoluait, ainsi qu'un questionnement et une curiosité nouvelle face à la vie intérieure de tous ces corps qu'elle croisait dans la rue. Soudain, on comprenait qu'il existait un ordre caché, un réseau sous la surface. Un puissant courant de désir courait, comme une rivière souterraine sous la surface de toute activité humaine. Cette illumination s'étendait même à son mari. Elle parvenait à comprendre son attirance pour cette traînée, pour la simple et bonne raison qu'elle éprouvait exactement la même chose, mais sur un plan plus élevé. Depuis qu'elle avait commencé à coucher avec Luke, elle constatait, à son propre étonnement, qu'elle jaugeait la vitalité sexuelle des hommes qu'elle croisait dans la rue, dans les ascenseurs, et à la cantine. Ce n'était pas vraiment qu'elle eût envie de coucher avec aucun d'eux – elle était entièrement vouée à Luke –, mais elle pouvait se l'imaginer et ne se privait pas de le faire. Elle avait à présent l'impression de comprendre les hommes, et pourquoi ils se conduisaient si souvent de manière stupide. Son amour pour Luke McGavock, la soif qu'elle avait de son corps d'homme, lui faisait éprouver une sympathie nouvelle, et un attrait inédit pour le sexe opposé dans son ensemble.

Bien qu'elle sût ce qu'était être désirée, elle avait presque oublié ce qu'on ressentait quand on désirait... la faim cannibale, vouloir goûter sa peau, sentir son odeur et son goût. Les bouddhistes avaient raison : le désir était ce qui nous rattachait à la terre, nous piégeant dans cette vie. Mais plus que jamais, elle avait envie d'être ici, d'en profiter tant qu'elle pouvait. Elle voulait exister à ce très haut degré de conscience, sentant les mouvements de la vie dans son corps, une vitalité débordante qui l'avait connectée au couple sorti du taxi devant l'immeuble voisin, tandis qu'elle émergeait de chez elle avec sa valise dans l'aube fraîche et rose. La femme, une gazelle hâlée dans un genre de bikini doré, et son amant au crâne rasé vêtu de cuir noir, étaient penchés l'un contre l'autre à cause de l'épuisement ou de l'affection, alors qu'ils traversaient le trottoir jusqu'à la porte, l'homme fouillant dans sa poche à la recherche de ses clés, la femme adressant un sourire blême portant des traces de rouge à lèvres à Corrine. Elle avait voulu leur demander s'ils étaient amoureux, se devinant des affinités avec eux tandis qu'elle se préparait à aller retrouver son amoureux, mais éprouvant aussi un sentiment paradoxal de supériorité de celui qui, étant au début d'une aventure, a pitié des voyageurs éreintés, brûlés par le soleil et ravagés de piqûres d'insectes qui descendent pesamment la passerelle à la fin de leur croisière. Trois mois plus tôt, elle aurait envié ce jeune couple louche. À présent, elle n'enviait plus personne.

Elle voulait désespérément croire que le monde autour d'elle ne pourrait qu'en bénéficier, car elle éprouvait une affection toute neuve pour les créatures vivantes y compris – et même plus particulièrement – pour son mari. Elle aurait aimé pouvoir dire qu'elle s'était déjà sentie ainsi à la naissance des enfants, alors qu'en réalité, elle s'était sentie terrifiée et aliénée lorsqu'ils avaient fini par quitter l'hôpital pour la maison après deux mois en couveuse. Au terme des deux mois passés à les voir à travers du Plexiglas, elle avait eu peur de les toucher, effrayée à l'idée de les abîmer. Elle s'était sentie incapable de prendre soin d'eux. Et, pour tout dire, elle n'avait pas éprouvé le moindre lien maternel au début. Elle avait mis des mois avant de parvenir à croire qu'ils lui appartenaient pour de bon. Alors qu'elle avait eu ce sentiment avec Luke au bout de quelques jours seulement.

Ces considérations pouvaient, selon les moments, l'exciter ou l'engloutir comme une tornade dans les miasmes de la culpabilité et du désespoir. Comment les sentiments qu'elle avait pour Luke pouvaient-ils s'accommoder de l'amour qu'elle avait pour ses enfants ?

Ayant un besoin urgent d'être rassurée, elle se mit à le chercher des yeux. Il était là, faisant à nouveau les cent pas, les mains dans les poches de son jean, l'air adorablement juvénile dans son manteau. Fauve et léonin, tournant en rond sans répit dans la cage des salons d'attente bondés. À son grand soulagement, elle sentit sa passion pour lui éclater à sa vue – elle ne s'était pas ternie durant les quelques minutes qui s'étaient écoulées depuis qu'elle l'avait regardé pour la dernière fois, mais cette pensée l'amena à se demander **si** cela ne finirait pas inévitablement par arriver; un jour elle ne serait plus électrisée par sa simple présence, ni lui par la sienne.

Elle se livra à un inventaire des hommes qui l'entouraient, profondément satisfaite par le contraste favorable qu'il offrait, pas seulement en termes de beauté, mais aussi, s'imaginait-elle, du point de vue de la mâle autorité et de la vitalité masculine. En cas de crise – une bombe, une nouvelle attaque terroriste, des éventualités qui planaient à présent sans cesse dans son esprit – elle savait que Luke serait celui vers lequel les gens se tourneraient pour les guider hors du danger, les exhortant à l'action, sans penser à sauver sa propre peau.

Enfin la première annonce pour l'embarquement immédiat résonna. Elle réunit ses affaires et lambina vers la porte, rejoignant la file d'attente à plusieurs passagers de lui, admirant la large étendue de son dos, prenant note de lui dire qu'elle le trouvait très beau en fauve, et que, quoi qu'il arrivât, elle voulait qu'il pensât toujours à elle quand il portait ce manteau.

– Bonjour, dit-elle après avoir rangé ses sacs dans les casiers au-dessus des sièges et s'être autorisé un regard vers lui, assis en bordure de couloir.

– C'est votre place? demanda-t-il.

– 11B. J'ai le hublot.

Il se leva, la frôlant, lui laissant sentir la chaleur de son corps et lui pressant la cuisse avant de se reculer pour qu'elle passe.

Elle n'avait repéré aucun visage connu à l'embarquement, et les sièges directement situés en face d'eux étaient vides, mais elle espérait qu'il allait néanmoins continuer à tenir son rôle, pour qu'elle puisse jouer encore un peu. La femme mariée qui flirte avec des inconnus dans l'avion. Qui les laisse lui presser la cuisse. Qui pourrait même envisager de coucher avec eux.

– Corrine Makepeace, dit-elle.

– Luke McGavock.

Peu après le décollage, il l'invita à dîner le soir même. Elle lui répondit qu'elle ne croyait pas être le genre de filles qui acceptent d'aller dîner avec des inconnus. Ni, murmura-t-elle à son oreille alors qu'ils survolaient l'île, quarante minutes plus tard, de celles qui taillent des pipes dans les avions à l'abri d'un manteau transformé en tente, mais elle ne pouvait pas dire qu'elle n'était pas excitée par cette nouvelle version d'elle-même. Il faudrait qu'elle appelle Casey.

Il loua une voiture à l'aéroport, et ils roulèrent parmi les dunes broussailleuses jusqu'à Dionis, le désir qu'elle avait de lui faire visiter la ville foulé aux pieds par son envie de le retrouver au lit. Elle se contenta d'indiquer quelques bâtisses historiques en chemin, notant les widow's walks, ces belvédères qui couronnaient plusieurs d'entre elles.

– Quand j'étais petite, je demandais à ma mère pourquoi on appelait ça les «widow's walks», les promenades de veuve, dit-elle, si les maris finissaient toujours par rentrer de la mer. Et elle me répondait toujours que ce n'était qu'une expression. Mais un jour, mon père m'a dit que, tard dans la nuit, on pouvait parfois voir les épouses des hommes qui n'étaient jamais revenus faire les cent pas, là-haut, dans le noir.

Planant sur fond de ciel blême au sommet de la plus haute dune, entourée par un tablier miséreux de pelouse qui semblait n'avoir retenu qu'un souvenir lointain de la photosynthèse, la maison en bardeaux peints en gris, avec sa façade sans ornement, donnait un sentiment d'isolement stoïque et de taciturnité yankee. Il fallait sans doute être originaire de Nouvelle-Angleterre et avoir traversé ses hivers, pour pouvoir goûter ce genre de beauté austère. Ou du moins c'est ce que s'imaginait Corrine, essayant de la voir à travers les yeux de Luke, craignant soudain que son cœur d'homme du Sud ne la jugeât triste et inaccueillante, parce qu'il aurait préféré un nid d'amour plus doux et d'un luxe plus conventionnel. Bien que la maison ne lui appartînt pas, Corrine avait envie qu'il l'aime, qu'il comprenne pourquoi elle l'avait choisie pour eux – pas seulement parce qu'on la lui avait proposée, mais aussi parce que cette maison et le paysage sévère et balayé par les vents de cette petite île disaient quelque chose de ses goûts, de son héritage et de sa vision de la belle vie.

— Ma mère adorerait cette maison, dit-il, en se penchant pour regarder à travers le pare-brise.

Corrine se souvint que sa mère avait été élevée à Marblehead et passait ses étés près de Cape Cod.

— C'est un peu austère, dit-elle.

— Non, c'est parfait. J'adore.

— Elle a été construite par un capitaine de baleinier au dix-huitième siècle, expliqua-t-elle. Ça fait des lustres qu'elle appartient à la famille de Casey. Ça m'arrive très rarement d'envier mes amis riches. Mais parfois je me dis que j'aimerais bien avoir une maison comme celle-là.

Dès qu'elle eut dit ça, elle se souvint qu'il était riche et pouvait sans doute se payer toutes les maisons qu'il voulait ; elle craignit qu'il la prît pour une profiteuse – qu'il s'imaginât que sa richesse pouvait être un facteur de séduction pour elle.

— Réfléchis un peu, dit-il. On ne peut jamais vraiment posséder une maison comme celle-là. Dans cent ans, Casey et ses enfants seront morts et enterrés, et cette maison sera toujours debout au sommet de la dune, et nous ferons partie de son histoire. Et tant que l'un de nous sera en vie, cette maison fera partie de notre histoire. Et après ça, nous errerons dans ses couloirs comme des spectres, s'appelant l'un l'autre, faisant l'amour fantomatiquement, foutant les jetons aux gens qui penseraient posséder cette maison avec nos gémissements et nos halètements surnaturels. Une maison comme celle-là a besoin d'une grande histoire d'amour.

— Tu dis exactement ce qu'il faut, dit-elle en se penchant pour l'embrasser.

— Alors pourquoi tu as l'air si triste ? demanda-t-il.

Elle secoua la tête, ébauchant un sourire, bien qu'en réalité elle eût devant les yeux une vision du futur, un futur dans lequel Luke ne serait plus qu'un souvenir, et qu'elle se remémorerait cette scène avec un regret doux-amer. C'était comme si son esprit avait été trop pratique et trop littéral pour ignorer les obstacles qui se dressaient entre eux, pour imaginer une vie qu'ils pourraient mener ensemble.

– Eh, pleure pas, dit-il.

– Je viens d'avoir une horrible prémonition, dit-elle. Quand tu as parlé de la maison qui nous survivrait, je me suis vue, à des années de maintenant, et je pleurais ta mort.

Elle ne lui raconta pas comment elle s'imaginait apprenant son décès dans le journal, ou par hasard, dans la conversation, Casey lui disant un après-midi, alors qu'elles regardaient leurs petits-enfants jouer sur la plage : « Tu te souviens de Luke McGavock, ton grand amour ? »

– J'ai encore quelques belles années devant moi. Et nous avons trois jours à nous.

– Deux et demi.

– Alors on ferait mieux de ne pas perdre une minute, dit-il en l'attirant vers lui, la voiture à l'arrêt.

Il la porta dans l'escalier central et suivit ses indications pour se rendre dans la chambre d'amis, où il la poussa gentiment sur l'édredon du lit à baldaquin, qui, lui apprit-elle, était en érable tigre, une essence aujourd'hui éteinte.

– Je m'en fous complètement, dit-il, souriant, en défaisant sa ceinture.

Et elle constata qu'elle était parfaitement capable d'ignorer l'avenir et ses inévitables extinctions tandis qu'il la ramenait au présent et aux exigences pressantes de sa propre chair vivante.

– Je dois être moralement déficiente, dit Corrine plus tard, entortillée dans l'édredon froissé et jouant avec le pénis de Luke comme si c'était son nouveau jouet, tout en évaluant sa culpabilité. Me voilà attendant que tu me rebaises, alors que des bombes pleuvent en ce moment sur des pauvres villageois à l'autre bout de la planète. J'ai lu un article qui disait qu'on était censé sortir ennobli de ce truc atroce, mais ces deux derniers mois, je me suis mise à tromper mon mari, à mentir et à échafauder des plans pour satisfaire mon plaisir égoïste. J'envoie mes enfants loin de moi. J'accours à Bowling Green tous les soirs, soi-disant pour accomplir des œuvres de charité, alors qu'en fait j'exploite la tragédie des autres.

– Ton âme charitable, ma chérie, est authentique. Rien de ce qui s'est passé entre nous ne peut la ternir.

– J'aimerais pouvoir te croire.

– Tu veux que je m'en aille ?

Elle roula sur le côté et passa son bras autour de lui. Si seulement elle n'avait pas adoré son odeur et la saveur de la sueur sur ses joues ; si seulement ses yeux n'avaient pas été si captivants, si pleins d'innocence enfantine.

– Non, dit-elle. C'est ça qui est absolument terrible. Je ne veux pas que tu partes. Je veux être avec toi. Et je me sens tellement coupable.

– Moi, je ne me sens pas si coupable que ça, honnêtement. Toi, tu es dans cet état parce que tu aimes encore Russell.

– Je crois que c'est vrai. Mais alors pourquoi je rêve de m'enfuir avec toi ? De disparaître. Je n'arrête pas d'imaginer quelqu'un sortant vivant des tours et continuant tout simplement de marcher vers une vie nouvelle. Parfois je me dis que j'aurais aimé être cette personne.

– Tu n'aurais pas pu abandonner tes enfants.

– Non, dit-elle. Je n'aurais pas pu. Et je ne sais pas si je peux supporter de réduire leur monde en miettes en quittant Russell. Mais j'y pense. Je n'arrête pas de chercher une solution qui rendrait ça possible.

– Moi aussi, j'y pense.

– Vraiment ?

– Bien sûr.

Soudain, une nouvelle frayeur s'empara d'elle.

– Tu te rends compte que je ne pourrai pas te donner un autre enfant ?

– J'en suis conscient.

– Tu serais mieux loti avec une fille de vingt-cinq ans.

– Pas question, merci bien. En imaginant que ça me tente, l'idée de désirer une personne à peine plus âgée que ma fille m'emplit littéralement d'horreur.

– Et ça te dirait d'être un beau-père? demanda-t-elle, choquée de s'entendre prononcer ces paroles.

– Je trouve l'idée étrangement séduisante.

– Mon Dieu, dit-elle.

Ce petit coup de coude ouvrit grande la porte à ses fantasmes. Les enfants lui étaient toujours apparus comme un obstacle insurmontable; bien qu'au début elle lui eût montré des photos et souvent parlé d'eux, cela était arrivé de moins en moins souvent à mesure que leur intimité avait progressé.

Sur la plage, où le vent hérissait des moutons d'écume à la surface de l'océan couleur mine de plomb, Corrine foulait le sable, penchée en avant dans les embruns salés, au bras de Luke, imaginant leur couple depuis la dune, bras dessus bras dessous sur fond d'éternel Atlantique, et frissonnant involontairement lorsqu'elle se rendit compte que l'observateur hypothétique de cette scène élémentaire n'était autre que Russell.

Elle se baissa pour ramasser une coquille de clam qui se dressait dans le sable, lissant du bout du doigt la demi-lune violette et luisante à l'intérieur de sa surface concave.

– On les collectionnait quand j'étais enfant. On louait une petite maison de l'autre côté de l'île, vers Sconset. Mon père se jetait dans les vagues déferlantes et partait nager au loin. Je me souviens que j'avais très peur qu'il ne revienne pas, qu'il se fasse engloutir par la houle. Il disparaissait sous la surface – durant un temps qui me paraissait infini –, et ma sœur et moi on se mettait à hurler. Bien entendu, à ce moment précis, on voyait sa tête transpercer l'eau, et il revenait vers nous en nageant, les poches pleines d'énormes clams absolument parfaits qu'il partageait entre nous deux.

Luke eut un sourire malicieux et commença à défaire sa ceinture. En un instant, il se débarrassa de son pantalon de toile et de son caleçon, puis ôta sa chemise, pour se mettre à courir, blanc et nu, vers l'eau.

– Tu es fou ? cria-t-elle. On est en novembre.

Il se précipita dans les déferlantes et plongea sous un brisant à hauteur d'épaule. Elle le suivit jusqu'à la grève et l'observa tandis qu'il se débattait dans l'eau. Les bras serrés autour de son corps, elle tentait de se protéger des embruns salés glaçants. Il plongea sous l'eau trois fois avant de se retourner et de rejoindre la rive en nageant. Il émergea lisse et dégoulinant, son sexe rétréci, planté au cœur du sombre buisson comme un champignon bleu, et lui présenta un coquillage blanc et violet sur sa paume ouverte.

Elle passait en revue les étagères de livres dans le grand salon familial tandis qu'accroupi sur le sol devant la cheminée, dans son peignoir à motifs cachemire psychédéliques, il installait des bûches pour le feu. Il avait apporté l'album *Grievous Angel* de Gram Parsons. Des chansons sur les cœurs brisés et les amours illicites flottaient dans la maison.

> *We know it's wrong to let this fire burn between us*
> *We've got to stop this wild desire in you and me.*
> («On sait que c'est mal de laisser ce feu brûler entre nous
> Il faut qu'on arrête, toi et moi, ce désir fou.»)

N'ayant pas eu l'occasion de les juger plus tôt, elle fut heureuse de constater que les goûts musicaux de Luke étaient, jusqu'à présent en tout cas, en accord avec les siens ; elle appréciait aussi ce clin d'œil à ses origines sudistes. Elle n'arrêtait pas de repasser «Love Hurts», «L'amour fait mal», en s'imaginant qu'elle était Emmylou Harris chantant en chœur avec Luke dans le rôle du maudit Gram Parsons.

Elle adorait cette pièce, le centre chaleureux d'une maison dans laquelle elle avait passé tant d'heures depuis les classes préparatoires, avec son lambris de pin odorant, imprégné d'air marin et teinté par des siècles de fumée de feu de bois. C'était un orphelinat accueillant les meubles dépareillés ou cassés venus des résidences principales, un musée familial d'objets accidentels et intimes réunis par un thème nautique sous-jacent : coquillages et dents de baleine, lampes en forme de bouée, flèches de harpon en acier qui servaient de tisonniers ; marines enfantines dans leur cadre de fortune, bar chagrin orné de rayures, accroché au-dessus de la cheminée sous l'éclat de son vernis brunissant, et fixé sur un losange de pin. Ce décor lui rappelait, à bien des égards, la vieille maison de son enfance sur la côte nord, mais sans les souvenirs douloureux liés aux querelles et aux pertes domestiques.

Elle étudia la technique de Luke – approuvant la pyramide de petit bois et les bûches fendues posées sur la grille, au-dessous de laquelle il fourra des boules de papier journal –, heureuse de découvrir que c'était le genre d'homme qui savait faire un feu, et surprise de se rendre compte que c'était une qualité qui lui importait beaucoup. Elle lui caressa les cheveux tandis qu'il glissait une nouvelle boule de papier sous la grille. Il se serra contre elle et l'embrassa sur la hanche.

Le père de Corrine, en son temps, construisait ses feux aussi méticuleusement que les maquettes de bateaux qu'il assemblait au sous-sol, comme si ces structures avaient été vouées à l'éternité, cabanes de bouleau et d'orme – les vieux ormes ayant succombé dans ces années-là à un parasite étranger – montées sur des fondations de sphères parfaites du *Boston Globe*. Elle s'était souvent dit que son père aurait préféré ne pas avoir à approcher une allumette de sa création, et sa mère se plaignait toujours du fait que ses boules de journaux étaient trop serrées. Un homme froid – le refrain préféré de sa mère – bloqué au stade anal. Russell, à l'inverse, était trop impatient ; il avait tendance à bâcler sur le petit bois et sur le papier, trop pressé d'en arriver à l'étape de la combustion. En y réfléchissant un peu, elle se dit que c'était ainsi qu'il faisait la plupart des choses.

Elle tira une vieille édition de Platon qu'elle n'avait jamais remarquée auparavant, une anomalie parmi les best-sellers du milieu du siècle et les romans en version abrégée du Reader's Digest, les noms presque oubliés des auteurs à succès d'alors : J.P. Marquand et James Gould Cozzens, les Irving – Stone et Wallace. L'un des grands plaisirs des maisons de vacances – et Russell et elle en avaient loué beaucoup – était le hasard heureux et fou des bibliothèques... prendre de vieux volumes, lire la quatrième de couverture et les inscriptions presque effacées.

Elle feuilleta pour trouver la table des matières et vit, répertoriés là, les *Dialogues* qu'elle avait étudiés avec tant de passion à Brown.

– Tu as lu le *Symposium*? Tu sais, j'ai toujours pensé que Russell et moi étions faits l'un pour l'autre. Je croyais qu'il y avait une personne qui nous était destinée, à chacun, et que Russell était cette personne-là pour moi. J'ai toujours gardé en tête le discours que Platon adresse à Aristophane...

– À propos des hermaphrodites.

– Exactement! dit-elle, infiniment heureuse qu'il eût saisi la référence, ce qui semblait confirmer son hypothèse coupable – était-ce possible? était-ce insensé? – selon laquelle Luke, plutôt que Russell, aurait été son jumeau depuis longtemps perdu. Il explique que la terre était autrefois peuplée d'hermaphrodites; Zeus les coupe en deux, créant une race de mâles et une race de femelles. Et après ça, les jumeaux scindés parcourent la terre à la recherche l'un de l'autre, à la recherche de leur moitié manquante. C'est toujours dans ces termes que je pensais à nous.

Elle s'interrompit, ne souhaitant pas s'aventurer trop loin.

– Est-ce que tu as déjà ressenti ça?

– Je le ressens aujourd'hui. J'ai eu comme une lueur de ce sentiment la première fois que je t'ai vue. Émergeant des ruines fumantes. Et tu étais là.

Il leva les yeux vers elle avec une expression qui était juste assez joueuse pour alléger l'embarras de ce moment, puis se retourna vers le feu, gratta une allumette de cuisine contre la boîte rouge et bleu qu'il avait dans l'autre main, et l'approcha du papier, regardant la flamme éclore et s'étendre sous les bûches fendues.

Il se leva et la prit dans ses bras, l'attrapant par-derrière alors qu'elle replaçait le Platon dans la bibliothèque.

— Les livres sont les objets les plus merveilleux qui soient, tu ne trouves pas?

Il eut l'air surpris, se rendit-elle compte, de la banalité de cette réflexion.

— Je veux dire, parce que ce sont des objets informes, ils ont une existence physique, comme nous. Mais chaque livre est l'actualisation d'une forme platonicienne – l'idéal, la création d'un auteur, qui existe indépendamment de l'objet réel. Et ils sont là, posés sur l'étagère: comme si l'idéal restait latent jusqu'à ce qu'on s'empare du volume pour se connecter à l'esprit d'un homme ou d'une femme qui parfois est mort depuis longtemps. Et, dans le cas des romans, avec un monde qui n'a en fait jamais existé.

— Ben, oui, dit-il, mi-dérouté, mi-amusé.

— Tous ces livres, accumulés au hasard pendant une centaine d'étés, dit-elle. Regarde-moi ça, on dirait une encyclopédie de la littérature d'évasion. *La fête continue*, d'Herman Wouk; *Back to Mandalay*, de Lowell Thomas; *Les Nuits de Bombay*, de Louis Bromfield; *One Way to Eldorado*, d'Hollister Noble. J'aime bien ça. Les auteurs n'ont plus des noms géniaux comme Hollister. Tiens, voilà *Aku-Aku, le secret de l'île de Pâques*, de Thor Heyerdahl; *La Route de la liberté*, d'Howard Fast; *The Treasure of Pleasant Valley*, de Frank Yerby; et, bien sûr, *The Shining Trail*, de Iola Fuller.

— Et *Le Pays merveilleux*, dit-il en tirant un volume délavé. Qui refuserait de s'y rendre?

— Et *Là-bas chante la forêt*, d'un certain Trygve Gulbranssen; *Le Lointain Pays* et *Le Sixième Livre*, de Nevil Shute.

Elle ouvrit ce dernier et lut le résumé sur le rabat: «Un conteur inspiré écrit la joie qu'un homme retire de sa journée de travail quand il sait que Dieu est de son côté. Vous apprécierez, comme une note tenue, la profondeur de cette assertion tout au long de cet extraordinaire roman.»

— C'est sûr que des comme ça, on n'en écrit plus, dit Luke.

– J'ai envie de partir loin avec toi.

Elle se libéra de son étreinte et se retourna pour lui faire face, avant de placer ses mains sur son dos.

– Je nous vois suant entre les draps sous un ventilateur en Indochine, on a trop chaud et on est trop épuisés après l'amour pour bouger.

– Je sais, dit-il. Moi aussi.

Elle songea que c'était l'une des plus jolies phrases de la langue : *moi aussi*. Et que le rêve d'un amour nouveau, sans attaches liées à l'histoire et sans habitudes, était de partir loin, ensemble. Un rêve qui n'était absolument pas réaliste dans leur cas. Elle se dégagea de ses bras.

– Dis-moi un truc horrible sur toi, ordonna-t-elle, en se dirigeant vers le canapé. Un truc qui me permettra de retourner à mon ancienne vie.

– Je suis un mauvais père, dit-il en s'asseyant à côté d'elle, le regard perdu dans les flammes. Ma fille a été élevée par des nounous. J'étais trop occupé pour lui accorder le temps et l'attention qu'elle méritait et j'ai laissé ma femme endosser son rôle de mère avec toute la désinvolture dont elle est capable. Quand j'ai fini par rentrer à la maison pour voir où en était ma famille, c'était trop tard.

– Je suis sûre qu'il n'est pas trop tard.

– Ma fille est en cure, Corrine.

– De désintoxication, ce qui veut bien dire que ça va passer. Elle est jeune. Elle a encore toutes les chances d'imprimer une autre trajectoire à sa vie.

Ce qui, elle s'en rendit compte, n'était peut-être pas leur cas, à Luke et à elle. Peut-être étaient-ils trop vieux, trop engagés sur leurs routes respectives.

– Mais je ne t'ai pas dit le pire, fit-il. Il y a quelques semaines, je suis rentré à la maison et je l'ai trouvée dans sa chambre...

Il s'interrompit, en secouant la tête.

Elle lui prit la main et la caressa.

– Dans sa chambre... avec un garçon. Elle lui taillait une pipe.

– Oh merde.

– Je me suis demandé s'il n'aurait pas été préférable de la surprendre en train de baiser. Au moins l'image n'aurait pas été, comment dire, si graphique. C'est quoi cette idée à la con selon laquelle les pipes c'est pas vraiment du sexe ? Apparemment c'est une sagesse dont notre Président sortant n'a pas le monopole ; elle est aussi très en vogue dans les écoles privées de Manhattan. En tout cas, pour moi, ça semble, je ne sais pas, presque plus intime, plus pervers, de coller son visage dans l'entrejambe de quelqu'un.

Elle s'efforça de congédier l'image qui lui venait à l'esprit : elle, le prenant dans sa bouche.

– Je n'arrive pas à m'enlever cette scène de la tête. Et je sais que je devrais nous tenir pour responsables, sa mère et moi, au moins autant qu'elle, mais là, tout de suite, j'ai du mal à supporter de la voir.

Elle s'approcha de lui et lui passa le bras autour de la poitrine pour l'attirer vers elle.

– J'aimerais la rencontrer, apprendre à la connaître. J'aimerais traquer la ressemblance, reconnaître en elle tout ce que j'aime chez toi.

– Raconte-moi quelque chose d'horrible sur toi. Non, en fait, je n'ai pas envie d'entendre un truc horrible sur toi.

Elle regarda les flammes.

– Parfois, je pense que je suis coupable d'être allée beaucoup trop loin ; toute cette organisation pour faire naître mes enfants. C'était excessif. Refuser d'accepter les limites de la nature, mes propres limites biologiques. J'ai défié le destin. Dès qu'ils sont malades, je pense que c'est ma faute, que je suis punie parce qu'ils sont nés prématurés. Et s'ils sont nés prématurés, c'est parce que je n'ai pas été capable de les tenir assez longtemps et peut-être aussi parce que c'était incroyablement égoïste de pousser les techniques de reproduction assistée dans leurs derniers retranchements. Et il y a autre chose. Parfois je vois un détail dans le visage de Storey qui me fait peur, j'ai l'impression de voir ma sœur, quelque chose chez Hilary que je déteste. Et je me sens si ingrate, si dénaturée, quand je pense que, ne serait-ce qu'un instant, il m'arrive de ne pas aimer une petite parcelle de ma fille.

— Il m'arrive de ressentir ça aussi. Je vois ma femme dans ma fille, avec ce petit sourire affecté qu'elles ont toutes les deux. Du style « tu sais quoi ? Je m'en tape de toi ».

Le regard qu'il lui lança alors la poussa à se pencher pour l'embrasser, ranimant son envie de lui. Mon Dieu, pensa-t-elle, mais d'où peut bien venir tout ce désir, et où s'était-il caché pendant toutes ces années ? Elle glissa la main dans les plis de son peignoir et saisit sa queue, l'attirant vers elle en précipitant son corps contre le sien, excitée malgré le souvenir coupable qui lui revenait d'avoir fait l'amour avec Russell sur ce même canapé des années plus tôt par un après-midi d'été.

Ils finirent toutefois par devoir répondre à d'autres impératifs plus triviaux. Il leur fallait des provisions, mais il leur semblait imprudent d'aller en ville ensemble. Et ils avaient tous deux besoin de passer un coup de fil pour voir où en était leur autre vie, bien que le simple fait d'évoquer cette obligation embarrassante risquât de briser le charme romantique de leur idylle.

— J'ai horreur de ces cachotteries, dit-elle. J'ai envie de m'afficher avec toi. J'ai envie de parader sur Main Street, ou sur West Broadway à ton bras.

Mais elle accepta de le laisser se rendre en ville tout seul, et, très vite, elle s'impatienta de le voir partir alors qu'il inventoriait les marmites et les casseroles dans la cuisine et faisait les lacets de ses bottines L.L. Bean à semelles de caoutchouc dans le couloir. Elle ressentait un besoin urgent de parler à ses enfants, une chose qu'elle ne pouvait faire tranquillement avec lui dans la maison. Elle regarda depuis le perron la voiture s'engager sur la route ; ensuite elle rentra pour téléphoner, infiniment reconnaissante quand sa mère lui annonça que Russell était lui-même parti faire des courses.

— Qu'est-ce qui ne va pas, vous deux ? demanda sa mère, avec, en fond sonore, le tintement des glaçons dans son verre. Russell tourne en rond comme un chien battu.

– Rien, dit Corrine, décidée à ne pas se faire recruter dans le club des femmes bafouées que présidait sa mère.

La fuite de son mari au bras de sa meilleure amie vingt-cinq ans plus tôt était demeurée l'événement clé de sa vie, le mythe fondateur d'un culte amazonien d'amertume et de colère. Corrine, récemment initiée à celui d'Aphrodite, n'avait jamais éprouvé plus grande antipathie à ce sujet. Tout en ayant une grande tendresse pour son gendre, sa mère aurait tiré un certain plaisir morbide à apprendre qu'il avait confirmé la piètre opinion qu'elle avait de son sexe, et que sa fille avait été trahie, exactement comme elle. Et bien que Corrine trompât son mari dans la chair – ou peut-être justement à cause de ça –, elle n'avait pas le moindre désir de dénoncer Russell à sa mère.

– J'avais juste besoin de prendre un peu de temps pour moi, Maman.

– En parlant de mariage, comment va Casey? Est-ce que je t'ai dit que Mary Greyson avait vu son mari avec une poule au Ritz-Carlton le mois dernier?

– C'était une cliente, Maman.

Lessie vivait encore dans un monde où n'existait qu'un Ritz-Carlton et dans lequel les femmes qu'on apercevait au bar étaient soit des épouses soit des putains.

– C'est comme ça qu'on les appelle de nos jours? Je crois que nous savons qui est le client de qui, dans ce cas.

Finalement elle parvint à persuader sa mère de lui passer les enfants.

– La maison de Nana sent bizarre, dit Jeremy. Storey a été malade en voiture et elle m'a vomi dessus et après, eh ben, le chat de Nana m'a griffé et ça saignait comme tu peux pas savoir. Papa m'a mis un pansement, mais c'était un pansement sans dessins dessus. Où tu es?

– Je suis à Nantucket, dit-elle. Tu te souviens, je t'ai dit que Maman allait se faire des petites vacances entre filles avec Tante Casey? Tu te rappelles Nantucket, hein?

– J'avais eu une dent de baleine.

– Exactement.

– Pourquoi on peut pas venir ?

– Eh bien, parfois, les parents ont besoin d'un petit temps mort.

– Un temps mort ? dit-il. Mais c'est triste, non ?

Corrine se regarda dans le miroir du couloir lorsqu'elle entendit la voiture sur l'allée de gravier, en espérant qu'il ne remarquerait pas qu'elle avait pleuré. En réalité, sa culpabilité maternelle se dissipa bien plus vite qu'elle ne l'aurait imaginé, dès qu'elle vit Luke cheminer sur les dalles dans sa veste Barbour, les bras chargés de provisions. À la porte, elle l'embrassa comme s'il était parti pendant plusieurs jours.

– Tu as si faim que ça, dit-il, ou c'est simplement la joie de me voir ?

Elle le suivit dans la cuisine où il étala la provende – homards et clams, comme elle le lui avait demandé, une livre de beurre, un sachet de salades mélangées, deux bouteilles de chardonnay assez sophistiquées.

– Trop tard pour le maïs, dit-il.

– Ce sera une version maison très dépouillée du traditionnel ragoût de clams, dit-elle. Nous, on emportait une grande marmite à la plage, on creusait un trou et on faisait un feu. Les oignons et les patates, en premier, puis la saucisse fumée, les clams, les moules et, pour finir, les homards. Mon père entassait du varech pardessus et Hilary et moi dévalions les dunes en attendant que ça cuise. J'arrive pas à croire que je me rappelle tout ça.

Elle s'intéressait un peu plus à la nourriture depuis qu'elle couchait avec Luke, comme si tous ses appétits avaient été connectés, comme si ses papilles gustatives s'étaient réveillées en même temps que sa libido. Peut-être n'était-ce que le ravissement d'avoir un plaisir sensuel de plus à partager avec lui, une communion rituelle après avoir assouvi leur désir, mais elle aurait juré qu'elle avait de plus en plus faim ces derniers temps ; et elle se régalait bien plus que d'habitude du goût des aliments. Cela faisait des années qu'elle n'avait pas pu manger de homard – l'idée qu'on les plongeait dans l'eau vivants la rendant trop triste – mais elle avait envie de partager avec lui ce mets traditionnel si représentatif de sa tribu, qui, comme elle le découvrit, était aussi celle de Luke, du moins du côté de sa mère.

– Tu es très proche de ta mère ? demanda-t-elle en rinçant les clams.

– En un sens.

– Ça fait un peu… froid.

– On était presque trop proches, dit-il. Tout le monde la taquinait sur le fait que j'étais son préféré et que, du coup, mon petit frère Matthew était un orphelin. Je faisais semblant d'être malade pour pouvoir rester à la maison avec elle, et elle faisait semblant de me croire, alors qu'elle ne croyait pas aux maladies en général. Vers midi, je me remettais par miracle et on allait se promener, à pied ou à cheval. Tu fais du cheval ?

Elle nota le changement de sujet.

– Autrefois, oui, concours de chasse et de saut d'obstacles. J'ai été sur le circuit pendant deux ans. Alors, qu'est-ce qui a bien pu vous séparer ? dit-elle en pensant à l'histoire qu'il lui avait racontée dans les premiers jours à propos de l'infidélité de sa mère.

– Le sexe, je crois.

Il secoua la tête, jetant un coup d'œil par la fenêtre vers l'océan noir, comme s'il venait seulement de s'en rendre compte.

– Quand je suis entré dans l'adolescence, c'était la seule chose à laquelle je pensais, alors, évidemment, elle ne pouvait plus être ni ma meilleure amie ni ma confidente après ça. Et puis il y a eu cette liaison vers la quarantaine.

– L'histoire dont tu m'as parlé. Avec… comment s'appelait-il ? Chicken ?

– Duck Cheatham.

– Mais j'imagine que tu lui as pardonné ? dit-elle, un homard en colère à la main. Au bout du compte, je veux dire.

– Je ne sais pas, dit-il. Un an après, je suis devenu pensionnaire à Deerfield et ensuite à Williams.

– Tu n'en as jamais reparlé avec elle?

Il secoua la tête.

– Oh, mon Dieu, ta pauvre mère.

En regardant le homard battant l'air, elle se sentit transpercée par le remords que sa mère avait dû éprouver et par sa souffrance durant toutes ces années, d'avoir été rejetée par son premier-né bien-aimé. Elle regarda Luke et se détourna aussitôt, incapable de supporter l'idée qu'il avait pu être la cause d'une douleur pareille. Elle déposa le homard dans l'évier et s'éloigna en direction de la porte-fenêtre.

– Corrine!

En ouvrant la porte, elle faillit renoncer, à cause de la stupéfaction dans sa voix, mais elle était trop bouleversée et déconcertée pour s'arrêter. Elle dévala la dune vers la plage, se retournant une fois pour voir sa silhouette se découpant sur le pas de la porte.

Comment avait-elle pu se tromper à ce point sur lui? Un homme si cruel et si égoïste. Pas un mot pendant toutes ces années? Elle se représentait la mère de Luke à sa propre image, son visage succombant au sérieux et à la tristesse, une moitié de vie ponctuée par des moments de regret et de tendresse contrariée. Finalement, elle cessa de courir, les pieds nus engourdis dans le sable froid, et tenta de trouver un réconfort dans le murmure rythmé des vagues.

Pourquoi était-elle à ce point bouleversée? Pourquoi n'avait-elle pas pris le temps de mesurer les sentiments de Luke et sa douleur à lui? Était-ce parce qu'elle avait autant de peine pour elle-même que pour la mère de Luke? S'attribuant le même rôle de mère indigne... pensant à la manière dont son propre fils finirait inévitablement par lui en vouloir? Se considérant comme une putain. Elle ne croyait pas pouvoir le supporter. Ce n'était pas juste. Elle aurait voulu dire à Jeremy – le beau petit garçon qui finirait par grandir et par la juger, par la détester – que ce n'était pas juste, qu'elle avait besoin d'eux deux. Elle ne voulait pas choisir entre Jeremy et Luke, son fils et son amour. Elle avait envie de dire à Luke que sa mère avait dû ressentir la même chose, alors qu'elle avait envie de le rassurer, lui, le petit garçon caché dans le placard. Soudain, le visage de Luke dans le clair de lune renforça cette image – possédé par un chagrin d'enfant, éperdu.

– Je suis désolée, dit-elle en enfouissant son visage au creux de son épaule. Tu dois penser que je suis folle.

Il secoua la tête en la serrant farouchement contre lui.

– Non, je crois que tu as raison.

– Je ne sais même pas pourquoi je me suis emballée.

– Et moi, je ne m'étais jamais aperçu à quel point tu me la rappelais, dit-il.

– Peut-être qu'elle t'aimait comme je t'aime, toi.

– C'est exactement ce que j'ai pensé quand tu es partie, dit-il. Je ne veux pas te perdre. Je ne veux pas perdre ça. S'il te plaît, ne t'en va pas.

Alors qu'ils étaient au lit cette nuit-là, elle s'imagina que les vagues au-dehors disaient: «chut... chut... chut», les absolvant et apaisant leurs mea culpa, leurs aveux partagés d'insuffisance, de faiblesse et de culpabilité. C'était comme si les derniers remparts de leurs âmes-forteresses avaient été abattus, et que l'ultime intimité résidait dans la révélation des secrets qu'ils avaient jusqu'alors dissimulés au monde de peur d'apparaître détestables. Elle avait envie de se dénuder devant lui, alors même que le désir vorace qu'elle éprouvait pour lui était supplanté par une tendresse presque maternelle. Elle reposait dans ses bras au cœur de la pénombre, l'écoutant parler de sa mère comme pour la première fois depuis des années.

Elle dut s'assoupir un instant car, à présent, il parlait d'autre chose et elle vit les croisillons des fenêtres au pied du lit se découper dans l'obscurité. Passé l'étonnement, elle comprit.

– ... Du papier tombait en flottant du ciel, du papier et des cendres. On avait du mal à voir – la visibilité devait être de dix mètres – mais je me suis quand même mis à trembler en voyant le peu qui m'apparaissait. L'avant du Jardin d'hiver était détruit, un grand espace fumant, comme une cathédrale en ruine. Il n'y avait pas de verre, seulement des débris et de la poussière partout. On aurait dit un paysage lunaire. J'étais avec un autre type en costard. On a décidé de suivre une lance à incendie dans les décombres.

« Il y a un pont qui enjambe Liberty Street. On a tourné au coin ; de la fumée et des flammes partout. Tout était horriblement calme. Je ne m'étais jamais trouvé à un endroit aussi calme dans cette ville. On sentait la mort. Elle était aussi palpable que la fumée. Je ne croyais pas qu'il puisse y avoir des survivants. Mais j'avais aussi cette idée complètement dingue que je pourrais retrouver Guillermo.

« Ils ont parlé d'une chaîne de seaux. Mais le premier jour, on n'avait pas de seaux – en tout cas, j'en ai pas vu. On faisait ça à mains nues. On a formé une chaîne humaine, pour se passer les morceaux de béton et les tiges de ferraille à la main. Tout le monde a trouvé sa place et on s'est mis au travail. À un moment, je ne sais plus quand, on nous a donné des seaux en plastique. On y allait pierre à pierre pour traverser West Street, nous frayant un chemin en creusant. Vers la fin de la journée, je me trouvais à un mètre cinquante de la rambarde centrale. Il y avait trois files. Quelqu'un avait un couteau à cran d'arrêt et, à un moment, quelques torches à acétylène sont apparues. On coupait des tiges d'acier, travaillant dans la fumée et dans la poussière tandis que les flammes continuaient de s'élever des brasiers. Le plus bizarre, c'est que de ces milliers de bureaux, il ne restait pas une chaise, une table, un fax ou un ordinateur. Y avait pas même un bout de verre. Tout avait été réduit en poussière. Et ça m'informait trop bien du peu de chances qu'on avait de trouver des survivants.

« Ils ont trouvé un corps à trois mètres de moi. Le travail s'est arrêté, le temps de faire remonter le sac renfermant le cadavre le long de la chaîne. Je n'ai pas vu celui-là, j'ai simplement attendu dans la file qu'il arrive jusqu'à moi. On n'avait pas encore les Stokes baskets, ces espèces de barquettes servant à transporter les corps, alors ils passaient de main en main. Le sac était si petit, si léger, j'ai senti que ce n'était qu'un torse. Ni bras ni jambes. J'ai vomi dans les décombres et je me suis remis à creuser.

« Tard dans l'après-midi, le Bâtiment numéro sept s'est effondré. Tout à coup, les gens se sont mis à crier : "Courez, ça s'écroule." Il y avait eu pas mal de fausses alertes, et on avait déjà décampé trois ou quatre fois, le problème c'est qu'on n'avait pas très envie de courir à nouveau parce qu'on avait les poumons en feu et que l'air était un genre d'élément nouveau à mi-chemin entre l'état gazeux et l'état solide. Mais cette fois, c'était vrai, et j'ai détalé le long de West Street en direction de Stuyvesant High School.

« Je ne sais trop pourquoi, je n'arrivais pas à quitter les lieux, comme si j'avais eu l'impression que ma place était sous les décombres ; que je n'avais jamais rien fait dans ma vie qui puisse justifier que j'aie survécu. Et c'est peut-être la première fois de mon existence que j'ai eu l'occasion d'accomplir quelque chose d'important. Alors je suis retourné au tas, et je me suis joint à une file. Assez vite après ça, on a trouvé un autre cadavre, à cinq ou six mètres de moi. Le travail s'est arrêté et on a fait passer le corps pour le retirer des décombres. Quand il est arrivé à moi, je l'ai attrapé et la fermeture éclair a craqué, je me suis trouvé face à face avec un visage calciné qui n'avait plus rien d'humain. Il était noir. Je ne sais pas comment, mais j'étais sûr que c'était celui d'une femme, absolument sûr. Et je me suis mis à trembler. Un pompier de Long Island qui était juste derrière dans la file a crapahuté jusqu'à moi pour me réconforter, pour me faire lâcher prise. Parce que je m'agrippais au sac. Pour une raison mystérieuse, j'étais incapable de le lâcher. Finalement, j'ai réussi à le faire passer et, dix minutes plus tard, je me suis retrouvé debout dans une mare de sang.

« On avait trouvé des vides, comme des bulles à l'intérieur des débris. C'était exactement ce qu'on espérait, ce qu'on recherchait tous. Des vides, des poches d'espace et d'air où quelqu'un aurait pu survivre. Ça a été le plus dur pour moi, quand j'étais à l'avant de la file – farfouillant dans ces espaces vides. Je me sentais lâche ; je n'arrivais pas à penser à autre chose qu'à ce qui m'arriverait si j'étendais le bras et qu'une main le saisissait. C'était terrifiant, ces trous – comme quand on est petit et qu'on a peur de l'espace sombre sous le lit. Me voilà soi-disant en train de secourir des gens et j'ai peur de tendre le bras. Ces vides sont comme des passages vers l'enfer. Les pompiers étaient capables de le faire. Mais on ne leur parlait pas. Ils faisaient leur devoir. Ils étaient en colère. On les laissait tranquilles. J'aurais aimé être sans peur, mais j'avais la trouille au ventre les trois quarts du temps. J'ai trouvé des cartes de crédit, des portefeuilles, des photos ; il y avait un cliché d'un mec la tête entre les seins d'une stripteaseuse. On l'a fait passer, le long de la file. À la fin, toutes les photos étaient regroupées dans un seau en bout de chaîne.

« À un moment, j'ai mis les jambes sous une poutre, la maintenant en l'air avec mes pieds pour qu'ils puissent chercher en dessous. Bizarrement ça faisait moins peur d'y foutre les pieds.

« Quand les fumées qui sortaient des conduites de gaz pétées ont fini par m'assommer, j'ai finalement rebroussé chemin. Je ne savais pas dans quelle direction j'allais. J'avais le vertige et la nausée. Je n'avais pas dormi. Je n'y voyais presque plus, à ce moment-là, à cause de la poussière. À St Vincent, ils avaient installé un poste de secours où on pouvait se nettoyer les yeux. Après ça, je me suis mis à marcher vers le nord. Tout à coup, une très belle femme apparaît, comme jaillie de la poussière et de la fumée. C'était toi. À chaque fois que je fermais les yeux, je voyais la femme sans visage. Mais tu es venue et tu as donné au monde un nouveau visage.

Corrine distinguait à peine ses traits, à présent, plus beaux que jamais à ses yeux dans la faible lumière qui filtrait par la fenêtre.

– J'étais tellement embrouillé, dit-il, que quand je t'ai vue, j'ai pensé durant une seconde que j'avais dû mourir là-bas et que tu étais un ange. Peut-être avais-je été englouti sous les tours ou, plus tard, sous le Numéro sept et que tout ce temps passé à creuser n'avait été qu'une illusion, la vie après la mort sisyphéenne que j'avais méritée. J'ai pensé que tu venais peut-être de l'au-delà et que j'avais franchi la frontière. Parfois je me demande encore si tout cela n'est pas qu'une image après coup, parce que plus rien ne me paraît réel, à part être avec toi. Et si je te perds, je ne serai plus qu'un fantôme qui passera le reste de sa vie sans pouvoir rien toucher ni sentir.

Elle le serra fort et écouta sa respiration qui s'amplifiait tandis que la lumière, lentement, inexorablement, emplissait la pièce.

Après s'être réveillés dans l'après-midi, ils allèrent se promener sur la plage. Il fit un nouveau feu et elle lui lut des passages du *Symposium.*

Plus tard, elle s'endormit sur le canapé en écoutant Gram Parsons. Lorsqu'elle s'éveilla à nouveau, la pièce était plongée dans la pénombre ; le feu qui s'était consumé n'était plus qu'un tas de braises, et elle sentit soudain un frisson de terreur lui parcourir l'échine. Où était-il ? Elle le trouva à l'arrière de la maison, il fumait une cigarette en regardant la mer.

— J'allais venir te réveiller, dit-il.

— Qu'est-ce qui s'est passé ?

— Ashley s'est enfuie de Silver Meadows pendant la nuit. J'ai réservé le dernier avion pour New York.

Elle voulait le réconforter d'une manière ou d'une autre, le prendre dans ses bras, mais elle sentit qu'il était déjà entre deux airs, inaccessible, survolant la terre à la recherche de son enfant.

— Je viens avec toi, dit-elle.

— Tu n'es pas obligée.

— Bien sûr que si.

— Je suis désolé, dit-il.

— On reviendra, dit-elle, bien qu'à cet instant précis, elle pensât que cela n'arriverait sans doute jamais.

26

À La Guardia, Corrine se tint à une distance respectueuse tandis qu'il marchait de long en large en téléphonant à sa femme.

– Aucunes nouvelles, dit-il en refermant son portable d'un claquement.

– J'aimerais...

– Je sais.

Lui aurait aimé trouver les mots susceptibles de ne pas rompre le charme, de sauvegarder et de préserver ne fût-ce qu'une partie du plaisir lié à leur escapade avortée. Il aurait voulu la rassurer, lui dire qu'il y aurait d'autres occasions, qu'ils reprendraient là où ils s'étaient arrêtés, mais rien de tout cela ne semblait approprié. Toutes ses inquiétudes, il s'en rendit compte, devaient se concentrer sur sa fille disparue. Il était inacceptable que Corrine lui manquât ainsi, qu'il éprouvât une telle douleur à l'idée de son absence imminente. Elle ne lui avait jamais paru si belle ; il lui caressa le menton et examina son visage comme si elle aussi avait été sur le point de disparaître.

– Il vaudrait sans doute mieux qu'on prenne deux voitures séparées, dit-elle.

– Tu as raison.

Ils longèrent péniblement et en silence la file de passagers au départ, dont les visages pleins d'attente étaient aussi lumineux que des pièces de monnaie fraîchement battues.

– Tu as de l'argent ? demanda-t-il au moment de passer les barrages de sécurité.

– Bien sûr, dit-elle. Mais merci de demander.

À la station de taxis, il tendit le bras et agrippa la manche de veste de Corrine.

– Écoute, je ne veux pas... Je suis mort d'angoisse pour ma fille. Mais je n'ai pas envie de te quitter comme ça. Je ne supporte pas cette impression qu'on s'éloigne l'un de l'autre. On va retrouver Ashley mais, en attendant, je ne veux pas que tu penses que le fait que tu aies été là quand c'est arrivé... Je ne sais pas, je ne veux pas que tu penses que c'est un peu notre faute. Que c'est un avertissement. Les problèmes d'Ashley... sont liés aux problèmes que j'ai avec Sasha. Ça n'a rien à voir avec nous. Et il est hors de question qu'on mélange tout.

Elle hocha la tête, hésitante.

– Je suis heureuse que tu dises ça.

– C'est la vérité, Corrine.

– Écoute, je veux que tu saches, au cas où tu changerais d'avis, que je ne me rappelle pas avoir jamais été aussi heureuse que ce week-end.

– Ça n'a duré que vingt-quatre heures, en fait.

– La prochaine fois, à Mandalay.

Après plusieurs coups de fil inutiles et une nuit presque sans sommeil passée à se faire des reproches et à s'incriminer, il s'était réveillé et, avec Sasha, avait repris les recherches. À neuf heures, il appela Casey Reynes pour lui expliquer la situation, et, alors qu'il aurait pu facilement parler avec la fille de cette dernière au téléphone, ils furent tous deux d'accord pour dire qu'il ferait mieux de se rendre à pied jusqu'à l'appartement afin de la voir en tête à tête. « Je crois qu'Amber sera plus communicative si tu prends la peine de t'asseoir cinq minutes avec elle, dit Casey, la note d'inquiétude dans sa voix le disputant à un courant souterrain de conspiration qui ajoutait du piment à cette conversation. Pourquoi tu ne passes pas tout de suite ? Elle n'est pas encore réveillée, mais je suis sûre qu'elle sera bientôt debout. Nous établirons la liste de tous les amis d'Ashley et nous verrons si on tient une piste. »

Luke ne put s'empêcher d'éprouver de la reconnaissance pour cette suggestion, et ce d'autant plus qu'il avait toujours considéré Casey comme une mondaine insipide. Le fait qu'elle fût la meilleure amie de Corrine et qu'elle partageât leur secret le poussait à réviser son opinion ; ainsi il se remémora quelques manifestations de gentillesse de sa part à l'endroit d'Ashley – elle la conduisait en voiture, lui offrait de jolis cadeaux pour son anniversaire et lui envoyait des petits mots pleins de sollicitude.

Debout devant son immeuble du 740 Park, il se rappela qu'un an plus tôt, Sasha l'avait informé qu'il allait y avoir un appartement à vendre à cette adresse et l'avait supplié de se renseigner ; alors même que l'appartement s'était avéré plus petit que le leur, à un étage inférieur et moins lumineux, elle l'avait supplié de faire une offre. Mais il avait déjà réfléchi et établi un projet bien différent pour la suite – redescendre un peu l'échelle sociale plutôt que d'y grimper –, il n'avait donc pas eu trop de mal à refuser. Il ne s'était pas non plus senti de faire des courbettes devant les membres de cette copropriété, célèbres pour leur snobisme, bien que, quelques années auparavant, ils eussent eu le bon goût de refuser la candidature de Bernard Melman.

— Entre, entre, dit-elle en l'accueillant à la porte de l'ascenseur qui donnait directement dans son vestibule.

Il l'apprécia sous un jour nouveau, trouvant son apparence moins sèche que ce à quoi il s'était attendu, la peau de porcelaine de son visage qui – selon Sasha – avait été récemment liftée lui parut plus douce et moins semblable au masque kabuki de sophistication glacée qu'il se rappelait avoir croisé lors de leurs fêtes de trentenaires. À cet instant, il semblait exprimer une inquiétude sincère.

Quand la porte se referma sur le liftier ratatiné dans son uniforme, elle serra Luke dans ses bras et posa ses lèvres sur les siennes.

— Je ne peux pas imaginer ce que tu ressens.

– Merci, dit-il, combattant une soudaine vague d'émotion. J'apprécie énormément ce que tu fais.

– Pardonne le désordre, dit-elle, faisant apparemment référence à la pile bien nette de courrier sur une table à tréteaux. Viens dans mon bureau pour discuter. Tu veux un café ?

Il la suivit dans le long couloir ; l'appartement, comme Casey elle-même, déjoua d'une certaine manière ses attentes, avec ses œuvres d'art populaire et ses tableaux de Wyeth, ses tapis pendus aux murs, ses imprimés écossais et ses tons fauves – un style qu'on aurait pu diagnostiquer comme pionnier psychédélique.

– Alors, dit-elle en fermant la porte de son bureau derrière eux, dans un grand soupir, comme s'ils venaient de parcourir des distances considérables en venant à bout d'obstacles insurmontables pour se retrouver enfin seuls ici.

La pièce était un haut lieu du sport équestre – un thème qui lui rappela sa mère et les joies partagées avec elle. Une bibliothèque en pin patiné accueillait trophées et rubans ; les murs étaient lambrissés et décorés d'anciennes gravures anglaises représentant des scènes de chasse en alternance avec des photos de Casey à cheval. Elle avança jusqu'au petit bureau Hepplewhite et examina les rangées de photographies.

– Tiens, dit-elle en lui tendant un cliché en couleurs légèrement fané dans un cadre en cuir.

Il reconnut aussitôt Corrine ; malgré la bombe sur sa tête et le fait qu'elle était alors adolescente, ses cheveux d'un roux plus carotte que celui qu'il connaissait, debout à côté d'une version jeune de Casey, toutes deux saisies au cœur de cette période transitionnelle qui met fin à l'enfance. Il contempla le visage, avec ses quelques taches de rousseur et son sourire envoûtant, l'étudiant pour ses qualités prophétiques, savourant les ressemblances avec celui de la femme qu'il aimait, heureux de découvrir qu'il préférait cette dernière, qui semblait avoir gagné en raffinement et en caractère, plutôt que d'avoir perdu en fraîcheur.

– J'ai pensé que ça te ferait de l'effet.

Il l'aurait examinée plus longtemps s'il avait été seul, mais il la reposa sur le bureau.

Puisqu'elle avait abordé le sujet, il lui dit :

– Je tiens à te remercier pour la maison. J'aurais seulement aimé que...

– Je t'en prie, dit-elle, balayant ça d'un revers de la main, tout en l'invitant à s'asseoir sur le canapé de l'autre. Je lui ai parlé hier. Je suis sûre que je n'ai pas besoin de te dire qu'elle est de tout cœur avec toi.

Elle s'installa à côté de lui.

– Ce n'est peut-être ni l'endroit ni le moment, dit-elle en posant la main sur son genou, mais je ne crois pas l'avoir jamais vue aussi heureuse qu'elle l'a été ces dernières semaines. Je veux dire, bien sûr, la période est épouvantable à bien des égards, pour nous tous. Un automne d'enfer, vraiment. Tu sais qu'ils ont perdu un ami proche, Jim Crespi, le producteur de cinéma. Mais, en dehors de ça, je l'ai trouvée presque étourdie de bonheur. Je connais Corrine depuis l'enfance, mais je ne l'avais jamais vue comme ça.

Luke se dit qu'il aurait dû être dégoûté par ce monologue, et pourtant, il en buvait chaque goutte, comme s'il s'était agi d'un bordeaux premier cru très rare.

– Comment va Sasha ? demanda-t-elle brutalement.

– Ben, tu peux imaginer...

– Je suis désolée pour elle, vraiment. Mais tu dois forcément te demander en quoi son attitude a pu contribuer à ça. Je ne suis pas du genre à juger mes amies, mais, sincèrement, Luke, je trouve qu'elle t'a traité honteusement. Et les enfants ne sont pas les derniers à sentir ces choses-là. Je dis toujours qu'ils sont comme des éponges. Je veux dire, ce n'est pas étonnant qu'Ashley ait... tous ces problèmes ; ça aurait été un miracle que ça ne lui fasse rien. Eh, je te connais ! Tu ne peux pas t'empêcher de t'en vouloir. Mais tout le monde sait que tu es un père incroyablement dévoué. On te voit tous l'emmener à l'école le matin et aller la chercher l'après-midi.

– Peut-être bien, oui, mais c'est récent. Autrefois je partais au bureau avant qu'elle se réveille et, certains soirs, elle était déjà couchée quand je rentrais.

– Tu n'avais pas le choix, tu faisais vivre ta famille. Web est pareil. Parfois les enfants ne le voient pas pendant des jours. C'est son métier. Et mon métier à moi, c'est de veiller sur les enfants – en plus d'un million d'autres choses. Je veux dire, bien sûr, on se fait aider, mais ça ne m'empêche pas d'assister aux matchs de lacrosse et de superviser les devoirs. Je me demande si la maternité a jamais vraiment été une priorité pour Sasha, et je dis ça en toute amitié. Sasha est une beauté, elle est géniale, c'est la Nan Kemper de notre génération, et patati et patata, mais je ne la vois jamais devant l'école à huit heures du matin. Et je suis sincèrement choquée qu'elle ait laissé Ashley seule en ville pendant ce week-end. Amber a essayé de me persuader de la laisser dormir chez Bethany, mais je savais que les Traynor étaient à Hobe Sound pour deux jours et – je suis désolée, traite-moi de rétrograde si ça t'amuse – je suis absolument contre les soirées pyjama sans parents à cet âge. C'est le b.-a.-ba de l'éducation, les bons vieux principes. Du moins, c'est comme ça que j'ai été élevée. Je sais que tu pensais qu'elle était avec Sasha, ajouta-t-elle en vitesse. Corrine me l'a dit. Ce que je ne sais pas, c'est si Sasha…

– Écoute, peu importe, elle est ravagée par cette histoire, dit Luke, se sentant finalement poussé à prendre sa défense. Et il ne faudrait pas trop que je traîne. Si ça ne t'embête pas, j'aimerais vraiment beaucoup parler à Amber.

– Bien sûr, dit-elle, en pressant le genou de Luke avant de se lever d'un bond. Je vais la chercher. Je sais qu'elle est prête à tout pour aider.

Elle se tint un instant devant la porte, la main sur la poignée.

– Confidence pour confidence, j'ai entendu dire qu'un certain bidule-chose retournait bel et bien chez sa femme. Il semble qu'il ait décidé qu'il ne pouvait financièrement pas se permettre de divorcer, maintenant que sa compagnie ne vaut plus la moitié de ce qu'elle valait début septembre. J'ai pensé que cette information pourrait te servir, au cas où.

– Merci, Casey. J'apprécie beaucoup.

– Je vais chercher Amber. Tu es sûr que tu ne veux pas un café?

Il secoua la tête, se demandant s'il avait vraiment envie que cette femme – ou quiconque à part Corrine – fût au courant de sa vie.

Amber fournissait davantage une illustration du problème qu'une éventuelle solution. Elle se traînait derrière sa mère comme au bout d'une chaîne, l'air indécis et maussade, s'affalant langoureusement contre le chambranle pour ne pas tomber, comme si ses longues jambes minces, presque entièrement visibles sous l'ourlet de son minuscule short rose, ne suffisaient pas vraiment à la soutenir.

– Tu connais Mr McGavock, n'est-ce pas? dit Casey.

Amber hocha sa tête, ensommeillée.

– Il est très important que tu lui dises tout ce que tu sais, tout ce qui pourrait l'aider à localiser Ashley.

– Je vois pas.

– Peut-être, dit Luke, qu'on pourrait passer quelques minutes en tête à tête.

Amber jeta à sa mère un regard paniqué.

– Je sais que tu meurs d'envie d'aider, dit Casey, en la prenant par la main et en la tirant dans la pièce.

Amber s'effondra dans le fauteuil à oreillettes en face de Luke, paraissant se détendre dès que sa mère eut refermé la porte.

– Je me sens très mal pour Ashley, dit-elle, en ramenant ses genoux sous son menton.

– Est-ce que tu as la moindre idée de l'endroit où elle a pu aller?

Elle haussa les épaules.

– C'est moi sa meilleure amie, moi et Bethany.

– C'est pour ça que j'ai pensé que tu pourrais m'aider, dit-il. Je sais que tu n'étais pas à cette fête l'autre soir.

– Ouais, mais on m'a raconté.

– Est-ce qu'elle y a rencontré des gens à qui tu crois que je devrais aller parler?

Elle s'étira comme un chat, déroulant ses membres, et secoua la tête, paresseusement.

– Tu penses qu'elle est avec son copain?

– Son copain?

– Tu es sa meilleure amie, Amber. Elle a dû te raconter que je les ai surpris.

Elle rougit et resserra ses genoux plus fort contre sa poitrine.

– Si je ne lui ai pas cassé la gueule à ce moment-là, il y a peu de chances que ça arrive maintenant. Mais j'ai besoin de son nom. S'il te plaît, Amber.

– Vous devez parler de Trey Wilbraham. C'est pas vraiment son copain. Ils se voient juste de temps en temps. Il est à Buckley. Mais il sait pas où elle est. Je lui ai parlé hier soir. Il a pas de nouvelles depuis la fête.

Luke ignorait s'il devait se sentir soulagé que le garçon que sa fille avait sucé ne fût pas son copain. Était-ce un genre de consolation possible?

– Mais il était à la fête?

Elle baissa les yeux vers ses genoux.

– Est-ce qu'il y a d'autres garçons qui pourraient savoir où elle est?

Elle sembla détecter une accusation dans ces paroles.

– Juste histoire que vous sachiez, Ashley, c'est la championne des saintes-nitouches. Je veux dire, si ça peut vous réconforter, elle est techniquement vierge.

Si rassurant que cela pût être, cette révélation faisait l'effet d'un baume sur une plaie requérant des points de suture.

– Techniquement?

Elle rougit, ce qu'il considéra comme un bon signe.

– Peut-être… commença-t-elle.

– Quoi?

– Je sais pas si je dois le dire.

– S'il te plaît, Amber.

– Bon, vous connaissez Anton Hohenlohe?

– C'est son...

– C'est pas son copain ni rien. Il nous dit tout le temps de passer le voir. Il est plutôt chelou, si vous voulez mon avis, je veux dire, on l'appelle quand même «G.P.», Grand Pédophile, mais parfois on traîne là-bas. C'est un peu comme un club. Alors je me dis que si elle cherchait un endroit où se cacher...

Elle eut un mouvement de recul quand Luke bondit de son fauteuil.

– Vous direz pas que je l'ai dit?

– Non, promis.

Il faillit se pencher pour l'embrasser sur la joue, mais il se ravisa.

Il ne finit par ralentir pour reprendre son souffle qu'en arrivant à l'angle de la Soixante-Seizième et de Park, où il obliqua vers l'est, décélérant en marche rapide afin de maîtriser la marée de fureur et d'indignation tout en savourant la perspective d'un éventuel soulagement. Il était un peu plus de dix heures, le moment idéal pour surprendre un sybarite en train de récupérer de sa folle nuit de samedi; mais l'idée de sa fille servant de sacrifice virginal à ces rites le fit reprendre sa course, fonçant sur Madison, tout en esquivant un taxi égaré dans le désert du dimanche matin, en direction de la maison de ville de Hohenlohe, dont l'adresse lui avait été communiquée, à contrecœur, par Amber.

Une plaque de cuivre sur laquelle était gravé HOHENLOHE était fixée au-dessus de l'unique sonnette. Luke pressa sur le bouton, et attendit trente secondes avant de presser à nouveau, le maintenant enfoncé jusqu'à ce que son doigt s'engourdît.

L'interphone finit par cracher:

– Putain, qu'est-ce qui se passe?

– C'est Luke McGavock.

Une pause suivit.

– Vous m'excuserez, mais, à ma montre, il est un peu tôt pour les visites.

– Vous avez le choix : soit vous descendez me parler, soit vous attendez que j'appelle la police.

Luke était sur le point d'activer de nouveau la sonnette, lorsque l'interphone se remit à crachoter.

– J'arrive.

Luke grimpa quelques marches pour tenter d'apercevoir quelque chose par la fenêtre, parcourant la véranda de long en large. Il imaginait des scénarios de fuite par la porte donnant sur le jardin quand il entendit le cliquetis du verrou intérieur.

Hohenlohe ouvrit grande la porte sur la rue, se présentant dans une robe d'intérieur bleu roi aux revers noirs et s'efforçant de dégager une impression de hauteur, malgré sa tête ébouriffée.

– Bon sang, mais c'est l'aube.

Son accent, qui était parfois transparent, sonnait à cet instant comme une version teutonne d'anglais d'Oxbridge.

– Je cherche ma fille.

– Qu'est-ce qui vous fait croire que je pourrais savoir où elle se trouve ?

– J'ai entendu dire que vous vous spécialisiez dans les jeunes filles mineures.

– Quoi que vous puissiez penser, je peux vous assurer que je n'ai pas vu votre fille depuis un bon moment. J'ai cru comprendre qu'elle s'était… mise au vert.

– Vous n'imaginez pas l'envie que j'ai de vous casser la gueule, dit Luke. Je suis certain que vous comprendrez que je ne vais pas me contenter de vous croire sur parole. Vous avez le choix : soit vous me faites entrer pour qu'on en discute, soit j'attends l'arrivée des autorités.

– Parfait, dit-il après un moment de réflexion.

La première volée de marches amena Luke à l'étage du salon ; la première pièce dans laquelle il pénétra gardait les traces de la fête de la veille : verres à moitié vides, bouteilles de bière et de vin, la surface entaillée et maculée d'une photo de fleur de Mapplethorpe qui traînait sur la table basse.

– Désolé pour le…

Luke le laissa en plan et se mit à grimper quatre à quatre jusqu'au deuxième étage.

– Minute ! Ça ne se fait tout simplement pas de débarquer chez les gens comme ça.

Sur le second palier, il ouvrit la première porte en haut des marches, révélant le repaire privé, avec son lit king size, recouvert d'un édredon en velours bleu emmêlé dans des draps dorés, et entourés de coussins assortis éparpillés partout dans la pièce. Sur le sol, à côté du lit, gisait une sandale à talon qu'il crut reconnaître.

– Si ça continue, c'est moi qui vais appeler la police.

Luke traversa la pièce en trois enjambées et ouvrit la première porte qu'il trouva. Dans son agitation, il mit un moment à reconnaître la silhouette terrifiée, enveloppée d'un drap doré et tremblant de la tête aux pieds sur le fond luxuriant que prodiguait la garde-robe d'Hohenlohe. Il était vaguement conscient qu'il aurait dû être horrifié – et il s'interrogerait plus tard sur son devoir de citoyen – mais son soulagement l'emportait de beaucoup sur son sens moral outragé.

– Bonjour, Bethany, dit-il.

Luke remontait Madison dans l'ombre du sommet saillant du Whitney lorsque Sasha l'appela sur son portable pour lui annoncer qu'Ashley avait réapparu dans la maison de sa grand-mère paternelle dans le Tennessee.

– Mon Dieu, dit-il. Comment a-t-elle fait tout ce chemin ?

– Elle a pris un bus, apparemment.

Luke se rendit compte que ce n'était pas une pensée très généreuse, mais dans son vertige, il se demanda ce qui surprenait le plus Sasha dans cette histoire, la destination choisie par Ashley ou son mode de locomotion.

– Et elle va bien ?

– Il semblerait.

Il fut traversé par une sympathie presque filiale pour la mère de cette enfant perdue et retrouvée, tout en ressentant une joie et une véritable urgence à partager cette nouvelle avec Corrine, dont il avait l'impression qu'elle lui avait été rendue avec sa fille. Parce qu'il avait été convaincu que si quoi que ce soit était arrivé à Ashley – si le pire était arrivé –, cela aurait marqué la fin de leur histoire, et il s'était armé de courage pour affronter la perte simultanée des deux êtres qui comptaient le plus pour lui.

TROISIÈME PARTIE

Vacances

27

Les chiens annoncèrent son arrivée – trois bêtes errantes adoptées par sa mère qui vinrent à sa rencontre sur l'allée en gravier et l'escortèrent jusqu'à la maison, sautant et griffant la vitre de la Bronco qu'il avait louée à l'aéroport de Nashville.

La mère de Luke habitait encore la ferme victorienne dans laquelle il avait passé la seconde partie de son enfance, à quelques kilomètres au sud de Franklin sur la Columbia Pike, le long de la route de triste mémoire qui avait mené l'armée d'Hood, originaire du Tennessee, de Spring Hill à la bordure sud de la ville, où elle avait été mise en pièces par les forces de l'Union. Bien que construite par les ancêtres paternels de Luke, la bâtisse historique était depuis longtemps sortie de la famille ; la ferme, datant des années de vaches maigres qui avaient suivi la guerre, n'affichait pas la moindre prétention à imiter l'esthétique des vieilles plantations. Luke l'avait toujours considérée comme la maison de sa mère, en partie à cause de sa ressemblance avec la maison de famille de cette dernière située dans le Massachusetts – ses lignes et ses pignons épurés évoquant davantage le langage architectural de la Nouvelle-Angleterre rurale que le vocabulaire gréco-géorgien de l'aristocratie terrienne du Sud – et parce que le père de Luke l'avait achetée pour elle, afin qu'elle puisse y avoir des chevaux et échapper à la claustrophobie sociale générée par ce qui était alors plus un village qu'une ville. Les huit premières années de son mariage, elle les avait passées dans le presbytère de l'église, juste derrière la ligne d'anciennes tranchées. En creusant dans le jardin, il arrivait que les enfants et elle déterrent des reliques du carnage – balles de mousquet, boucles de ceinture rouillées, mitraille, et même, un jour, un boulet grêlé de cinq livres datant de Napoléon, qui trônait à présent sur la cheminée de la ferme.

Sa mère se redressa parmi les ruines automnales du potager, déplantoir en main, et lui fit signe – charmante compagne de l'épouvantail à tête de citrouille qui régnait sur les tiges de maïs brunies et brisées, dans son coupe-vent orange vif à l'effigie de l'Utah. Luke se représentait toujours sa mère à l'extérieur – à cheval, jouant au tennis, jardinant. Son mari l'avait accusée pour plaisanter d'être une panthéiste dont la religion aurait eu pour seuls principes le grand air et le soleil. «C'est une si belle journée, tu devrais aller jouer dehors» était le refrain qui avait hanté son enfance. Elle ne supportait pas de voir abattre un arbre pour quelque raison que ce fût, et ne partageait pas les convictions enracinées chez les femmes du Sud selon lesquelles le soleil de midi est dangereux, au même titre que la peste est propagée par le vent; elle avait également du mal à comprendre pourquoi son premier-né était si souvent penché sur un livre, une posture qu'elle considérait à la fois comme peu naturelle et malsaine. Attirée par la lumière et l'air, elle ne put jamais admettre le besoin de réclusion de Luke, son amour des livres, des films et des alcôves abritées propices à la lecture.

Alors qu'il la voyait s'avancer dans l'allée, toujours mince et élancée, il comprit, avec un sentiment de surprise agréable, l'une des raisons pour lesquelles Corrine lui avait semblé si familière lorsqu'il l'avait vue pour la première fois, debout juste à la sortie de la zone dévastée tout en cendres et en débris, et ce, malgré le fait que la ressemblance s'émoussait à mesure que sa mère approchait; sa peau affichait la texture parcheminée et l'aspect tavelé propres à une blonde de soixante-trois ans adoratrice du soleil. Il mit un moment, comme toujours, à réajuster et à faire coïncider l'image d'elle plus jeune qu'il avait en tête avec la réalité présente.

Il repoussa ses lunettes de soleil sur le sommet de son crâne tandis qu'elle bondissait vers lui, vêtue d'un vieux sweat-shirt Deerfield qu'elle lui avait emprunté et d'un short kaki ; il fut touché de constater que ses vieilles nippes d'adolescent constituaient une partie de sa garde-robe, autant qu'il le fut de discerner dans son sourire la joie qu'elle avait de le voir et la reconnaissance dont le gratifiaient ses yeux. Leur éclat le frappait toujours et lui donnait l'impression que personne ne le connaissait vraiment aussi bien qu'elle, que ses rencontres avec d'autres humains n'étaient que les pâles reflets de ces réunions radieuses. Il avait tendance à l'oublier d'une retrouvaille à l'autre, et cette négligence faisait monter en lui une vague de culpabilité ; il se reprochait alors de ne s'offrir, et de ne lui offrir que trop rarement ce plaisir si réel. Une semaine dans les Hamptons cet été... trois mois, presque quatre plus tôt. Avant ça Thanksgiving et l'enterrement de son père. Ses échecs en tant que père faisant écho à ses insuffisances en tant que fils, bien que les chiens ne semblassent pas y accorder la moindre importance, bondissant et aboyant autour de lui.

— Mon beau garçon, tu es si mince – c'était le plus grand compliment qu'elle pût lui faire. Tu as perdu cette affreuse bouée des dîners en ville.

Elle s'appliqua ensuite à examiner son visage.

— Comment vas-tu, Luke ?

Incapable de répondre à cette simple question, il sentit qu'il perdait soudain son sang-froid, comme si les années s'évanouissaient, et enfouit sa tête dans ses cheveux, dont le parfum citronné lui rappelait toujours le soleil. Lorsqu'il redressa la tête pour parler, il manqua étouffer, la vue brouillée, la mémoire emplie de peurs et de regrets.

— Tout va bien, dit-elle en lui caressant le dos.

— Tu as l'air en forme, parvint-il à dire.

— Mouais, comme une vieille selle qu'on a laissée dehors en plein soleil. Pour ce que ça me fait. Ashley est dans le jardin, à l'arrière.

— Comment tu la trouves ?

— Ben... soupira-t-elle. Pas mal, vu les circonstances. Mais là, elle est aussi nerveuse qu'une mouche sur une vitre. Elle est dévastée à l'idée de te voir.

Il retourna vers la voiture et examina son visage dans le rétroviseur ; il lui parut bulbeux et bouffi, comme si on venait de le tirer de l'eau après plusieurs jours passés dans les grands fonds.

– Ne t'en fais pas, tu es très bien. Essaie simplement d'être gentil avec elle. C'est pas le moment de forcer sur la discipline.

– Qu'est-ce que tu crois ? Que je l'ai battue ?

– Non, dit-elle, exactement le contraire. Je crois que tu lui as laissé la bride un peu trop sur le cou.

– Comme tu l'as fait pour moi.

– C'est vrai, dit-elle, en souriant. Mais ton père était toujours là pour faire claquer le fouet.

– Je suis tellement soulagé qu'elle ait eu la bonne idée de venir ici.

– Elle est la bienvenue et elle peut rester aussi longtemps que ça lui plaira. Ou aussi longtemps que sa mère l'y autorisera.

Elle marqua une pause.

– Comment va Sasha ?

– Bien, je crois.

Sa mère hocha la tête d'un air sceptique.

– En fait, dit Luke, je ne sais plus trop.

Nora leva les sourcils et tint sa langue.

Luke avait tellement pris l'habitude de défendre sa femme contre sa mère – et vice versa – qu'il mit un moment à se rendre compte que ce petit jeu n'était plus d'actualité. C'était comme si le brouillard de tristesse qui l'avait enveloppé depuis qu'il avait eu les premiers soupçons concernant l'infidélité de Sasha était soudain percé par une lueur de soulagement. Durant des années il avait eu l'impression de devoir choisir entre elles.

– Je crois qu'elle a une liaison, dit-il. Ou, du moins, qu'elle en a eu une. Ça n'a plus grande importance maintenant.

Sa mère était beaucoup trop généreuse et bien élevée pour jubiler – pour affirmer qu'elle s'y attendait depuis des années – mais elle ne feignit pas non plus la surprise. Elle avait fait de son mieux pour porter Sasha dans son cœur et masquer ses sentiments lorsque cela devenait impossible.

– Je suis désolée, Luke.

– C'est bon, dit-il. C'est moi qui devrais être désolé pour toi. Vu tous les efforts que tu as fournis ces dernières années.

– La seule chose qui m'importait, c'est que tu sois heureux.

– J'ai cru que je l'étais, un temps. Et puis je me suis lentement habitué à l'être beaucoup moins.

– On pourra en reparler plus tard, dit-elle. Maintenant, tu devrais aller voir ta fille.

Ashley était dans le manège, et montait Scheherazade, la jument arabe vieillissante que la mère de Luke avait héritée d'un voisin ; il en allait ainsi de la plupart des chevaux qu'elle possédait. Il ouvrit la grille qui menait à l'arrière du jardin, et traversa la prairie qui s'étendait derrière la maison, inhalant le parfum nostalgique, capiteux et amer d'herbe et de foin mêlés à l'urine et au crottin. Les chevaux levèrent la tête, interrompant leur mastication pour l'observer, tandis que les chèvres pygmées accouraient de leur enclos pour l'assaillir, grognant et se bousculant les unes les autres pour se frotter contre ses mollets, maculant son pantalon de boue.

Ashley poursuivit son tour de manège tandis qu'il approchait. Elle avait une posture remarquable et lui paraissait plus à son aise sur un cheval que sur ses membres qui avaient subi récemment un allongement spectaculaire. Lorsqu'il atteignit la rambarde, elle changea de direction et effectua une figure de huit. Il se pencha sur la balustrade et la regarda accomplir un nouveau circuit au petit galop pour enfin amener sa monture à l'arrêt face à lui.

– Ho, ma belle, dit-elle.

– Elle a toujours un problème de direction ? demanda-t-il.

– Plus tellement.

– Vous vous en sortez très bien toutes les deux.

Ashley se donnait une contenance en flattant sa jument, qui avança d'un pas et colla ses naseaux sur le coude de Luke en dégageant un souffle d'air chaud. Déçue de ne pas recevoir de sa part une petite gâterie, elle plongea la tête vers le bas pour s'attaquer à une touffe d'herbe juste à l'extérieur du manège. Ashley tira sur les rênes pour que la jument se redresse et la fit s'éloigner de la barrière, sans avoir adressé un regard à son père.

– Je suis heureux de te voir, dit Luke.

Et, en effet, il était soulagé d'avoir découvert à l'instant une immense réserve d'amour pour elle, rassuré par les cheveux coiffés en queue-de-cheval de fillette et la silhouette casquée juchée sur un cheval, vision qui lui rappelait des temps plus simples.

– Vraiment? demanda-t-elle en le regardant de haut timidement.

Il n'était pas fâché qu'elle eût, à ce moment, l'avantage de la hauteur.

– Bien sûr.

– Je pensais pas que tu le serais.

– Je suis content que tu sois là. Tu n'as pas pu t'empêcher de fuguer, mais au moins, tu as choisi la bonne destination.

Elle hocha la tête tristement, en caressant vigoureusement l'encolure de la jument.

– Tu es venu pour me ramener?

– Je suis venu pour te parler.

Elle leva les yeux au ciel.

– Je ne te reproche rien de tout ce qui est arrivé, Ashley. S'il y a des reproches à faire, c'est à moi que je les adresse.

– Je sais ce que tu penses.

– C'est-à-dire?

Elle secoua la tête d'un air buté.

– Tu sais très bien.

– Je n'en ai pas la moindre idée. Je ne t'ai pas non plus préparé une conférence. Je n'ai même pas de plan, si tu veux tout savoir.

Elle regarda vers le bas, d'un air sceptique.

– J'avais peur de te voir.

– Je sais.

– Je peux pas te regarder.

Il s'était imaginé que cette réplique sortirait de sa propre bouche; il l'avait dite et redite en répétant cette rencontre. Il retira ses lunettes de soleil et les lui tendit.

– Ça pourrait peut-être t'aider ?

Elle fit non de la tête, mais soudain, se ravisant, elle se pencha sur l'encolure de Scheherazade, lui arracha les binocles des mains et les posa sur son nez.

– Va donc bouchonner cette bonne vieille carne et rentre-la. On se retrouve à la maison.

Nora était face au plan de travail dans la cuisine, en train de verser de l'eau bouillante dans la vieille théière en argent. Il se tint sur le seuil, s'attardant sur le bois de cyprès, les résidus olfactifs de graisse, les pommes vertes luisantes dans le compotier en bois qui trônait sur la table de réfectoire. De tous les souvenirs que cette atmosphère aurait pu faire remonter à sa mémoire, seul celui du jour où il avait séché l'école et avait été surpris par sa mère et Duck Cheatham subsistait.

Il s'assit à la table.

– Elle t'a dit qu'elle voulait rester ici ? demanda Nora.

– Pendant combien de temps ?

– Je ne sais pas. Indéfiniment.

– Je crois que c'est une excellente idée, dit-il. Mais je doute que Sasha soit d'accord.

– J'ai l'impression qu'Ashley a comme un as dans sa manche.

– Quelque chose sur Sasha ?

– On dirait. Mais tu ne dois pas lui dire que j'ai vendu la mèche. J'ai envie qu'elle sente qu'elle peut me faire confiance.

– Comment j'ai fait pour tout foirer à ce point ? dit Luke.

– J'ai toujours été fière de toi, Luke. Même si je n'ai pas toujours compris tes choix.

– Tu penses à Sasha ?

– Écoute, c'est une très belle femme. J'ai toujours pensé que c'était une affaire de sexe.

Il fut pris au dépourvu, se demandant s'il avait déjà entendu ce mot dans la bouche de sa mère.

– Ça a sans doute contribué.

– Mais ça ne dure pas. Je me trompe ?

– Combien de temps ça a duré pour toi ?

– Avec ton père, tu veux dire ?

Il haussa les épaules. C'était ce qu'il avait voulu dire, mais à présent, il avait envie de savoir si d'autres réponses auraient pu compléter celle-ci. Non qu'il en attendît autant.

– C'était une époque différente. Les femmes n'étaient pas censées aimer le sexe. On nous enseignait que c'était un devoir à accomplir, une croix à porter pour le bien et la sécurité de la famille. J'ai mis des années avant de commencer à apprécier. Et à ce moment-là… eh bien, disons qu'il était presque déjà trop tard. Ton père a eu son pontage et quelque chose a changé chez lui. Une très mauvaise synchronisation.

Les gonds de la porte de derrière grincèrent et Ashley entra à cet instant, s'immobilisant soudain.

– Comment ça s'est passé avec Scheherazade ? demanda Nora.

– J'ai l'impression que sa jambe droite la gêne encore un peu, dit-elle. Et elle a une morsure fraîche sur le flanc droit.

– C'est sûrement Billy, dit Nora. Il passe son temps à harceler les juments. Parfois je me demande s'ils n'ont pas raté quelque chose quand ils l'ont châtré.

Ashley grimaça à ces mots.`

– Qu'est-ce qu'on a de prévu pour ce soir ? demanda Luke en grimaçant secrètement lui aussi. Puis-je me permettre, mesdames, de vous inviter au restaurant ?

– Matthew et Debbie nous ont tous invités chez eux ce soir.

Nora se tourna vers sa petite-fille.

– Qu'est-ce que tu en penses ?

– Du bien, dit Ashley.

– Alors va prendre une douche et te changer.

Luke retourna faire un tour dans la prairie à l'arrière de la maison, écartant les chèvres, tandis que les chevaux s'approchaient eux aussi dans l'espoir de recevoir leur ration du dîner. Il leur échappa en entrant dans l'écurie et grimpa l'échelle qui menait au grenier à foin. L'air chaud dans les avant-toits était gorgé du parfum des planches de châtaignier, de foin pourri, de fientes de pigeon et du musc subtil s'échappant d'un terrier de renard sous la meule. Des grains de poussière nageaient comme des insectes dans le puits de lumière orange qui perçait la pénombre par la porte ouverte à l'autre bout du grenier.

Elle répondit à la première sonnerie.

– Tu me manques, dit-il.

– Mon Dieu, tu ne peux pas savoir comme j'espérais que ce serait toi.

– Où es-tu?

– À la maison. Laisse-moi une minute vérifier que les enfants n'ont besoin de rien et je pourrai aller m'enfermer dans la chambre.

Il prit soudain conscience du faible roucoulement des pigeons et leva la tête pour les voir en brochette sur la poutre qui le surplombait, remuant sans cesse de droite et de gauche, et jetant sur lui un regard las, comme s'ils avaient tous gardé en mémoire l'époque où il ne sortait jamais sans son pistolet à bouchon.

– Voilà, dit-elle. Comment vas-tu, mon ange?

– Je me sens étrangement optimiste, dit-il. Ashley a l'air d'aller plutôt bien. Notre première rencontre n'a pas été une débâcle totale.

– Et ta maman? Elle doit être heureuse de t'avoir. Moi je le serais à sa place.

– Je lui ai dit pour Sasha. Qu'elle avait une liaison.

– Tu le lui as dit?

– Et aussi que ça ne me faisait plus grand-chose.

– Et qu'est-ce qu'elle a répondu?

– Elle est trop polie pour sortir un «j'te l'avais bien dit», mais j'ai eu l'impression qu'elle trouvait que c'était le plus beau cadeau que j'aurais pu lui faire.

– On dirait que... je ne sais pas, qu'un grand pas a été franchi.

– C'est vrai. J'ai pris ma décision. Ne dis rien; ça n'a rien à voir avec toi. Enfin, pas rien. Tout a à voir avec toi. Mais je n'exige pas le moindre geste équivalent en retour. Tu m'as simplement rendu les choses plus faciles. J'ai réalisé dans l'avion que je n'avais aucune raison d'être malheureux.

– Oh, Luke. Je ne sais pas quoi dire.

– Je ne te demande pas de dire ou de faire quoi que ce soit.

– Je sais. Et je ne t'en aime que plus. Mais je ne peux pas continuer comme ça. Je me sens tellement malhonnête. Oh, Luke, ce que je veux faire, moi, c'est tout lui raconter. Je ne pense pas pouvoir attendre.

Il n'en croyait pas ses oreilles, parce qu'il voulait la même chose, quelles qu'en fussent les conséquences. De cela il était certain.

– Je suis heureux de t'entendre dire ça.

– Mais tu trouves que je ne devrais pas?

La note de désespoir dans la voix de Corrine lui fit mal.

– Ce n'est pas ça. Il faut que tu penses aux enfants.

– Je sais, dit-elle. S'ils n'étaient pas là… oh, putain, je ne sais pas quoi faire, Luke.

– Je ne te demande pas de savoir tout de suite. Tu n'es pas obligée. Et tu ne dois rien faire de particulier maintenant à part prendre soin de toi. Je ne vais pas disparaître. Je peux attendre.

– Tu veux vraiment de moi?

– Je te veux tellement fort que je peux à peine le supporter.

– Moi aussi.

– On a tout le temps, dit-il. Toute la vie.

– J'adore t'entendre dire ça.

Elle s'interrompit un instant.

– Tu crois que ça me plairait, le Tennessee? J'ai l'image d'enfants allant à l'école pieds nus en vélo et à la pêche avec des cannes faites maison. Où es-tu, là, maintenant? Je veux pouvoir me faire une idée.

– Je suis dans le grenier à foin, dans l'écurie.

– J'aimerais être là avec toi. On ferait l'amour dans la paille… Oh, merde, ils se disputent. Il faut que j'y aille.

– Je peux t'appeler ce soir?

– Vaut peut-être mieux que je t'appelle, moi.

– Je t'aime.

– T'as intérêt.

Il s'allongea sur le plancher brut du grenier, étourdi et exalté, écoutant les murmures amoureux des pigeons et regardant la lumière descendre. Le pouvoir qu'il avait sur Corrine lui donnait le vertige et, en même temps, il s'en sentait parfaitement indigne. Il aurait voulu être son disciple en matière de bonté et de décence, l'esclave de ses moindres fantaisies. Il avait envie de la protéger, bien qu'il craignît de constituer la plus grande menace contre son bien-être.

Battleground Meadows était un nouveau village situé à quelques kilomètres du centre de Franklin, parmi les dizaines d'autres qui avaient poussé comme des champignons sur les anciens champs de tabac et de coton dans les années qui avaient suivi le départ en pension de Luke. Son frère cadet, Matthew, avait choisi de rester près du foyer parental, ouvrant un cabinet d'avocat, à Franklin l'année même où il avait épousé la jeune fille originaire de Nashville qu'il avait rencontrée dès sa première semaine à Vanderbilt. Sa femme et lui avaient d'abord loué une maisonnette en ville, à quelques pâtés de maisons du bureau, avant d'emménager dans un endroit plus spacieux juste avant la naissance de leur deuxième fils. Avec ses quatre chambres à coucher, sa salle de jeux et son salon télé, la maison en faux style géorgien se dressait au fond d'un cul-de-sac, où les garçons pouvaient faire du vélo et jouer au ballon avec leurs amis. Luke se rappelait le champ de tabac qui avait été recouvert afin de construire ce lotissement, où un ami et lui s'étaient amusés à tirer des corbeaux au 22 long rifle en buvant un pack de Pabst. On voyait encore les sacs de plantation en toile grossière affleurer au pied des jeunes cornouillers et des petits buis.

Luke n'était pas de ceux pour qui le «sudisme» était une religion, pour qui la nostalgie était une émotion plus primordiale que le désir. Lorsqu'il donnait des indications, il ne se référait pas à des repères depuis longtemps disparus – «Ensuite à gauche, là où il y avait les Swann avant» – et il n'avait jamais possédé de drapeau des confédérés. Sa mère, au fond, était une Yankee originaire de Boston, et il était, par-dessus tout, le fils de sa mère – son premier-né, son confident gâté et son substitut. Son jeune frère avait embrassé l'héritage patriarcal, en particulier après que Luke était parti faire ses classes préparatoires dans l'Est. Bien qu'il ne rentrât au pays que de temps à autre, Luke était contrarié de constater les changements dans sa ville natale et dans le paysage alentour – pas seulement l'urbanisation galopante mais aussi le fait que l'identité régionale ne survivait que comme un outil de marketing. Le legs de leur passé sudiste était parodié tout en se bétonnant.

Il avait traversé une brève période d'apostasie active, coïncidant avec sa première année à Williams. De retour pour les vacances de Noël, il avait annoncé son désaccord concernant le monument aux morts confédérés qui s'élevait sur la grand-place, mais à mesure que ses convictions mollissaient, il en était venu à le considérer comme une expression authentique de mémoire historique ; un crédit qu'il était loin d'accorder aux canons jumeaux installés sur leurs roues à rayons à l'entrée de Battleground Meadows.

– C'est bon de savoir que l'artillerie est toujours en place, dit Luke après qu'ils eurent épuisé les autres formules de retrouvailles sur le seuil de chez Matthew.

– Avec ces salopards de Yankees, on sait jamais, dit Matthew en exagérant son accent traînant du Sud, qui avait toujours été plus marqué que celui de Luke, et en souriant sereinement avec cet air imperturbable, presque bouddhiste, qui le caractérisait et faisait que certaines personnes sous-estimaient son intelligence.

Il dégageait une impression de bien-être presque agaçante, à l'aise dans son petit coin du monde et dans sa peau. Plus grand et plus charpenté que Luke, il était lent et déterminé dans ses gestes comme dans ses mouvements d'humeur, traits de caractère que Luke associait autant au Sud qu'à la placidité bourrue de son frère. Ashley se pelotonna contre sa poitrine, l'entourant de ses bras. Luke avait toujours envié sa relation facile avec les enfants et, en particulier, avec sa propre fille.

– Tu m'as pas l'air très affûté, dis donc, fit Luke en tapotant la bedaine de son frère, qui avait enflé et s'était attendrie depuis un an qu'ils ne s'étaient vus.

– J'ai emmagasiné un peu de gras pour l'hiver. Mais je te parie que je te mets ta pâtée au tennis quand je veux.

– Oncle Matthew est un gros nounours tout moelleux, dit Ashley. Fais pas attention à Paps. L'anorexie est devenue un genre de religion à New York. La moitié des filles dans mon collège sont boulimiques.

– On pourrait s'inspirer un tout petit peu de votre philosophie par ici, dit Nora, en tâtant la panse de son fils cadet.

Dans son système de valeurs, l'excès de chair était un défaut moral, le signe d'une forme d'indolence. C'était l'un de ses préjugés indécrottables ; en plus des gros, il lui arrivait de s'en prendre aux mâcheurs de chewing-gums, aux chasseurs, aux crâneurs, mais également aux cosmétiques, aux démonstrations d'affection en public, au shopping et aux pièces sombres ou mal aérées.

– Je suppose que Tonton Luke, le maigrichon, ne mangera pas de vilain poulet frit tout gras, dit Debbie en souriant d'un air malicieux.

Le mariage, la maternité et une garde-robe classique n'avaient pas suffi à supplanter l'image que Luke avait eue de la femme de son frère la première fois qu'il l'avait vue, dans son uniforme de pom-pom girl.

– On trouve des sushis au centre commercial maintenant, frérot.

Matthew prit Ashley sur son dos alors qu'elle gloussait en faisant semblant de se débattre.

– Grâce, dit-il, à tous les Japs qui viennent bosser à l'usine Nissan.

– Tu sais qu'ils sont en fait super-bons, Papa, dit Ashley, perchée sur les épaules de Matthew. Ils ont même du thon gras.

Malgré la jalousie que la relation détendue entre Ashley et son oncle suscitait en lui, Luke était heureux de la voir dans cette humeur affectueuse et enfantine.

– Quand on était petits, dit Luke, il n'y avait que trois genres de poissons dans le coin : les poissons-chats, les poissons en boîte et les poissons panés.

Le dîner de six heures chez Matthew était un festival de cris et de renversements : cartons de lait, gobelets en plastique... disputes concernant les manières à table et les devoirs, références menaçantes aux enfants mourant de faim dans des pays lointains, le côté aseptisé du confort moderne compensé par la pagaille de la vie de famille – club de lacrosse reposant contre la porte du frigo, console PlayStation, cassettes et DVD posés sur le téléviseur, échiquier sur la table de la salle à manger.

Sasha avait enduré ces repas durant des années avec la patience crispée d'une princesse en visite dans le pavillon des cancéreux, alors que, de son côté, Ashley avait toujours été enchantée de participer au rituel inhabituel des parents et des enfants dînant ensemble, et d'apprendre auprès de ses cousins à roter, à recracher du lait par les narines, et à changer sa fourchette en catapulte. À ses yeux, cette nonchalance typique de l'Amérique moyenne était excitante et exotique.

Davis, quatorze ans, était penché sur son assiette à la table de la cuisine à côté d'Ashley et réorganisait méticuleusement son succotash en séparant les fèves de lima des grains de maïs qui composaient ce plat ; sa méthode consistait à affronter l'horreur d'un seul coup, en mangeant les fèves de lima en deux bouchées après avoir englouti tout le reste.

– Ton père faisait exactement la même chose, remarqua Nora. Il séparait ses légumes en petits tas et les gardait pour la fin.

Ce n'était pas la première fois qu'elle disait ça.

– Alors que Luke était plus sournois, dit Matthew. Il les cachait dans ses poches ou les refilait aux chiens.

– Ça, c'est Jackson tout craché, dit Davis en tirant la langue à son frère aîné âgé de seize ans, qui se contenta de lever les yeux au ciel, ayant atteint l'âge où la vie de famille n'est plus qu'une source constante de tourments.

– Mais personne n'était dupe, dit Nora, en regardant Luke avec tendresse.

Le nez retroussé de Debbie se plissa au-dessus de ses lèvres pincées tandis qu'elle étudiait sa belle-mère, pesant la répartition de ses affections maternelles.

– Maintenant il fait pareil avec les cigarettes, dit Ashley. Il dit qu'il va acheter le journal. Mais en fait il veut pas que Maman sache qu'il fume, comme ça il peut continuer à lui reprocher à elle de continuer de fumer tout en se sentant supérieur.

Nora se tourna vers les garçons :

– D'un autre côté, votre père en faisait toute une histoire, un conflit de volontés. Il gardait ses légumes pour la fin puis les enfournait en une bouchée, s'étouffant presque et en rajoutant avec ses haut-le-cœur.

– Il vomissait des fois ?

– Un soir, dit Luke, il a aspiré les brocolis d'un coup et les a aussitôt dégobillés sur la table. Après ça, je crois qu'ils ont arrêté de le forcer à finir ses légumes.

Davis lui jeta un regard en coin.

– Est-ce que tu as fait bouffer des légumes aux sauveteurs, Oncle Luke ?

– On n'avait pas beaucoup de légumes. Mais on avait pourtant un éboueur qui était végétarien.

– Bizarre, dit Jackson.

– C'était un type très intéressant, dit Luke, conscient de son impatience à faire connaître, en particulier à son frère, l'étendue démographique de ses nouvelles connaissances.

– Il puait ?

– Davis, ne sois pas snob, dit son père.

– Tu trouves toujours qu'Oncle Luke est un snob, Papa ?

Debbie blêmit, et regarda de l'autre côté de la table, en direction de son mari, dont l'attention semblait entièrement absorbée dans une opération délicate engageant son couteau et la peau de son poulet.

– Il l'a toujours pensé, dit Luke, en brisant un silence gêné.

Pour la première fois de la soirée, il put distinguer clairement la cicatrice blanche en forme de croissant sur le front de son frère, signature d'un caillou avec lequel il l'avait frappé à la tête un été.

— Oh, mon Dieu, dit Debbie, en bondissant de sa chaise. Luke, je sais que tu bois du vin au dîner. Et voilà que j'ai oublié d'en mettre à table.

Chez eux, on avait tendance à boire des cocktails en apéritif et à accompagner le repas de lait ou de thé glacé.

— J'ai du chardonnay bon marché de Tasmanie dans le frigo — et, en fait, il doit encore me rester la bouteille de bordeaux que tu nous avais apportée la dernière fois que tu es passé.

— Même s'il n'était pas mûr alors, dit Matthew, il a eu tout le temps de devenir buvable.

— Je crois que je viens de me faire remonter les bretelles par mon petit frère, dit Luke.

Davis n'y comprenait rien.

— Pourquoi y dit ça, Paps? Comment tu lui as remonté les bretelles?

Ashley, la fille des villes précoce, avait saisi la plaisanterie.

— Il veut dire que le vin a besoin de vieillir un bout de temps pour être bon et ça fait une éternité qu'on n'est pas venus chez vous. Ça fait combien… quoi, deux ans, Papa?

— Pas tout à fait un an. L'enterrement de Papy.

— Tu servais du vin à la cantine? demanda Matthew, pour changer de sujet. Lafite-Rothschild? Mouton?

— Pas même du vin en brique, figure-toi. Il y a eu un moment bizarre, le lendemain du drame, où des types sont entrés par effraction dans un bar et ont commencé à rapporter des caisses de bières sur le site.

— Vous avez fait sauter la porte d'un bar? demanda Davis.

— Je ne sais pas s'ils ont fait sauter la porte, en réalité. C'était le chaos là-bas. Les règles habituelles étaient comme suspendues.

— Je suis certaine, dit Nora, que le patron du bar était content que vous buviez ses bières.

— Est-ce qu'Oncle Luke pourrait venir parler devant ma classe de Ground Zero?

– C'est une idée intéressante, dit Debbie. Peut-être, s'il a le temps avant de retourner à New York.

– Tu as vu des morts, Oncle Luke?

– Un ou deux, dit Luke.

– C'était dégoûtant? T'as dû les toucher?

– J'ai dû porter des sacs avec des cadavres dedans. On les passait de main en main jusqu'à ce que quelqu'un les mette dans des Stokes baskets. Tout le monde s'arrêtait de travailler et on ôtait les casques de chantier.

– C'est quoi un Stokes basket?

Même Jackson commençait à être intrigué.

– C'est un genre de civière.

– Oncle Luke n'a peut-être pas très envie d'en parler là, tout de suite, dit Debbie.

– En fait, dit Ashley, Papa prend un pied géant à être un héros.

– Je crois que ton père a de quoi être fier, dit Nora en jetant un regard dur à Ashley qui, à cet instant, découvrit les limites de l'indulgence de sa grand-mère. Et tu devrais être fière de lui, jeune fille.

– On l'est tous, dit Debbie en se levant pour débarrasser les assiettes. On l'est autant que de son frère qui est à la tête du Boys Club, président de la ligue contre le cancer et pompier bénévole depuis je ne sais combien d'années.

– Et comment, dit Luke, se rappelant soudain que sa belle-sœur n'était pas aussi aveuglément charitable qu'il y paraissait; elle ne parvenait pas toujours à juguler le sentiment de rancœur qu'elle éprouvait à voir le premier-né pourri gâté, ou du moins est-ce ainsi qu'elle le voyait, se rôtir au soleil de l'amour maternel, tandis que son jeune frère s'échinait consciencieusement dans l'ombre, sans jamais recevoir la reconnaissance et l'affection qu'il méritait.

– Bon, si on joue à ce jeu, dit Matthew, je crois que la maman d'Ashley nous bat tous à plates coutures sur le front de la charité.

– C'est effectivement la reine des galas en tout genre, dit Ashley.

– C'est quoi les galas? demanda Davis, visiblement dérouté par le changement de ton parmi les adultes.

— Ce sont des endroits, dit Ashley sur sa lancée, où on peut crâner dans sa nouvelle robe.

— Maman dit souvent que Tante Sasha dépense plus pour ses robes que nous pour toute la famille.

Matthew regarda Luke, les yeux pleins de contrition penaude.

— Ce n'est pas moi qui vais dire le contraire, fit Luke.

— Elle reçoit beaucoup de vêtements gratuits, dit Ashley.

— Comment ça se fait qu'elle a des vêtements gratuits ?

— Parce que, dit Matthew, c'est une très belle femme et les gens qui fabriquent des vêtements estiment que ça leur fait une bonne publicité.

Luke ne put s'empêcher d'admirer la délicatesse de son frère. Voyant l'expression pincée de Debbie et la réaction de Matthew quand il s'aperçut de la tête que faisait sa femme, il imagina que son frère paierait pour cette remarque plus tard.

— Ashley, dit-il, aide donc ta tante à débarrasser la table.

Luke regarda à nouveau son frère qui, voyant que Debbie avait le dos tourné, pointa un doigt vers son oreille.

— Frère Luke, dit-il, m'est avis que j'entends l'appel du p'tit verre de cognac.

— Peut-être que ce n'est qu'un flirt, dit Matthew en remplissant le verre de Luke déjà à moitié vide.

Ils étaient terrés dans l'antre du petit frère, un croisement entre un temple dédié aux exploits sportifs de Vanderbilt et un musée de la guerre de Sécession. Une vitrine de la taille d'un réfrigérateur exhibait l'uniforme gris et or élimé du Captain Percy, un parent honoré bien que lointain, qui avait terminé la guerre dans un camp de prisonniers de l'Union à Nashville. La vaste collection de livres relatant ce conflit civil occupait la moitié des étagères, dont le reste était envahi par des photos d'équipes, des trophées, des équipements de golf et des reliques de la grande bataille qui avait eu lieu à trois kilomètres de là, plus bas sur la route.

Debbie avait disparu à l'étage avec les garçons après que Nora et Ashley étaient parties pour regagner la ferme en voiture.

– Quand j'ai parlé à Sasha au téléphone l'autre soir – pourtant je t'avoue que je ne suis pas son plus grand fan –, elle avait l'air sincère. Entre la crise avec Ashley et cet autre putain de truc, elle avait une voix, je sais pas, contrite, comme apeurée. Elle a dit que vous aviez eu des moments difficiles, mais elle a expliqué que vous tentiez de vous retrouver pour le bien d'Ashley.

– Tu donnes toujours beaucoup de crédit aux gens, dit Luke. Je trouve ça génial chez toi, mais quand même. Si Sasha a peur, c'est parce que Melman s'est retiré du jeu. Elle a montré patte blanche trop vite.

– Je ne suis qu'un avocat de campagne, frérot. Mais ce que je dis, c'est attends de voir ce qui se passe quand tout sera calmé. T'as pas mal de merdes qui te sont tombées dessus ces derniers temps, à commencer par la maladie de Papa. Sauf si tu ne peux pas t'imaginer lui pardonner.

– Je peux lui pardonner. Je suis bien le fils de mon père, de ce point de vue. Mais ça ne signifie pas que je puisse continuer à vivre avec elle.

– Écoute, ne crois pas que je milite pour Sasha. Tu penses que ça a été facile pour nous, toutes ces années ? On l'a supportée pour te faire plaisir. On sait très bien ce qu'elle pense de nous.

Il se mit debout, chancelant légèrement, et leva son verre à une entité invisible.

– On est la classe moyenne des petites villes qui fait pas la différence entre son cul et un trou dans la terre. Des péquenauds. Tu sais qui tu as épousé, frérot ? Tu as épousé Jolene Cheatham. Tu t'es traîné jusqu'à ce putain de New York pour te trouver la copie conforme de la femme du soi-disant amant de notre mère.

Luke se redressa, indigné, puis se reprit.

– Qu'est-ce qu'elle est devenue, Jolene ?

Matthew but une longue gorgée de cognac et s'empara du flacon sur la table basse.

– Tiens, prends un dividende, dit-il.

Luke sourit. C'était le terme qu'utilisait leur père pour désigner le petit dernier pour la route, un élément d'argot d'antan que, pour une raison mystérieuse, ils trouvaient tous deux hilarant.

– Après que son mari s'est flingué, tu veux dire ? Elle a déménagé à Atlanta pour épouser un pauvre bougre qui construit des centres commerciaux. Après que ce bon vieux Duck a fait faillite et tenté de détourner les fonds de sa banque pour payer les dépenses de sa femme et soulager – tiens, ça c'est un mot pour toi –, soulager sa propre conscience et sa culpabilité pour avoir couché avec notre mère. Ne me dis pas que tu es prêt à aborder ce sujet ?

– Tu crois que c'est ça qui s'est passé ?

– C'est ce que tout le monde pense, dit Matthew, le jugement collectif de la communauté. Ça fait partie du folklore local. Le plus grand scandale depuis que Miss je-sais-plus-qui a planté son mari avec un sabre de samouraï. La femme du pasteur et le banquier. J'ai toujours cru que c'était l'une des choses que tu tenais absolument à oublier.

Il y avait du vrai là-dedans, et il avait parfois imaginé que cela donnait à sa biographie un certain vernis de romance tragique.

– Merde alors, j'ai toujours pensé que tu en savais plus long que moi.

Luke se prit à contempler une rangée de trophées, des figurines minuscules brandissant des clubs de golf ou des ballons de football.

– Ouais, ouais, quoi qu'il en soit, Papa a tenu bon avec Maman et réciproquement. J'aime penser qu'elle l'a fait pour nous. La vie a continué, non ?

Il colla son bras autour du cou de Luke et l'embrassa avec des tendresses d'ours, ajoutant :

– Plus fastueuse pour certains, plus normale pour d'autres ?

Les ancêtres de Duck Cheatham avaient été parmi les premiers colons de la région, après avoir traversé les montagnes de Caroline du Nord au tout début du dix-neuvième siècle, au terme d'une querelle dont ils étaient sortis perdants, un genre de schisme doctrinal au sein de l'Église presbytérienne locale. Dans les premières années du siècle suivant, le grand-père de Duck avait rétabli la prospérité des Cheatham, qui s'était évaporée pendant la guerre, en vendant des assurances obsèques à des métayers et à des ouvriers d'usine dans la région centre du Sud pour une petite compagnie de Nashville. Elle finit, sous sa direction, par devenir le neuvième plus grand assureur du pays et lui permit de racheter la maison de son grand-père aux descendants de l'opportuniste qui l'avait acquise après la guerre, réparation d'une injustice historique qui était considérée comme une fierté régionale. Tout le monde connaissait cette histoire, et Duck était d'autant plus apprécié qu'il la portait avec la même élégante légèreté que le poids de sa fortune familiale. On l'avait envoyé faire ses études préparatoires dans le Nord, à Deerfield, d'où il était ensuite parti pour étudier à Williams, où, disait-on, il était tombé amoureux d'une jeune Irlandaise catholique rencontrée au cours d'une soirée à Mount Holyoke. Aucune des deux familles n'approuvait cette union et, après les examens, il fut rappelé chez lui pour travailler dans la banque de son père, où il rumina ses options jusqu'au jour où il reçut une lettre de sa bien-aimée lui annonçant qu'elle s'était fiancée à un cousin du clan Kennedy. Au bout de six mois passés à réduire en bouillie quelques automobiles et après s'être rendu célèbre en mettant le feu à une suite du Peabody Hotel de Memphis à l'issue d'une soirée de festivités – des épisodes qui semblaient parfaitement incohérents avec la personnalité sobre et studieuse dont avait jusqu'alors fait preuve Duck Cheatham et plus généralement avec le concept même de jeune homme de bonne famille du Sud –, il commença à sortir avec une fille de Vanderbilt prétendument rencontrée dans un bar du centre de Nashville. Ce détail et le fait qu'elle était mannequin pour une agence de la région, ajoutés à ses origines modestes – son père était concessionnaire de voitures d'occasion à Louisville –, furent considérés comme plus scandaleux encore par certains habitants du Middle Tennessee que les accidents de voitures ou les incendies d'hôtels. Les parents de Duck étaient de ceux qui n'étaient pas entièrement favorables à Jolene Colcott, mais ils craignaient d'avoir épuisé leurs réserves d'autorité parentale et s'estimaient les premiers à blâmer. Ils ravalèrent donc leurs réserves et préférèrent payer le mariage, avec ses trois cent cinquante invités, plutôt que de confier ce grand événement aux goûts et au budget des parents de classe moyenne de Jolene.

Jolene Colcott, de son côté, croyait à peine en sa chance, mais elle ne fut pas longue à s'accoutumer aux privilèges et aux honneurs dont bénéficiaient les Cheatham. Tout le monde s'accordait à admettre qu'elle s'acquittait dûment de son rôle, grâce à sa silhouette sculpturale et à son expérience de mannequin ; elle effectuait des virées régulières à Atlanta et même à New York pour se trouver des tenues dignes du grand bal des Swann, du steeple-chase et des soirées qu'elle donnait dans le manoir néo-grec – ancienne propriété des Hoover – qu'il avait acheté peu après leur mariage. Et même ses détracteurs reconnaissaient, autour d'une tasse de thé au Country Club de Belle Meade, qu'elle avait restauré l'endroit avec un goût très sûr, l'emplissant d'antiquités françaises et anglaises chinées à La Nouvelle-Orléans, à Boston, Paris ou Londres.

Jolene était bien décidée à tirer avantage de toutes les occasions qui lui avaient été refusées par le passé. Duck commença sa carrière dans la banque et Jolene tomba enceinte du premier de leurs deux enfants. Elle se lança également dans la vie mondaine de la communauté, s'efforçant d'enseigner à ses voisins ce qu'elle avait appris au cours de ses voyages en Europe. Comme engagée dans une féroce bataille darwinienne, elle tentait avec beaucoup plus de fougue que nécessaire de gagner le cœur et l'esprit du Middle Tennessee, déplorant cependant un certain nombre de défections au fil du temps.

La réception annuelle que les Cheatham donnaient pour l'ouverture du steeple-chase était légendaire pour son luxe extravagant et ses innovations étranges – comme celle qui consistait à servir la salade en fin de repas plutôt qu'en début. Ce fut chez les Cheatham que la plupart de leurs voisins goûtèrent leur premier brie, que Jolene, à l'inverse de la salade, servait en entrée, soit par ignorance des coutumes continentales, soit par déférence aux goûts locaux. Ce fut aussi chez eux que de nombreux habitants de la ville découvrirent les œuvres d'artistes tels que Rauschenberg, Jasper Johns, ou Jim Dine. La fierté de leur collection était un Picasso tardif, *Le Déjeuner sur l'herbe*. Jeune homme, Luke étudia ce dessin à plusieurs reprises, choqué autant qu'excité par la nudité, s'efforçant d'interpréter la transaction entre les deux protagonistes principaux au travers de l'expression peinte sur leur visage. Étaient-ils sur le point de faire l'amour? Venaient-ils de le faire? Ce dessin avait-il partie liée d'une quelconque manière avec le livre intitulé *Le Festin nu*, qu'il avait repéré dans une librairie de Nashville mais avait jusque-là redouté d'acheter? Et qui était l'autre personnage en arrière-plan? Pourquoi y avait-il trois personnes dénudées?

Lorsqu'il découvrit ce dessin, Luke était en train de lutter pour s'affranchir des vues épiscopaliennes et conventionnelles de son père, pressentant vaguement l'existence d'un panthéisme caché au sein duquel le sexe faisait office de tissu conjonctif. D'une certaine manière, ce dessin semblait contenir la clé. Et les Cheatham, avec leur sophistication, étaient inextricablement liés dans son esprit à cette quête d'une connaissance du monde et de ses usages. Plus que n'importe laquelle des amies de sa mère, Jolene excitait son intérêt érotique. Les étranges tableaux qui ornaient les murs des Cheatham étaient une source de consternation dans certains cercles, mais la plupart des détracteurs étaient davantage rebutés d'un point de vue esthétique que d'un point de vue moral, ne les trouvant pas tant obscènes que laids. D'affreux tableaux aux murs! La salade en fin de repas! Et puis quoi encore? Bien sûr, Jolene, comme tous les avant-gardistes, aurait préféré que ses voisins fussent offusqués plutôt qu'amusés par sa collection.

Il aurait été difficile de dire où son esthétisme finissait et où son matérialisme prenait le dessus, mais, au fil des années, Luke se mit à se considérer comme un disciple des Cheatham, pour ne pas dire leur fils perdu: il développa un intérêt pour les arts et un goût pour le luxe, et, bientôt, ne fut plus capable de faire la différence, si bien que ses ambitions oscillaient entre deux pôles s'incarnant alternativement dans le personnage de l'artiste et celui du connaisseur. Il se mit à peindre et, plus tard, lorsque Jolene et Duck l'emmenèrent au théâtre, il rêva de devenir acteur ou écrivain; cependant, lorsqu'il s'imaginait son avenir d'artiste ou de comédien, l'action se déroulait toujours dans une vaste demeure emplie de trésors dignes des plus grands musées.

L'affection de Duck pour Nora était tellement évidente que ça aurait été ridicule, du moins dans les deux foyers concernés, de penser que quoi que ce soit d'illicite pût se passer entre eux. Leur amour commun des activités en plein air s'exprimait les samedis après-midi à travers de longues virées à cheval dans la campagne et finit par aboutir dans la co-fondation d'un parc naturel visant à protéger les terres arables et les marais autour de Franklin et Nashville. Leur histoire d'amour avait peut-être commencé avant cela, mais elle avait aussi pu naître à l'occasion des réunions et des voyages d'études que leur position de présidents de l'association les amenait à effectuer. Le mouvement écologique était encore une nouveauté presque monstrueuse dans le Sud, où la mentalité de chambre du commerce était la chose au monde la mieux partagée – chaque ouverture d'usine, chaque inauguration de lotissement étant accueillie avec un enthousiasme exalté par la population qui avait conservé, plus d'un siècle après les faits, la mémoire collective des ruines de guerre et de l'occupation coloniale.

Luke songeait à leur cause partagée tandis qu'il franchissait, avec la précision délibérée du conducteur conscient d'avoir abusé de la boisson, les grilles de Battleground Meadows, ayant assuré à Matthew qu'il était parfaitement en état de prendre la route. Il longea ainsi les imitations d'artillerie lourde, les lumières multicolores et sordides du McDonald's, diverses enseignes du même genre, Wendy's, Krystal, Shoney's, Pizza Hut, Piggly Wiggly et Kroger, pour arriver en vue de Logan's Road House et Circuit City, la Halle aux matelas, et le drugstore Rite Aid, avant de pénétrer dans une zone tampon entièrement plongée dans l'obscurité qui déboucha dans sa ville natale, où il fit le tour du monument aux morts confédérés, auxquels il décida, sur l'inspiration du moment, d'aller rendre visite, dans ce qui avait été autrefois la plantation des McGavock.

Il quitta la place et emprunta Main Street, bordée de boutiques aux façades victoriennes, et qui, durant les années de son exil volontaire, s'était changée en un genre de centre commercial spécialisé dans les cartes postales, les couvertures en patchwork, les torchons imprimés, les savons et les bougies parfumés. Obliquant à gauche au niveau de Five Corners, il essuya le feu de quelques églises, poursuivant sa route le long des voies ferrées, doublant un véhicule de police garé dans le parking d'un magasin d'antiquités, et lui jetant un œil paranoïaque dans son rétroviseur jusqu'au moment où il s'engagea avec une précaution imbibée d'alcool dans ce qui jadis avait été l'entrée de la plantation, et qui n'était plus, aujourd'hui, qu'une parcelle longeant le country club. C'est alors que le panorama s'ouvrit et qu'il distingua dans la clarté de la lune, non la maison elle-même, mais son porche à colonnades blanches, se découpant sur l'invisible mur de brique, comme surgi de nulle part.

Il s'arrêta devant la grille en fer forgé, derrière laquelle les dépouilles étaient enterrées, État par État. Son arrière-arrière-grand-mère avait supervisé la réorganisation de ce cimetière de fortune dans sa propre propriété un an après que les corps avaient été enfouis à la hâte sur le champ de bataille, conservant méticuleusement dans un registre les noms, qui, après un hiver, avait déjà commencé à s'effacer sur les croix de bois.

Il descendit de la voiture, se dirigea précautionneusement vers la grille puis avança parmi les tombes, errant dans les allées étroites qui séparaient le Texas, le Mississippi, la Géorgie et le Tennessee – chaque rangée signalisée par le drapeau correspondant à l'État –, se demandant si un message lui serait délivré.

Posant le pied dans un creux où le sol s'était affaissé au-dessus d'un cercueil, il trébucha en avant et tomba face contre terre dans l'herbe mouillée. Secoué mais indemne, il s'assit parmi les pierres blanches et écouta, attendant que les morts s'adressent à lui. Il lui sembla que le jeu en valait la chandelle. Personne d'autre ne lui dirait quoi faire, et sans doute ces hommes savaient-ils quelque chose du devoir et de l'honneur.

La nuit est le commencement et la fin. Un vers tiré de «L'ode aux morts confédérés» d'Allen Tate. Il était presque sûr de la citation, qui suggérait qu'aucun communiqué ne lui parviendrait de l'autre monde.

D'abord il entendit la question concave et ovale posée par une chouette, suivie par le blues plaintif de l'appel du coyote. Il tressauta lorsqu'un aboiement s'éleva en réponse depuis les tombes. À mesure que le cri se répétait à intervalles de plus en plus fréquents et enflait en volume tandis que Luke crapahutait parmi les pierres tombales moussues à la recherche de sa provenance, ce gémissement finit par lui apparaître pour ce qu'il était vraiment, à l'instant où il distingua la silhouette d'un couple – le doux vacarme de l'extase humaine.

28

Les employés de la Ville débarrassèrent le groupe électrogène la veille de Thanksgiving. En arrivant pour son service à Bowling Green, Corrine trouva Jerry en train de démonter la tente avec l'aide de deux gardes nationaux; les restes des provisions et des équipements étaient rangés dans des cartons et remisés sur un lit de détritus et de feuilles jaunies, le squelette en aluminium de l'abri improvisé évoquant les vestiges dévastés au lendemain d'un triste carnaval.

– Voilà pour les services rendus, dit-il. Ils ferment notre boutique, et même pas un « merci pour tout, les gars ».

Les regrets de Corrine étaient comme assourdis, fonction en grande partie de sa sympathie pour Jerry mêlée à la nostalgie de l'urgence des journées si vivantes de septembre et des moments d'intimité nimbés d'aube d'octobre. Elle avait honte d'admettre qu'elle était secrètement soulagée, qu'elle s'était lassée des flics désœuvrés, qui engraissaient et se bourraient de caféine, et du flirt forcé avec les gardes nationaux en mal du pays. À mesure que la crise s'était muée en routine, que les restaurants et les boutiques du quartier avaient commencé à rouvrir, que les incendies avaient refroidi, que le tas de débris déchiquetés s'était abaissé au niveau du sol, et que le ciel s'était éclairci au-dessus des tours de bureaux et des arbres nus dans le parc, son sentiment de la mission à accomplir s'était lentement évaporé. Ils avaient cessé de se rendre à Ground Zero deux semaines plus tôt, peu de temps après que le commissaire Davies avait regagné son secteur. Les volontaires

353

avaient disparu un à un, et ceux qui restaient se sentaient de plus en plus inutiles. Mais par entêtement ou culpabilité, Corrine avait persisté à accomplir ce qu'elle considérait comme son devoir, passant des heures debout dans le froid, préparant des sandwichs, et emplissant des thermos de café entre deux coups de fil à Luke dans le Tennessee.

Contemplant les vestiges de son royaume, Jerry avait l'air furieux et endeuillé.

– C'est magnifique ce que tu as fait ici, lui dit Corrine en serrant autant que possible son torse considérable entre ses bras écartelés. Tu devrais être fier.

– Alors pourquoi tout ce que je sens c'est un putain de vide?

– C'est forcément dur de passer la main, quel que soit le moment. Et il est temps.

– Ils auraient quand même pu laisser passer Thanksgiving, dit-il, comme s'il avait eu la vision d'une grande réunion festive sous la tente.

– Je crois qu'il est temps, Jer, dit Corrine, qui eut une inspiration soudaine. Viens à la maison. Je veux dire, si tu n'as rien d'autre de prévu pour Thanksgiving.

Russell serait sans doute ennuyé qu'elle ait ajouté un inconnu à leur table, mais elle ne supportait pas l'idée de Jerry assis tout seul chez lui le soir de Thanksgiving, et elle avait l'impression que sa petite amie avait quitté le navire, pour peu qu'elle y eût jamais séjourné. Il lui apparut ensuite qu'il trouverait peut-être une âme sœur en la personne de Judy Crespi, qui était devenue un genre de porte-parole pour une organisation représentant les veuves du 11-Septembre. Ce ne fut que plus tard qu'elle se rendit compte, alors qu'elle rentrait chez elle avec son sac à dos rempli de beurre de cacahuète et de pots de gelée de fruits, que Jerry était un membre actif de la conspiration qui entourait sa vie secrète avec Luke.

– J'ai cru que c'était un mouvement altruiste de ma part, dit-elle à Luke sur son téléphone portable une heure plus tard alors qu'elle remontait Broadway. Mais je pense qu'inconsciemment je l'ai invité parce qu'il est un peu comme un substitut de toi. C'est affreux, tu ne trouves pas?

– Moi je crois que tu l'as invité par pure bonté de cœur, dit-il. C'était ce qu'il fallait faire.

– Avant je me fiais à mes motivations, dit-elle. C'est ça le problème. Maintenant, je ne sais plus. Je veux être une bonne personne et j'ai envie d'être avec toi; je ne sais pas comment réconcilier ces deux idées. Je me sens comme Scobie dans *Le Fond du problème*. Je ne peux pas rester et je ne peux pas partir.

– Je sais que je te l'ai déjà dit, mais je te le répète, je ne te demande rien, pas maintenant. Prends simplement soin de toi.

– C'est de toi que je veux prendre soin. Qu'est-ce que tu fais?

– Je suis assis sur une rambarde instable.

– Ne dis pas ça, s'il te plaît.

– Non, je veux dire, littéralement. Je suis assis en équilibre instable sur une clôture à trois barreaux dans un pré, et je regarde ma mère qui travaille avec un poney et une petite de huit ans atteinte de paralysie cérébrale. C'est de la thérapie par le cheval. Sa mission, sa vocation.

– Alors que moi, contrairement à ta mère, pour dire les choses simplement, je suis le genre de personne qui s'occuperait de la fillette dans la journée et passerait ses nuits à baiser avec son père.

– Quelle chance il aurait.

– Imagine ce que ta sainte de mère penserait de moi. Je parie qu'elle penserait que je suis la pute de TriBeCa.

– Non, dit-il. Impossible. Elle n'a jamais entendu parler de TriBeCa. Quoi qu'il en soit, je compte lui parler de toi ce weekend.

– Oh, mon Dieu, tu es sûr?

Cette perspective la paniquait, mais elle n'aurait su dire si ce qu'elle redoutait le plus était la désapprobation maternelle ou l'idée qu'un pas décisif serait ainsi franchi.

– Écoute, je suis juste devant chez moi. Je te rappellerai plus tard. Tu me manques.

Russell accueillit la nouvelle de la venue de Jerry mieux qu'elle ne l'aurait cru, manifestant toujours le même zèle, comme si, alors qu'il avait une perception erronée de la menace qui pesait sur lui, il avait senti que son mariage n'était plus suspendu qu'à un fil d'une extrême finesse. Semblable à un moine franciscain nouvellement ordonné qui mènerait une campagne de bonnes œuvres et de pénitence, il rentrait immédiatement à la maison en sortant du travail tous les soirs ou presque, inventait des jeux et des distractions pour les enfants, et les accompagnait à l'école le matin pour laisser Corrine dormir. Sa passivité et sa flexibilité étaient devenues presque absurdes ; on eût dit l'épouse parfaite.

À présent, il s'appropriait son rôle de patriarche de Thanksgiving avec encore plus d'énergie et certainement plus de bonne volonté que d'habitude, se levant à l'aube du jeudi pour s'occuper de la dinde, un monstre produit par l'agriculture bio qu'il avait tout spécialement commandé chez Dean and DeLuca et avait fait mariner vingt-quatre heures dans la saumure, vantant d'un air pédant les vertus de la méthode de cuisson lente, lorsqu'elle finit par le rejoindre dans la cuisine à neuf heures. Deux ans plus tôt, il s'était montré aussi véhément à propos de la méthode de cuisson rapide, une cause qu'il avait embrassée dans la rubrique gastronomique du *Times* et qui avait provoqué l'enfumage de leur appartement, les contraignant à une évacuation d'urgence. Ce souvenir lui donna la nausée, tout autant que le fumet, à une heure aussi matinale, de la dinde rôtissant dans le four.

– Russell, par pitié. Tu sais que je ne supporte pas de t'entendre rhapsodier sur la nourriture dès le matin. Est-ce que les enfants ont mangé ?

– Bien sûr.

– J'espère que tu ne les as pas gavés de gaufres et de saletés, dit-elle, se rendant compte aussitôt quelle mégère elle faisait.

– On a pris des flocons d'avoine avec des œufs de dinosaure, déclara Storey depuis le canapé, où elle regardait *La Petite Sirène* pour la cinquante-septième fois.

– J'ai enfin eu mon rival au téléphone, dit Russell. Il a appelé ici il y a quelques minutes.

Corrine s'interrompit alors qu'elle allait porter sa tasse de café à ses lèvres et la reposa sur la table.

– Ton quoi?

– Il a appelé pour savoir s'il devait apporter quelque chose.

– Qui a appelé?

– L'autre homme de ta vie. Comment il s'appelle, déjà? Jerry. Il m'a l'air d'un bon bougre. Sincèrement désolé de s'imposer au dernier moment.

– J'espère que tu ne lui as pas fait sentir qu'il gâchait ton merveilleux plan de table, dit-elle.

– J'ai été l'hospitalité et la gentillesse faites homme, comme toujours. Je vais l'installer à côté de Judy. Qui sait... Il faut s'attendre à tout.

– Je ne suis pas sûre que c'est ce qui pourrait arriver de mieux à Jerry.

Elle avait pourtant eu la même idée la veille.

– Elle n'est plus la même, Corrine. Laisse-lui un peu de mou. Après tout ce qu'elle a traversé.

C'était l'une des choses qu'elle avait toujours aimées chez Russell, le crédit qu'il accordait aux autres, à leur gentillesse naturelle. C'était lui qui avait eu l'idée d'inviter Judy pour Thanksgiving. Corrine aurait aimé s'imaginer que cette dernière avait été transformée par la perte de son mari, mais elle ne pouvait s'empêcher de sentir qu'il y avait quelque chose de purement égoïste et complaisant dans le chagrin de Judy. En privé, elle avait surtout l'air d'être furieuse contre Jim de l'avoir abandonnée, même si elle s'exprimait sur les ondes pour vanter son héroïsme et réclamer des droits en tant que veuve.

Quelques heures plus tard, Russell sortait les enfants de la baignoire, les séchant tandis qu'ils gigotaient, hurlaient et faisaient semblant de chercher à s'échapper, gonflés à bloc par cette journée de congé et la perspective de recevoir des invités. Corrine les observa un moment depuis le couloir, tandis qu'il faisait glisser la brosse dans les sillons de la chevelure mouillée de Storey tout en maniant le sèche-cheveux de l'autre main. Pourquoi n'avait-il pas toujours été comme ça? se demanda-t-elle. Et qu'est-ce qui lui faisait croire qu'il n'était pas trop tard?

Elle alla répondre à l'interphone puis attendit devant l'ascenseur, attentive à sa lente et fracassante montée, s'efforçant de réveiller son sens de l'hospitalité en sommeil.

La porte s'ouvrit en tremblant, révélant Hilary et son petit ami.

– C'est nous, dit-elle en offrant à Corrine un bouquet de chrysanthèmes jaunes et orange achetés à l'épicerie. Tu te souviens de Dan?

– Bien sûr.

Une main large comme un battoir engloutit la sienne.

– Oh, allez, tu peux lui faire la bise, dit Hilary. Elle est de la famille.

Il se pencha maladroitement tandis que Corrine tendait la joue.

– Nous sommes très contents de te recevoir, Dan.

La maladresse de ce garçon était presque douloureuse à supporter. Elle le dévisageait avec stupeur – un homme qui avait abandonné sa famille pour sa petite sœur.

Sans son uniforme de policier, il aurait pu passer pour l'un des musiciens, acteurs ou tenanciers de bar qu'elle leur avait amenés au fil des ans: brun, athlétique, d'une beauté d'Irlandais au teint foncé, pourvu d'épais sourcils et d'yeux bleus étincelants. Elle se demanda si Hilary l'avait aidé à s'habiller pour l'occasion, un Thanksgiving à TriBeCa. Avec son jean, sa veste en cuir noir et sa chemise blanche de coupe élégante, il pouvait aisément passer pour un membre de l'intelligentsia de Manhattan, malgré des voyelles trahissant ses origines de la rive opposée.

– Et où sont mes petits anges?

– En train de se lisser les plumes.

– J'ai barbé Dan à mort, j'ai pas arrêté de lui parler des enfants.

– Qu'est-ce que tu racontes? J'adore les marmots.

Comme s'ils avaient répondu à l'appel, ils arrivèrent en jacassant dans le couloir, assez plausibles dans leur rôle d'anges, grâce à leur tenue, chemise blanche et flanelle grise. Ils se précipitèrent aussitôt dans les bras d'Hilary, Russell dans leur sillage.

— Les enfants, je vous présente Mr O'Connor. C'est un ami de Tante Hilary.

Les enfants lui serrèrent la main cérémonieusement, ce qui laissa le temps à leur père de rejoindre pesamment le petit groupe.

— Russell, dit Hilary, je te présente mon fiancé, Dan O'Connor.

Corrine remarqua que le jeune homme eut le bon goût de grimacer à ces mots — étant, après tout, encore marié.

Russell saisit la main que lui tendait O'Connor.

— Dan O'Connor. Ravi de vous rencontrer, m'sieur.

— Russell Calloway.

— C'est vrai que t'es policier? demanda Jeremy.

— Ben oui, c'est vrai.

— Il a un nombre d'histoires à raconter, c'est dingue, des trucs de la rue, lâcha Hilary. On va collaborer sur un scénario. Pas les nullités habituelles sur les gendarmes et les voleurs, mais un truc authentique sur la vie dans la brigade des stups. Il faut que j'appelle Michael Mann — ma copine Rowena travaille pour lui et il est à New York la semaine prochaine. Dan est un conteur-né. Tu devrais parler à Russell, mon chou; il est calé en bonnes histoires. S'il y avait une justice sur terre, il serait riche et célèbre. Il a publié un tas d'auteurs qui ont remporté le Pulitzer.

— T'as un pistolet? demanda Jeremy.

— Écoute…, O'Connor adressa un regard inquisiteur à Russell, je sais pas si…

— Je crois que ça ne peut pas faire de mal d'y jeter un coup d'œil, dit Russell, ce qui mit Corrine hors d'elle.

O'Connor entrouvrit sa veste pour révéler une arme automatique dans son holster.

— Waouh, dit Jeremy. Classe. Tu tires avec, des fois?

— Seulement à l'entraînement, dit-il.

— Dan m'y a emmenée la semaine dernière, dit Hilary en s'accroupissant pour prendre Jeremy dans ses bras. Quand tu seras plus grand, peut-être que Dan pourra t'emmener à l'entraînement, toi aussi.

– Beaucoup plus grand, dit Corrine.

Hilary fronça les sourcils.

– Corrine n'autorise aucun jouet ressemblant de près ou de loin à une arme à franchir le seuil de sa maison. Ce qui, si tu veux mon avis, ne fait qu'accroître l'attrait pour l'interdit. À force de protéger les enfants, on peut s'attendre à un sérieux retour de bâton. C'est pareil pour tous les tabous – comme de faire tout un plat de l'alcool ou du s-e-x-e. Au bout du compte, ça ne fait qu'augmenter la fascination.

– Ça donne quoi, comme mot, s-e-x-e ? demanda Storey.

– Ça donne «peu importe», dit Corrine.

– Même pas vrai.

Elle trouvait les opinions d'Hilary en matière d'éducation parfaitement comiques, pour ne pas dire intolérables, et elle fut légèrement dégoûtée par le regard de tendre complicité qu'elle surprit entre Hilary et Dan à cet instant.

– Est-ce que Tante Hilary peut jouer avec nous ? demanda Jeremy.

– Je crois que Tante Hilary préfère parler avec les grandes personnes.

– Je suis toujours prête à jouer, dit Hilary. Ce n'est pas un secret.

Elle était très désireuse de prouver à Dan qu'elle avait un contact facile avec les enfants.

– J'ai un nouveau Transformer, lui dit Jeremy.

– J'adore les Transformer.

– Il faut que tu viennes voir les Choudoux, dit Storey. Ils ont même une petite dinde sur la table pour le dîner.

– Les Choudoux, expliqua Hilary, sont des genres de créatures féeriques, avec leur propre petite maison, leurs meubles miniatures, leur service à thé et tout et tout, et elles ne sortent qu'à la nuit tombée, quand tout le monde est endormi.

– Un des Choudoux est porté disparu, annonça Storey d'un ton solennel. Il s'appelait Bevan. On a fait une affiche pour lui. Un avis de recherche.

– Je vous sers quelque chose à boire, Dan? demanda Russell tandis qu'Hilary suivait les enfants dans leur chambre.

– Une bière, si vous avez, dit O'Connor. Les mômes sont extra.

– J'ai cru comprendre que vous en aviez, vous aussi, dit Russell, mettant les pieds dans le plat où Corrine craignait de fourrer ne fût-ce que le doigt; elle se dit cependant que Russell essayait peut-être par là de détourner la conversation de la question cruciale concernant la conception de ces mômes en question, dont Hilary l'avait sans aucun doute informé.

– Ouais, y sont formidables, dit O'Connor tristement.

Il fouilla dans son portefeuille et en tira deux photos qu'il montra à Russell, un nouveau-né dans une robe rose et un garçon joufflu qui n'avait pas encore toutes ses dents mais possédait déjà les sourcils de son père.

– Bridget est née en juin, et Brendan a trois ans. Pour le moment, elle me laisse pas les voir. Ma femme – Mary-Margaret. Elle prend tout ça très mal.

Même si Russell l'avait quittée pour sa bimbo grotesque, songea Corrine, elle ne l'aurait jamais tenu éloigné de ses enfants. Peu importent les événements, ils resteraient civilisés, l'un comme l'autre, dans l'intérêt des enfants. Elle se représenta mentalement un Thanksgiving imaginaire, au cours duquel Russell et Luke débattraient des mérites du cabernet sauvignon de la Napa Valley, tandis que les enfants rivaliseraient pour attirer l'attention de leur demi-sœur adolescente. Ce scénario, afin de satisfaire la générosité tout autant que la vraisemblance, exigeait que Russell eût une nouvelle compagne, alors, gentiment, Corrine lui attribua une jeune créature énamourée, le style de fille qu'on rencontre en ville dans les lectures de poésies – où dans les cafés de Williamsburg –, une aspirante biographe ou une assistante de rédaction à la *Paris Review*, la trentaine et jolie dans le genre intello, avec des lunettes à montures noires rectangulaires. Elle demanderait des conseils à

Corrine pour le cadeau de Noël de Russell, et, l'été, ils se rendraient visite librement d'une maison à l'autre dans les Hamptons. Hilary serait là aussi, bien que dans cette rêverie la petite sœur apparût comme une présence très intermittente, ayant déménagé à nouveau sur la côte ouest. Le fait même que leur famille eût été si peu conventionnelle – fondée qu'elle était sur ce que Russell aimait à qualifier «d'immaculée conception» – semblait accorder une certaine plausibilité à ce scénario à l'eau de rose: une communauté d'adultes aimants et d'enfants chéris.

Le loft fut bientôt empli de gamins créant une cacophonie qui aurait pu déranger les invités sans enfants mais semblait, pour ainsi dire, inaudible aux parents concernés qui ne réagissaient qu'aux notes de détresse ou de dissension. Washington et Veronica arrivèrent avec des photos de la maison pour laquelle ils venaient de se décider à New Canaan, Washington d'une élégance tout urbaine, costume noir sur chemise blanche impeccable, alors que Veronica semblait déjà se préparer à leur nouvelle vie dans un cardigan vert acide sur une jupe portefeuille écossaise. Assez peu douée pour déchiffrer les codes vestimentaires, Corrine n'aurait su dire si l'intention était, oui ou non, ironique, néobanlieue ou quelque chose comme ça. Jerry avait tout de l'ours invité à dîner, lorsque, massif, il pénétra timidement chez eux avec son pack de bières, trop habillé dans un costume trop étroit et une vieille cravate maigrelette datant des années quatre-vingt. Corrine le présenta à Judy, qui arriva flanquée de sa nouvelle au-pair islandaise – une fille comme une coupe vanille-caramel, qui provoqua un courant souterrain d'hystérie chez les hommes d'âge moyen de cette assemblée, courant qui eut parfois tendance à remonter à la surface durant l'après-midi; Russell s'efforça héroïquement de faire comme si de rien n'était... Judy dans son twin-set en cachemire beige avoua à Corrine qu'elle n'aurait jamais engagé cette fille si Jim avait été encore parmi eux.

Corrine, cependant, luttait comme elle le pouvait contre son propre sentiment de désengagement, son esprit dérivant vers le

Tennessee, où elle essayait de se faire une image du Thanksgiving de Luke... Elle avait l'impression d'assister à la scène qui se déroulait dans son propre loft depuis une certaine distance, ou de très haut ; elle ne cessait de se sentir parachutée en plein milieu des conversations.

– Je ne vois vraiment pas pourquoi l'indemnité ne serait pas calculée d'après les revenus potentiels de la victime, disait Judy. Je veux dire, ça tombe sous le sens.

Hilary s'enflamma à ces mots.

– Tu crois vraiment que la vie d'un pompier ou d'un flic vaut moins que celle d'un courtier ?

– D'où tu sors, toi ? T'es une putain de socialiste ou quoi ? dit Washington en passant son bras autour de ses épaules, afin de détourner habilement la situation en l'attirant à l'écart pour un petit entretien privé tandis que Jerry prenait la relève dans la conversation.

Corrine saisit cette occasion pour trouver refuge auprès des enfants, s'investissant dans un jeu de maison de poupée avec les filles, puis les rassemblant tous, avec l'aide de Miss Islande, pour le dîner des petits, s'efforçant de maintenir l'ordre pendant que Russell faisait le service et que Jeremy lançait un concours de rots. En témoignage d'un attachement aussi profond qu'ancien, Dylan Crespi écrasa une cuillère de purée dans les cheveux de Storey. Entre deux sanglots versés sur sa coiffure gâchée, Storey informa Dylan de la présence d'un policier dans la maison, un ami spécial de sa Tante Hilary. Le soupirant d'Hilary, qui était en train de bavarder dans le no man's land situé entre les adultes et les enfants, entendit qu'on parlait de lui et s'approcha pour enquêter.

– Quelqu'un a appelé la police par ici ? demanda-t-il, en s'agenouillant à côté de Storey, qui lui fit un résumé des faits pendant que Corrine extrayait la purée de ses cheveux. Ça m'a tout l'air d'une agression délictueuse.

En entendant ces paroles, le criminel éclata en larmes.

Quand Judy Crespi se précipita pour secourir son fils, Corrine courut jusqu'à sa chambre et referma la porte derrière elle, doutant de sa patience, et se sentant sur le point de faire une sortie parfaitement inconvenante. Elle s'allongea sur le lit, prêtant l'oreille aux clameurs assourdies, aspirant à la paix. Sur un coup de tête, elle s'empara de son téléphone portable sur la table de nuit, parcourue par un frisson illicite en composant le numéro, le culot de l'acte la tirant de sa torpeur.

Il répondit de sa voix neutre.

– Je voulais juste te dire que tu me manquais, dit-elle.

– Je fais écho à cette impression.

– Si je disais que j'ai envie de te baiser jusqu'à la moelle, est-ce que tu ferais également écho à cette impression ?

– Absolument.

– Ça serait plus convaincant si tu le disais vraiment.

– Attends une…

– Je sais que tu ne peux pas parler. Et moi, je ne devrais pas appeler. Je suis dans ma chambre, cachée. J'avais juste besoin d'entendre ta voix. Pour vérifier que j'existe. J'ai l'impression d'être sous l'eau. Je fais tout ce que je peux, mais j'arrive pas à me connecter à ce qui se passe en ce moment chez moi.

Elle vit la poignée tourner, l'anneau de cuivre brillant se révélant sous la peinture écaillée. La porte s'ouvrit sur Russell tenant une Storey en larmes dans les bras.

– La voilà ta maman, dit-il.

Se sentant trahie par son propre visage, Corrine dit : « Bon écoute, je voulais juste te souhaiter un joyeux Thanksgiving. On te rappellera plus tard. »

Si Russell lui avait demandé à qui elle parlait, elle aurait peut-être été soulagée, mais son silence était aussi probant que son changement d'attitude – comme si, au terme d'une course folle à travers champs, il avait soudain heurté une barrière invisible. Elle avait pourtant son mensonge tout prêt, elle comptait lui dire qu'elle avait passé un coup de fil à sa mère. Le problème, c'est qu'il ne demanda rien.

– Ta fille te cherchait.

– Qu'est-ce qui t'arrive, mon cœur ? demanda-t-elle en évitant le regard de Russell au moment où il lui passa leur fille.

– La maman de Dylan elle a crié sur l'ami de Tante Hilary.

– C'est une maison de fous, là-bas, dit Russell, baissant les yeux sur le portable de Corrine, inerte sur le lit.

Les esprits s'étaient apaisés lorsque Corrine retourna auprès de ses invités, Dylan et sa mère ayant obtenu la promesse d'une promenade dans la voiture de patrouille de O'Connor. Corrine se jeta à corps perdu dans son rôle d'hôtesse, requinquée par la peur et l'espoir irrationnel qu'elle trouverait le moyen d'étirer la journée en longueur et de remettre à plus tard l'inévitable confrontation avec Russell. Elle détecta un soupçon nouveau de formalisme dans l'attitude de son mari à son endroit, alors même qu'il se montrait plus sentimental et plus aimable – à la manière d'un politicien survolté – sous l'effet de l'alcool. Il déployait en particulier une sollicitude remarquable à l'égard de Judy qu'il plaça à sa droite à table, et qu'il avait apparemment élue comme compagne de boisson. Corrine aurait aimé qu'il cessât de la monopoliser afin qu'elle pût parler à Jerry. Si elle n'avait pas douté de sa propre autorité, Corrine aurait pris Russell à part pour le tancer sur ses excès – ce genre de conférence privée était monnaie courante entre eux –, mais les choses étant ce qu'elles étaient, elle se sentait impuissante tandis qu'il s'envoyait verre après verre de zinfandel. Assis aux côtés de Corrine, Washington, sobre comme un juge, remarqua :

– On dirait que notre bon vieux Boum Calloway a attaché son casque pour la grande descente.

– Je n'ai jamais compris cette expression. Qu'est-ce que ça signifie ?

– Il y a longtemps, quand on est arrivés en ville... Tu te rappelles, William Holden, l'acteur ? Grand ivrogne devant l'Éternel ? À peu près à la même époque, alors qu'il était bien imbibé, il avait trébuché et s'était cogné la tête sur un putain de chevet. Il a saigné à mort, là, dans sa chambre. Alors c'est devenu un genre de blague – quand on allait passer la nuit dans les bars et qu'on se projetait une bonne descente, on se disait qu'il fallait pas oublier d'attacher nos casques en souvenir de William Holden.

– Je suis sûre que ça devait être drôle sur le moment, dit-elle, mais ça ne me fait pas rire maintenant. Peut-être que tu pourrais lui glisser un mot, Wash.

Washington répondit par un rire qui avait pour particularité de faire sentir à la personne concernée qu'elle n'était vraiment pas cool.

– Si tu comprenais quelque chose à l'amitié masculine, ou à la boisson, tu saurais que je ne peux en aucun cas honorer ta demande.

– Je crois entendre Russell.

– CQFD, baby.

– C'est quoi vos messes basses, là? leur demanda Russell depuis l'autre bout de la table.

– Ton mari est le mec le plus génial du monde, dit Judy en jetant son bras libre autour de ses épaules, tandis que de l'autre elle portait un toast. J'espère que t'en es consciente. Y m'a vraiment aidée quand j'avais besoin de réconfort. Un soutien tellement ingroyable, c'est ningue.

Était-ce possible? Corrine se le demanda en les dévisageant. Évoluant dans la double vie de l'infidélité, elle possédait un respect tout neuf pour les capacités de traîtrise insoupçonnables du cœur. Elle avait acquis la sagesse triste du coupable. Les protestations d'agacement envers Judy dont Russell était coutumier pouvaient parfaitement être tenues pour des preuves du sentiment contraire. Elle se rappela soudain ce qu'il avait dit le matin même : « Elle n'est plus la même. » Comment savait-il qu'elle avait changé? Était-il allé la réconforter durant ces longues heures que Corrine passait au centre-ville? Qu'y avait-il de plus naturel que de désirer, ou de tomber amoureux de la femme d'un ami disparu? Elle avait entendu parler de nombreux cas similaires parmi les combattants du feu. Avec un frisson coupable, elle se rendit compte que ce scénario l'absolvait de sa propre culpabilité, et apportait une solution à son dilemme insoluble.

– On sait qu'il est bourré quand il commence à flirter avec Judy de chez Crespi, dit Washington en plaisantant.

Et tout à coup, en les examinant à l'autre bout de la table, elle renonça à ces soupçons pour cause d'invraisemblance, et parce que ce fantasme était bien trop pratique.

– Tu crois pas qu'il y a quelque chose entre eux? dit-elle, en s'efforçant d'adopter un ton badin.

– T'es dingue, ou quoi?

– Mon Dieu, je sais pas. Ces derniers temps, presque tout paraît possible. Toi en banlieue, rien que ça.

– C'est plus mes enfants qui sont en banlieue, dit-il. Moi, j'ai fait mon temps.

– Tu crois vraiment que tu peux être heureux en sacrifiant tes besoins aux leurs? Je veux dire, si tu n'es pas heureux, est-ce que tu pourras être un bon père? Est-ce qu'être parent ça signifie qu'on doit renoncer à désirer et à rechercher son propre bonheur?

– C'est une question d'équilibre, ma belle.

Elle n'aurait jamais cru vivre assez longtemps pour voir Washington se faire l'avocat de la modération et des valeurs familiales.

Ce débat fut interrompu par le carillon de la fourchette de Russell contre son verre, tandis qu'il se levait de sa chaise pour porter un toast.

– J'aimerais dire ma gratitude de nous voir tous là aujourd'hui... pour Thanksgiving. Et j'aimerais aussi que nous prenions le temps de penser à tous ceux qui ne peuvent pas être avec nous. Je suis heureux que vous soyez tous là, famille et amis, et je suis triste... tellement, tellement triste que Jim ne soit pas là...

Il s'interrompit, à court de mots, ce qui n'était vraiment pas son genre.

– Jim me manque, se reprit-il. Il me manque tous les jours. Partout dans la ville, des familles se réunissent, comme nous aujourd'hui, avec des chaises vides, autour de personnes aimées et disparues. Par là, dit-il avec un geste de la main en direction d'une fenêtre dans laquelle se découpait une vue en oblique des tours, il y a un trou dans le ciel. Et ici, en chacun de nous, il y a une blessure qui ne guérira jamais. Je suis vraiment heureux que nous soyons ensemble. Et je suis aussi fou de rage.

Corrine fut choquée à la vue du sillon dessiné par une larme sur la joue de son mari.

– J'espère simplement, poursuivit-il, qu'on saura tous se rappeler que nos vies comptent, et apprécier ce que nous partageons, nos amis, nos familles.

Il se tourna vers Corrine à l'autre bout de la table :

– Je comprends aujourd'hui à quel point c'est facile de prendre ce qu'on a de plus cher pour une évidence. J'ai été désinvolte, certains d'entre vous le savent... je ne suis pas fier d'avouer que j'ai fait des bêtises en route. Corrine le sait. Mais j'espère que j'ai appris quelque chose, j'espère que je n'oublierai jamais la chance que j'ai, que je ne perdrai jamais de vue que notre temps ensemble est précieux et fragile... et que nous devons profiter de tous ces bienfaits. J'espère que nous serons ensemble pendant encore de longues, longues années.

Une salve inégale d'applaudissements emplit le silence qui suivit cette allocution tandis que Russell s'effondrait sur sa chaise et que Judy, en larmes, l'embrassait.

Corrine était sonnée ; même en tenant compte de l'état d'ébriété de Russell, elle ne l'avait jamais vu aussi émotif depuis des années, ni dans les jours noirs de septembre, ni même dans les jours qui avaient suivi la révélation de sa sordide petite liaison, lorsqu'il avait imploré son pardon sous peine de mort, et qu'elle n'avait pu s'empêcher, tout en s'en voulant, de sentir que cet accès avait été provoqué par la crainte soudaine de la perte imminente.

Parvenant à grand-peine à rétablir sa verticalité, Judy se leva, brandissant son verre tout récemment rempli.

– Je voulais juste vous dire, à vous, Russell et Corrine, que vous êtes comme ma famille.

Corrine baissa les yeux vers la table, étudiant son assiette et son nappage opalescent de sauce coagulée, gênée par ces effusions exagérées. Elle jeta un œil à Jerry, avec une grimace d'excuse.

– J'ai vraiment passé de sales moments, continua Judy. Épouvantable, épouvantable…

Elle sanglota, luttant pour retrouver un semblant de contenance.

– … mais j'ai l'impression que je suis exactement là où Jim aurait aimé que je sois. Je sais qu'il nous regarde de là-haut.

Elle leva les yeux vers le plafond, et fit un habile pas en arrière pour retrouver son équilibre.

– Vous tous…

Elle balaya des yeux l'assemblée, l'œil vitreux à cause du cocktail d'émotion et d'alcool, pour se fixer sur Hilary.

– Même Hilary, qui, je sais… Vous savez ce que je sais ; je ne vais pas le dire devant les enfants…

Corrine, instinctivement, examina les alentours. Les enfants étaient plongés dans un léger coma télévisuel.

– Mais ça fait rien, ça compte plus, ajouta Judy. J'ai appris à pardonner. Et… je sais pas. Je voulais juste dire que je vous aime tous.

– Tout à coup je me rappelle, murmura Washington à l'oreille de Corrine, pourquoi j'ai arrêté de boire.

Judy fut la dernière à partir, répandant des déclarations d'amour et d'allégeance tandis que ses enfants, debout les yeux grands ouverts, tenaient la main de l'au-pair stoïque. Corrine était très embêtée pour Jerry, le premier parti, à qui elle avait à peine eu le temps d'adresser la parole. Russell ouvrit une nouvelle bouteille de zinfandel, la neuvième d'après les comptes de Corrine, en plus des deux bouteilles de champagne. La présence des enfants limita la communication entre l'hôte et l'hôtesse durant le ménage censé venir à bout de ce naufrage matériel. Corrine balaya les fragments du verre de vin que Judy avait laissé tomber, tandis que Russell chargeait le lave-vaisselle.

À huit heures et demie, elle annonça, comme si elle s'adressait à un nombreux public, qu'elle allait coucher les enfants. Elle lut une histoire de Madeline à Storey et une de Captain Caleçon à Jeremy.

Peu importaient ses tentatives pour les élever selon de bons principes féministes – dès le départ, ils avaient semblé résolus à incarner chacun les stéréotypes les plus primitifs de leur sexe.

– Pourquoi la maman de Dylan elle est tombée ? demanda Storey après que Corrine eut éteint la lampe de chevet.

– Elle était saoule, dit Jeremy.

– Oui, peut-être qu'elle avait un peu trop bu. Mais il faut que vous compreniez que son mari, le papa de Dylan, lui manque. Parfois elle est triste, c'est tout.

– Parce que son mari est mort dans le grand feu, dit Storey.

– Exactement.

– Et Papa, il est triste ?

– Je crois, oui. Bien sûr qu'il est triste. Le papa de Dylan était son meilleur ami, et il lui manque.

– Je suis content que Papa soit pas tombé, dit Jeremy.

– Papa il est saoul ?

– Papa il est jamais saoul, dit Jeremy loyalement.

– Il est un peu gai, dit Storey.

– Papa va très bien. Dormez, maintenant.

Après ses ablutions, Corrine se glissa dans le lit, soulagée d'entendre le son de la télévision dans le salon. Avec un peu de chance, il s'assoupirait sur le canapé et le règlement de comptes serait remis à plus tard.

Elle était presque endormie quand il grimpa dans le lit et roula contre elle, son haleine amère et rance – cognac à présent, en plus du vin – dans ses narines, tandis qu'il lui passait une main sur la cuisse. Elle la repoussa.

– Russell, la journée a été longue et tu sais que je n'aime pas le faire quand tu as bu.

– T'aimes pas le faire, point-barre.

Il introduisit une langue sèche et râpeuse dans son oreille.

– Russell, s'il te plaît.

Il s'empara de son sein gauche et le pressa.

– Tu te fais servir ailleurs – par quelqu'un d'autre ? C'est ça ?

– Ne retourne pas ça contre moi, dit-elle, en essayant à nou-

veau de déloger sa main alors qu'il tentait de lui écarter les jambes.
Tu sais très bien pourquoi je ne couche pas avec toi ces derniers
temps.

– Tu veux me faire croire qu'y a personne d'autre, c'est ça?

– Aïe, Russell, tu me fais mal.

Il retira sa main et la lécha avec ostentation.

– Arrête! On en reparlera quand tu auras dessaoulé.

– On a assez parlé comme ça.

Elle tenta de se détourner tandis qu'il frottait sa main sur son
pubis et fouillait brutalement avec son majeur, glissant son autre
main sous ses fesses pour la retourner vers lui.

– Tu le mets de côté pour quelqu'un d'autre?

C'était exactement ce qu'elle avait fait depuis bientôt deux
mois, bien qu'elle ne se le fût pas avoué jusqu'à présent. Mais à cet
instant, ce qu'elle s'efforçait de protéger était beaucoup plus
basique. Elle n'arrivait pas à croire ce qui était en train de se passer.
Luttant pour de bon contre lui maintenant, elle était subjuguée
par la force qu'il déployait, et par l'inefficacité de sa force à elle.

La bataille, apparemment, ne faisait que l'exciter, son érection
grandissant et durcissant contre sa cuisse. Elle le roua de coups et
tenta de le griffer au visage, mais il lui plaqua les bras contre le lit
en se jetant sur elle. Il avait le pouvoir, elle s'en rendit compte, de
la terrasser. Et s'il le faisait, elle savait qu'elle ne pourrait jamais lui
pardonner. S'il – elle peinait ne fût-ce qu'à penser le mot –, s'il la
violait, elle n'aurait pas d'autre choix que de le quitter.

En considérant cette hypothèse, elle cessa de lutter. Lui abandonnant son corps, elle tenta de vider son esprit comme pour
préserver deux idées irréconciliables – le fait qu'elle cédait volontairement, et que, en résistant jusqu'à présent, elle avait voulu rester fidèle à Luke. Elle ravala ses larmes et il écrasa son pelvis contre
elle, fourrant sa queue entre ses jambes, s'enfonçant d'un centi-
mètre dans son anus avant de se retirer pour explorer à nouveau.

L'acte en lui-même dura moins longtemps que son violent pro-
logue, et lorsqu'il roula loin d'elle, elle demeura rigide, déterminée à l'immobilité et au silence, s'imaginant le remords post-coïtal

qu'il devait éprouver, calculant son avantage moral, contemplant le panorama dégagé de sa liberté nouvelle. Quoi qu'elle résolût à présent, sa décision ne serait obscurcie ni par la culpabilité ni par un reste de sympathie pour Russell.

Après vingt ans de cohabitation, ils étaient devenus experts dans l'art de nier l'évidence, et devenir parents n'avait fait que renforcer leurs talents pour le balayage des rancœurs sous le tapis de la routine domestique. Un observateur ordinaire aurait peut-être discerné un certain dépit dans l'attitude de Russell – quelque chose de plus profond que le regret d'une cuite – lorsqu'il finit par entrer dans le salon le lendemain matin, et une nette froideur dans les manières de sa femme. Les enfants, avec leur sensibilité aiguë aux relations parentales, réagirent à la tension par un étalage extravagant d'adorables minauderies.

Corrine, de son côté, se montra scrupuleusement correcte avec son mari, presque attentionnée en ce qui concernait sa gueule de bois. Elle proposa même de lui préparer des œufs. Le fait que Russell acceptât son offre lui apparut comme un signe abject de contrition ; Russell était d'un épicurisme absurde, et il y avait une vieille blague entre eux selon laquelle elle était incapable de cuire des œufs au bain-marie.

Elle avait décidé que les vacances passeraient plus facilement en maintenant une sorte de trêve. Il était étonnamment facile, trouvat-elle, de se montrer aimable avec lui – beaucoup, beaucoup plus facile qu'elle ne l'avait craint durant les trois heures qu'elle avait passées à attendre son réveil – à présent que ça n'avait plus d'importance, à présent qu'elle avait décidé de le quitter.

29

Ils traversèrent sans se presser le pré couvert de rosée dans la lumière plate du matin pour attraper les chevaux ; ils les attachèrent puis les firent monter dans la remorque et se mirent en route en direction d'une ferme en contrebas, comme ils le faisaient souvent à l'époque où il habitait encore la maison.

– Je crois que je suis amoureux, dit Luke tandis que le 4 × 4 empruntait un virage dans la descente.

Il tira une cigarette de la poche de sa chemise, tout en sachant qu'elle désapprouverait. Il voulait éviter de succomber à la sentimentalité facile de l'occasion et diluer la sympathie maternelle, dans l'espoir de pouvoir profiter d'une compréhension et d'une sagesse d'un genre plus objectif. Comme il s'y attendait, elle lui arracha la cigarette des lèvres et la jeta par la vitre ouverte, souriant de sa propre audace.

– Bon, dit-elle. Parle-moi un peu d'elle. J'imagine qu'on peut d'ores et déjà conclure qu'elle a la sale manie de fumer.

– Elle te plairait. En fait, je crois que c'est une des choses qui m'ont plu chez elle, imaginer ta réaction.

– J'ai toujours pensé que c'était exactement l'inverse qui t'attirait chez Sasha.

– C'est bien possible. Elle est un peu l'opposé de Sasha.

– Douce avec les enfants et les animaux, allergique au shopping ?

Cette explosion soudaine de sincérité le surprit.

– Elle coche toutes ces cases, oui.

— Elle a un nom?

— Corrine.

— Waouh, dit-elle.

— Waouh quoi?

— Comment tu prononces son nom.

Il fut heureux de cette remarque. Cela réglait, songea-t-il, la question de l'objectivité maternelle.

— On s'est rencontrés à la cantine. Non, en réalité, je l'ai rencontrée avant ça, le 12 septembre. Je sortais des ruines fumantes et elle était là. Je ne peux pas te dire ce qu'était cette journée. C'était comme la fin du monde. Tu ne me croirais pas si je te racontais certaines choses que j'ai vues là-bas. Il y avait une femme sans visage, complètement brûlée. Et tout à coup, ce visage nouveau. C'était comme se retrouver nez à nez avec la Vénus de Botticelli aux Offices, comme la réinvention du monde. J'ai même pensé, dans mon délire, que c'était peut-être un ange. Ça paraît idiot, je sais, le coup de foudre, mais tout, depuis, a confirmé ce premier éclair d'intuition, et m'a fait penser que je n'avais jamais été amoureux avant ça. Et je ne vois pas comment je peux continuer à vivre comme je l'ai fait jusqu'à présent.

— On dirait que tu as pris ta décision. Est-ce qu'elle t'aime?

— Je crois.

Il eut envie d'une autre cigarette.

— Mais c'est pas si facile. Elle est mariée, avec deux enfants.

Il se tourna et regarda vers le siège passager pour évaluer sa réaction — un léger pincement des lèvres.

— Je ne vois pas ce que je pourrais te dire, Luke, que tu ne saches déjà.

Il dirigea à nouveau son regard vers la route.

— Tu pourrais me parler de Duck.

Il avait presque peur de se tourner vers elle; ayant retenu cette question si longtemps, il s'était presque convaincu d'en avoir oublié l'urgence. Lorsqu'il finit par lui adresser un regard, il vit qu'elle hochait la tête d'un air pensif, les yeux rivés à la route devant eux.

– Je crois que je suis contente que tu aies fini par me le demander, dit-elle alors qu'ils s'engageaient sur le chemin menant à la ferme.

La suite de la conversation fut remise à plus tard. Il fallait d'abord qu'ils fassent sortir les chevaux de la remorque et qu'ils montent en selle.

– On va suivre la clôture jusqu'à la piste qui borde la crête, dit-elle en tirant ses cheveux vers l'arrière pour les attacher à l'aide d'une barrette. Tu es sûr que tu veux entendre ça ?

– Je crois qu'il est temps.

– Empêche Billy de faire ça, dit-elle en voyant le cheval de son fils se pencher pour mordiller le dessus de la clôture. C'est un glouton.

Il lutta pour éloigner la tête du hongre de la clôture.

– Si tu avais été aussi sévère avec moi que tu l'es avec les chevaux, j'aurais peut-être moins mal tourné.

– Tu as très bien tourné, dit-elle avec une certaine lassitude, comme si elle avait eu l'habitude de le défendre et en avait assez de passer son temps à le faire. Ton père et moi, nous l'avons toujours pensé. Et je suis sûre que Corrine serait d'accord.

Il aimait entendre ce prénom dans la bouche de sa mère, ce qui tendait à confirmer le sentiment qu'il avait d'une affection possible entre elles.

– Quand on élève des chevaux c'est pour qu'ils acceptent la soumission et le service. Quand on élève des enfants on n'espère qu'une chose, c'est qu'ils trouveront leur liberté.

C'était une notion si généreuse, une expression si vraie de ses croyances, qu'il n'eut pas le cœur d'y parer en invoquant une conception plus sophistiquée selon laquelle les enfants ne grandissaient que pour devenir les esclaves des mêmes impératifs que ceux qui avaient aliéné leurs parents.

– Est-ce qu'un jour tu as eu envie de reprendre ta liberté ? demanda-t-il alors qu'ils trottaient côte à côte.

– Tu veux dire, est-ce que j'ai envisagé de quitter ton père ? Bien sûr.

– Tu l'aimais ?

– Duck ? Ou ton père ?

– L'un ou l'autre ; les deux.

– Tu sais sans doute que j'ai aimé ton père. C'est la seule chose dont je veux que tu sois certain.

Elle lui adressa un regard courroucé et critique, comme s'il avait franchi une limite – comme pour exprimer que même la désinvolture avait des limites.

– Tu aimais Duck ?

Elle parut considérer la question tandis qu'ils approchaient de la barrière délimitant le fond du champ.

– Oui, dit-elle. Je l'aimais. Sincèrement. Sinon, je n'aurais jamais laissé les choses aller aussi loin.

Il sauta à terre pour ouvrir la barrière, et s'arrêta un instant, la main sur le verrou.

– Ça prendrait longtemps d'expliquer comment c'est arrivé, poursuivit-elle, comment je me suis laissée aller à faire ça. J'ai toujours voulu t'en parler, mais j'avais l'impression que si je le faisais, ça reviendrait à trahir ton père – à le trahir encore davantage, je veux dire. Et je ne suis pas sûre, même aujourd'hui, de vouloir faire ça. Mais je peux te dire à quel moment ça a changé, à quel moment j'ai décidé que je ne pouvais pas quitter ton père. Ou, plutôt, que je ne voulais pas.

– Quand c'était ?

Son corps sembla s'affaisser légèrement, abîmant sa posture. Si elle avait été debout à côté de lui, dans le pré ratiboisé, plutôt qu'à un mètre cinquante au-dessus de lui sur un cheval, il aurait sans doute eu un geste pour la réconforter.

– Tu étais dans la maison ce jour-là, n'est-ce pas ?

Un an ou six mois plus tôt, il aurait peut-être prétendu qu'il ne voyait pas de quoi elle parlait.

– Oui, dit-il. J'y étais.

– Dans la chambre ?

Il hocha la tête.

– J'avais toujours espéré me tromper, et j'ai prié pour ça. Je

376

m'en souviens comme si c'était hier. Je suis rentrée dans la maison après lui avoir dit au revoir et j'ai trouvé le beurre de cacahuète et la gelée sur le plan de travail, le verre de lait sur la table. Et, à ce moment-là, je me suis rappelé que j'avais entendu quelque chose dans le placard, un peu plus tôt... j'avais cru, un moment, qu'il y avait quelqu'un dedans. C'est affreux, vraiment...

Elle s'interrompit pour s'essuyer le coin de l'œil.

– À cet instant, j'ai espéré que c'était Matthew. Que c'était lui dans le placard. J'ai prié pour que ça ne soit pas toi, mon aîné. Mon préféré – voilà, je l'ai dit. Tout le monde l'a toujours dit. C'est la vérité, je suppose. Mais quand tu es descendu pour dîner ce soir-là, j'ai su. Alors j'ai voulu faire comme si ce n'était pas vrai, mais nous étions si proches, je lisais en toi comme dans un livre. Du moins, jusqu'à ce moment; et tout, par la suite, a confirmé que tu... que tu nous avais vus.

Elle rougit, après toutes ces années, à l'évocation de ce souvenir. Comme par sympathie, la jument geignit et secoua la tête.

– Et j'étais si mortifiée, j'avais tellement honte de moi. Quand j'ai senti que tu te détournais, j'ai essayé de me convaincre que c'était à cause de l'adolescence, un processus naturel, qui fait que le jeune homme s'éloigne de sa mère. Je prenais mes désirs pour des réalités, j'imagine, même si ça aurait fini, tôt ou tard, par arriver, d'une certaine manière. Nous n'aurions jamais pu rester aussi proches. L'ironie de tout ça c'est que j'avais envie que tu partes étudier dans le Nord, pour te sortir de cette ville exiguë, te sortir du Sud, pour que tu ailles t'égayer dans le grand bain. Mais je n'avais pas envie que tu le fasses pour t'éloigner de moi.

Il actionna le verrou et ouvrit la barrière vers l'intérieur, tout en tenant les rênes de Billy, administrant de petits coups de coude dans les naseaux humides du cheval – une opération qui, par sa simplicité relative, semblait accentuer la difficulté de formulation et de transmission de cette information.

Il leva les yeux vers sa mère sur sa jument arabe, sa silhouette découpée sur le ciel parfaitement bleu, un tableau qui, soudain, lui parut douloureusement familier.

– Les plus beaux jours de ma vie, dit-il, sont ceux où je faisais semblant d'être malade, et où tu faisais semblant de me croire, et que je restais au lit à lire en attendant que tu viennes voir comment j'allais, et puis, au bout d'un moment, on convenait que je m'étais suffisamment remis pour qu'on puisse aller galoper ensemble.

– Je croyais que tu aurais oublié ça, dit-elle.

Il se glissa derrière Scheherazade et lui donna une claque sur le flanc pour l'encourager à franchir la barrière.

– Elle monte? demanda Nora.

– Qui ça?

– L'amour de ta vie.

– Elle a fait des concours, saut d'obstacles. Elle est originaire de la côte nord.

Le visage de sa mère s'illumina en entendant ces simples phrases issues de son dialecte natal.

– Voyons s'il t'en reste quelque chose, à toi, dit-elle. On fait la course jusqu'à la crête.

– On avait l'habitude de venir ici, dit Nora, en faisant halte au sommet de la crête, devant lui, baissant les yeux vers le ruban noir de la descente qui coupait en deux les prés jaunissants, et vers les routes adjacentes avec leurs ganglions de lotissements et de zones industrielles. La vue était beaucoup plus belle alors, avant toutes ces constructions.

– Je me souviens.

– C'est une des choses que nous avions en commun, l'amour de ce paysage, et la volonté de le sauvegarder. Tout a commencé assez innocemment, comme ce genre de choses commencent toujours, j'imagine. Ton père et Jolene étaient heureux qu'on ne les traîne pas dehors par monts et par vaux. Au début, j'ai senti que je pouvais parler à Duck parce que ça semblait tellement... bref, parce que ce n'était pas mon mari. Et il avait une bonne écoute. Alors que ton père, je n'ai jamais vraiment eu l'impression qu'il écoutait. Il avait tout résolu, toutes les grandes questions de la vie,

Dieu, le péché et la rédemption, et je n'ai jamais eu l'impression que je pouvais lui apporter quoi que ce soit. Je ne pouvais certainement pas lui dire que je ne partageais pas sa foi, que je n'étais même pas sûre de croire en Dieu, du moins pas dans le Dieu auquel il croyait lui. Duck semblait partager mes doutes et mes questionnements, et il me donnait l'impression de s'intéresser à ce que j'avais à dire. Notre conversation a duré des années. J'adorais qu'il se fiche de l'argent de sa famille ou des ambitions sociales de Jolene, parce que moi aussi ça m'était égal, tout ça. Il m'a dit un jour qu'il aurait aimé enseigner, ou devenir vétérinaire.

— Je me rends compte que j'ai toujours cru que c'était à cause de ses charmes que tu avais flanché, des charmes plus évidents, des choses que Papa n'avait pas.

— Tu veux parler de l'argent?

Elle semblait follement amusée par cette hypothèse.

— Écoute, dit-elle, je dois avouer que j'adorais le regarder jouer au polo.

— Ben oui, l'argent et tout ce qui va avec, insista Luke, tout en commençant à soupçonner la faiblesse de son argumentation. Sa façon d'être à l'aise dans le monde, sa sophistication, tout l'attirail de la belle vie.

— Je crois que ça, c'est ce que toi tu admirais chez lui, mon chéri. Pourquoi, autrement, aurais-tu suivi ses traces, jusqu'à Deerfield et Williams? Et même dans la banque, nom d'un chien! J'ai toujours trouvé ça plutôt ironique, Luke, parce que tu détestais ce monde de la banque.

Elle avait, bien entendu, raison. Duck avait toujours représenté une alternative séduisante à son père distant et pieux – même après que Luke eut découvert leur secret. Et peut-être même plus encore après ça. Il lui apparut, pas vraiment pour la première fois, qu'il avait eu envie de ressembler à l'homme qu'elle aimait, mais que manifestement il n'avait pas pris les meilleures qualités pour modèles.

— J'aurais pu trouver toutes ces choses attirantes, mais je crois ne l'avoir aimé qu'à partir du moment où j'ai compris qu'elles ne comptaient pas pour moi.

Les chevaux étaient intenables, changeant sans cesse de position, secouant la tête dans une lutte primitive pour le pouvoir, s'ébrouant, se toisant l'un l'autre d'un œil belliqueux. Billy projeta soudain la tête en avant et mordit le flanc de la jument. Luke tira sur les rênes tandis que Scheherazade battait en retraite en geignant pour protester contre cette agression.

– La loi de la jungle, dit sa mère, est tellement plus simple.

Elle orienta sa jument vers l'autre versant de la crête, dans la cuvette, et, regardant par-dessus son épaule, elle lança :

– Allons petit-déjeuner au bord du ruisseau.

Ils attachèrent les chevaux au bord de la clairière, une enclave de mousse et d'herbe au cœur des bois, que les daims avaient rongée à ras, et descendirent jusqu'à la rive où l'eau dégringolait sur deux mètres d'un haut-fond argileux avant de se jeter dans un bassin juste assez grand pour y immerger une voiture de taille moyenne. Un nid de canettes de Budweiser bien fraîches coincé entre les racines d'un cèdre complétait le tableau pastoral. Nora s'assit sur le tapis de mousse vert-jaune, pêcha deux friands de sa poche et lui en tendit un – un rituel presque aussi ancien que lui.

– Tu as dû venir ici avec lui, dit-il en lançant un caillou dans le bassin.

– Pas au début, dit-elle. Je gardais cet endroit secret. J'avais toujours considéré qu'il nous appartenait, à toi et à moi.

– C'est pas grave.

Il désigna les canettes de bière en s'asseyant à ses côtés et en déballant son friand.

– J'ai l'impression que d'autres l'ont découvert depuis.

– J'ai mis longtemps à me rendre compte que j'étais tombée amoureuse, et lorsque c'est arrivé, j'ai essayé d'y mettre fin. Mais ce n'était pas si facile. L'ironie de la chose, c'est que je n'avais jamais eu un grand appétit sexuel. Ton père s'en plaignait, mais il y avait quelque chose qui m'échappait là-dedans. Je n'avais jamais vraiment eu de sensations. J'avais été élevée dans l'idée que le sexe est une activité que la femme subit. C'était les années cinquante. J'étais vierge quand j'ai épousé ton père. J'ai vu *Tant qu'il y aura des hommes* la même année et je n'ai jamais soupçonné que Deborah Kerr jouait le rôle d'une prostituée. Ton père n'était pas d'une pruderie excessive, mais il croyait en la chasteté. Nous n'avons jamais excédé les limites de ce qu'on appelait « sortir ensemble » avant notre nuit de noces. Et je ne peux pas dire que cette nuit fut un feu d'artifice pour moi. J'ai supporté parce que je l'aimais, parce que c'était ma part dans le contrat. Mes premières impressions se résumaient en trois mots : sang, sueur et douleur.

Elle s'interrompit.

— Je suis désolée, c'est peut-être plus que tu ne peux entendre ?

— Putain, j'en sais rien, dit Luke. Je suis dans une sorte de fascination malsaine.

— Et ensuite, je ne sais pas, des échos de la révolution sexuelle nous sont parvenus jusqu'ici, environ cinq ans après que le reste du pays avait été touché, et Jolene a monté cette espèce de groupe de prise de conscience féminine. Qu'est-ce que tu penses de ça ? Jolene m'encourageant à entrer en contact avec mon propre corps et mes besoins de femme. Et soudain, un jour c'est arrivé. Mon corps m'a appelée et, pour la première fois, la ligne n'était pas en dérangement.

Le son familier et apaisant de l'eau était comme une conversation lointaine en arrière-plan — les voix haut perchées de l'eau à fleur de roche et les murmures plus profonds du ruisseau plongeant des hauts-fonds dans le bassin.

— C'est comme si je m'étais réveillée et que je comprenais soudain tout le foin qu'on faisait autour de ça. Peut-être n'était-ce qu'un processus naturel. Je devais avoir trente-trois ou trente-quatre ans, exactement l'âge auquel, selon le livre que m'avait prêté Jolene, une femme entrait dans sa maturité sexuelle. Donc j'étais prête à m'y mettre, mais ton père semblait avoir perdu tout intérêt pour la chose. Peut-être à cause de son pontage. Peut-être était-ce l'âge. Peut-être est-il impossible de vraiment maintenir son désir pour la même personne au bout d'un certain nombre d'années.

Quoi qu'il en soit, rien ne se passait. Mais Duck avait attendu durant toutes ces années. Et, fort à propos, je suppose, j'étais déjà tombée amoureuse de lui.

Elle se tut, se leva, marcha de long en large sur la rive, se rinça les mains dans l'eau.

— Et avec Corrine, ça se passe bien, le sexe ?

Même dans le contexte de cette conversation, cette question, venant de sa mère, avait quelque chose de choquant.

— Qui a dit que nous avions couché ensemble ? Ou que j'aurais envie d'en parler avec ma mère dans ce cas ?

— Oh, ça va. On est adultes. Nom de Dieu, je suis carrément une vieille dame. Je n'ai pas de temps à perdre en décorum. J'aurais aimé pouvoir m'en passer ces dernières années. Marrant – c'est une des choses que j'ai toujours aimées dans le Sud. Ce sens du décorum, l'exquis formalisme du code social. Tellement de sucre partout. Je trouvais ça parfaitement adorable. Mais au final, tu te rends compte que tu es toute seule dans un lit double, où un peu plus de sincérité t'aurait peut-être aidée. Ton père et moi, il y a tant de choses que nous aurions dû nous dire l'un à l'autre. Au bout du compte, j'aimerais pouvoir penser que je n'ai pas commis les mêmes erreurs avec toi.

— Je ne vois pas très bien comment décrire ça.

— Ben, essaie.

— Un feu d'artifice.

— Mieux qu'avec Sasha ?

— Je n'ai pas très envie de me livrer à une analyse comparative. C'est différent, c'est tout.

— J'ai toujours pensé que Sasha devait être une affaire au lit.

— Ne compte pas sur moi pour gratifier cette remarque d'une réponse.

— Après toutes ces années, toujours gentleman du Sud.

— Tu es ma mère, putain.

Elle se tourna vers lui.

— C'est sans doute une des choses qui lui plaisent chez toi. C'est une des qualités cruciales qui m'ont attirée chez ton père.

L'accent, bien sûr. Et ces yeux pleins de sagesse, presque endormis. Mais surtout sa courtoisie, son sens de la famille un peu vieux jeu. L'impression qu'il donnait de savoir d'où il venait et d'honorer ses origines.

— Mais visiblement, ça n'a pas suffi, dit-il en se levant pour marcher vers elle.

— Non, c'est faux. Tu es assez grand maintenant pour savoir que l'amour n'est pas si simple, qu'on peut aimer plus d'une personne. En tout cas, on peut en désirer plus d'une. Tu parais oublier que je suis restée avec ton père. J'ai pensé le quitter, mais, finalement, j'ai choisi de rester. Et je sais que j'ai fait le bon choix.

— Tu crois que Duck aurait abandonné sa famille pour toi ?

Elle hésita.

— Il le voulait, oui.

— C'est donc toi qui as décidé.

Elle hocha la tête.

— À cause de nous.

— Oh, mon Dieu, il y avait tellement de raisons différentes, Luke. Je ne suis pas sûre de pouvoir faire le tri après toutes ces années.

— Et tu ne regrettes pas ?

Il était à la recherche d'une leçon qu'il aurait pu appliquer à sa propre vie.

— Quelque chose en moi n'a pas cessé de se languir de lui, toutes ces années. L'idylle me manque, la passion, l'intensité du sentiment d'être en vie. Mais tout ça aurait fini par s'affadir. Comme cela arrive immanquablement. Et puis il y a autre chose, une chose que ton père comprenait. Il m'a demandé carrément si je voulais partir et il m'a dit qu'il continuerait à m'aimer même si je choisissais de le quitter. Aimer ce n'est pas comme désirer, Luke. Et c'est encore moins comme posséder. Ce n'est pas une question d'attirance ou de satisfaction. Au bout du compte, il s'agit de vouloir ce qu'il y a de meilleur pour l'autre personne. Il s'agit de donner, et même, parfois, de laisser filer. Souvent je me dis que l'amour a plus à voir avec la renonciation qu'avec la possession.

La déception de Luke dut lui sembler évidente, car elle s'empressa d'ajouter :

– Ce que je veux dire, c'est juste que si tu l'aimes et que c'est à toi de faire le choix, essaie de penser à ce qui sera le mieux pour elle.

Puis elle regarda sa montre – un machin en plastique noir et blanc, dont la vue fit prendre conscience à Luke de la pièce de quincaillerie hors de prix qu'il avait au poignet, une Rolex Yachtmaster, qu'il avait considérée autrefois comme un accessoire masculin du meilleur goût.

– J'ai une séance à onze heures, dit-elle. On ferait mieux de rentrer.

La fillette arriva avec sa mère alors qu'ils faisaient descendre les chevaux de la remorque. Les chiens, qui quelques minutes plus tôt étaient tout occupés à aboyer et à harceler les chevaux, se précipitèrent pour aller accueillir le 4 × 4 blanc qui faisait crisser le gravier de l'allée.

– Ce doit être Celeste, dit Nora. Je ne crois pas que tu l'aies déjà rencontrée. Elle a cinq ans, mais on ne lui en donnerait pas trois. Hématome subdural à la naissance. Elle bouge un peu les bras. Un petit ange. Je ne sais pas si elle marchera un jour, mais je ne serais pas surprise de la voir s'envoler un de ces quatre.

Nora livra cette prédiction invraisemblable d'un ton clinique et sec. Quel qu'ait été le minimum de sentimentalité dont elle avait été dotée aux commencements, il s'était érodé au fil des années passées à travailler avec les handicapés, comme le duvet sur une pêche, sans toutefois que le solide noyau d'espoir et d'empathie fût jamais atteint.

Luke rapporta la sellerie à l'écurie tandis que sa mère allait accueillir les visiteuses. Dans la thérapie par le cheval, Nora avait découvert sa vocation. Si elle avait plus d'accointances avec le monde chevalin qu'avec celui des humains, comme sa famille le soupçonnait parfois, elle avait trouvé un point de coïncidence parfait entre les deux en lisant un article sur la méthode Feldenkrais et s'était aussitôt mise à travailler avec une nièce paraplégique. L'idée qu'il pût exister une communion compassionnelle entre le corps d'un cheval et celui de son cavalier l'avait frappée comme étant une sorte de tautologie. Au bout d'un an, sa jeune patiente faisait ses premiers pas, aidée de béquilles, et la rumeur de cette guérison se répandit à travers tout l'État. L'hôpital du coin commença à orienter des parents sur elle; ils venaient frapper à sa porte, leur enfant blessé dans les bras, semblables à des pèlerins partis à la recherche d'un saint campagnard dont tout le monde parle.

En sortant de l'écurie, il les regarda pénétrer dans le pré, la jeune mère et son enfant venue d'ailleurs dans les bras; le corps de la petite fille était proportionné comme celui d'un bébé, son torse et ses membres frêles pendaient mollement sous le crâne, couronné d'un halo vaporeux de cheveux, comme une pensée après coup.

– Celeste, Ronnie, je vous présente mon fils, Luke.

En maintenant la tête de sa fille dans le creux de son bras, la mère dirigea le regard de la petite vers Luke. En contraste avec le corps sans défense, ses yeux étaient animés d'une vive curiosité.

– Bonjour, Celeste.

Ses lèvres brillantes articulèrent quelque chose, un appel joyeux, des syllabes amicales semblables à un chant d'oiseau.

– Celeste va monter Little Jimmy Dickens, expliqua Nora.

Le simple nom suffit à provoquer un cri de joie chez Celeste.

– Je peux rester? demanda Luke.

Suivit une autre réaction, apparemment aussi joyeuse.

– Elle serait ravie de faire une démonstration pour vous, dit la mère, interprétant les gazouillis de sa fille.

Il était assis sur la clôture longeant le pré et regardait Nora porter la fillette jusqu'à un poney à la crinière en bataille, quand Ashley, tout embrumée et engourdie par son sommeil d'adolescente, grimpa sur la rambarde à ses côtés. Heureux de sa présence, il décida de ne pas gâcher l'instant par d'inutiles paroles. Se dorant dans le soleil de fin d'automne, il prit le risque de glisser un bras autour de sa taille. Elle ajusta sa position et blottit sa tête contre l'épaule de son père. Lorsqu'il baissa les yeux vers elle, il vit qu'elle pleurait. Il la serra plus fort.

Elle renifla et enfouit sa tête dans son aisselle.

— Oh, Papa, je me sens tellement nulle.

— On en est tous là, mon ange.

— Comment tu peux dire ça? Tu as tout, dit-elle en se libérant de son étreinte pour se glisser de l'autre côté de la barrière.

— Viens, on va faire un tour, dit-il en sautant pour la rejoindre.

Elle hocha la tête, en larmes.

— Cette petite fille, dit-elle.

— Je sais.

Les chevaux qui paissaient dans le champ d'à côté levèrent la tête à leur approche tandis qu'ils émergeaient de derrière l'écurie.

— J'ai pas envie d'être une pétasse égoïste, dit-elle. Je veux devenir une bonne personne, comme Mamie.

— Son sang coule dans tes veines. Et tu es une bonne personne.

— Je sais pas comment tu peux…

— Je peux le dire, parce que je le crois. C'est vrai que je suis partial. Ce dont tu ne te rends peut-être pas compte, c'est que je t'aime toujours, quoi que tu fasses. Même si je compte sur toi pour ne pas trop t'aventurer jusqu'aux limites de cette proposition.

— Tu pourrais vraiment me pardonner, alors?

— C'est déjà fait.

Elle se blottit entre ses bras. Il la tint contre lui et regarda au loin, par-delà les champs brunis, contemplant le vol en cercle d'un faucon au-dessus du pré, de l'autre côté de la barrière.

— Tu sais, dit-elle finalement quand ils reprirent leur marche, j'ai trouvé ça vachement bien que tu laisses tomber ton travail.

— Je croyais que tu étais énervée de m'avoir dans les pattes à la maison toute la journée.

— Ouais, c'est vrai, ça m'énervait.

Elle donna un coup de pied dans un tas de crottin fumant couronné d'un nuage de mouches.

– Je veux rester ici, dit-elle.

– Et l'école?

– Je peux aller au collège avec Jackson et Davis. Et ça ne durerait que jusqu'à la fin de l'année. Après, de toute façon, je serai pensionnaire, enfin, si je suis acceptée.

– Écoute, ta mère et moi, on n'a pas encore pris de décision à ce propos.

C'était comme un réflexe. Il se rendit compte en disant ces mots que, dans son imagination, il vivait déjà avec une autre femme que la mère d'Ashley; sa réticence à l'envoyer dans une école loin de la maison, comme sa mère et elle le désiraient, avait été fondée sur le mythe de la famille unie. Mais, dans le sillage de cette réconciliation inattendue avec sa fille, il n'avait pas envie de céder sur ce projet, alors même que cela aurait si évidemment servi ses intérêts personnels.

Comme si elle avait lu dans ses pensées, elle ajouta:

– Je veux dire, c'est bon, Maman et toi vous allez pas vraiment rester ensemble, si?

Il fut aussi surpris que reconnaissant de l'entendre aborder ce sujet avec tant de détachement.

– Je comptais justement t'en parler. Comment tu le prendrais si Maman et moi on n'était plus ensemble?

– T'es au courant que plus de la moitié de mes amis ont des parents divorcés?

– C'est pas la même chose quand ce sont tes propres parents.

– Je les ai entendus au téléphone, Papa.

– Qui ça?

– Oh, allez. À ton avis? Maman et Bernie. C'est pas juste une liaison. Il lui a donné des conseils financiers. Je veux dire, bien sûr que j'aimerais que tout soit comme il y a mille ans, quand j'étais petite et qu'on venait ici pour Noël ou le 4 Juillet et que vous faisiez encore comme si vous vous aimiez. Mais c'est fini. C'est aussi pour ça que je veux rester ici. Je sais que Maman et toi vous trouvez qu'Oncle Matthew et Tante Debbie ne sont pas les gens les plus intéressants du monde, mais je les aime bien et j'aime être ici.

Le collège est censé être l'un des meilleurs de l'État, et c'est que jusqu'à la fin de l'année, en plus il y aura Jackson et Davis pour tout m'expliquer.

– Tu es sûre que tu pourrais être heureuse ici ? Une souris des villes comme toi ?

– C'est pas si mal. Davis a un groupe de speed-metal et il a dit que je pourrais peut-être chanter avec eux. Je pourrais aider Mamie dans son travail thérapeutique. Elle m'a montré des trucs, et je suis sûre que je pourrais être bonne là-dedans. Sans parler du fait que je serais plus en sûreté. Je veux dire, le problème de la drogue n'est pas exactement en pleine expansion dans les parages, et Franklin, Tennessee, est plutôt bas dans la liste des cibles terroristes.

– Est-ce que c'est parce que tu as honte de revenir ?

Elle donna un coup de pied dans une motte de fétuque.

– C'est pas seulement ça.

– Qu'est-ce que va dire ta mère, selon toi ?

– Tiens, ben, en parlant de honte…

– Je crois que tu n'es pas très juste avec ta mère.

– C'est bien que tu sois un gentleman, Papa, mais putain, y a des limites. Tu crois pas qu'elle va être soulagée que je sois plus dans ses pattes ? Je pourrai aller la voir les week-ends. Et tu pourras m'écrire ici. Ou, je sais pas. C'est pas comme si t'étais obligé de rester à New York tout le temps.

D'une certaine manière, alors qu'il s'était enthousiasmé pour ce projet, il n'avait pas pris la peine de considérer pleinement le rôle qu'il aurait à y jouer.

– Il va falloir que tu poursuives ton traitement, dit-il.

– Il y a un endroit à Nashville, dit-elle tout de go. Y paraît que c'est vraiment bien – les musiciens country ne jurent que par lui. Johnny Cash y allait. Je pourrais aller à la consultation de l'hôpital de jour après les cours. Et je pourrais aider à la ferme – travailler avec les enfants et les chevaux. Je veux dire, tu crois pas que ce serait beaucoup plus utile que de traîner chez Bethany ou au Bengalow Eight ?

– Depuis quand tu vas au Bengalow Eight?

– Il y a beaucoup de choses que tu ne sais pas, Papa.

– C'est vrai.

– Comme par exemple, la dernière fois que je suis allée au Bengalow Eight, devine qui j'ai rencontré, Maman. Elle était genre avec Courtney Love et le peintre anglais, Damien Hirst. Génial! Juste au moment où je commence à avoir l'âge de sortir en ville. Je me suis barrée en vitesse avant qu'elle me voie. J'étais avec Amber et ce type plus vieux...

– Hohenlohe.

– Ouais, Anton. Je suis même pas sûre que ça l'aurait gênée plus que ça, mais faire la fête avec ma mère dans le box d'à côté n'est pas exactement ma vision d'une bonne soirée. Et je me suis dit, génial, juste au moment où je commence à pouvoir sortir, ma mère se paie une seconde enfance, du coup, je suis obligée d'appeler les endroits branchés tous les soirs avant d'y aller pour voir si elle y est pas déjà. Le monde est vraiment petit. Je veux dire, comment je suis censée me sentir quand je vois que c'est la reine de la ville et que tous les hommes autour d'elle se conduisent comme s'ils avaient envie de, tu sais, coucher avec elle? Et le pire c'est que, elle, elle fait comme si elle était d'accord. Je sais pas comment tu peux supporter ça. Sauf que tu n'étais pas vraiment là ces derniers temps, alors tu l'as peut-être pas remarqué. Et maintenant elle...

– Ashley, dit-il. Je ne veux pas que tu dises un mot de plus sur ta mère. Ce n'est pas la peine. On laisse tomber, d'accord?

– D'accord.

– Comme tu l'as dit, je n'ai pas été beaucoup là ces derniers temps.

– Alors saisis ta chance, dit-elle.

30

Le déjeuner d'avant Noël au «21» était une tradition familiale, une de celles que Sasha était bien décidée à respecter cette année, malgré les objections d'Ashley. L'enthousiasme de la mère tout comme la réticence de la fille étaient fondés sur le caractère très en vue du lieu, le «21» étant une sorte de club-house réservé aux membres de leur tribu. Il était évident pour Luke et Ashley que Sasha désirait vivement y donner le spectacle de l'union et la concorde. «C'est particulièrement important cette année», avait-elle insisté quand ils en avaient parlé au téléphone avant que les deux autres rentrent en avion du Tennessee.

– C'est tellement bidon, conclut Ashley. Genre si on fait tout bien comme y faut, tout le monde va faire semblant de croire que tout va bien. On peut tous faire semblant que je suis jamais allée en cure de désintox et que Maman et toi, vous êtes toujours le couple modèle qui pose pour *W*. Ça me rappelle la grosse fête qu'avait organisée la mère de Katie Cathcart pour le 4 Juillet à Southampton, tu te souviens? Elle avait fait comme si de rien n'était et avait raconté que Mr Cathcart était en Europe, alors que tout le monde savait qu'il avait tenté de se pendre dans la salle de bains deux jours avant la fête et qu'il était au lit avec des brûlures sur le cou à l'hôpital de Lennox Hill. C'est la bonne qui l'avait trouvé et avait coupé la corde.

– Tu as entendu cette histoire, alors?

Elle tourna la tête au terme d'un effort héroïque et leva les yeux au ciel.

— Qu'est-ce que tu crois? Qu'on fait que parler de nos mecs et de nos devoirs?

— Non, il se trouve que cette illusion a été assez joliment anéantie au cours des derniers mois.

Alors qu'il roulait depuis l'aéroport, la vision soudaine de la skyline se détachant sur un ciel laiteux l'emplit d'excitation et de tristesse, toute sa signification personnelle et historique réduite à une mélancolie vague transpercée par un désir unique. Même l'absence des monolithes jumeaux et la traînée lugubre au-dessus de la pointe de l'île semblaient inextricablement liées, dans son esprit, à Corrine.

— C'est bizarre, hein? dit Ashley en regardant par la vitre de la limousine. Je ne les avais jamais vraiment remarquées jusqu'à ce qu'elles disparaissent.

Peu avant midi, ils arrivèrent à l'appartement, où l'assistante de Sasha les informa que cette dernière faisait quelques courses après sa séance de Pilates et les retrouverait directement au restaurant. Luke, soulagé à l'idée que leur première rencontre aurait lieu dans un endroit public, se retira dans la bibliothèque et referma la porte derrière lui. Corrine décrocha au bout de la sixième sonnerie, juste avant que l'appel ne soit transféré à la boîte vocale.

— Je suis rentré, dit-il.

— Attends une minute… Non, mon cœur, pas le bleu. Désolée, laisse Maman te le sortir.

— C'est affreux que je ne puisse pas venir te voir tout de suite.

— Moi aussi, je trouve ça affreux… Jeremy, arrête ça tout de suite!

— Mais je crois que c'est hors de question.

— Mais non, Maman ne te trouve rien d'affreux; elle parle à une amie. Ne quitte pas.

Il attendit que le vacarme cesse.

— Oh, merde, je suis désolée. Où es-tu?

— À l'appartement.

— C'est presque pire de savoir que tu es si près.

— Je sais.

– Je ne vais pas pouvoir me libérer avant trois heures. Et je dois être de retour à cinq heures. Un truc de Noël des enfants.

– On pourrait peut-être se retrouver quelque part en ville. Ça nous laissera plus de temps. Je peux réserver une chambre au Grand Hotel.

– Je ne sais pas. J'ai l'impression que ce serait encore plus dur.

Dans un murmure, elle ajouta :

– Si je me déshabille, je n'arriverai jamais à rentrer à temps à la maison. Tu vas devoir attendre jusqu'à demain soir. Faut que je file – les hostilités ont repris de l'autre côté de la porte. On se voit chez Evelyn. Vers trois heures et quart. Je t'aime.

– On va bien rigoler, dit Ashley en plaisantant, tandis que leur voiture roulait sur la Cinquième, longeant la patinoire, le Plaza se profilant d'un côté et FAO Schwartz de l'autre.

Les badauds et les touristes fourmillaient sur les trottoirs, mais l'esprit de Noël n'avait pas encore commencé à agir sur Luke.

– Essayons juste de faire plaisir à ta mère, dit-il.

– Tu vas voir. Je te parie que la première chose qu'elle dira, c'est que j'ai grossi ; après ça elle va sortir des blagues sur la cuisine du Sud.

– Tu es ravissante, dit Luke.

Bien qu'il songeât soudain que si elle avait vraiment voulu s'attirer les bonnes grâces de sa mère, elle aurait enfilé quelque chose de plus habillé qu'un pull à col roulé sur un pantalon en toile et sa paire de grosses bottes façon esquimaude – des Ugg. Il avait failli faire la remarque, mais avait décidé égoïstement de laisser la provocation intacte ; il se réjouissait de sa nouvelle intimité avec sa fille et refusait de gaspiller son capital. De son côté, il avait revêtu son ancien uniforme : un costume Dunhill ; une chemise à large col rayée, rouge, blanc et vert, qu'il considérait comme sa chemise de Noël, et une cravate Charvet rouge profond.

Shawarma, l'hôte des lieux, serra la main de Luke et les conduisit aimablement en direction du vestiaire.

– Mr McGavock, mademoiselle, ça fait longtemps qu'on ne vous avait vus.

Luke perçut une note élégiaque liée à l'occasion – comme si cette visite allait être sa dernière apparition dans ce lieu. Une fois les manteaux en sûreté, Shawarma leur fit faire les quelques pas qui les séparaient de la réception, où Bruce, le maître d'hôtel aux lèvres fines, et au costume de coupe stricte, les accueillit avant de les précéder jusqu'à la première salle, où un serveur tira leur table, collée à celle de leurs voisins. L'espace était extrêmement limité dans ce lieu, où l'expression «être au coude à coude» retrouvait son sens littéral, et où ceux qui n'avaient pas l'habitude des transports en commun pouvaient au moins profiter d'un simulacre du charme de l'intimité qui les caractérisait.

– Tu veux la banquette ? demanda Luke.

Ashley secoua la tête, décidant de tourner le dos à la pièce, ce qui lui semblait être le choix le plus adéquat compte tenu du fait qu'elle aurait préféré ne pas être là du tout. S'adossant à sa chaise elle admira le plafond.

– Les petits garçons et leurs joujoux, dit-elle, secouant la tête sous la collection d'avions, de trains, de camions, de bateaux miniatures et de souvenirs d'événements sportifs qui commémoraient les empires et les réussites des clients passés et présents.

– Qu'est-ce que ça signifie au juste ?

– Je ne sais pas. Ça donne simplement l'impression qu'il n'y a pas beaucoup de différences entre les hommes et les petits garçons.

Luke observa la foule, les messieurs suralimentés dans leurs costumes Savile Row, les femmes sveltes ornées d'or et de pierreries, arborant leurs cadeaux – pour témoins, les grosses boîtes bleues typiques de Tiffany et les écrins plats et noirs Gucci posés sur les tables ou empilés à côté des chaises. Il adressa un signe à Charlie Braithwaite, un collègue du temps où il travaillait chez Morgan. Tout cela lui paraissait un peu irréel, comme un tableau issu d'un passé lointain. Le centre de la ville, pour Luke, s'était déplacé vers le sud, jusqu'à un loft qu'il n'avait jamais vu, mais dont il avait pris les mesures et qu'il avait meublé en imagination, autour d'un bar de la Neuvième Rue nommé Chez Evelyn, où ils avaient déjà eu rendez-vous et où ils devaient se retrouver dans deux heures. Son entourage réel, de flou, devint plus net lorsqu'il repéra Casey Reynes à une table de blondes au centre de la salle, assise entre Nina Griscom et Patricia Duff. Dès qu'elle le vit, elle bondit de sa chaise pour les saluer.

– Salut, Luke. Salut, Ashley. Tu es magnifique, ma chérie. Je ne savais pas que vous étiez de retour.

Luke fit de son mieux pour se lever, coincé comme il l'était derrière la table.

– On vient d'arriver, dit-il, redoutant vaguement qu'une indiscrétion ne s'échappe des lèvres carmin de Casey. Sasha nous rejoint. Le déjeuner de Noël traditionnel.

– C'est festif ici, vous ne trouvez pas? dit-elle en embrassant la salle d'un large geste. Ashley, tu es… superbe. Amber va être tellement heureuse de te voir. Il faut que tu l'appelles.

Ashley hocha la tête tristement, ayant déjà annoncé son intention d'éviter ses amies durant sa visite.

– Viens nous voir pour dire bonjour aux filles quand tu auras une minute, dit Casey à Luke, en agitant la main en signe d'au revoir.

– C'est exactement pour ça que j'ai pas envie d'être ici, dit Ashley en suçotant son morceau de pain.

– Elle voulait être gentille.

– Elle comprend rien à rien, dit Ashley.

– Est-ce que je t'ai déjà dit que mon père m'avait amené ici durant ma première année à Deerfield?

Il l'avait déjà dit, bien sûr, mais il tâtonnait, et Noël autorisait les formules et les banalités; quoi qu'il en fût, elle sembla disposée à lui accorder cette facilité.

– Grandpa Mac me manque, dit-elle.

– C'était un genre de rite initiatique dans notre famille. Ton arrière-grand-père avait ses habitudes ici, du temps où c'était encore un bar clandestin. Papa commandait toujours le poulet haché, que son père, avant lui, commandait déjà. Moi, j'ai commandé un steak tartare, histoire de marquer ma différence, et parce qu'un personnage dans un roman sophistiqué que j'avais lu en avait commandé et que je m'étais rappelé ce nom. Quand mon père m'a demandé si je savais ce que c'était, j'ai dit oui, ce qui n'était pas vrai, alors il a tenu sa langue. Ils ont apporté une assiette de bœuf cru sur la table et j'ai tout englouti, ensuite je suis allé aux toilettes pour vomir. J'ai compris plus tard qu'il avait dû savoir, mais il n'a pas pipé mot.

— Tu ne m'avais jamais raconté cette partie de l'histoire.

— Plus tard, quand le chœur est entré pour entonner des chants de Noël, j'ai trouvé que c'était un peu ringard. Mon père chantant avec eux «Hark the Herald Angel Sing». Ensuite, le chœur s'est lancé dans «Dixie» — tu sais, comme ils font parfois —, et quand Papa s'est levé, j'étais tellement gêné que j'aurais aimé me cacher sous la table. J'ai cru mourir de honte. On était là, dans le restaurant le plus sophistiqué de New York, et mon père s'était levé en entendant le vieil hymne des confédérés.

— Qu'est-ce que t'as fait?

— Rien. Je me suis enfoncé sur la banquette et j'ai fait comme si je ne le connaissais pas.

— C'était un peu nase de ta part.

— Je croyais que ma fille adolescente serait la mieux placée pour sympathiser avec ma naserie adolescente.

— Faux.

— C'était dans les années soixante. Enfin, soixante-dix. Plus ou moins. Neil Young chantait «Southern Man», «L'homme du Sud». Peter Fonda s'était fait jeter bas de son chopper par des ploucs sudistes.

— Ton père était un mec bien. Tu m'as dit toi-même qu'il était engagé dans les combats pour les droits de l'homme et tout ça. Je vois pas pourquoi t'as tellement honte de tes origines sudistes.

— Je n'en ai pas honte.

— Qu'est-ce qu'y a? demanda-t-elle, en se retournant pour suivre le regard de son père, ce qui lui permit d'apercevoir Bernie Melman dans l'encadrement de la porte avec sa femme et sa fille. Oh, merde.

Luke était trop distrait pour la reprendre ; alors que les Melman s'installaient dans un box près de l'entrée tout en condescendant à l'obséquiosité chaleureuse du personnel, Sasha apparut sur le seuil, à un mètre à peine derrière eux – la collision ayant été évitée de justesse grâce à Bruce qui bavardait avec le millionnaire.

Un silence s'abattit sur la salle comme une averse de neige, presque imperceptiblement au début lorsque Sasha remarqua leur présence, pour finir par blanchir entièrement les lieux. Luke ne put s'empêcher d'admirer sa réaction, s'avançant au lieu de reculer, et embrassant sur les deux joues Caroline, la fille que Melman avait eue d'un premier mariage, avant de se laisser conduire par le maître d'hôtel excessivement courtois qui lui offrit le bras en lui indiquant d'un mouvement de tête où se trouvait sa famille. Elle adressa aux siens un sourire accompagné de gestes sémaphoriques tandis qu'on la guidait parmi les convives attentifs.

Comme il observait la stylisation à grands traits de son expression et sa gestuelle théâtrale, les soupçons de Luke selon lesquels Sasha avait peut-être orchestré elle-même cette coïncidence cédèrent la place à un sursaut inattendu de sympathie pour sa femme, visiblement désarçonnée par la rencontre impromptue avec les Melman finalement réunis. Le masque social de Sasha était impeccable, mais il parvenait à lire une certaine gêne dans la raideur de son maintien et dans le manque de fluidité de sa démarche tandis qu'elle traversait la salle, ce qui lui évoqua d'une certaine façon la nervosité d'un jeune mannequin défilant pour la première fois sur un podium. Il imagina qu'elle avait dû être plus étonnée que les autres de trouver son amant putatif en train de déjeuner avec son épouse.

Le malaise fut un instant dissipé par le rituel des embrassades et la table à déplacer.

Leur fille se laissa étreindre.

– Ashley, tu es magnifique. Bonjour, Luke.

– Sasha, tu es très belle, comme toujours.

Ils finirent par s'asseoir, Sasha partageant la banquette avec Luke et saluant amies et rivales à la table centrale. Elle était vêtue de manière conventionnelle, très mère de famille de l'Upper East

Side dans son tailleur Chanel vintage façon tweed, rehaussé d'un rang de perles de la taille de grains de raisin.

– Enfin, on se retrouve ici, dit-elle en souriant de toutes ses dents à Ashley.

– Bon ben on peut peut-être partir, maintenant, dit Ashley.

– Ne sois pas ridicule. Ça fait des semaines que j'attends ça. Alors, dis-moi tout. Comment va Nora ?

– Mamie est super.

Sasha fit signe au serveur.

– Je pourrais avoir un verre de chardonnay ?

– Flagrant délit, dit Ashley.

– Je ne bois qu'en compagnie, ma chérie.

– Pas étonnant que tu restes jamais seule.

– Mieux vaut illuminer une pièce que l'assombrir, mon cœur.

– Si on commandait ? dit Luke, espérant ainsi accélérer le rythme de l'épreuve suivante, qui menaça de tourner à la querelle peu de temps après l'arrivée des entrées, quand Sasha demanda où on en était du côté des demandes d'inscription en classes préparatoires.

Ashley dévisagea son père assis en face d'elle.

– Je me disais justement que j'allais peut-être retarder ça d'un an, dit-elle. Pas la peine de regarder Papa comme ça. Je lui en ai pas encore parlé.

– Je pense que ce serait formidable que tu passes encore un an avec nous à la maison, dit Sasha.

– Ben, en fait…

L'arrivée du chœur, un quintette d'officiers de l'Armée du Salut en costume, interrompit miraculeusement ce débat. Luke n'était pas tout à fait prêt à informer Sasha des dernières nouvelles, par exemple du fait que leur fille voulait aller au collège à Franklin, ou qu'elle avait prévu de quitter le domicile familial.

Peace on earth, and mercy mild
God and sinners reconciled…
(« Paix sur la terre, doux temps miséricordieux
Les pécheurs sont réconciliés avec Dieu… »)

Une vague de sentimentalisme envahit Luke tandis qu'il écoutait «Hark the Herald Angel Sing» et «Silent Night», un cocktail bizarre de joie et de mélancolie qui remua des centaines d'associations et de souvenirs brillants et à demi effacés – comme s'il venait d'ouvrir la boîte renfermant les guirlandes de Noël. Quelle que fût la satisfaction éprouvée, elle était aussitôt compromise par le regret de la famille perdue de son enfance et par la promesse brisée de celle qu'il avait fondée. Il sentit ses yeux enfler, chargés de nostalgie pour les Noëls passés, tout en ressentant le désir inavouable de partager les rituels de cette saison et de celles à venir avec une personne qui brillait par son absence – une personne qui avait sa propre famille, sa propre histoire et ses propres traditions, qui toutes semblaient, à cet instant, peser plus lourd que son désir égoïste.

Dans le sillage de «Silent Night», un bourdonnement impétueux de conversations s'éleva dans la première salle, accompagné de bruits de couverts, semblant indiquer la nature du consensus général : ça suffisait comme ça. Le chœur poursuivit bravement avec «Battle Hymn of the Republic» et enchaîna, sans même prendre la peine de respirer, avec «Dixie».

Au grand étonnement de Luke, Ashley se leva et se mit au garde-à-vous – ce qui semblait assez surprenant pour une fille qui avait passé presque tout le déjeuner à tenter de disparaître sous la table. À l'autre bout de la pièce, Isaac Caldwell, l'éditeur, fit de même, lui adressant un salut amical avant de poser la main sur son cœur.

Ashley tendit la main.

– Allez, Papa.

Sasha ne trouvait pas ça drôle. Elle serra les dents, une expression douloureuse qui se manifesta malgré la paralysie sereine du Botox.

Luke fit un geste vers la table, invoquant la difficulté à se lever, avant de céder à la pression que lui infligeait la moue implorante de sa fille. Il finit par se dégager, articulant quelques mots d'excuses muets à l'attention de l'homme à sa gauche dont le visage ne lui était pas étranger, et vint prendre place aux côtés d'Ashley, passant son bras autour de ses épaules tandis que le chœur détournait le regard, le regard, le regard, comme il est dit dans la chanson...

– Pour Grandpa Mac, murmura-t-elle.

Luke regarda en arrière vers son épouse en haussant les épaules d'un air penaud. D'un mouvement de tête très leste, il l'invita à se joindre à eux, mais Sasha secoua la sienne presque imperceptiblement, tout en lui adressant un sourire forcé d'indulgence et de tolérance. Soulagé lorsqu'il entendit les dernières mesures, il regagna prestement son siège. Détournons le regard, et comment!

– Alors, on se la joue rebelle, dit Sasha.

– Allez, Maman. C'est ton héritage à toi aussi.

– Ce n'est ni le lieu ni le moment, dit Sasha. Sans parler du fait que je viens de voir Al Sharpton déposer son manteau à l'entrée. Il va sûrement venir s'asseoir juste à côté de nous.

– T'en fais pas, dit Ashley. Je viens de le voir se faire embarquer vers la Sibérie lointaine. Ils ont sûrement pas envie qu'il vienne rôder parmi les habitués.

– Depuis quand tu te soucies d'Al Sharpton? demanda Luke.

Sasha haussa les épaules.

– Figure-toi qu'il est très amusant.

Mais son attention fut soudain attirée par le spectacle de Sylvia Melman distribuant des baisers à la table de Casey Reynes, de manière extrêmement démonstrative, laissant le gazouillis strident de son rire s'élever dans la salle.

Un jeune choriste en uniforme se déplaçait le long des banquettes pour récolter l'argent. Luke trouva un billet de cinquante dollars dans son porte-monnaie et le jeta dans le tambourin au moment précis où Sylvia apparut dans le dos d'Ashley, tout sourire, avec son visage de porcelaine, son nez refait, et les tendons de son cou d'oiseau tremblant comme des câbles de suspension, soutenant plusieurs rangs de perles noires.

– Luke, vous êtes un ange, un vrai, dit-elle, la voix réglée sur un volume légèrement trop important pour une simple conversation privée. Je voulais juste vous dire que je suis de tout cœur avec vous.

Elle s'interrompit un instant, posant une main noueuse parsemée de diamants sur l'épaule d'Ashley.

Luke regarda son épouse, dont le visage était figé dans un sourire épouvantable. Venait-on bel et bien de le féliciter pour le stoïcisme dont il faisait preuve en tant que cocu?

— Bien entendu, j'ai appris toutes les choses merveilleuses que vous avez accomplies à Ground Zero. Vous êtes un exemple pour nous tous dans ces temps difficiles.

Il hocha la tête, sentant le rouge lui monter aux joues tandis que Sylvia tapotait l'épaule d'Ashley.

— Contente que tu sois de retour parmi nous, ma chérie, lui dit-elle. On est tous avec toi.

Elle envoya un baiser d'adieu à Luke, snobant Sasha jusqu'au bout, et retourna à sa table, en agitant bien haut la main au passage.

— Eh ben comme ça je suis sûre d'être rentrée, dit Ashley.

Luke chercha la main de Sasha sous la table tandis que la pièce s'emplissait d'une rumeur aussi puissante qu'au cœur d'un nid de guêpes.

— Vous voulez un dessert?

— Oh, pourquoi on ne me commanderait pas directement un petit verre de ciguë, marmonna Sasha, histoire d'en finir.

— C'est quoi la ciguë? demanda Ashley.

— C'est une plante que les Grecs utilisaient pour empoisonner les gens, expliqua Luke.

— Au moins ça réglerait la question de savoir comment sortir d'ici.

— Merci pour ton soutien, Ashley, dit Sasha.

Cette conversation semblait plus que légèrement bizarre à Luke, fondée qu'elle était sur certains faits et suppositions qui n'avaient jamais été ouvertement débattus entre eux trois. Il fit signe au serveur.

— Je crois que nous devrions commander une bouteille de champagne, dit-il.

– Oui, monsieur ?

– Une bouteille de Krug, s'il vous plaît. Le 1989, ajouta-t-il, si vous en avez.

– Très bien Mr McGavock.

– Qu'est-ce qu'on fête au juste ? demanda Sasha.

– Eh bien, le fait d'être en vie, pour commencer. En repensant aux événements de cet automne, je trouve qu'on est plutôt chanceux d'être assis là, ensemble, tous les trois.

Sasha n'eut pas l'air convaincue.

– Il va sans dire que quiconque n'éprouve pas le même sentiment est néanmoins invité à mimer l'humeur festive, et ce au profit de toute la salle.

Une lueur de compréhension passa soudain sur le visage de Sasha.

– Je trouve que ce serait beaucoup plus cool, dit Ashley, si on leur disait à tous d'aller se faire voir.

– Ton père a raison, dit Sasha. On devrait trinquer.

Le sommelier arriva avec le champagne, complimentant Luke pour son choix et accomplissant dûment tout le tralala requis ; il défit méticuleusement le tortillon en métal pour faire tourner habilement le bouchon, qui sauta en produisant un «pop» très satisfaisant. Il hésita au moment de remplir le troisième verre, retenant son geste et adressant un regard interrogateur à Luke.

Luke hocha la tête en direction d'Ashley.

– Juste une goutte, dit-il.

Lorsque les verres furent servis, Luke leva le sien et le brandit bien haut.

– À un joyeux Noël, dit-il, et à une nouvelle année plus heureuse.

– Ainsi soit-il, elle et tout le reste.

Sasha leva son verre, en souriant hardiment. Ils entrechoquèrent leurs verres. Après avoir bu une gorgée, Sasha pencha son verre en direction de Luke.

– Et moi, j'aimerais porter un toast à mon mari, dit-elle. Je suis désolée, Luke.

Il fut pris au dépourvu. Elle semblait demander pardon pour tout ce qui avait conduit à cette regrettable scène de déjeuner ; il n'était pas certain d'être préparé à cela, surtout considérant ce qu'il avait prévu de lui annoncer. Tout aurait été plus simple si elle avait continué à se conduire selon son habitude.

Luke s'excusa pour se rendre aux toilettes et remarqua, au passage, que le siège de Melman était vide, alors que sa femme et sa fille étaient encore à table ; ce ne fut qu'en poussant la porte des toilettes qu'il comprit la raison – évidente – de cette absence. Il n'y avait rien d'autre à faire que de prendre position devant l'urinoir libre à côté du nabab, qui, dans un premier temps, sembla ignorer l'identité du nouveau venu, absorbé qu'il était dans la contemplation de la fresque murale qui mettait en scène une demoiselle à la Rubens avec une coupe garçonne, les jupes relevées sur ses hanches replètes, et pissant suivant une trajectoire surprenante dans un bocal à poissons rouges situé à quelque distance, tandis que son homologue masculin, fringant dans son peignoir, faisait de même de l'autre côté.

En ouvrant sa braguette, Luke se tourna sans la moindre discrétion vers la gauche et regarda ; ce qui constituait une agression suffisamment soutenue et évidente pour que Melman se détournât instinctivement, tout en dévissant sa tête vers le voyeur, son indignation se muant en embarras, puis en gêne lorsqu'il reconnut Luke, dont le regard attira le sien vers le bas, abrégeant sa mission et le forçant à se rhabiller en hâte pour sortir.

Melman actionna la chasse d'eau et s'éloigna tandis qu'un majordome ouvrait les robinets du lavabo pour lui, tout en lui tendant un essuie-main.

– Si ces serviettes existent en plusieurs tailles, dit Luke, il lui faudrait la plus petite.

Luke jeta un œil par-dessus son épaule droite pour voir Melman lancer la serviette par terre, se précipitant vers la porte avant que le majordome ait eu le temps de le précéder pour la lui ouvrir. Lorsqu'elle finit par se refermer, l'homme regarda brièvement Luke en secouant la tête, estomaqué.

– C'est puéril de ma part, je sais, dit Luke. Mais ce type a baisé ma femme.

Après s'être lavé les mains et les avoir soigneusement séchées, il laissa un billet de cinquante dans le panier.

– C'est de notre part à tous les deux.

– Joyeux Noël à vous, monsieur. Désolé pour vos soucis domestiques.

– Merci, dit Luke. Mais la nouvelle année s'annonce beaucoup plus heureuse.

31

Descendre les quelques marches sous la marquise rapiécée et pousser fort sur les lourdes doubles portes de chez Evelyn revenaient à laisser derrière soi le contrat social et l'air piquant d'un après-midi de décembre qui fendait les poumons, pour pénétrer dans le crépuscule permanent au sein duquel une relation extra-conjugale – voire une conspiration visant à mettre en pièces et à réarranger les composants de deux familles – n'apparaissait que comme une brèche mineure dans l'étiquette. C'est du moins ce que Corrine se plaisait à imaginer, trouvant que cet endroit était le plus approprié pour un rendez-vous. Luke avait dit qu'il pourrait la retrouver au centre-ville et elle avait aussitôt pensé à ce bar, qui avait servi de décor à des scènes de débauche à moitié oubliées et à quelques heures volées en compagnie de Luke avant son départ pour le Tennessee.

Une fois à l'intérieur, elle cligna des yeux et attendit que les lieux se définissent dans l'obscurité, deux faces laiteuses à l'autre bout du bar se tournant comme des lys en direction du flash de lumière du jour qui accompagna son entrée. La puanteur typique des foyers d'étudiants, mélange de bière éventée et de fumée de cigarette, l'envahit, une ligne d'horizon dessinée par les goulots de bouteilles de qualité supérieure se détachant au-dessus du vallon sombre et grêlé du bar. Corrine s'installa sur un tabouret près de la porte au moment où le barman, à la peau aussi grise que ses cheveux, se matérialisa devant elle. Elle ne ressentait pas vraiment le besoin de boire de l'alcool, mais ne pensait pas non plus qu'il serait approprié de commander un jus de fruits. «Une Heineken, s'il vous plaît.»

Derrière elle, le grincement des gonds annonça l'arrivée de son amant; il fit une pause, dans l'encadrement de la porte, le visage dans l'ombre, quelques mèches rebelles de cheveux dorées par les résidus de lumière du jour provenant de la rue.

Elle trouva son visage glacé et rêche lorsqu'il la serra dans ses bras, et elle se blottit dans les plis de son écharpe en cachemire pour sentir son odeur avant de presser ses lèvres contre les siennes, tandis qu'il la soulevait du sol, recherchant l'essence de leur baiser – un baiser qu'elle avait eu l'impression de reconnaître cette première fois, évoquant le souvenir d'un âge d'or lointain –, le goût d'humus de sa bouche sous le doux effluve de vin. Elle était pareille à une princesse, réveillée de son long sommeil par le baiser magique – comme si, durant les semaines qui s'étaient écoulées depuis la dernière fois qu'elle l'avait vu, elle n'avait été qu'une somnambule.

– J'étais tellement angoissée, dit-elle lorsqu'il l'eut reposée sur le sol.

Elle rejeta la tête en arrière pour le regarder, trouvant la réalité encore plus satisfaisante que l'image conservée dans sa mémoire. La juvénilité de son visage et de son sourire accentuée par le contrepoint sophistiqué de la chemise apparemment hors de prix et la cravate écarlate. On eût dit qu'il s'était bonifié en son absence.

– Moi aussi.

La plus belle phrase de la langue – le lui avait-elle déjà dit? Non, mais elle l'avait pensé. CQFD. Moi aussi.

– Je me demandais si ça allait être différent.

– Mais ça ne l'est pas.

– Non, ça ne l'est pas.

Il ôta son grand pardessus en lainage fauve – celui dans lequel elle se l'était toujours imaginé depuis le voyage à Nantucket – et le plia sur le tabouret.

Elle sourit.

– J'avais presque espéré que ce serait différent.

– Je sais.

– Mais je suis heureuse que ce soit pareil.

– Tu es belle.

– Toi aussi, tu es beau. Je ne t'avais jamais vu en costume. Tu fais très, je ne sais pas, très Cary Grant.

– Une illusion créée par un tailleur habile.

À ses yeux, il faisait partie de ces hommes qui rendaient au costume ses lettres de noblesse, le vêtement accentuant son côté masculin, tout en soulignant, d'une certaine manière, la supériorité de cet homme sur le troupeau informe des individus anonymes habituellement accoutrés de ce type d'uniforme. Quel étrange sentiment de penser que c'était sans doute à ça qu'il avait ressemblé durant la majeure partie de sa vie d'adulte – pendant toutes ces années où elle ne l'avait pas connu. Elle songea à toutes les autres femmes qui l'avaient vu en costume – dans la rue, dans des salles de réunion, dans le hall d'un hôtel à Paris ou à Hong Kong. Lorsqu'il retira sa veste, elle passa sa main sur sa poitrine.

– Ça faisait un moment que j'attendais que l'esprit de Noël m'envahisse, dit-elle. En te voyant dans ta chemise rayée, avec ta cravate comme un gros ruban rouge, c'est comme si tu étais un cadeau prêt à être déballé.

– Très exactement l'effet que j'espérais produire.

– Je ne sais pas comment je vais pouvoir tenir pendant les vacances, dit-elle. Ça semble tellement hypocrite d'accomplir tous les gestes, les rituels de Noël et de l'harmonie familiale. Et je me sens tellement empruntée, comme si la moindre chose que je faisais risquait d'avoir des conséquences énormes dans l'avenir. Je n'arrête pas de me demander : « Est-ce qu'il faudrait que je sois hyper-gentille, ou... »

– Je sais.

Essayer de penser à un cadeau pour Russell, par exemple, la paralysait totalement. Quel pouvait être le cadeau approprié pour un mari qu'on était sur le point de quitter ?

Le barman glissa vers eux, légèrement flottant ; Luke désigna la bière de Corrine.

Elle lui en donna, puis lécha les traces de mousse sur ses lèvres.

— Et maintenant je regrette de ne pas t'avoir laissé réserver une chambre d'hôtel, murmura-t-elle.

— J'ai un ami qui a un petit appart dans le coin, à Patchin Place.

— Ne me tente pas.

— Non ?

— C'est qui cet ami ?

— Il est en déplacement.

Il fouilla dans sa poche et en sortit une clé en cuivre toute neuve sur un mousqueton, et l'agita sous son nez comme une gourmandise interdite.

— T'es sacrément sûr de toi, pas vrai ?

Elle rejeta la tête en arrière en mimant la dignité offensée.

— C'était juste une idée.

— J'aime bien ta façon de penser.

Le barman posa une bouteille verte tout embuée sur un dessous-de-verre.

— On y va ?

Laissant un billet de cinquante sur le comptoir, il fit un clin d'œil en enfouissant les deux Heineken dans les poches de son manteau — le côté enfantin du second geste contrebalançant le caractère pompeux du premier — et il ouvrit la porte pour la laisser passer.

Dehors, aveuglée par la lumière du jour, elle fouilla dans son sac à la recherche de ses lunettes de soleil. Il lui prit le bras et la guida vers l'ouest dans la Neuvième Rue en direction de la Sixième Avenue, fendant l'air glacé et vif de l'après-midi de décembre. La conscience qu'elle avait de l'instant était encore aiguisée par le froid et par la transparence parfaite de la lumière crue dans laquelle les façades des maisons dix-neuvième se découpaient avec la précision de maquettes d'architecte, et dans laquelle, à tout moment, elle pourrait elle-même se trouver exposée dans la nudité de son bonheur illicite, buvant une bière comme une adolescente, sous les yeux d'une amie ou d'une connaissance. Elle s'en fichait.

Elle espérait presque croiser un visage connu, mais se rembrunit soudain en songeant qu'il devait y avoir une faille dans ce qui aurait dû représenter un état de félicité, car pourquoi, sans cela, aurait-elle éprouvé le besoin de s'en vanter? Elle se sentait égoïste et vaniteuse, en se rendant compte qu'alors même qu'elle flottait à quelques centimètres du sol au bras de son homme, n'enviant le sort de personne, et, même, ressentant de la pitié pour le reste du monde, quelque chose en elle désirait secrètement provoquer la jalousie et l'admiration des passants.

— Qu'est-ce qui se passe?

— Comment ça?

— Tu as l'air soucieuse.

— Je me demandais juste s'il n'y avait pas quelque chose de louche à se sentir si heureuse.

Il la regarda comme si elle était timbrée.

— Qu'est-ce qu'il y a de drôle?

— Toi.

La moue qu'elle lui offrit était avant tout théâtrale, un réflexe si familier qu'elle ne comprit pas immédiatement pourquoi ce petit échange lui semblait si bizarre, jusqu'au moment où elle se rendit compte qu'il était la réédition d'un millier d'échanges de ce genre qu'elle avait eus avec Russell au cours des années – l'expression de tendre exaspération qui se peignait sur le visage de Luke presque identique à la réaction que provoquait habituellement chez Russell ce qu'il appelait ses « coq-à-l'âne du rire aux larmes ».

— Quoi, qu'est-ce qu'il y a maintenant? dit-il en baissant les yeux vers elle. On dirait que tu as vu un fantôme.

— C'est juste que… non, rien.

Il prit son épaule dans sa main gantée et la serra plus fort contre lui. Elle redoutait qu'il tentât de la distraire de son humeur – elle se voyait déjà s'éloignant de plus en plus à mesure qu'il essaierait de l'égayer.

— Dis-moi, fit-il en passant devant les vitrines de Balducci avec leurs roues de parmesan empilées les unes sur les autres et les quartiers de bœuf mis à sécher, tandis que le ciel s'ouvrait sur la

Sixième Avenue. Il y a trop en jeu entre nous pour qu'on prenne le risque de ne pas être honnêtes l'un avec l'autre.

Ils esquivèrent un couple de joggeurs en survêtements assortis, l'homme poussant un enfant chaudement vêtu dans l'un de ces engins à trois roues, dont le nom lui échappait. Ils en avaient acheté un, autrefois, et ne l'avaient utilisé que cinq ou six fois – aujourd'hui il prenait la poussière dans le placard réservé aux bonnes intentions et aux ambitions non réalisées. Oui, voilà, une poussette de jogging. Luke lui tendit la bouteille de bière tout en la conduisant doucement le long de l'avenue.

– J'aimerais pouvoir venir à toi, toute fraîche et couverte de rosée, dit-elle. Sans tout le poids de mon histoire. Tout à coup j'ai peur de ne rien avoir de nouveau ni d'original à t'offrir. Combien de personnes peut-on aimer dans une vie? J'aimerais que tu sois mon premier amour.

– Je ne crois pas qu'il soit très logique de vouloir te débarrasser de ton histoire, puisque je t'aime telle que tu es aujourd'hui.

– Femme d'âge moyen, mariée, avec enfants?

Elle ne voyait pas pourquoi elle se faisait l'avocat du diable. Quelque chose en elle aurait aimé repousser ce genre de prise de conscience, afin de pouvoir savourer sa présence. Mais elle avait soudain l'impression qu'ils avaient en grande partie réussi à éviter de regarder en face ces éléments pourtant des plus saillants.

– Tu aimes tes enfants; alors j'aimerai tes enfants.

Il lui fit doucement traverser la Sixième Avenue, un bras passé sous son coude. Tout en accueillant avec plaisir ce sentiment, elle fut horrifiée de l'entendre si clairement exprimé.

– On va vraiment faire ça? Changer nos vies?

– Moi je vais le faire.

– Ça me paraît impossible aujourd'hui de vivre sans toi, dit-elle en traversant l'ombre glacée jetée par la bibliothèque de Jefferson Market qui se dressait comme une forteresse. Mais il me paraît tout aussi impossible de partir. Ce à quoi je pensais tout à l'heure, quand tu m'as demandé si j'avais vu un fantôme, c'est que tu me rappelais très fort Russell.

Il demeura silencieux jusqu'à ce qu'ils s'arrêtent finalement devant la grille de Patchin Place – une petite impasse bordée de maisons de poupée, vaguement liée dans l'esprit de Corrine aux poètes de Greenwich Village. Le regardant dans les yeux et y lisant la tristesse, elle fut terrassée par une sorte de remords tendre, qui se changea presque immédiatement en désir. Elle le prit par les épaules et l'embrassa avec une faim charnelle qui les surprit, elle autant que lui.

Ils avancèrent tant bien que mal dans la ruelle, s'agrippant l'un à l'autre et s'embrassant fougueusement tandis que Luke tirait la clé de sa poche tout en plaquant Corrine contre la porte de l'une des maisonnettes grises : il tourna la clé dans la serrure en fourrant sa langue dans sa bouche, écrasant son corps contre celui de Corrine jusqu'à ce que la porte cède et qu'ils se retrouvent projetés dans l'entrée, pantelants. Elle eut suffisamment le temps de se repérer pour remarquer un kilim sur le sol du salon ; elle attira Luke sur elle tandis qu'il tentait de l'extraire de son manteau et tirait sur ses collants ; elle défit sa braguette et libéra sa queue, s'imaginant comme une créature en rut dénuée d'histoire et de mémoire, sans obligations en dehors des impératifs dictés par son instinct et son désir. À un moment, elle se rendit compte que le martèlement régulier qu'elle entendait était celui de sa tête contre le plancher. Elle avait l'impression de flotter, quittant et réintégrant son corps à la dérive.

Lorsqu'il finit par s'effondrer sur elle, elle retrouva peu à peu la notion de ce qui l'entourait. Le souffle chaud de Luke, sa salive tiède sur sa joue et sur son épaule. Trois lignes blanches dans ses pattes brunes, et des grains de poussière dansant dans les vestiges de lumière du jour au-dessus d'elle. Elle lui caressa les cheveux pour dégager son front et entendit le cliquetis de la grille d'entrée et des pas dans l'allée ; elle se demanda si on pouvait les voir par les fenêtres de devant, mais, clouée comme elle l'était, elle ne pouvait pas tourner la tête. Les pas s'éloignèrent. Un tour de clé, puis le cliquetis du verrou de la porte voisine, aussi clair et proche que si elle avait eu l'oreille collée à la porte. L'odeur de renfermé de l'endroit rehaussée par la senteur piquante du sexe.

Lorsqu'il se retira et roula sur le côté, elle fut emplie d'un sentiment de perte. Elle écouta le tempo de sa respiration ralentir, tandis que la lumière baissait soudain, et, sur un coup de tête, elle s'arracha à ses bras et au fouillis de ses vêtements pour se jeter sur lui et le prendre dans sa bouche. Ça, c'était nouveau, une chose que la répétition n'avait pas érodée, qu'elle n'avait jamais fait avant, parce qu'elle n'avait jamais eu envie de goûter sa saveur à elle sur la queue de quelqu'un, et c'était d'ailleurs étrange, mais aussi étrangement excitant, cette essence mélangée de ses sucs à lui et de ses sucs à elle. Elle trouvait ça incroyablement osé et délicieux de le sucer, tandis que Luke grognait en lui caressant la tête.

La deuxième fois fut complètement différente de la première, une fusion douce, son souffle dans son oreille comme un ressac, et au moment de jouir, ce fut comme une déliquescence graduelle, riche de tendresse et de mélancolie.

— J'aimerais pouvoir simplement rester là à regarder la nuit tomber.

Durant quelques minutes, elle pensa qu'il s'était endormi, jusqu'au moment où il se souleva sur un coude et baissa les yeux vers elle.

— Qu'est-ce que tu fais ce soir?

— Rien de particulier, dit-elle.

Ce n'était pas tout à fait vrai, mais elle n'était pas tout à fait prête à songer à son autre vie.

— On a des amis à dîner.

Tout à coup, elle se sentit très mal de lui mentir. C'était la première fois qu'elle n'était pas entièrement sincère avec lui. En vérité, ils allaient voir *Casse-Noisette*, mais parler de sa famille dans ce décor lui semblait sacrilège; elle avait du mal à réconcilier le monde de la fée Dragée avec celui des tailleuses de pipes.

Elle lui dégagea à nouveau le front.

— Et toi?

— À peu près pareil.

— Il ne faudrait pas que je tarde à me lever, dit-elle, mettant à l'épreuve une idée radicalement opposée à son inclination.

– Tu veux que je t'aide à te lever ?

– Non, pas vraiment.

Il se pencha sur elle, l'embrassa, puis roula sur le côté, pour s'asseoir près d'elle.

Elle découvrit alors qu'elle était allongée dans un petit salon meublé d'un canapé clic-clac tout bosselé, de deux chaises style Shaker à l'assise cannée, et d'une table basse en rotin encombrée d'une demi-douzaine d'incarnations de Bouddha en bronze et en bois. Il y avait aussi deux étagères croulant sous des livres de poche fatigués. Des toiles aux couleurs crues et vives dans l'esprit de De Kooning ornaient les murs.

– C'est qui cet ami ? Le dernier représentant de l'Action Painting ?

– Tu aimes ? demanda-t-il.

– La maison ? Elle est adorable. J'espionnais toujours depuis la rue quand je passais devant en me demandant à quoi ça ressemblait à l'intérieur. J'ai l'impression que Djuna Barnes va frapper à la porte d'une minute à l'autre pour nous emprunter une bouteille de gin, ou que E.E. Cummings va passer nous dire que « Les baisers font un meilleur destin que la sagesse ».

– Je l'ai louée en posant une option pour l'acheter.

Elle mit quelques instants à absorber l'information et à en comprendre les implications.

– Si elle te plaît.

– Si elle me plaît ?

– Il y a quatre chambres à l'étage, dit-il. Et elle est à dix minutes à pied de l'école.

Elle se demanda de quelle école il parlait.

– Tu veux dire, de St Luke ?

– Je t'effraie, là ?

– Un peu. Accorde-moi quelques minutes pour rattraper mon retard.

Elle regarda autour d'elle, avec un œil neuf, essayant de s'imaginer vivant dans ces murs. Tous les deux, non, tous les quatre. Ou tous les cinq, avec Ashley ? Qu'avait-il en tête ?

– Il faut faire des travaux, bien sûr. Elle ne serait même pas prête à la fin du printemps. Il faut que je refasse la cuisine et les salles de bains. Viens visiter le reste.

– Oh, mon Dieu, Luke.

Elle sauta sur son dos pour qu'il la porte jusqu'au premier, impatiente qu'elle était de donner une forme et une matière à sa vision brumeuse de ce futur, et de se projeter avec ses enfants dans ces chambres ; y croyant presque, désirant désespérément y croire, mais incapable d'imaginer l'entre-deux… les larmes, la stupéfaction des enfants, les réunions dans des cabinets d'avocats et le partage des biens, les cartons tristes empilés à l'entrée de la chambre à coucher.

Debout au milieu de l'impasse, une demi-heure plus tard, dans la lumière crue de l'après-midi, alors que Luke refermait la porte derrière eux, elle se prit à observer le nuage de vapeur formé par son haleine et à prier pour un signe.

Il passa son bras autour de ses épaules et ils marchèrent sur les pavés jusqu'à la grille. Elle aurait voulu qu'il dise quelque chose, et plus particulièrement cette chose qui aurait dissipé tous ses doutes.

Devant eux, dans l'ombre de l'ancienne prison de femmes, un éclair rouge apparut, puis un autre – deux pères Noël remontant la Dixième, un gros, un maigre. Alors qu'ils approchaient de l'angle, elle en distingua deux de plus et deux encore, juste derrière, dont un arborant ce qu'elle crut être un treillis « Tempête du Désert » sous son manteau rouge et parlant dans un téléphone portable, tandis qu'un septième avait son chapeau à pompon rouge et blanc à la main. Une cavalcade de pères Noël, dix, quinze, plus de vingt en tout, certains d'humeur festive et le pied léger, d'autres se traînant littéralement, l'un d'eux visiblement ivre, tirant des bords sur toute la largeur du trottoir, une demi-douzaine de nuances de rouge pour les costumes – écarlate, rubis et vermillon. Celui dont la houppelande était bordée d'hermine bien blanche en côtoyait un dont le manteau était orné de franges filasse et brunissantes. Un père Noël dégarni et rougeaud était vêtu d'un jean et portait un sac rouge imposant sur son épaule. La plupart avaient le bon petit ventre qui convient, tandis qu'un long maigre à l'air maladif escortait une grande perche apparemment enceinte.

Luke et Corrine s'arrêtèrent juste à la grille pour observer et admirer cette manifestation de saison, gardant le silence tandis que le troupeau de pères Noël tournait pour s'engager dans la Sixième Avenue et finir par disparaître à l'angle. Ils les suivirent, refermant la grille derrière eux, mais le temps qu'ils atteignent la Sixième Avenue, les pères Noël avaient tous disparu.

– Tu crois à ce qu'on vient de voir? dit-elle.

– J'avais jamais rien vu de pareil de toute ma vie.

En apercevant Famous Ray au coin de la Onzième, elle se rendit compte qu'elle mourait de faim et lui demanda s'il pouvait lui payer une part de pizza. Elle n'était visiblement pas tout à fait prête à laisser l'après-midi se terminer.

– Bon Dieu, ça fait vingt ans que j'ai pas mis les pieds ici, dit-elle alors qu'ils étaient face au comptoir, attendant qu'on leur réchauffe leur commande.

– Moi, c'est la première fois, je crois.

– Tu n'es jamais venu ici? dit-elle, étonnée.

– J'ai été dans d'autres établissements du même nom.

– C'est pas pareil. Ici, c'est le vrai Ray. Oublie tous les autres, les Original Ray. J'arrive pas à croire que t'aies jamais été ici. T'es pas beaucoup sorti de ton trou, on dirait. Qu'est-ce que tu as fabriqué pendant les vingt dernières années?

– J'ai travaillé.

– Et tu as déjeuné au « 21 » et dîné au Cirque.

– En fait, je te cherchais.

– Pas étonnant. Tu avais bien besoin de moi.

Il la raccompagna jusqu'à son métro, en passant devant l'hôpital St Vincent avec ses placards hurlants d'avis de recherche partout sur les murs. Elle baissa les yeux et fut aveuglée par l'éclat du trottoir, pailleté par le soleil. Cela faisait des années qu'elle n'avait pas remarqué que, certains jours d'hiver, les trottoirs étincellent, comme s'ils étaient constellés de diamants.

Déjà elle sentait qu'elle se séparerait de lui, incapable de ne pas s'arracher à lui, effectuant la transition vers son autre vie, un processus qui s'accéléra quand elle vit un garçon de l'âge de Jeremy dans une doudoune bleue glisser sur une plaque de glace et tomber par terre, sa tête nue heurtant le trottoir couvert de sel. Bien qu'il eût tôt fait de se remettre de sa frayeur, la mère ayant relevé et épousseté son bambin, elle ne put s'empêcher de se faire du souci pour la tête du petit, imaginant le choc de l'impact et pensant à ses propres enfants, chez lesquels elle apercevait parfois l'image fantomatique des crânes en coquille d'œuf qu'ils avaient à la naissance, se rappelant avoir pleuré lorsqu'elle les avait vus pour la première fois, intubés et sous verre, avec leurs corps minuscules qui se tortillaient et leurs crânes roses et translucides parcourus de veines bleues, se reprochant la précarité de leur existence, se sentant coupable des extrémités auxquelles elle s'était rendue dans le but de satisfaire son besoin maladif d'enfanter alors que la nature avait rechigné, et désespérant de sa capacité à les protéger de la douleur et du danger.

Elle avait espéré qu'un jour elle considérerait leur présence comme une évidence, et, cet après-midi, elle s'était bercée de l'illusion qu'elle avait la possibilité de vivre pour ses propres désirs, mais à présent elle redoutait que cette anxiété ne fût un état permanent : elle ne connaîtrait jamais le sommeil lourd de la jeunesse, toujours elle planerait à la surface de la conscience dans la lumière perpétuelle de la ville sans repos, guettant le son d'une toux, le choc d'un corps qui tombe, le bourdonnement d'un avion dans le ciel.

32

– Luke ?

– La Terre à Papa ? Tu me reçois ?

Ils étaient dans une limousine, assaillis par le déodorant au pin de synthèse, roulant dans le parc en direction du West Side. La famille : sa femme, sa fille et lui – de cela, au moins il était certain. Il tenta de se remémorer si un quelconque fragment de la conversation avait réussi à filtrer à travers la rêverie de son après-midi idyllique avec Corrine.

– Désolé, dit-il. Qu'est-ce que tu disais ?

– Parfois, dit Sasha, je me demande si tu n'as pas pris un coup sur la tête ou autre chose en septembre.

– En un sens, dit-il, c'est exactement ce qui est arrivé.

– Eh bien il est peut-être temps d'avancer.

– Maman parlait du prochain semestre, poursuivit Ashley en pinçant la cuisse de son père.

– Je disais à ta fille ce que je viens de te dire – qu'il est temps de retourner à la normale. Il est temps d'avancer.

– Ça dépend, dit Luke, de ce qu'on considère comme normal.

– On ne peut pas fuir nos problèmes et se voiler la face éternellement. Il y a de la place pour Ashley à Sprague – on a payé pour toute l'année. Et ce n'est pas comme si nous projetions de tout laisser tomber et d'aller vivre dans le Tennessee, bon sang.

– Pourquoi pas ?

– Ashley, par pi-tié.

– Il y a de la vie en dehors de New York, Maman.

– Il y a de la vie au fond de l'océan, Ashley, mais fort heureuse-ment pour nous, un de nos ancêtres a eu la bonne idée de ramper jusqu'à la plage et d'inventer les poumons et les pieds, sans parler des souliers italiens cousus main.

Ashley se tourna pour bien faire face à sa mère.

– Tu sais quoi? dit-elle. L'année dernière, je pensais qu'avoir la bonne paire de Steve Madden, aller acheter des micro-tops et des sacs à dos nounours à Infinity et connaître un mec de terminale à Collegiate étaient les seules choses qui comptaient vraiment. Mais tu sais quoi? Ça m'a passé.

– Les filles, dit Luke.

Déchiré entre sa loyauté envers les vœux de sa fille et son propre désir de s'installer avec Corrine, il se retrouva à plaider la cause d'Ashley contre son épouse.

– Tu as peut-être oublié, dit-il, que notre fille a été hospitalisée pour overdose le mois dernier?

– Bien sûr que non, je n'ai pas oublié. Mais elle peut parfaite-ment se faire soigner à New York. Je veux dire, si c'est ça le pro-blème, elle peut recevoir un bien meilleur traitement ici qu'à Dollywood. C'est bien comme ça que s'appelle le parc d'attrac-tions du Tennessee?

– Vous êtes au courant, j'espère, que je comprends l'anglais et que je suis assise entre vous deux?

– C'est vraiment une discussion de fond, dit Luke. Vous ne pensez pas qu'on ferait mieux de terminer après le ballet?

La sortie annuelle pour aller voir *Casse-Noisette* avait constitué, durant de longues années, le temps fort des vacances pour Ashley, jusqu'au jour où – un an plus tôt – elle s'y était rendue contrainte et forcée, déclarant que *Casse-Noisette* était puéril et que les spec-tacles de danse classique étaient élitistes. Mais quand Luke avait abordé le sujet la semaine passée, elle l'avait surpris en s'enthousias-mant pour le projet, décidant que ce serait «plutôt cool, comme au bon vieux temps», comme si l'enfance avait été assez lointaine à présent pour briller du doux éclat de la nostalgie. Il n'était pas certain de comprendre comment elle avait fait pour se réconcilier si rapidement avec l'élitisme, la caractéristique même qui, dans son esprit, définissait sa mère – une accusation contre laquelle Luke avait tenté de défendre Sasha. Le fait que Sasha fût une snob ne remettait pas en question sa passion authentique et sa connaissance experte ; elle faisait partie du conseil d'administration du corps de ballet depuis une dizaine d'années et elle avait été furieuse quand, deux semaines plus tôt, Luke avait refusé de prendre un avion pour rentrer du Tennessee afin d'assister à la première de *Stars and Stripes*, qui avait été choisi comme spectacle d'ouverture de saison plus ou moins à la dernière minute par déférence à l'humeur nationale de deuil patriotique. D'une certaine manière, Luke considérait qu'il se devait, par égard pour elle, d'aller voir *Casse-Noisette*. De son côté, elle l'avait aidé à organiser la cérémonie à la mémoire de Guillermo qui avait eu lieu deux jours plus tôt.

Leur voiture ayant fini par se garer le long du trottoir parmi un banc de taxis jaunes cabossés, ils descendirent du véhicule et traversèrent la longue esplanade qui menait au théâtre. Luke prit la main d'Ashley au moment où ils se faufilèrent dans la cohue, de plus en plus dense à l'approche des portes.

– Où est passée Maman ?

– Je ne sais pas, elle prend un bain de foule.

Sur la pointe des pieds, il observa la multitude de manteaux sombres et de visages à la gaieté vacancière, pour finir par repérer Sasha au milieu de l'esplanade, en train de fumer avec Biff et Mimi Pulver. À moins de deux mètres d'elle, Corrine fondait sur lui à grandes enjambées, accompagnée d'un séraphin blond et agitant la main à son adresse – ce fut du moins l'impression qu'il eut d'abord, avant de se rendre compte que le geste était adressé à un couple sur sa droite, un homme noir et une femme blanche avec leurs deux enfants café au lait, qui faisaient signe à Corrine en retour.

Vêtue et coiffée de manière très convenable et presque trop sage après leur après-midi de pagaille échevelée, elle portait un manteau écossais des régiments de la Black Watch strictement coupé et boutonné jusqu'en haut, et avait dompté sa crinière rousse en la brossant vers l'arrière puis en la maintenant à l'aide d'un bandeau en velours noir – une princesse BCBG. Si désorienté et nerveux fût-il, il trouva néanmoins fort étrange qu'elle n'eût pas spécifié la nature de l'engagement qui avait mis un terme à leur rendez-vous. D'un autre côté – il s'en rendit compte – il avait agi de même. C'était comme s'ils s'en étaient tenus tous deux à une interprétation scrupuleuse de la frontière entre le désir et sa raison d'être biologique. «Des amis à dîner», avait-elle dit en le regardant droit dans les yeux. Quant à lui, il était resté évasif. Alors même qu'il s'apprêtait à dissoudre sa famille, il avait ressenti le besoin, semblait-il rétrospectivement, d'en protéger les rituels, en s'arrangeant pour ne pas la mentionner; elle avait dû se sentir encore moins encline à laisser ces deux mondes s'interpénétrer.

Elle marqua une pause et regarda derrière elle, attendant son mari, car c'était lui, sans aucun doute possible, portant leur second enfant tout en fouillant dans la poche de son manteau. Russell Calloway déposa le petit garçon à côté de la fillette, sa jumelle, et ils se tinrent tous deux au garde-à-vous dans leurs cabans croisés bleu marine, avec leurs cheveux de lin et leurs expressions identiques d'émerveillement prudent. Storey et Jeremy. Cela faisait des mois qu'il connaissait leur nom, mais jusqu'à cet instant, leur existence était demeurée quelque peu théorique. La fillette s'avança et prit la main du garçon. La grimace de celui-ci, une moue d'exaspération avec laquelle il réagit à ce geste, suggérait qu'il trouvait extrêmement pénible, de manière générale, de tenir la main d'une fille, surtout si cette fille s'avérait être votre sœur, mais il se laissa faire à contrecœur en spécifiant bien, grâce à son air, qu'il faisait une exception, pour complaire à sa sœur parmi cette foule pressante d'inconnus de grande taille – c'est du moins ce que crut comprendre Luke depuis son poste d'observation à l'autre bout de l'esplanade. En étudiant leurs traits à demi formés, il se dit que les jumeaux ressemblaient à Corrine, alors même qu'il examinait Russell, occupé à fouiller les poches intérieures de son pardessus.

Luke dut admettre que cet homme n'était pas un rival entièrement indigne de lui du point de vue physique – grand et imposant, quoique peut-être un peu bedonnant. On aurait pu critiquer ses cheveux trop longs par rapport à la mode du moment, et presque trop dandy pour un homme de son âge. Quant à son manteau en tweed, strictement parlant, il ne convenait pas le moins du monde à l'occasion. Luke aurait pu discerner d'autres erreurs individuelles, mais son spectre critique ne cessait de se concentrer sur le portrait de groupe : Russell se penchant pour ramener en arrière une mèche de cheveux qui tombait dans les yeux de son fils tandis que Corrine lui tendait les billets qu'elle venait de sortir de son sac à main – ces gestes qui se chevauchaient créant une composition harmonieuse autour du centre immobile constitué par les jumeaux lumineux.

S'il y avait la moindre contrainte entre les parents, Luke se trouva bien en peine d'en percevoir ne fût-ce que la trace tandis qu'ils traversaient l'esplanade, flanquant les jumeaux solennels ; une famille à la beauté enviable qui semblait, à cette distance, pouvoir illustrer un genre d'idéal cosmopolite. Luke observait, fasciné par les enfants, scrutant leurs visages excités à la recherche des traits de leur mère.

Voir Corrine dans ce contexte lui rappela une chose que sa mère lui avait dite – que si l'amour surpasse le désir, il suppose que l'on place le bien-être de l'autre au-dessus de nos propres inclinations et besoins.

– Qu'est-ce que t'as, Papa ?

Ashley le dévisageait avec une curiosité sceptique.

– Rien, dit-il, à l'instant où il se rendit compte qu'il vaudrait mieux qu'ils dégagent de la trajectoire des Calloway.

Sasha, qui s'était arrachée aux Pulver, se dirigeait vers eux, jetant sa cigarette et emboîtant le pas de Corrine. En voyant Luke, elle lui adressa un signe et fit courir ses doigts sur la paume de son autre main pour lui dire qu'elle le rejoignait.

Luke leva la main consciencieusement, et l'agita en réponse, attirant sans le vouloir l'attention de Corrine. Elle pâlit à sa vue, s'arrêtant tout net, ce qui bouleversa le rythme délicat du quadrille familial, les jumeaux entrèrent en collision avec elle au moment où elle retrouvait ses esprits, ce qui lui permit de les aider à se relever en leur servant une grimace clownesque de repentir.

Luke se retrouva côte à côte avec le couple mixte et leurs magnifiques enfants à la peau de bronze – apparemment des amis des Calloway. Il savait qu'il aurait dû bouger, mais il était paralysé par la convergence probable de trajectoires entre Sasha et les Calloway. Corrine concentrait avec ostentation toute son attention sur les enfants, lissant les cheveux de son fils tout en avançant, ajustant aussi méthodiquement qu'inutilement le manteau de sa fille, au moment précis où Sasha arriva à sa hauteur, lui frôlant l'épaule en accélérant le pas, en bonne New-Yorkaise pressée.

– Les Pulver t'embrassent, annonça Sasha, en coupant la route à Corrine, manquant de créer un carambolage avec les enfants au moment de prendre le bras de Luke, tout en baissant les yeux vers eux. Oh, je suis désolée. Regardez-moi ces petits angelots... J'ai failli vous écraser.

Elle toucha la tête de Storey comme si cela pouvait lui porter chance, à la grande horreur de sa mère.

– Oh, mon Dieu, ils sont sublimes, dit-elle à Corrine. Ils sont *mortels*. Des jumeaux ? Dans leurs petits manteaux Bonpoint assortis. *Mortels* !

Corrine parvint à hocher la tête et à produire un ersatz de sourire au moment où l'autre couple s'avançait pour dire bonjour. Russell fit signe à ses amis tout en prenant le temps d'admirer l'inconnue attirante et impérieuse qui flattait ses enfants, lesquels avaient l'air terrifiés, surtout Storey.

Corrine s'agenouilla près de sa fille.

– Qu'est-ce qu'il y a, mon cœur ?

Elle avait les larmes aux yeux.

– La dame a dit qu'on va mourir.

– Non, mon cœur, c'est juste une façon de parler.

Sasha s'accroupit, pour se retrouver face à face avec la fillette tandis que Corrine glissait un regard désarmé et effrayé à Luke.

— Oh, mon lapin, je voulais simplement dire que vous étiez trop.

— Trop quoi? dit le garçon, prouvant son courage.

— Quel âge avez-vous, mes petits anges? demanda Sasha sur un ton exagérément chantant.

Storey leva les yeux vers sa mère pour qu'elle vînt à leur rescousse.

— Ils ont six ans, dit Corrine.

— Bientôt sept.

— En février.

— Quel âge magnifique.

Sasha se leva et se tourna vers Luke:

— Ça ne te manque pas, chéri?

Il hocha la tête d'un air sceptique; quelque chose dans son expression poussa son épouse à concentrer de nouveau son attention sur Corrine juste au moment où elle aurait pu laisser la rencontre mourir de mort naturelle.

— On ne se connaît pas, je crois? dit-elle en regardant alternativement Corrine et Luke.

Russell tendit la main.

— Russell Calloway. Et voici mon épouse, Corrine.

— Sasha et Luke McGavock. Et voici notre fille, Ashley.

— En fait, dit Corrine en souriant comme si elle avait failli ne pas le reconnaître, Luke et moi avons travaillé ensemble à la cantine cet automne.

— Alors c'est à cause de vous que ma femme passait toutes ses nuits dehors! dit Russell gaiement.

— Oui, enfin, c'était par charité, dit Sasha d'un ton sec et glacé, dont la portée échappa à Russell, si ce n'est à son épouse.

Luke et Corrine échangèrent un regard chargé de part et d'autre de compréhension et de perte. Il eut l'impression de la voir disparaître. Depuis le commencement, ou presque, il y avait eu entre eux un genre de transparence. À présent il ne voyait que de la tristesse et l'embarras que Corrine ressentait à l'issue de ce qui venait de se passer – un événement qui, du point de vue extérieur, était aussi subtil qu'un léger changement de direction dans la brise, mais qui, dès à présent, les éloignait l'un de l'autre comme deux petits vaisseaux portés par des courants divergents.

– Si vous voulez bien nous excuser, dit Russell. Nos amis nous attendent.

Les lèvres tirées et tremblantes, Corrine serra ses enfants contre elle tout en saluant l'autre couple. Dans son sillage, Luke perçut une trace évanescente du parfum de soleil et de noix de coco que dégageait sa chevelure et cela le renvoya à la première fois qu'il avait senti cet effluve, mêlé à l'odeur âcre de la mort, tandis qu'il l'embrassait dans l'aube naissante sur le port.

À cet instant, l'esplanade nocturne avec ses bataillons tournoyants de promeneurs s'estompa et s'effaça comme engloutie par une tempête soudaine de sable ou de neige. Alors même qu'elle le dévisageait, les traits de Sasha s'allégèrent et se firent plus flous, peut-être en préfiguration d'un futur dans lequel il aurait du mal à se représenter mentalement son image autrement que de manière générale, comme les visages accrochés aux poteaux télégraphiques pris en photo le jour des remises de diplôme ou des fêtes de fin d'année, ces visages placardés sur les murs des hôpitaux et des casernes de pompiers. Ce dont il se souviendrait, en revanche, y revenant encore et encore des années durant, ce serait le visage dévasté de Corrine se détournant, comme une porte qui se fermait sur ses derniers idéaux de jeunesse et sur ses illusions.

Il était là, debout, sous le regard scrutateur de sa femme et de sa fille, luttant pour garder son sang-froid et maintenir son équilibre menacé par une vague de vertige, comme s'il s'était trouvé au bord d'un précipice, alors qu'il avait franchi une crête quelque temps auparavant sans tout à fait s'en rendre compte sur le moment – à partager un banc dans l'air roussi d'un matin d'octobre, ou un lit à baldaquin à Nantucket – et qu'il regardait à présent dans un abysse. Tout, à partir de là, ne serait qu'une descente progressive, plus rapide, ou plus lente, du regret vers l'oubli.

Elle était son jumeau perdu, son autre moitié à lui arrachée, et au terme d'une demi-vie il l'avait trouvée, mais à présent, il allait la laisser partir. Bien sûr, ils se reparleraient, demain, ou le jour suivant, dans le parc ou sur la pelouse brune s'étalant au pied des arbres nus de Bowling Green, ne serait-ce que pour tenter de se réconforter l'un l'autre et de s'autoflageller. Et peut-être se rencontreraient-ils à nouveau, dans les années à venir, par hasard, comme cela arrive à New York, sur un trottoir de Midtown ou au bar d'un restaurant du Village – ou plutôt comme cela arrivait autrefois, avant que l'idée d'une métropole inconstante, éternelle et indestructible n'ait été mise en doute. Il lui semblait à la fois prometteur qu'il pût à nouveau considérer la ville comme le décor des menus drames du quotidien et triste que l'éclair quasi mystique de vigilance et de communion qui avait suivi la confrontation initiale avec l'idée même de mortalité en septembre fût déjà en train de s'effacer derrière eux. Pendant quelques semaines, ils avaient tous trouvé impossible de croire que quoi que ce fût pourrait redevenir comme avant. Assis à côté de sa fille, alors qu'il regardait la «danse de la fée Dragée» pour la dixième ou la douzième fois, il trouva un certain réconfort dans l'idée que la ville pourrait servir de décor à une future rencontre avec Corrine et dans le fait qu'il parvenait à se l'imaginer à présent. Il était reconnaissant, assis là dans le théâtre, de pouvoir participer à ce rituel familial et convivial, fût-ce peut-être pour la dernière fois. Et, même dans le bourbier de sa tristesse, il parvint à s'inventer des scénarios plus joyeux, dans lesquels son renoncement vertueux se voyait récompensé à la fin.

Comment vas-tu? demanderait-il après qu'ils auraient exprimé la surprise de s'être rencontrés par hasard, et qu'il lui aurait dit qu'elle était belle et qu'elle aurait grimacé en se plaignant du fait que ses cheveux frisottaient à cause de la pluie.

Quand il demanderait poliment des nouvelles de Russell, elle avouerait qu'ils étaient séparés; elle était divorcée ou même veuve. Elle lui ferait le triste récit du repli sur soi, des mensonges habituels, de la liaison immonde; elle lui raconterait la lente dégradation à mesure que le cancer se propageait à partir des poumons, ou encore l'accident d'avion inexpliqué. Il lui dirait combien il était désolé, là, sur le trottoir, et ils seraient tous deux aussi inconscients l'un que l'autre de la légère bruine et du crissement des pneus sur l'avenue. J'ai pensé t'appeler, dirait-elle, sa chevelure cuivrée étincelante, parsemée par les paillettes de minuscules gouttes de pluie.

Et voilà, dirait-il, à la fois mal à l'aise et exalté.

Oui, dirait-elle, le visage triste et éclairé par une lueur d'espoir – ainsi se l'imaginait-il –, alors même qu'elle levait les yeux au ciel face à la banalité de la situation, le manque de naturel de leur échange. Voilà.

Remerciements

Pour l'abri bucolique et la chambre avec vue, je tiens à remercier Dominique Browning ainsi que Will et Cissy Akers. Je suis aussi très reconnaissant envers Anne et Amanda Hearst, ainsi qu'à Helen Schifter, Paul Schrader et Kim Tipaul pour l'arrière-plan anthropologique. J'aimerais rendre hommage au dévouement magnifique et à l'inspiration de Bruce Grilikhes et Jeff Stafford, autrefois permanents du poste de secours de Bowling Green. Une fois encore les conseils éditoriaux de Gary Fisketjon ont été judicieux, pénétrants et indispensables. Et sans les conseils et les encouragements d'Amanda Urban, je doute sérieusement que j'aurais pu achever ce livre. Merci à toi, Binky. Pour finir, je voudrais remercier Barrett et Maisie McInerney pour leur patience.

Réalisation : PAO Éditions du Seuil
Achevé d'imprimer par Firmin-Didot
au Mesnil-sur-L'Estrée
Dépôt légal : mars 2007. N° 533 (83627)
Imprimé en France